爱的印记

——我们的感悟

Ai De Yin Ji
Wo Men De Gan Wu

洪海鹰◎主编

敦煌文艺出版社

图书在版编目（C I P）数据

爱的印记：我们的感悟 / 洪海鹰主编. -- 兰州 : 敦煌文艺出版社， 2020.2（2024.1重印）
ISBN 978-7-5468-1858-0

Ⅰ. ①爱… Ⅱ. ①洪… Ⅲ. ①散文集－中国－当代 Ⅳ. ①I267

中国版本图书馆CIP数据核字（2020）第014063号

爱的印记：我们的感悟
洪海鹰　主编

责任编辑：张　桐
封面设计：苏金虎

敦煌文艺出版社出版、发行
地址：（730030）兰州市城关区读者大道 568 号
邮箱：dunhuangwenyi1958@126.com
0931-8773135（编辑部）
0931-8773235（发行部）

三河市嵩川印刷有限公司印刷
开本 720 毫米 × 1020 毫米　1/16　印张 19.25　插页 11　字数 430 千
2020 年 5 月第 1 版　2024 年 1 月第 2 次印刷

ISBN 978-7-5468-1858-0
定价：68.00 元

我们走在以爱育爱的路上

正本育心

厚德育情

宁静育人

2018 年 3 月，甘肃省广电小记者站北京第二实验小学兰州分校分站揭牌

2018 年 4 月，北京第二实验小学校长芦咏莉为第二届校园 CFC 足球联赛开球

2018 年 5 月 25 日，李烈名校长兰州工作室“爱的教育”思想研讨会召开

2018 年 5 月 25 日，安宁区魏海莉名班主任工作室揭牌

2018 年 5 月，兰州市李瑛小学英语名师工作室启动

2018 年 6 月，北京第二实验小学教育集团第六届“大爱杯”课堂教学研讨兰州分校荣耀捧杯

2018 年 9 月，北京第二实验小学总校专家莅临我校开展教学研讨活动

2018 年 9 月 14 年兰州市小学语文统编教材课堂教学研讨会暨语文学科教师培训

2018 年 10 月，陇原名师洪海鹰小学语文工作室成功举办第三届“京陇名师面对面”教研活动

2018 年 12 月，学校再次荣获兰州市教育质量优秀奖

2019 年 7 月，学校与澳大利亚标准中文学校正式签约

2019 年 7 月，学校被授予甘肃省中小学“百校结好”项目基地学校

2019 年 9 月，北京第二实验小学兰州分校教师公寓封顶仪式

2018 年 1 月，四年级“数学乐园”综合实践活动

2018 年 1 月，五六年级“爱慧英语节”活动

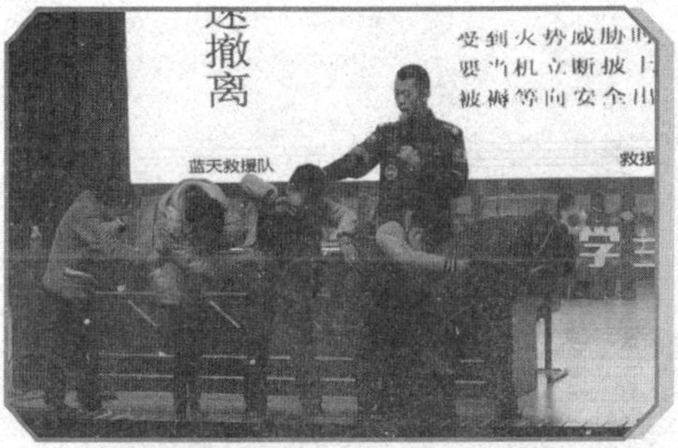

2018 年 1 月，五六年级“防震减灾　安全第一”主题教育活动

2018 年 2 月，“拥抱新时代，争做好少年”开学典礼

2018 年 2 月，新学期第一次教师读书沙龙活动暨启动仪式

2018 年 3 月，五六年级“闹元宵，对对联”活动

2018 年 4 月，共青团员、少先队员参观解放兰州纪念馆

2018 年 5 月，第四届爱慧体育节

2018 年 5 月，总校五年级同学与我校五年级师生共度“六一”儿童节

2018 年 6 月，举办五六年级”关爱青春期教育——心理健康讲座“活动

2018 年 9 月 12 日，“对话” 聚焦文化，润泽彼此心灵儒雅论坛

2018 年 9 月，学生自我保护亲子教育活动

2018 年 9 月,“小手拉大手” 情暖中秋送爱行动

2018 年 12 月,“参与求体验　探究求真知”数学综合实践课

2018 年 12 月,“少长咸集　雅正论研”三年级主题研究课结题

2018 年 12 月,校园小记者获甘肃省广电小记者“十佳小记者、百优小记者”称号

2018 年 12 月,一年级新年音乐会

2019 年 1 月,43 位学生赴俄罗斯研学

2019 年 1 月，爱慧学生社团工作专项会议

2019 年 3 月，教师乒乓球比赛

2019 年 3 月，临近毕业，六年级“校长，我想对您说……”活动

2019 年 3 月，第二届 CFC 足球联赛开幕

2019 年 3 月，课程推进会上五年级向全市教师汇报“主题研究课”

2019 年 3 月，“接纳自我　乐观自信”五六年级团体辅导活动

2019 年 4 月,“校长,我想对你说……”之洛阳分校师生来兰研学座谈会

2019 年 4 月,“缅怀革命先烈、弘扬爱国主义”清明节祭扫活动

2019 年 4 月，学校五年级学生赴洛阳分校研学

2019 年 4 月,第四届趣味运动会

2019 年 4 月,三年级“消防知识记心间”安全教育活动

2019 年 4 月，四年级“中华民族传统节日”主题活动

2019 年 6 月，“护航成长在行动　法治教育进校园”三四年级法治讲座

2019 年 6 月，爱慧学子“硕硕星级”答辩

2019 年 6 月，“中国娃爱世界，家国情慧梦想”第二届爱慧艺术节汇报展演

2019 年 6 月，“中国娃铸中国魂”一年级古诗词唱诵活动

2019 年 6 月，“我们毕业啦”主题活动

2019 年 6 月，屋顶农场采摘

2019 年 7 月，地掷球社团参加 2019 年全国青少年暨大学生掷球锦标赛首创佳绩

2019 年 7 月，“共话育爱之心，同理家校之路”德育工作研讨会暨新班主任培训会

2019 年 7 月，学校航模社团载誉而归

2019 年 8 月，“回归乐园·有爱相随”新学期迎接孩子回归校园

2019 年 8 月，新生入学礼

2019 年 9 月，一年级新生开笔礼

2019 年 9 月，“礼赞祖国　廉润心田　塑好家风”中小学生手抄报比赛学校再获佳绩

2019 年 9 月,参加兰州市中小学教师庆祝中华人民共和国成立 70 周年合唱比赛

2019 年 9 月,三年级“夜宿校园”体验

2019 年 9 月,走进科技馆

2019 年 9 月,六年级“英语角”主题活动

2019 年 10 月,“高雅艺术进校园”中央民族乐团走进北京第二实验小学兰州分校专场音乐会演出

2019年10月，“消防安全你我同行”主题教育活动

2019年10月，一届三次少代会暨少先队工作委员会成立

2019年10月，学校“小百灵”合唱团在甘肃省首届学生合唱艺术节暨庆祝新中国成立70周年合唱展演中获小学组一等奖

2019年11月，“爱家乡”之走进敦煌莫高窟

2019年11月12日，“科技助力成长　智慧点亮梦想”四五六年级学生科普宣讲员比赛

2019年11月，四年级“家长讲坛”——《管理情绪》

2018 年 3 月，育爱联盟二届二次会议暨家长志愿者成立大会

2018 年 6 月，家长参与“社团开放日”活动

2018 年 10 月，学校育爱联盟家委会赴舟曲县开展结对帮扶

2019 年 3 月，“育爱芬芳时　家校同心开”育爱联盟校级家委会议

2019 年 5 月，“青春心向党，建功新时代”纪念五四运动 100 周年特别活动

2019 年 7 月，“重温历史感悟初心，追随足迹践行使命”庆七一红色教育主题活动

2019年8月，兰州少年棒球代表团师生与日本刈谷市市长、日本刈谷市棒球联盟会长合影

2019年8月，兰州少年棒球代表团团长洪海鹰向日本刈谷市市长(左)、日本刈谷市棒球联盟会长(右)赠礼物

2019年9月，“守师德师风初心，担立德树人使命”博远讲坛

2019年9月，“同忆爱的历程，共话爱的教育”儒雅论坛活动

2019年9月，屋顶农场快乐采摘

2019 年 9 月，新学期家长课程之“育爱联盟家长共读书”活动开始

2019 年 9 月，育爱联盟家委会三届一次会议暨家长志愿者会议

2019 年 10 月，育爱联盟家长参观学校食堂

2019 年 10 月，“博远杯”新教师亮相课

2019 年 11 月，二年级传统文化进校园主题体验活动

2019 年 11 月，英语口语角活动

送给自己一份最好的礼物

——《爱的印记——我们的感悟》序

书卷多情。当我翻开北京第二实验小学兰州分校《爱的印记——我们的感悟》的书稿，心中充满期待，想看看关于“爱”，兰分老师们有着怎样的思考和感悟？想知道是什么原因使得兰分坚持每年出版一本《爱的印记》？

在我的概念里，北京第二实验小学于2012年发展到了鼎盛时期，在全国各个地方产生着广泛而深刻的影响。记得在那年前后，北京第二实验小学做出了一个战略性决策：开放办学手拉手，共同迈向“美美与共”的新发展。北京第二实验小学兰州分校应运而生，成为北京第二实验小学教育集团大家庭中的一员。

在教育集团这个大家庭中，我问过自己：兰分的印记是什么？2016年第一次走进兰州分校，兰分团队的活力与创造力扑面而来——连续四年“京陇名师面对面”，与兰分团队在“一带一路”这条充满使命与光荣的路上，高歌教育集团“爱与智慧”的先进理念与不断探索……一个共同的名称“北京第二实验小学”，将北京第二实验小学与兰分团队紧密相连。每年不同的时间里，北京第二实验小学的校园里总会有兰分人的身影，目光坚定中充满认同、充满渴求，孜孜不倦，俯身研究、认真学习。北京第二实验小学倡导“双主体育人”的办学思路，“有主体作用的人”是学校最宝贵的财富，也是学校的育人方向。兰分团队以其行彻底征服着每一位二小人：在我们看来，他们个个都是“有主体作用的人”！

这本《爱的印记——我们的感悟》就是最好的证明。洪海鹰校长带领着兰分团队，在实践“以爱育爱”的理念中，不断地思考、探索，不断地调整、改变，不断地积累、沉淀。《爱的印记——我们的感悟》中记录了兰分老师们对教育中“爱与智慧”的朴素理解，充溢着兰分老师们对教育的真挚热爱，散发着兰分老师们对教育的初心守望，流露出兰分老师们对教育的细节把握。感恩，兰分人如此开放的分享，袒露中有成长，有感悟，也有困惑和挫败。教育是一个不断累加的过程：目标——行动——反思——修正或调整目标——再行动——再反思——再调整目标——再行动——再反思，每一位教师也是在这个教育累加的过程中获得进步与成长。我想，兰分之所以每年坚持出版这样一本书，就是把老师们最常态化的工作外显并成果化，帮助每一位老师获得价值感的同时，促使每一位老师完成反思与调整，激发新的行动力。尤其，忙碌过一段时间之后，我们必须要停一停、回头看看：奔跑时不能忘记“为什么而出发”！这是兰分的选择，这是智者的选择。感恩，我能够幸运地成为这一过程的见证者和同行者。我以为，这本书，是兰分团队送自己的一份最好的礼物。

落霞与孤鹜齐飞，秋水共长天一色。百十年二小，宁移白首之心；五年兰分，不坠青云之志。无论在北京，无论在兰州，只要是新时代的“二小人”，一定能够不忘初心、牢记使命，做“有主体作用的教育人”，将充满爱和智慧的教育火种撒遍祖国大地，传扬四面八方，为每一位学生的健康成长矢志不渝。

北京第二实验小学校长 芦咏莉

2019.10.31

目 录

正本·仁爱篇

致知·尽慧篇

修德·润博篇

力行·达远篇

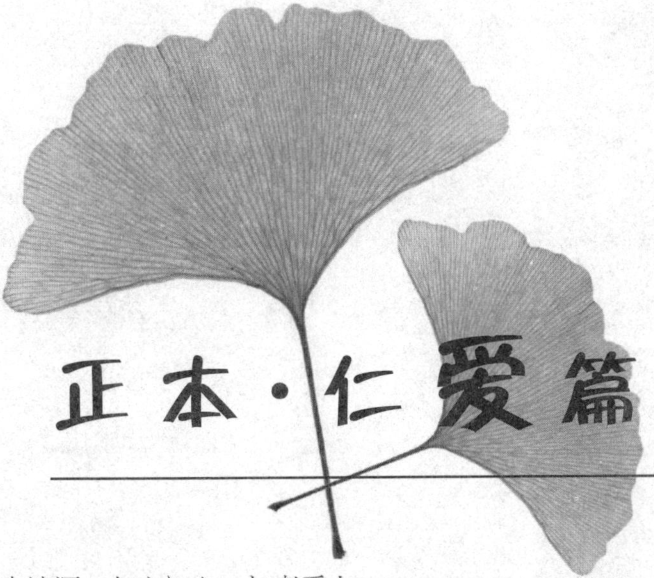

正本·仁爱篇

正本清源，勿忘初心，仁者爱人。

育人之道，“育爱”是基础，“立德”是根本。学校发展，“文化”是根基，“理念”是灵魂。“以爱育爱”理念的理解与落实是学校德育的重要工作，也是全“人”教育践行的有力支撑。

“爱”是教育之花漫漫吐露芬芳的不尽之源，逐初心梦，践德育情，成就爱慧少年。

让文化成为爱的自觉行

洪海鹰

经过近一个月的沟通协调，最终确定2017年10月26日—10月31日，北京第二实验小学20位老师在李雪峰校长和梁学英主任的带领下，来兰州进行指导、赴敦煌传经送宝，这对兰州分校来说，是鼓励，是鞭策，更是一次长足的成长。由于和兰州市教育局组织的名师培训相冲突，我没有全程参与，真的有点遗憾，但一直在关注此次教研活动的全过程，听到了来自甘肃省教科院领导对总校、分校教师教育教学能力的赞扬，收到了来自酒泉市教育局对“京陇名师面对面”活动能长久举办下去的期许，获得了来自总校芦咏莉校长等领导对兰州分校的认可，更感受到了家人们方方面面满满的收获！

这次教研活动，我们共有18位家人呈现了自己的课堂教学，其中10节为上班1—2年的新教师的课。这是学校领导班子前期开会时确定下来的，我们当时的想法是：反正是自己人，上好上不好都可以，重在搭建这样的平台，让新老师能更快地成长，但内心还是有点忐忑，到底能上成什么样，心里没有数。通过反复地试讲、磨课，整体来说，每个人都在努力展现最好的教学，做到了最好的自己。静下心来思考活动的全过程，最深的感受就是课堂文化的落实，还需要我们不断践行、持续跟进、反复研讨，只有这样，才能成为师生的自觉行为。

一、手势文化的落实需深刻认识现象后面的本质

“小星星闪起来”“眼神跟着声音走”“今天我当小老师”“我请你作补充”“我有疑问”“我认为你说得对”……经过近两年的训练，孩子们都能比较熟练地运用二小的手势文化了。但跟总校相比，总觉得缺点什么。听课后点评中，吴文念老师的一句话，一下子让我明白了缺的到底是什么？我们在手势

洪海鹰，语文教师，高级教师，陇原名师，兰州市领军人才。

的训练中更注重形，训练孩子做什么、怎么做，但没有给孩子讲明白为什么要这么做，甚至可能有部分老师也不明白为什么要有这样的手势，导致我们缺少了魂的那一部分。其实，课堂中手势文化的运用，除了提高课堂教学的效率，更重要的是培养孩子的合作意识，提升孩子的沟通能力，引导孩子学会尊重他人，并能积极大胆地发表自己的观点，从而做大气的二小人。

二、课堂文化的落实需落实在教学的每个环节中

“生本　对话　求真　累加”的课堂文化说起来容易做起来难。这真的需要我们在教材解读时、教学设计时、课堂教学中、课后反思中都将孩子真正放在心中，根据孩子的学情、特点确定教学的重难点、关注教学中的生成、反思教学中的得失，从而在孩子已有知识能力水平的基础上进行累加，让每个孩子努力做最好的自己！其实教学就是这样，如果真正将每一个教学环节都做到为孩子的学服务，就会少了花拳绣腿，少了别出心裁，也就能真正做到“勇敢地退、适时地进”，做到教为学服务。

三、办学理念的落实需准确解读后采取适当的方法

“我们需要不断提升爱的行为、爱的能力和爱的智慧。”这句话老师们都会说，但应该怎样提升爱的智慧呢？许多方面都需要我们思考：主题研究课怎么开展？社团活动如何更好地和课堂教学接轨？零点体育怎么操作？“三段式教学论”如何实施？学生的评价怎么更好地进行？总校的专家和老师们进行了多角度的分享交流，给我们给了很多的意见和建议。

细细反思总校老师的发言，我更加深刻地认识到，“以爱育爱”的办学理念已深深印刻在每一位总校老师的心中，成为指导他们教育教学行为的“道”，而我们走着走着就会有一种“忘了为什么而出发”的感觉，这就需要我们不断转变观念、转变思维模式，将学校的文化根植于内心深处，并自然而然地通过行为表现出来，做到“术因道而立，道因术而显”。

我知道，这需要一个漫长的过程，需要我和我的家人们有成蛹——破茧——化蝶的勇气。我相信，我们会为“在爱的教育中润泽彼此心灵，建设生态化、现代化的爱的家园”而不断努力的！

家庭是教育永远的背景和底色

洪海鹰

特别喜欢苏霍姆林斯基的经典名句。他曾说过：人类的精神与动物的本能区别在于，我们在繁衍后代的同时，在下一代身上留下自己的美、理想和对于崇高而美好的事物的信念。正如苏霍姆林斯基所言，美与信念的传递表现着人类繁衍的特质，同时显现着教育过程的本质。在我们共同看到的历史和正在经历的现在，都应该认同家庭教育对于一个个体成长与发展的重要影响。

作为以教育为专业的我们，当家庭教育指导成为职业生涯中的必然之选和必须要直面的重点工作时，我们要做的就是与亟待教育指导的家长群体相互携手共同促进学生核心素养的健康发展。

北京第二实验小学兰州分校面向安宁区招生。安宁区是兰州市城中村改造进程最快的区，我们学校位于安宁区的西面，是近几年城市建设进程最快的区域。据不完全统计，学生中有近50%是农转非的户籍，这部分孩子的家长学历水平大部分是初高中水平。如何通过指导家庭教育促进学生成长的重要性就不言而喻了。自建校以来，我们以“以爱育爱”核心办学理念为引领，落实“全人”教育目标，完善学校的“爱慧课程体系”，根据“三位一体”学校课程建设思路，结合学校家长文化“权利　责任　参与　成长”的发展内涵，为了让家校之间的联系更加紧密，让家校各自的责任更加明确，学校力求通过家长课程的搭建实施，探索家庭教育的新途径，引导家长在教育孩子的过程中自觉提高教育能力，从而形成家校育人合力。我们主要从以下几方面引导家长扎实家庭教育，为孩子的教育铺设良好的背景，涂上爱的底色。

一、搭建平台，提高教师爱的智慧。

“以爱育爱”是我们践行的核心办学理念，学校从学生成长的需要出发，

洪海鹰，语文教师，高级教师，陇原名师，兰州市领军人才。

规范教师慧爱“四有”——爱的情感、爱的行为、爱的能力和爱的智慧，通过学校开展的博远讲坛、儒雅论坛、班主任工作坊等系列活动，引导教师会用自己浓浓的师爱培育学生，在教育教学时让孩子们在理解爱、感受爱的过程中学会表达爱。

我们都知道，孩子每个年龄阶段有共同的发展需求，但个体发展却存在一定的差异。学校充分认识到心理教育在孩子发展过程中的积极作用，倡导每一位老师参加心理学培训，从科学的视角去理解孩子们的行为举止。全校教师利用周末、假期时间，共同参加培训，从基础心理学、发展心理学、社会心理学等方面进行了全面系统的学习，这为全面认识孩子提供了理论支撑，同时为更好地开展家校交流提供了有力的保障。经常听到我们的老师在跟家长交流时，总是引导家长要站在孩子的角度陪伴孩子、理解孩子、尊重孩子、帮助孩子，进而教育引导孩子！

二、构建课程，铺设家庭爱的背景。

家庭教育是启蒙教育，建构了孩子最初的道德观念，培养了孩子最初的情感意识；家庭教育又是终身教育,影响着孩子一生的发展。学校在开展家庭教育的过程中，越来越意识到家庭教育对孩子成长的重要性，在探索和实践中形成“育爱阶梯——家长课程体系”。

“育爱阶梯——家长课程体系”架构图设计灵感来自于阶梯蕴涵的含义。阶梯既指实物的梯子，又暗含向上的途径。梯子的造型是两根长杆子做主体，多根横杆把两根长杆子连接起来，这长杆子象征着支撑起家庭教育在全人教育方面的两个重要的内容——认知教育和非认知教育（认知教育主要指知识方面，是显性教育，非认知教育主要指道德品质方面，是非线性教育），横杆代表着家长要参与的各类课程。阶梯在地面的支撑下，凭借阶梯可以到达相应的高度。地面犹如学校文化，阶梯犹如课程。在学校文化的引领下，以“爱慧”为根基，践行家长文化，家长们通过参与“六修”课程的学习，充分认识到家庭教育的重要性及家长在家庭教育中的主导地位，创建良好的家庭环境，有效落实“三位一体”中家庭教育的功能，最终实现“全人”教育的目标。

育爱阶梯家长课程体系，主要是让家长在陪伴学生成长的过程中发挥家庭教育的重要作用，让每一位家长成为孩子成长之路上的重要他人。通过学习家庭教育方面的理论知识和教育技巧，分析在认知和非认知方面的优势和不足，不断地完善自己，达到两方面的完美统一，形成优良的家风，为孩子们在未来的成长之路上铺设最好的背景。

三、多元培训，提升家长爱的能力。

必修课程涂底色 学校每学期对所有家长进行连续五期的“育爱联盟父母训练营”。通过前期调查家长需求，结合学校教育理念，建构全员型、系列化的家长必修课程。通过专家型校长、德育主任、班主任队伍等为骨干力量的校本化资源与本土化学者资源整合的方式进行培训。学校管理层的家庭教育能力提升专题讲座促进了教育理念的统一；大学专家心理认知的知识普及促进了家长对于孩子的认识、理解，调整了父母的行为模式；骨干教师的现实说法和经典案例，为家长们提供了很好的教育范式。每期的家长训练营为家庭教育奠定了坚实的基础。

读书浸润倡反思 学校在开展“育爱家长训练营”必修课的基础上，开设家长选修课。选择契合时代发展与当代科学研究的家庭教育类经典书籍，开设家长选修课程——育爱读书沙龙。坚持在每周一次、每次 90 分钟的活动中，将阅读朗诵与读书所思相结合，在溢满书香的互动中分享交流，在养育修行的察觉中反思成长。目前参加此类选修课的家长已超过千余人次，家长们收获颇多。曾有家长这样写道：“如果想让孩子成为出色的人，我们作为父母一定先是出色的人，所以，我们必须做最好的自己。”

团体互动悟关系 欧文·亚隆说：人们内心的困扰均源于人际关系的冲突，最好的解决之道就是利用团体的动力去化解。学校爱慧家长课程结合团体咨询所具有的家庭功能，开设了专修课程——育爱小站沟通成长团体小组。通过自主申报、成员筛选的方式组建团体小组，鼓励成员关注他人的分享，在学习聆听他人的同时觉察自己的心念，在真实中表达当下自己的感受，让成员们在真实的人际互动中练习共情与同理心，反思与孩子的互动，领悟和孩子相处的点滴瞬间，学会运用理解和共情与孩子相处。

辅导访谈知方向 学校通过舒慧园心理健康中心，开设辅修类课程。针对个别家庭的特殊问题、家长教养方式亟待改善的需求，通过教育学、应用心理学、社会家庭学的理论知识学习普及，帮助家庭建立良好的家庭环境，通过家长个别访谈、家庭成员集体辅导等方式进行每周一次的正式访谈，让家长知道家庭教育的正确方向，改善家庭教育中存在的问题，帮助家长提升教育的能力，在系统论的支持下改善学生的生活、学习习惯。

体验参与明责任 依托学校已经形成的“在参与中求体验、在创新中求发展”的学生爱慧节日类体验课程，倡导家长参与研修类课程——和孩子一起上学。在学校的体育节、艺术节、读书节、科技节、感恩节、开笔礼、CFC 校园足球联赛、硕硕欢乐购、研学等各级各类活动中积极参与体验，明确感受自己在孩子成长中扮演的重要角色，清楚地知道父母及家庭在孩子教育中所产生的重要影响和必须承担的责任，成为学生阳光积极的榜样，从而促进学生努力向上的生活态度。

家长讲坛共成长　家长来自各行各业，我们的家长群体中有种花种树专业户，有大学教授，有法官检察官，有医生护士……术业有专攻，看到这些资源，我们思考如何让这些资源发挥最大的优势，学校尝试在各年级组开设家长讲坛，让孩子们学习了解课本中没有的知识。通过这样自修类课程的开设，给家长们提供了另一种成长的平台，给孩子们拓宽了学习知识的渠道，加强了家校之间的联系，促进了家长和孩子的共同成长。

我认为孩子性格养成和才能形成，学校只是提供了平台，归根结底受到家庭、父母的影响更深。而作为教育工作者，我们心中的爱的理想是：当我们离开之后，一群优秀的男人、女人会继续在这里生活。这就需要我们尽自己所能，引导帮助、支持鼓励家长做好家长，一起做孩子成长过程中重要的他人！

爱、思考与勇气

——学校家庭教育指导实践有悟

刘　悦

“教育者，非为已往，非为现在，而专为将来。”蔡元培先生忧国之呐喊，直面教育指向未来的远效性，亦突显出人类为明天之重以期望渲染使命的共识。期望充盈的共识中，可见于“临行密密缝，意恐迟迟归”自然流露出的千般惦念与万里深情，颇多的是“纸上得来终觉浅，绝知此事要躬行”的耳提面命与枯苗望雨，鲜有“唯愿孩儿愚且鲁，无灾无难到公卿”的豁达无求与坦然松弛；苏霍姆林斯基曾认真思考人类精神与动物的本质差别，认为区别在于我们在繁衍后代的同时，在下一代身上留下自己的美、理想和对于崇高而美好的事物的信念。这个传递的过程表现着人类繁衍的特质，也构成了我们与未来承载者——孩子互动的基本过程与模式：爱+教育=发展。

在全国教育大会上，习近平总书记以“四个第一”——“家庭是人生的第一所学校”“家长是孩子的第一任老师”“要给孩子讲好人生第一堂课”“帮助扣好人生第一粒扣子”，高度概括了家庭教育的重要性。一项教育科研国家课题的调查报告显示，86.5％的家长表示在家庭教育方面需要学校的指导和帮助。一家研究机构指出，当前，家庭教育指导服务的五类渠道中的学校渠道，无论是家长的接受率和指导者指导率都超过50%，是家庭教育的主渠道，由此学校更需要充分发挥家庭教育的重要作用，家庭教育、学校教育、社会教育等层面的有机融合，将极大地促进个体的健康全面发展，从而也赋予老师一种使命，那就是成为专业的教育工作者的同时也成为优秀的家庭教育指导者。

刘悦，心理健康教师，市级骨干教师，市级优秀辅导员。

爱有边界，在进退适度中等待

有一个沉默寡言、缺乏主动的孩子，班主任积极和家长沟通在家庭教育方面需要注意的问题，家长面对老师的提醒和要求总是表示自己一直很努力地配合老师的工作，以后会更加努力做好家庭教育。可是，有意思的是，班主任老师虽然跟家长谈了许多次，却发现在孩子的表现中没有太多的起色。带着这样的困惑，班主任老师来咨询我，想从心理学的视角上寻找原因。在跟老师、家长以及孩子进行了访谈、沙盘等活动之后，发现孩子所表现出的不积极更多的来源于内心的无能为力，而这种状态和家庭目前正在经历的一些困难息息相关。

歌德说："无论是国王还是农夫，家庭和睦是最幸福的。"从家长面对老师时的被动、紧张和回避，我们知道这个家庭正处于危机当中，正受到一些生活事件的影响与侵害，在此阶段老师和家庭教育指导者需要认识到目前对于家庭重要的是解决危机，没有太多的精力实施有品质的教育；而家庭危机需要借助多种外力或途径解决，老师过多卷入会容易造成家长对教育职责的外化、对老师的过度依赖，更重要的是"家丑不可外扬"的安全感受到冲击而对老师的建议产生情绪化的本能阻抗。因此，对此类危机家庭，老师能做的是适度地提醒家长注意孩子可能出现问题的迹象，尽可能早地采取积极行动。在与家庭互动的方式上建立指导边界，给予主体家庭适度的空间以待改变的契机，"适时地退"也让我们在未来有工作的可能，爱有边界才有空间。

爱无可比，在相信情感中滋养

经常有班主任老师说本着一颗诚挚的心，请家长到学校来谈孩子的"问题"，有些家长不领情，要么觉得自己的孩子没问题，要么指责老师要求太严格而孩子要放养、要么认为教育孩子是老师的事儿等。班主任老师的困惑在于自己苦口婆心地说服，不仅没有唤醒家长教育认识与行为的改变，反而遭遇家长的抵触、拒绝甚至是不满。通常遇到这样的问题，我需要提醒老师们注意以下几个重点问题：

"你相信家长是爱孩子的吗?"

"若你相信，在和家长的沟通内容、方式上所传递出的是什么?"

"如果沟通过程恳切、充满信任，那家长那里究竟遭遇了什么?"

英国哲学家罗素说："父母们最根本的缺点在于想要自己的孩子为自己争光。"而当老师以问题为导向和家长访谈时，尤其是那些在一定层面上较为成功、颇为自信的家长，他们从被老师"约定"的时候防御就已经处于戒备状态。当听到老师历数孩子的诸多问题、指出家长在诸多方面做得不够恰当时，家长情绪自然而然消极化，内在的心理逻辑偏向为“孩子的问题是我的问题、孩子的不好是我的无能”等对自己的负性感受，优越的自我概念受到了冲击，“没有人比自己更爱孩子”的情感遭遇了否认。虽然家长明白随着孩子的成长，自己的权威逐渐在社会化的发展中转移，但没有人会轻而易举地接受“被替代”，此时的家长很容易把老师对于孩子的评价内化为对自己的否定，因而表现出对老师建议的抵触和不满。

作为老师在做家长教育指导时需要注意的是，我们对孩子的爱无论多么充沛都无法超越父母家人对孩子的爱。在和家长沟通孩子的问题是需要肯定家长在教育中的努力付出、肯定家长在不平坦的生活境遇中的尽心竭力、肯定家长对孩子的爱充盈丰富等，家长自然会在如此理解共情的氛围中，与我们共同探讨更为有效的教育手段，相信有强大的情感基础就会滋养出爱的适宜方式。

爱有章法，在需求层次中努力

有了安全信任的边界和理解共情的关系为基础，我们需要探索的是学校家庭教育指导的实效性与科学性。河合隼雄说：“每个孩子的内心，都存在一个宇宙……对孩子的宇宙的探索，也自然而然地关系到对自己的世界的探索。”无论是教育学生还是指导家长，我们都需要敬畏“个体宇宙”的存在，尊重群体的共性和个体的特性，因此学校推进家庭教育工作也就必然要面临不同层次家长的家庭教育需要。

以科尔伯格的道德发展理论为基点，我们需要认识到人的成长是一个从他律到自律的过程，教育学习的目的在于有效地促进这个过程的积极发展。家长的“成长”亦是如此，中国古代儒家思想中要求学生掌握“六艺”：礼、乐、射、御、书、数，体现了提倡学生的全面发展，而这有赖于家长素养的全面提升，有关家庭教育的许多学者认为“养育孩子就是一场温暖的修行”，将优秀传统文化内涵与现代家教理念相结合，应运而生了学校以必修、选修、专修、辅修、研修及自修等“六修”为主的“育家阶梯”家长课程体系，充分考虑家长在不同阶段、于不同角度的不同需求。

有一次，一位妈妈告诉我最近孩子的状态不太好，当我引导她思考可能的原因是，妈妈认为主要周末孩子和家长都忙于在五个课外班之间穿梭，没时间相互交流和玩耍。当我试图让这位妈妈鉴别必要与非必要性的课程内容，期待她做减法的时候，妈妈的表达都在说明“样样很重要，一样不能少”，面对感受到困难却不想改变的冲突型家长，怎么应对？欧文·亚隆说：“人们内心的困扰均源于人际关系的冲突，最好的解决之道就是利用团体的动力去化解。”

结合团体辅导所具有的家庭功能开设团体小组，鼓励家长成员与他人分享，学习聆听他人，在真实中表达当下的感受，让成员们在真实的人际互动中练习共情与同理心，有质量地与孩子相处。这位妈妈在团体小组的体验中，得到了很多成员的认真反馈，让她发现了自己的要求给了孩子很多的压力，孩子更多的是在被动的接受中应付，帮助她理清了是因为繁杂的事务忽略了孩子的成长需要求，影响了和孩子的关系。

针对个别家庭的问题，有针对性地进行家庭访谈，帮助改善家庭教育中存在的问题、提升家庭教育的能力，以系统论为支持，调整学生生活、学习习惯。小环平常聪颖好动，做事情总想引起他人的关注，主动告诉班主任老师他心里有些难过，可是也不知道为什么。我和父母、孩子商量后进行了一次家庭访谈，请父母和孩子一起围坐在一起，每一次谈话都从孩子开始表达来进行访谈的猜测、坐在这里的感受、最期望其他成员做什么事儿、评价彼此的近期表现等，并规定由小环每周组织一次家庭会议。因为通过交流得知妈妈很忙、爸爸负责小环的接送，大部分时间孩子都是自己一个人在家，家庭给予的小环的关注度让孩子觉得自己不重要。这样的方式可以提升孩子在家庭活动中觉得自己重要及平等的感受，让自己的需求有表达和实现的空间。

爱无条件，在不忘初心中思考

爱+教育=发展。在实际的家庭互动中，“教育”被过高的期望、过度的要求所淹没，爱与焦虑相遇变成了控制、与无助相加变成了抛弃、与绝望为伴变成了冷漠、与沮丧为伍变成了被动……构成了许多发展变形的爱的模式。

对于父母来说，养育孩子就如同经典童话《绿野仙踪》中的桃乐丝，被一阵风卷起，掉进陌生的国度，令人迷惑又危机四伏。我们面对孩子的成长的全新世界，我们时而像没有脑子的稻草人，在情感与期望的漩涡里无法平静下来思考；我们时而像没有心脏的铁皮人，被现实生活的压力与失控的情绪所吞没，忘记了那初见的凝望和爱的初心；我们时而像胆小怕事的狮子，被教育实施的挫败感击打到没有了积极应对的勇气……弗兰克·鲍姆在童话中写道：“没有一个地方可以和家相提并论。”是的，我们一直在找寻“家”的路上，虽然我们与没有脑子的稻草人、没有心脏的铁皮人、胆小怕事的狮子相遇，但是因为我们心中的爱一直都在，回望初心让我们点燃爱的火焰，拿出爱的勇气，用理性的思考把责任和勇气当作最珍贵的礼物馈赠给我们的孩子，尼采说：“人的生命，并不能以时间的长短来衡量，心中充满爱时，刹那即永恒。”让我们成为想在世界上见到的改变。

让家庭教育在阳光下进行

苏 蕊

家庭教育，让我印象最深刻的就是关于对拥抱的体悟以及尊重彼此的沟通。

在亲子之间，拥抱应是身体接触中最高级、最典型的形式。身体接触是温度计。我们班上有一个淘气但很可爱的小孩，他总是喜欢用一些特殊的方式引起别人的关注。有一次他又不小心弄伤了其他孩子，我再次请他父亲来学校进行沟通，在孩子眼里父亲是很严厉、高大、从来都不对他微笑的，所以孩子特别害怕父亲。通过了解知道，父亲由于种种原因与一个儿子连最简单的身体接触平时几乎没有。等孩子出现时，我先请父亲抱了抱孩子，害怕、担心的孩子在父亲怀里泣不成声，自己说清了事情的来龙去脉，并及时承认了错误做了保证。没想到一个小小的拥抱竟然可以化解这么多复杂的问题。因此，我在班主任工作中，鼓励家长不管再忙都要多关心自己的孩子。从握手、摸头、拍肩逐步发展为拥抱，慢慢地，我们亲子之间的拥抱成了常态化，亲子关系和谐，家庭教育自然会做得很好。

常常听到父母说这样一句话：小孩子还有心思，还有想法？还有愿望？当父母这样说的时候，就好像对方不是人，他是我的私有财产，我可以拉过来，我想说啥就说啥。有人说：我比我父母对孩子好多了，父母那时候不管我，我很痛苦，现在我想主动关心你，你当然就应该说。你怎么有权利拒绝我？我是你爸，我是你妈！当你不给对方这份尊重的时候，对方就会说：走开！当然，做父母的并不是想怎样控制他，只是想帮助他。可是我们帮他的前提是他愿意沟通的时候，既然我们自己也有烦了、累了、有压力、有冲突，不愿意去跟人沟通的时候，就应尊重孩子这份权利。父母可以这样说：“我知道你现在心情

苏蕊，数学教师。

不好，不愿意跟我说，什么时候你愿意跟我沟通，我随时都等着你。”等孩子心情好了，父母再去跟他聊。当孩子发现父母足够爱他、足够理解他，当他遇到压力最需要人支持的时候，他当然愿意跟父母倾诉。在亲子沟通中，有时父母想急于和孩子沟通，当孩子表现出抗拒时，便不尊重孩子的权利，这会直接影响沟通效果和亲子关系，最终会导致家庭教育以失败告终。

伟大女性宋庆龄曾说过一句话，“孩子们的性格和才能，归根结底是受到家庭、父母，特别是母亲的影响最深”。家庭教育对孩子一生有着决定性的影响，有效地进行亲子沟通才能更好地让家庭教育在阳光下进行。

要和孩子进行有效的沟通交流

魏　瑜

一位家长的困惑：我一直很注重与孩子的沟通，我觉得良好的沟通是建立亲子关系的根本要素。与孩子沟通，看似是件很容易的事情，却让我们作家长很是为难。我也知道沟通是每个家庭维系感情最基本的需要，而这也是当今社会环境下一个棘手的问题，怎样与孩子沟通，与孩子沟通的方法有哪些，这些问题都成了我们关注的热门问题，那么怎样才能做到与孩子进行有效的沟通呢？

老师反馈：有一位教育家曾经说过："父母教育孩子的最基本的形式，就是与孩子谈话。我深信世界上好的教育，是在和父母的谈话中不知不觉地获得的。"下面我们就谈谈如何与孩子进行有效的沟通。首先与大家分享两个案例。

案例一：

果果周末想睡懒觉，妈妈之前是同意这个要求的。可是到了星期六早晨，孩子已经睡醒了，但是还想赖床，妈妈觉得这样很磨叽，就去喊孩子起床。一遍、两遍、三遍，任凭妈妈喊得声嘶力竭，孩子完全没有起床的意思。妈妈越想越气，一个箭步冲上去掀掉孩子的被子。睡眼惺忪的孩子也不甘示弱地冲妈妈吼起来："是你让我睡懒觉的，现在凭什么掀我的被子？"就这样，妈妈和孩子进入了争吵状态。

案例二：

果果最近感冒发烧了，烧退了以后想出去和小朋友在院子里骑自行车，她问妈妈："我可以出去骑自行车吗？"妈妈一听就很生气，想着孩子生着病还一心想着玩，出去骑上车一吹风就更厉害了，语气就有些生硬地说："不行，生病了不能出去骑自行车。"孩子一听妈妈的语气不对，也开始生气地说："我就要出去玩！"妈妈想，我是为了孩子好，孩子反倒不听话，越想越生气，

魏瑜，数学教师，一级教师，兰州市教学新秀，兰州市首届骨干班主任。

随后就进入到了吵架模式。

以上两则案例在许多父母和孩子身上都会碰到，不少父母也会经常抱怨：孩子真是不听话，好好地同他讲道理，他却当作耳旁风。还要跟你对着干，你越不让他干的事情，他偏要干，怎么这么叛逆？孩子也会觉得：父母总是管束着自己，一说话就生气，太烦人了！父母为孩子发愁，孩子嫌父母烦。如果没有顺畅的亲子沟通，亲子关系通常也不会太好。这就需要我们思考：不顺畅的亲子沟通到底是谁的问题？其实大多数情况下问题可能来自于父母亲。父母的情绪影响着孩子的情绪，家长着急，谈话时不讲究方法和技巧，那就只有情绪的宣泄，负面情绪也就传染给了孩子。有的孩子甚至会说："我爸妈太唠叨了，他们一张嘴，我就知道他们又要说什么。"孩子一旦产生了排斥、逆反的心理，顺畅的亲子沟通也就无从谈起。给大家讲一个《禅师和兰花》的故事吧。有一位禅师很喜欢养兰花。有一次他外出云游，就把兰花交给徒弟照料。徒弟知道这是师父的爱物，于是也小心照顾，兰花一直生长得很好。可是就在禅师回来的前一天，他不小心把兰花摔到地上，兰花摔坏了。徒弟非常担心，他自己受罚倒不要紧，他害怕师父会生气伤心。禅师回来以后知道了，并没有生气，也没有惩罚徒弟，他说："我当初种兰花，不是为了今天生气的。"这就是《禅师和兰花》的故事。作为父母，我们当初养孩子是为了生气吗？当然不是。孩子在我们眼中是天使，是我们生命的一部分，那为什么真正沟通起来就像陌生人那样生硬甚至充满敌意呢？

我认为父母与孩子在沟通上的不顺畅主要有以下三个原因：第一，父母对孩子的要求太高。父母总是拿自己的孩子与别人的孩子做比较，别人的孩子写作业多么认真、多么用功，做事多么踏实，自己的孩子写作业怎么总是那么粗心，做事一直磨蹭。在内心的对比中，就产生了对孩子的失落感。有时，孩子也会拿自己的父母与别人的父母做对比，人家父母如何陪伴孩子阅读、做游戏；我的父母为什么不能像人家父母一样少管束自己？在这样的对比中，父母与孩子就会互相产生矛盾。第二，父母把自己当成指挥者、审判者，从内心深处认为孩子就应该听父母的。其实无论孩子多大，父母都应当知道孩子不是我们的牵线木偶，而是有思想的独立个体。有些父母对孩子，总像是上级对下级那样，并强调他们自己的观点与尊严而不顾及孩子的想法，父母从来都是对的，而孩子从来都是错的。这样做，不仅得不到孩子的认同，还容易引起他们的反感，破坏父母在他们心目中的形象，因而达不到预期的教育效果。第三，父母过多的唠叨引起了孩子的反感。有关教育专家在对亲子关系的研究中发现有些父母与孩子从早到晚只会说三句话。孩子早上起床时：“快点起床，到点了，快点快点”；孩子出家门时：“上课要注意听讲，放学早点回家”；孩子放学回来时一见面就问：“考了多少分，被老师批评了没有”。教育专家把父母的这些唠叨当作“正确的废话”和“无效的命令”，使孩子十分反感，有的孩子说我们的耳朵起茧了，根本就不想听。

如何才能达到有效地沟通呢？具体有这样几个方法：

第一，有一对会倾听的耳朵。

学会倾听，是沟通的第一步，也是对别人最好的尊敬。两千多年的前的希腊哲人戴奥真尼斯说过：“上天给我们两只耳朵、一个嘴巴的意思，就是要我们多听少说。”伏尔泰曾说：“通往内心深处的路是耳朵。”生活中，有魅力的人一定是一个倾听者，而不是滔滔不绝、喋喋不休的人。倾听，不仅仅是对别人的尊重，也是对别人的一种赞美。我们知道，在社交过程中，最善于与人沟通的高手，是那些善于倾听的人。谢云老师说：“倾听，是美好教育开始的地方。”作为父母，应该学会倾听，倾听孩子的烦恼，倾听孩子的抱怨，倾听孩子的心声。只有善于倾听孩子的心里话，父母知道孩子想什么、关注什么和需要什么，才能有针对性地给予孩子关心和帮助，也才会使沟通变得更加容易。所以，学会倾听是非常重要的。

第二，拥有平和的心态。

在孩子的成长过程中，父母的心态很重要。心态就犹如我们看世界的眼镜，世界的颜色取决于眼镜的颜色，好的心态使这个世界更加丰富多彩，而坏的心态却使世界变得乌烟瘴气。家长的心态也会影响孩子的心态，家长是孩子的一面镜子。几乎每位父母都会说：“我先开始都是和颜悦色，给他讲道理，但是他不听啊，所以我就会越来越生气。”在这个过程中，很多父母都不能保持平和的心态，良好的沟通也就戛然而止。

如果父母在孩子面前总是处于居高临下的地位，总是以一副威严的面孔对待孩子，以严厉的语气与孩子讲话，无形中会使孩子产生畏惧的心理，从而不敢和父母交流，有的孩子甚至还会产生反抗的心理。这样不仅达不到教育孩子的目的，而且还会阻断亲子之间的沟通。在与孩子的沟通中，父母要学会给自己一个平和的心态，绝对不能把抱怨经常放在嘴边。父母要学会管理好自己的情绪，有了良好、平和的心态才能更好地与孩子沟通，孩子才能感受到爱和温暖，孩子才愿意向父母吐露心声。

第三，接受孩子的错误。

孔子云：“人非圣贤，孰能无过。”人的一生中，都难免犯错误。人往往是在不断犯错误中才能够汲取教训，总结经验，不断长大，更何况是我们的孩子。每个人都不是完美的，让我们试着接纳孩子的错误。孩子在成才过程中，需要不断地改正错误、修正错误，只有这样，才能不断前进。我们面对孩子的错误时，不能简单地指责，更不能嘲笑和挖苦，而应当小心翼翼呵护他们的感受。只有这样，孩子才会敞开心扉和我们谈论他的错误，才敢与我们谈论他的过失，他在父母这里寻求的是化解错误的方法，而不是我们毫无意义的指责。

其实，无论我们采取何种沟通方式，其根本前提是爱，沟通要以爱为出发点，沟通的前提是互相尊重，也就是孩子跟父母可以彼此真诚地表达自己的感受和想法，而不必担心被拒绝。要让对方感知到我们的爱，让爱在彼此心间自然流动。

爱让我们共同成长

甘建平

学期末的下一学期工作安排会上，学校安排我接五一班的班主任。四年级的时候，我带过这个班的数学，这个班的学生普遍既不勤奋上进，又不惹事生非，对班级一切活动既不反对抗议，又不踊跃参加；语文和英语成绩不错，但是数学却很让人头疼。听到学校的安排，我虽然也有些担心，但还是很有信心，因为自己对学生还是比较了解。两天之后就听说班上的家长闹到学校去了，不想换数学老师，不想换班主任，听到这个消息，我心里顿时充满了沮丧，原来我是被他们排斥的。

开学了，学校并没有因为家长们的吵闹而改变安排。可是我的心里却出现了一些疙瘩，我不知道孩子们是不是知道假期里的事情，也不知道孩子们是怎么看待换班主任和数学老师这件事，接班对我变成了一个挑战。我从心里鼓励自己，以前我不也带过家长意见很大的班级吗？我想家长之所以“闹”，是因为他们是有担心的，起先是担心频繁地换老师对学生学习的影响，后来会担心假期的事件会不会引起老师的情绪反应，学生也会有担心，首先担心上课能不能听得懂，能不能很快地适应新老师的教学方式，老师会以什么样的眼光去看待他们。面对这种情况，我想首先要做的就是让学生和家长放心。

一、用真诚和勤奋打动家长

开学初的家长会上我就告诉家长，假期的事情我已经知道了，但是我能理解他们的想法和做法，因为我们都有一个共同的目标：一切为了孩子的发展。然后我又谈到，家长是孩子生活中最重要的也最具有影响力的人，而“家长是教师的教育合伙人”，只有家长与教师通力合作，才能在教育学生的过程中达到事半功倍的效果。

甘建平，数学教师，市教学新秀，县区级骨干教师。

开学第一天的始业课上，我就和班上孩子们一起制定了我们的积分兑换规则，每天每一科的作业，每堂课的表现，每堂课的每一次发言，每一次上操，每天每一个细小的行为，都会有相应的加减分。用这样的方式告诉每一个孩子，这是我们新的开始，每一位同学都从这新的一天开始努力，从而调动了所有孩子的积极性。对于学习成绩，则是让每个孩子根据自己的情况自己定每一科目标成绩，每次的成绩与自己的目标做对比，然后进行积分，这样让每一个学生都是跟自己比，努力让自己一天比一天好。当然目标不是一成不变的，会根据自己进步的情况相应往上提。而我每天早上的第一件事儿就到教室检查作业，不光检查数学的，还有语文，英语作业。一周后家委会的家长主动联系我，告诉我家长们都说甘老师是一位认真负责的班主任，也就是家长们对我有了初步的信任。

后来我通过多种方式与家长保持经常性的联系与沟通，尤为注重个别沟通，有时在接送孩子时的短暂交谈，简要地谈谈孩子这段时期学习、常规等方面的表现；有时在 qq 上私聊几句，谈谈孩子的进步和优点，发图片展示孩子的作品；有时是打个电话，谈一些孩子在家里的情况，并提出需要注意和改进的地方，共商下一阶段具体的教育目标与措施。慢慢地拉近了家长和教师的距离，使家长从内心感受到教师全心全意为了学生的诚意与工作的勤勉，与教师在教育问题上取得共识，形成共同语言，最终达到了亲师沟通。

二、赞美，让师生走得更近

面对学生，我努力让学生树立学习的信念，常常鼓励，赞美学生。我努力发现学生身上的“闪光点”，用他们身上的长处去克服他们的缺点，用积极的心态克服消极的心态。

期中考试后，小王同学的数学成绩不及格，而她的语文成绩却非常优异。拿到成绩后，我看向小王，我看到了她躲闪的眼神，可能是觉得成绩不好有些担心，担心作为班主任的我以后会怎么对待她，也担心我会在全班同学的面前批评她，而我当时面对那躲闪的眼神时，真的不知道该说些什么。说她不认真，其实她的卷面干净整洁；说她学习不努力，她上课听讲真的很专心；说她学习态度有问题，她的课堂作业和家庭作业从不拖拉，认真完成。课后，我留下她，我先告诉她，发卷子的时候我都不敢看她的眼睛，我很担心她会因为数学没考好而不喜欢我，她很惊诧地看着我，告诉我，从四年级开始，她就开始偏科，她喜欢语文，不喜欢数学。我没有批评她，只是说，她上课听讲的认真状态、干净整洁的作业，都很让我喜欢，只要再稍稍努力一下，成绩一定会有所提高。说完，我看向她，她抬头看着我，重重地点了点头。

后来有一天课间操，由于下课稍微晚了点，学生都急急忙忙地外挤，我站在讲台上，维持着秩序，正好门后面的拖把倒了，学生光顾着挤，好像谁都没有注意到最后面同学的书本被碰到了地上。这时，小王同学停下了，等大家都出去后，悄悄地捡起了掉在地上的书本。我被这一幕感动了，做完操回教室后，立刻在班级表扬了小王同学，并尽力赞美了她关心集体，为他人着想的好行为。此后，我又从几件小事里发现她性格中闪光的地方，并及时给予表扬，使真善美的精神得以激发和升华。渐渐地我发现她变了，上课特别认真，作业完成得很好，学习成绩也有了很大的提高。

这件事给我启示颇深，无论在班主任工作还是数学教学中，一定要细心观察，捕捉他们身上的每一个闪光点，及时把赞美送给每一个学生，让每个孩子都感到教师喜欢自己，学生才会努力去学好这位教师所教的课。实践使我懂得，教师一句激励的话语，一个赞美的眼神，一个鼓励的手势……往往能给我们带来意想不到的收获。

蓦然发现，在这几年的班主任工作中，是学生带给我无限的欢乐，也给我带来无尽的烦恼，但是我热爱他们，感谢他们，是他们的快乐与真挚、问题与好奇、成长与进步，让我体验到了我的职业的魅力和工作的快乐！

根的教育，一枝一叶总关情

王赛红

小学教师所从事的是根的教育，只有根深蒂固，才会枝繁叶茂，花团锦簇，硕果累累。身为班主任，更担负着育人的重任。

在活动中育人

在“生命教育月”活动中，在学校的号召下，我班分别开展了“蛋爸蛋妈”护蛋行动和扮演“盲人”活动。

当看到孩子们一层层地保护“蛋宝”，小心翼翼地探视“蛋宝”，当“蛋宝”打碎时伤心落泪的样子，我也被深深打动了。在他们眼中那不是“蛋”，而是“宝”。之后，孩子们把护蛋过程用连环画的形式展现。在活动中感受生命的珍贵，懂得珍爱生命，更感恩父母的照顾和关爱。

在扮演“盲人”的活动中，刚开始，学生们好奇，觉得好玩。接到任务分工后，帮助“盲人”的孩子，从一开始的好玩到负责地帮助，尽职尽责。其他学生也自发加入到帮助者的行列里。放学路上，他们有的在前面带路，“别怕，我帮你”，有的搀扶着“盲人”一起喊口令“一二，一二……”有的帮忙背书包。看到他们紧握的小手，深深地被他们的“责任”“信任”所感动。

下午，要换一拨学生扮演了。早上扮演“盲人”的孩子主动要求帮助“盲人”，他说，当他恐惧、无助时别人帮助了他，他也要帮助别人。

之后，让学生练笔，将一天的活动感受写下来。在班队会上进行交流。孩子们将自己内心的感受写得很真切，很细腻，也很感人。字里行间，他们懂得感恩，懂得帮助别人。

当有孩子说到扮演“盲人”一片黑暗，很恐惧，没有安全感，摘掉眼罩时眼前一亮，舒了一口气。我趁热打铁，教育学生保护眼睛，保护视力。

王赛红，数学教师，市级教学新秀，区骨干教师。

在活动中育人，比起单纯的说教更有说服力。学生在活动中体验、感受生命的意义。在无助中接受别人的帮助，更能感受“雪中送炭”的真实意义，才会懂得感恩，懂得爱，懂得怎样去爱别人。

“各尽其职”，关注学生的发展

看到过这样一句话：我们的教育要为学生的40岁负责。怎样的教育是对学生未来的生活负责？我认为，我们的教育，要为社会、为国家培养人才，也要培养普通而幸福的人。因此，我们不能只注重知识的传授，更重要的是育人，培养孩子健全的人格，健康的体魄和心理。

我班学生侯知远性格内向，不与人交往，上课很少举手发言。我心想：怎样使他融入班级这个大家庭中呢？首先，让他迈开步。负责中午餐后倒垃圾，肯定他为大家的服务，奖励“勤劳星”。其次，让他张开嘴。安排他为我们班的“酸奶员”，让他主动去和总务处“打交道”，和同学们“打交道”。当同学的酸奶是破损的，他把自己的酸奶给同学，奖励他“爱心星”，他露出了开心的笑容。慢慢地，他上课能大胆发言了，能主动和老师说话了，也开始和大家一起玩耍了。很欣喜看到在他身上发生的变化。

“各尽其职”，让学生感到自己能为大家做事，体验到自己付出的价值。帮助学生建立自信，体验到成功的快乐，实现价值的快乐。使学生拥有积极乐观的态度，自信地学习、生活，活泼开朗地与人交往，充满阳光与快乐。这样的童年生活，希望能为他们40岁的幸福奠基。

德艺双馨，以爱育爱

赵　红

身为一名人民教师，我经常问自己这样一个问题：要做一名优秀的教师，应该具备最重要的条件是什么，是优美的语言，是广博的知识，还是丰富的教学经验？不，这些都不够。其实，古人很早就给我们给了答案。韩愈在《师说》中有这样一句话：师者，所以传道、授业、解惑也。放在第一位的是传道。当代作家贾平凹有一副对联是这样写的：百无聊赖何为教，一事无成怎做教。但反过来说，如果我们只知道教书而不知道育人，那么，只能称其为"教书匠"，所谓"人类灵魂工程师"也是空有其名。由此看来，除了完备的德艺，教师要根据学生的身心发展规律和认知规律，有的放矢地进行教育工作，做到晓之以理、动之以情、导之以行，正如周宏先生所说："如果一个教师把热爱教育和热爱学生结合起来，他就是一个完美的教师。教育的目标是'德才并重，以德为主'。具体的归位，就是依靠自己良好的职业道德去影响每一位学生。"而做一名德艺双馨，以爱育爱的教师，我认为要从以下几个方面入手：

一、以身作则、率先垂范

"无德无以为师"。真正优秀的教师。一定是以身作则、率先垂范的人。他对祖国的爱，对学生的爱，对事业和未来的爱，都表现在他对自己的高标准要求的落实上。率先垂范就是对学生真正的负责，就是潜移默化、影响深远的教育。作为小学教师的我，肩负着培养教育下一代，为祖国的未来夯实基础的重任。这就要求本身要有一定的人格魅力，而这种人格魅力表现为教师必须要有敬业精神，必须具备健康的价值观和高尚的道德情操。没有无私奉献、爱岗敬业的精神，就不可能成为一名好教师，也绝不可能为人民的教育事业创造业绩，做出贡献。教师是园丁，学生是花朵，只有靠园丁辛勤无私的浇灌，花朵

赵红，英语教师。

才能茁壮成长。记得刚进入二小，中午看餐的时候，自己由于不爱吃绿菜，最后倒了饭，班里一个小豆包在给别的同学讲，老师也倒餐。当时我明白了，自己的言行对于学生来讲产生了很大的影响。一年级的小豆包们活泼好动，老师便是他们心目中的权威。老师的言行对学生的思想、行为和品质具有潜移默化的影响，教师的一言一行，学生均喜欢模仿。因此，作为教师，一定要时时刻刻为学生做出好的榜样，凡要求学生要做到的，自己首先做到，坚持严于律已。其次，我们要把为祖国培养有用的人才作为工作的理想，其根本任务是培养学生学会做人。明清之际的思想家孙奇逢曾说过，教人读书，首先要使受教育者“为端人，为正士，在家则家重，在国则国重，所谓添一个丧元气进士，不如添一个守本分平民”。这无疑也提示了我们：教师不仅要向学生传授知识，还要教会学生做人。所以在教学和生活中，要特别强调教师不仅要自重、自省、自警、自励、自强，还要做到以身作则，言行一致。只有这样才能“春风化雨，润物无声”。朱小蔓教授也指出，教师职业的本质特性就是影响人的心灵，提升人的道德境界。教师在教育活动中不但要给学生传授科学文化知识和技术操作能力，即教会学生如何工作，而且要对学生进行思想道德教育，即教会学生如何做人。对于这点，我非常赞同。在英语课程的教学实践中，我也特别注意培养学生的发散思维、创新思维，树立学生主人翁的意识。在课堂教学中，鼓励学生大胆发表自己的见解，尊重学生的个性和思想。在评价学生方面，采用奖票印章小礼物等多种的方式，鼓励学生的阶段性进步，给予进步生更多的关注，积极引导学生实现评价多元化，以点带面培养学生的自信心，促进学生的发展。

二、敢于放手，收获别样的风景

在二小带了一学期的英语课，我发现了自己的不足：那就是没有勇敢的退，适时的进。其实，于我自身的经历来说，当初作为学生的我，也非常乐意在充裕的时间和空间里自主地学习、做事，对教师的过多管教和指点心存排斥，只是不敢直接提出而已。而现在自己成为老师后，总是喜欢扶着孩子走，整个课堂的效率和成果并不是很理想。带着这样的疑惑，我不断听取优秀教师的课。其中一节语文课让我印象深刻。这是一节绘本课《大卫，不可以》。这节课让我颠覆了以往对于语文课单调乏味的印象。以往的绘本课可能由老师串完整个故事，但这位教师没有这样做，而是大胆放手，由学生自己体会情感，并且演绎整个故事。教师没有自己去讲解，一个个发现问题的学生走上了讲台，将自己困惑的内容提出来，而其他同学如果知道怎么回答就直接回答，如果对这个同学的回答不满意，其他同学则可以自由补充，而教师只是在那里进行必要的提示。这样的课堂看似失去了控制，学生在那里即兴发言，即兴回答，但其效果确实出乎寻常地令人满意。分析这样的课堂，我们可以看出，其实学生完全有能力自己学习，完全能够互助学习，教师其实也只是扮演了一个指导者的身份，这样的教学不仅能调动学生学习的积极性，而且更为重要的是能培养学生的问题意识并提高其解决问题的能力。如果能够坚持下去，我相信，学生自学能力、发现问题解决问题的能力以及学生的创新性思维必将得到很好的培养和锻炼，这才是真正的生本课堂，才是我们教育教学所要追求的终极目标。作为教师，要充分相信学生，相信学生的自学能力，相信学生解决问题的能力，更要相信学生的自我控制能力。只有相信，才能做到更好地放手；只有相信，才能让孩子们在成长过程中感悟到知识学习的快乐，才能让孩子们充满阳光地生活和学习，才能激发出孩子的积极性和能动性，开发学生的潜能。同时，在做中学，学中做，动手动脑，更能加深记忆，培养他们的实践操作能力。

李烈校长说过：对孩子的放手一定要把握好“度”，放手并不是任其所为，什么也不管，而是教给孩子以方法，使其参照这种方法自己去做，在实践中获得进步和提升。这样的“放手”与新课程所提倡的自主探究的学习方式不谋而合，就是要我们教师有意识地培养学生自己分析问题、解决问题的能力和开拓创新的精神。作为日新月异的现代社会中的教师，我们的教育要讲究方法，侧重于培养独立自主、善于发现自我、具有创新精神的学生，让“有所为有所不为”的“放手型”教育理念深入到我们的教育教学实践中，把握紧的“手”松开一点，自主降低身份，多做“旁观者”、“顾问”、“啦啦队”，不要让我们的爱心和热情成为孩子成长的绊脚石。

我们不难发现，生活中，这样的现象屡见不鲜：在过分的教导和严格的监督下，不会有奇迹发生，更不会有符合需要的成长。我们也都有过类似的体验：玩耍的过程中，想抓住更多的沙子，就把手握得紧紧的，但抓得越紧，沙子往往漏掉的越多，留在手中的越少；反之，轻轻地握着，留在手中的沙子就会较多。同样的道理也适用于教育。教育是一个能动的过程，我们所面对的孩子是一个个鲜活的个体，富有情感和创造力，有其自身的需要，教育过程中的主体便是他们。作为教师，我们要吸取前人经验，善于引导自身，做孩子的引路人和指导者，摒弃严密的掌控和操纵，尽力为学生营造一个良好而自主的学习环境，帮助孩子发现和发展自己。对于学生，我们只有适度放手，才能使他们按照自身的需求成长得更好。

三、爱如阳光，包围你却给你自由

特别喜李烈校长的一句话："让我的爱像阳光一样，随时包围着你却又给你充分的自由"。他让我懂得在老师与学生的关系上，老师对学生的爱也应该像阳光一样，温暖着学生，同时宽容学生，尊重学生。在平时的教学中，常常听到老师们会说，学生的作业又没完成，昨天才记过的东西，今天学生又忘记了……我曾经也这样抱怨着。但当我静处的时候，看着学生每天开心来到学校，不光没有任何的不满，而是极尽努力地做好自己学生的角色。那一刻我突然想到了自己还是学生时候的种种，由于自制力、思维能力、审美能力各有差异，学生在学习中未免做出一些令人发笑、幼稚无知的事情，教师怎能用成人的眼光审视一个学生的所作所为，加于指责批评，甚至责骂？而应该正确、积极，因势利导地引导教育他，保护学生的自尊心，从而使其进步。站在了学生的角度，我更多地感觉是学生的累，他们每天要学习多门功课，要做多学科老师留下的作业，要记住许多的老师所说的重点，怎能没有遗忘和混淆？为此我不再站在我的位置看学生，而站在学生的立场上分析问题。面对这一个个富有灵气、生动活泼的成长中的孩子，我突然发现在他们的身上，值得我用欣赏的眼光去看的方面还有很多很多。当我用另一种角度去看待时，就会发现：原来我们的学生也是非常可爱的！于是当一个学生背不出数学分合的时候，我会让他一点点儿去记；当学生休息的时候因为一时好玩相互擂墙嬉戏而被班主任批评的时候，我给他们一张笑脸，仿佛看到了自己学生时候的恶作剧……成长中的孩子关注自我，追求理解，他们希望与老师交流，渴望和真情互动，老师每逢学生出现认识、行为上的偏差，如果换个角度从学生位置考虑，就会发现，学生产生某种想法、做某件事是情有可原的；要是自己碰到这类事，也难免会产生类似的想法或做法。这样，教师处理问题时，就会宽容，就会为学生着想，不要对学生的所作所为求全责备；学生也会觉得老师是和他（她）站在一起的，于是就会比较容易接纳老师提出的建议。所以，老师在和学生的交谈和交往中，应该少一点"你应该"，多一点"我觉得"。

四、蹲下身子做教育

李烈校长曾提醒教师必须阅读有关孩子的书籍，努力成为一个"孩子"，在老师成为"孩子"和学生交往时，才能从多方面了解学生的内心世界，全面获得学生的真实情况，这更便于我们有针对性地教育助力孩子成长。由此我知道，要成为一名受学生拥戴的老师，就应该蹲下身来使自己成为一个"优秀的孩子”。

学生对老师有特殊的信任，他们特别希望能得到老师的信任，像朋友一样和老师平等交流。他们认为，只有父母和老师的信任，才是真实、可靠的。老师的信任意味着压力、重视和鼓励，这是真正触动他们心灵的动力。反之，如果师生间的情感疏远，心理距离大，学生就会对老师产生一种敬而远之的回避心理，那么，这个教师首先就不容易被学生接受，其教育的内容就更难被接受了。叶圣陶先生十分强调“师生接近”，他告诫教师要和学生“共生活，共甘苦”。因此我抛弃一些所谓的教师尊严，放下架子，走近学生，接近学生，深入学生，多与学生交谈，倾听他们的心声，打破师生之间的隔阂。我平时注意和学生进行双向式的交谈，并专心倾听。在学习之余，与学生谈谈生活上的事，谈谈他们的爱好，谈谈他们的喜怒哀乐，关心他们的成长，走进他们的内心世界，设身处地地去了解他们的感受。从学生的言谈中洞悉他们的喜怒哀乐，知道他们的兴趣爱好，从而适应学生活跃的思维和变化的情绪。特别是对一些性格孤僻的学生，我更是经常接触，平时有意识地摸摸他们的头以示鼓励，天冷的时候特意摸摸他们的手问冷暖，所谓细微之处见真情。同时也让学生了解自己的生活、工作，对于他们的发问、好奇，在尽可能的范围内给予回答。为了能与学生有共同感兴趣的话题，我放弃了自己对他们所看所玩不屑的态度，让自己走进他们的世界，使他们感到老师是时尚的和蔼可亲的。蹲下身子做老师，在与学生的交谈、交往，我发现了他们的某些真实心理，对我有的放矢地进行教育有了许多的帮助。当老师与学生打开心灵，当老师与学生真情涌动，更多的信任在学生心中油然而生。

蹲下身子做老师，给学生一个信任的眼神、一个满意的微笑、一个真诚的欣赏，让学生能经常感受到老师的爱，并转化为接受教育的内在动力。在互相信任的氛围中，学生就会对教师产生认同感，和谐的师生关系就建立了。

总之，教学之路，任重而道远，教学要以人为本，教师有责任、有义务从现在做起，从自身做起，通过学习不断地在思想上、政治上、文化上充实自己，努力提高自己的从教素质。以无私奉献的精神去感染学生，以渊博的知识去培育学生，以科学的方法去引导学生，以真诚的爱心去温暖学生，以高尚的师德去影响学生，用健全的人格塑造一切学生的美好心灵，影响一代又一代的学生，真正成为一名优秀的人民教师。

严慈相济为人师　润物无声待花开

张　瑞

“慈母育养，孝子报恩，严父施令，教敕子孙”。每个人的健康成长都离不开慈母的育养，和严父的教敕，二者缺一不可。作为一名教师，管理和教育学生又何尝不是如此呢？要管理好一个班级，让每个孩子能够进步，就需要教师将慈母、严父的爱集于一身，这种爱便是严慈相济的爱。

从大学到小学，从学生到教师，身份的转变让我的思想理念也发生了很大改变。曾经，我将“人之初，性本善”作为我的行事准则，认为只要用爱、用善良去做每一件事，结果便会称心如意。进入实验二小后，“以爱育爱”的办学理念和“爱慧博远”的校训让我的内心更加充满爱。但是任何事情都应该在实践中求体验、求发展，和孩子们相处了几周之后，我发现我对孩子们的爱不但没有让他们改掉一些坏习惯，而且使我的课堂效果总是达不到预期，在我苦恼之际，“严格也是一种爱”这句话点醒了我。

苏联著名教育家马卡连柯在总结自己的教育经验时说：“如果有人问我怎样以简单的公式概括教育经验本质时，我就回答说‘尽量多地要求一个人，也尽可能地尊重一个人’。”这句话集中体现了马卡连柯教育理论的本质，也是他的教育理论中最主要的教育原则。其含义是：教师必须最大限度地尊重学生，同时也对他们提出最严格的要求。按照马卡连柯教育理论的观点，“慈”和“严”、尊重和要求二者是辩证统一的。他说，“我们对个人所提出的要求，表现了对个人的力量和可能性的尊重；而在我们的尊重里，同时也表现出我们对个人的要求”。也就是说，“慈”与“严”、尊重和要求是相互渗透的，是你中有我，我中有你。

学生需要教师的耐心教育，也需要制定合理的规章制度来约束学生的不良

张瑞，语文教师。

行为，也不可能只有表扬、没有批评。关键在于教师要灵活运用各种教育手段，做到宽严适度、刚柔相济。在真爱的前提下严慈相济，刚柔结合，该严就严，能慈则慈，这些渗透了真爱的教育必能让学生因亲其师，敬其师，而听其言，信其道。

那么严格要求学生的同时我们应注意什么？如何做一个严慈相济的老师？下面谈谈我的想法：

一、严中要有耐心

洪校长经常说，教育就是在孩子心中埋下一颗种子，静待花开。人非圣贤，孰能无过，正在成长期的小朋友们难免会出现这样或那样的缺点和错误：有的学生不遵守纪律，不爱学习，不尊重教师，不听劝告；有的学生与同学不团结，总是惹是生非……对这样的学生，我们要有耐心，降降自己的火气，再对他们进行教育，对他们提出严格的要求，这样会让学生心服口服，心甘情愿地接受。

二、严中要有宽容心

我们的学生虽然年龄差不多，又同在一个教室，但他们的思想水平、认识水平、知识水平以及理解能力都不会完全相同。我们要针对学生个体差异因材施教，如果离实际情况太远，要求过高，学生无法达到，这种严格也就毫无意义。因此，我们对待他们要有一颗宽容的心，要适度地要求他们，做到严中有度。

三、严中要有慧心

我们对学生的严格要求能否收到显著成效，关键在于方法，要有智慧。要求学生这样做那样做，却不管学生心理感受如何，居高临下，盛气凌人，学生即使表面上在听，在顺从，内心也不会服气，与教师的心理距离会越来越大，甚至会对教师产生反感。只有方法得当，严格才能在教育中奏效。就拿制定班规来说，一些教师错误地认为制度就是用来管学生、让学生听话、“守规矩”的，这削弱了制度在教育管理中的价值，用这样的理念带出来的班级一定是僵化刻板、死气沉沉的。其实，保障学生行动的自由，才是班规问题的关键所在，班规应是班主任的意见和各类学生群体意见相互妥协的产物，制定班规时，要遵循民主性原则。

四、严中要有恒心

所谓恒心，就是要坚持长久。对学生提出的要求要严格去执行，要持之以恒地去抓，要抓得紧，特别做到有布置，有检查，有落实。我们布置给学生的任务，要常督促，常检查，把要求落到实处，直到学生养成良好的习惯为止。在培养学生良好习惯的过程中，出现反复是很正常的。如今的学生思想不稳定、缺乏恒心。只要老师盯得稍松，他们就会有意无意地放松对自己的要求，降低标准，甚至敷衍了事。作为教师一定要有打持久战的思想准备，要有屡败屡战的抗击打能力和不达目的不罢休的恒心。我们每一个班级，每一个学生的每一个好习惯，都是对教师持之以恒、辛勤付出的最好回报。

五、严中要有爱心

无论在“生活”“学习”上，对学生的严格要求要建立在爱学生的基础之上，要将“以爱育爱”的二小理念落实到实践当中，有了爱才能以诚相见，以至达到心灵上的沟通。这样，老师的表扬，学生会认为是鼓励；老师的批评，学生会视为是爱护，老师的工作因得到学生的支持而变得顺利和轻松，教育所期待的结果也会如愿以偿。

孟子把“如时雨化之”《教学·尽心·上》列为五教者之首。教师有了真爱就能如春风化雨般培育学生成长。因此，我们要给学生以无私的、坦诚的爱，使师生心理相融。

严在当严处，爱在细微中。做一个严慈相济的老师，走进孩子的心，成为他们的良师益友。

在参与中求体验

冒　斌

“在参与中求体验，在创新中求发展”是实验二小经常谈起的一句话，这与“实践是检验真理的唯一标准”不谋而合，并增加了一点就是创新与累加，因为只有不断地实践积累经验，才能够获得创新和发展。所以要想发展，实践就显得尤为重要。

在我原来的学校，一直就有一个比较矛盾的问题：每天的眼保健操，每个班级一般会安排一名领操的学生，以此起到示范和监督检查的作用，可是时间长了就会出现领操的这位同学没办法做眼操，有些班级就干脆去掉了眼保健操领操员。今天跟桐主任就这个话题交流起来时，桐主任的一句话随即解决了这一矛盾的现象。可以让孩子们轮流去当眼保健操的领操员，一方面当领操员可以监督大家，另外一方面就是体会到了管理的困难，等到他做眼操的时候就会比以往认真许多。其实同一个问题，简单的行与不行，使得我们的教育变得简单了，符合管理了，可是我们往往忽视了我们的初衷是什么？我们想要做什么？最关键的是我们有没有想办法去解决问题。

为了让更多的同学看到自己身上的闪光点，进行角色体验，实验二小提倡让每一位孩子都有事可做，让每一位孩子参与到班级的管理中来，也只有这样的参与，孩子才会发现自己哪些地方适合自己，哪里做的不合适。像这样的做法，我校魏瑜老师也在尝试，而且每一学期班级的班委还会进行一次投票选举，通过双向的选择，从小培养学生的公民意识、选举与被选举的意识，这些方面都是在参与中求体验最好的诠释。只有学生亲身体验过、感受过，这种最真切的感受会在今后的学习生活中对孩子起到很大的作用，也会在一定程度上起到教育作用，成为学生的一种最原始的经验积累。

冒斌，语文教师，市级教学新秀，石化公司优秀班主任。

养成自主意识，比会一道题更重要

冒 斌

总校提出“对己负责”的管理文化，提倡培养学生的自主意识。自主指自己做主，不受别人支配。心理学中自主就是遇事有主见，能对自己的行为负责。我们通常所说要培养孩子的自主意识，可是往往因为我们在管理中一些细节处理得不够妥当，从而忽视了培养学生的自主意识。

我们通常会将很多精力放在学生知识点的教学上面，仅仅局限于学生答案是否一致，一方面是因为教师在短时间内能够集中高效地统一答案，完成作业；另外一方面，带着学生统一做题，特别是低年段的学生，可以教给学生方法，了解题意。所以就作业来说我们通常会采取统一完成的办法。

刚开始批阅九班语文摘抄作业时，发现学生的作业参差不齐，学生就某一道大题，所积累的内容都有所不同，批起来会占用一些时间。就此事，桐主任告诉我，这样做的目的是让孩子积累自己需要掌握的内容，如果已经掌握的内容就不需要再写一遍了，养成自主意识，比会一道题更重要。总校的课前前参，九班的孩子总会提前完成需要学习一课的摘抄或者语伴。对于一个习惯了写统一作业，或者统一指导学生完成作业的我来说，刚开始还真有些不太适应。可是回过头来仔细想想，这样做的目的是什么，根据孩子的学习情况，自主作业，从这一件小事上我们能够看到对自主意识的培养，它并不简简单单是一句空洞的口号，而是贴合学生每天所要面对的作业，长此以往，会带给学生更多的收益。教会学生如何规划自己的时间，如何根据自己已掌握的知识合理分配自己的精力。

所以养成自主意识，需要我们从点点滴滴做起，特别是学生日常所要面对的事件，给予学生空间，给学生一定的自由，只有师生相互之间的协调配合，学生才会慢慢养成一种意识。

冒斌，语文教师，市级教学新秀，石化公司优秀班主任。

生命因爱而精彩

魏　瑜

教育家夏丏尊曾说："教育不能没有爱，犹如池塘不能没有水，没有爱就没有教育"。爱是教育事业的主旋律，教师的爱是学生心中的雨露。教师对学生的爱，既是师德的集中体现，又是教师育人的动力源泉；既是感化学生的基石，又是教育学生的催化剂。只有热爱学生，关心爱护他们，做学生的知心朋友，才可以教育好学生。

一、在言传身教中陶冶爱

加里宁说过："教师每天仿佛蹲在一面镜子前，外面几百双精细的富有敏感的善于窥视出教师优点和缺点的孩子的眼睛，在不断地盯视着他"。因此，作为教师要为人师表，力争用自己的言行去感染学生，使他们从自己的言行中受到良好的熏陶。

现在的学生几乎都是独生子女，娇生惯养。在家里父母根本舍不得让孩子干活，因此在学校、在教室看见地上有纸，哪怕是踩上也不捡起来。每当这个时候，我就指使学生把地上的纸捡起来，放入纸篓。这样持续了一个多月，学生还是你让我捡我就捡，你不吱声我也看不见，没有一点儿积极主动性。这时我就开始思索，怎样才能使学生人人关心班级，人人讲卫生呢？从这以后，我每天都早早来到学校，首先打扫一下教室，洒上水，发现地上有纸再也不喊学生了，而是自己把它捡起来。几天过后，有些同学看见地上有脏东西主动打扫干净，再也不用老师去指派了，对这些同学我及时地予以表扬，夸奖他们爱干净、讲卫生的优良品行，渐渐地全班同学都养成了这种良好的习惯，谁往地上扔一块纸屑，马上有人谴责他，大家都把破坏班级卫生看成是可耻的事。全班同学都有了为班争光的集体荣誉感。通过这件事，使我认识到，大声喊、指派

魏瑜，数学教师，一级教师，兰州市教学新秀，兰州市首届骨干班主任。

别人不如自己亲自去做，给学生做出个样来，学生有样可学受感染才能更快。现在，我班同学人人都关心班级，把班级当作自己的家一样爱护。

二、于细微之处体现爱

教师的爱不仅仅表现在学生生病，家庭发生重大变故时的关心和慰问，更多的是表现在平时一点一滴的小事中。这种爱是深沉的，它蕴含在为所有学生所做的每一件事当中。

在工作中，我常提醒自己多给孩子一份关爱，一份宽容。学生答对问题时，一个鼓励的眼神，一句称赞的话语是爱；学生问候你时，一个抚摸学生额头，轻拍学生肩膀的动作是爱；当学生失意时，给予热情的询问，细心的剖析，也是爱；批评犯了错误的学生时，严格的要求中不乏宽容和谅解还是爱。如：一次我正在讲课，一个迟到的学生满头大汗地跑来，见此情景，我毫不犹豫地掏出手帕给他擦了擦，这个简单的举动，远比批评两句好得多，学生感受到了饱含真情的爱。从此，他从不迟到，举止也礼貌多了。

三、爱白天鹅，也爱丑小鸭

《学记》中有句名言："教育也，长善而救其失者也。"那么在教学中经常会遇到一些学习和思想较差的学生，作为教师，是置之不理，还是去帮助他们？教学中，我对所有学生一视同仁，我爱我的学生：对优等生，我是发自内心地欣赏，不断地向他们提出更高的要求；对类似"丑小鸭"的这些孩子们，更是用真挚的爱去浇灌和哺育他们，促其进步。

我所带的班级中有位同学源源，学习很不理想，也比较自卑。有一次做值日，我发现他把垃圾桶清洗得很干净，弄得浑身是水。事后，我利用这一点，在全班同学面前进行表扬，树立起该同学的自信心，并发动大家帮助他补上功课，他也决心要发奋学习，努力赶上大家。期中考试，他的各科成绩均进入及格行列。也许"丑小鸭"经过耐心的辅导和教育仍然成不了美丽的"白天鹅"，但我深信：他一定会成为一个心地善良、对社会有用的公民。与此同时，我也想大声地告诉每一个为师者和那些即将为师者：爱白天鹅，也爱丑小鸭吧！

冰心老人说："有了爱，就有了一切"。让我们以人为本，以一颗金子般的爱心，给学生多一分关注，多一分尊重，多一分宽容，多一分理解，相信学生未来的辉煌就在我们的热爱之中。把爱洒向每一位学生，让每一位学生的生命因爱而精彩！

别让课堂评价很“尴尬”

王　璐

曾经一节公开课为我留下了深刻的印象。其精彩之处不是精心的设计，不是完整的架构，不是学生的生成和提升，而是老师的评价。这才让我发现，评价之中蕴藏着深厚的学问，这一点同教学设计一样重要，需要我们关注。

关于“对”“错”的尴尬

刚走进课堂，并未认识到评价语的重要性。课堂上，学生发言，不管得不得要领，我最常用语是“嗯，你说得对”“不对，还有谁有不同的想法”。久而久之，连我自己说出这两句话时都觉得尴尬，更主要的是我发现学生答对时听到评价后并不是想要的肯定和回应，这对他们是一种变相的打击。

学生课堂发言究竟有没有“对”和“错”？我在教了一段时间后才思考这个问题。有些学生能准确地表达自己的见解，能够了解老师提问的用意。有些学生表达水平不高，但他能接近“那个正确的意思”，也有学生不理解老师的用意，自说自话，答非所问。其实，一节课堂中，可能重要的不是对错，而是怎样引导学生参与学习，讨论，启发思考，如果仅用“对错”为标准，等于画了一个圈，引着学生前来钻，钻进你的圈方为正确。如此想来，岂不是相当滑稽。

学生不敢发言的“尴尬”

还有一种，老师害怕学生说错。尤其在青年教师的公开课堂上，学习能力较差的孩子基本没有发言机会，老师就怕叫起来让自己的设计进行不下去。那么，学生在课堂上发言有错误时，或者没有达到老师的预期，作为老师应该怎样让学生保持平常心，或者引导他继续思考呢？在随后的课堂中，我常常告诉我的学生不要害怕你说错，尤其是语文课堂，你可能是换了不同的角度来思考

王璐，语文教师，获小语会录像课二等奖。

问题，不害怕犯错才是接近正确答案的最佳方式。所以，我们更应该鼓励学生大胆发言，大胆质疑，让课堂真正成为思维碰撞的地方。

说多无用的“尴尬”

估计很多老师和我有同样的经历：课堂提问，没想到有个爱说话的学生站起来，侃侃而谈，思路游移，言不及义，他努力地想转回来，但却误入偏差更大的区域，说远了。这时候，教师应当怎么办？记得有一次公开课，由于借班上课，对学生并不是很了解，请起一位学生侃侃而谈，课堂提问回答时间本来只有两三分钟，他说的话离题有点远了。同学起先疑惑，而后惊讶，五分钟后，同学有厌倦之情，有埋怨声，但发言的同学仍然滔滔不绝，而我心想应该尊重学生的发言，由他去自由发表，可是好几分钟时间就这样过去了。随后，我就这个问题进行了思考，就如一个人陷入困境，你更应该给他的是自救的方法，对于跌落水中的人，扔给他一个救生圈，就这样！

一节课，注重设计的同时，老师的评价和对学生的关注同样重要，抛弃尴尬，精准应对会让课堂更精彩！

特别的爱给特别的他

刘 燕

我始终认为，教育有一个很重要的前提就是爱心。只有在爱的基础上，教师才会投入他的全部力量，才会把他的青春、智慧，无怨无悔地献给孩子们，献给教育事业。每位教师在自己的教育生涯里，都会有许许多多令人感动的故事。这些故事就像闪光的珍珠点缀着我们繁忙而充实的教学生活，使我们平凡的生涯充满了欣喜和感动。

小明是休学来我班的一名学生，他很聪明，眼睛里透着灵气。但是长时间的懒散，养成了很多不良的习惯。上课不听讲，特别是数学课，他根本没把我这个非班主任放在眼里，课堂上出怪声，做小动作；课间走路不是滑来滑去，就是学僵尸走路；放学不排路队，私自逃跑；卫生习惯差，衣服脏；学习成绩差。基于这些状况，我对他进行了仔细的追踪调查，通过和班主任交流，结果发现：他的父母在外做生意，他是和七十多岁的爷爷奶奶一起生活的，他所表现的完全是一个另类的自己，他正在以一种极端的方式宣泄着自己心理的无助和需求。

通过不断地深入了解，我认为小明有这样的反常举动，主要有以下原因：1.家庭原因：缺少父母的关爱。父母为了生计，把为人父母该承担的责任推得干干净净，对孩子的学习、生活放任自流、不闻不问、不加以约束。再加上爷爷奶奶那一份深深的溺爱，这才造成了孩子这种任性妄为的不健康心理。2.自身性格：自尊心较强，性格比较孤僻，不善于交往，由于问题多，受指责也多，所以防御心极强，会拒人于千里之外，经常一个人独来独往。为了引起大家的注意，便走了一条最快让人注意也是让人不得不注意的方式——欺负同学、不听讲、不做作业、上课捣乱……3.集体的排斥：由于孩子自身的过激行为，致使学生间形成了心灵的隔阂，慢慢地就形成了一种疏远，其他同学越是

刘燕，数学教师，市级骨干教师，甘肃省四有好教师。

疏远他，他越变本加厉，进而到了一发难以收拾的地步。面对这样的学生怎么办呢？我告诫自己不能着急，“心急吃不了热粥”，得一步一步来。

一、老师呵护他，让他感受老师对他的爱

学生的个性犹如一颗生命力极其顽强的种子，只要你给予它阳光和雨露，它便会生根、发芽，茁壮成长。我以探索者的目光来观察小明，上课注意他，课间留心他。努力寻找机会去鼓励他，在班上对其他学生来说芝麻大的优点，我也大张旗鼓地表扬他。只要从他的脸上看到了他感受成功的喜悦，我就借机表扬他。一次送路队时，班主任不在，学校领导让我看班，由于我的疏忽，光顾着前面的学生忽视了他，刚到校门口，我看到名新转来的学生家长气冲冲地向我冲来。用力拉着他的手说：“找你们老师去！”我急忙问：“怎么啦?”“这谁受得了呀！我看见他打我家孩子好几下了。”“您先别急，是我不好，等我送完孩子，一定给您解决。”我赶紧给家长道歉。回来后我不停地向家长解释，保护他。家长走后，我心平气和地给他讲了打人的后果，和老师对他的担心。他哭了，他感受到了我对他的关心。他说：“老师我要是再打人，下课我就哪也不去，天天跟着您，让您看着我。”听了他的话，我很动情地拥抱了他，他在我怀里哭得更厉害了。

二、激活家庭教育动力，促进家庭和谐

首先，我试着与他的爷爷、奶奶联系、交流。他爷爷奶奶掷地有声的表白，曾给了我很大的安慰，于是我把一切希望寄予了他的爷爷和奶奶，可渐渐的，我发现，爷爷和奶奶的教育对他根本就起不到任何的作用，因为他们与孩子间溺爱与被溺爱的关系早已定格，根本就坚不可摧！我只好另辟蹊径：首先电话与他的父母联系，让他们了解孩子的状况，做他们的思想工作，请他们多打电话回家，多关心鼓励孩子，给孩子前进的动力，力求做到：多鼓励，少批评，多关心，少责罚，多严格，少溺爱。引导家长把对孩子的爱以正确的方式呈现，与教师携手，一起引导孩子往生动活泼、主动和谐的方向发展。其次诱导和培养孩子的感恩之心，鼓励孩子与家长交流、沟通，坦诚向家人表明自己的心迹，更好地让家人了解自己的行为动向和心理需求，与家人建立起一种互助互爱型的和谐关系。

历经此事，我深深地感受到：每一位学生都是一本丰富的书，一个多彩的世界。我们要想真正读懂“每一本书”，看清“每一个世界”，就必须用一颗爱心和诚心架起师生之间心灵沟通的桥梁。付出了关爱，我收获了学生们对我的信任；付出了真诚，我收获了学生们对我的理解；付出了自己的汗水和辛劳，我收获的必将是学生们一个个美好的明天。

爱是人类特有的情感，是人一切行动的出发点和归宿。他就是因为有了家长、同学、老师对他的爱，他才学会了去爱家长、老师和同学。所以做教师不能吝啬对学生爱；做家长不能吝啬对孩子的爱；同学不能吝啬对同学的爱……因为彼此之间的关爱，会形成一种积极向上的动力，推动大家形成积极健康的人格，那样我们的生活也会因为有爱而变得更和谐。

班主任如何把握工作尺度

魏　瑜

班级是学校开展教育教学工作的基本单位，班主任则是班级的组织者和领导者。一个班级学生思想觉悟的高低、组织能力的好坏、学习成绩的优劣、学生素质的高低，多半与班主任的工作态度、教育艺术水平、组织管理能力以及自身修养有关。班主任怎样把握工作中的尺度呢？我根据多年的班主任工作经验，从以下几个方面来考虑。

一、树立威信与过度威严

古人云："有威则可畏，有信则乐从，几欲服人者，必兼具威信"。有威信的教师，学生会心悦诚服地接受他的教育和劝导。具有很高威信的班主任本身就是一种无形的教育力量。

记得刚接一个班的时候，师生之间还不熟悉。当我第一次同他们讲话和上课时，他们的注意力是那么集中，布置的任务是那么顺利完成。这就说明学生都想进步，都想在老师那里留下美好的印象。同时班主任要针对每个学生的具体情况适时提出适合其特点的要求。对于学校、班级所定的制度要坚决执行，这正是："严师出高徒"。

二、充满信心与过高期望

信心是基于事件前景的分析而确立的一种倾向，这种积极的心理倾向是人们努力做好一件事的前提。苏霍姆林斯基说："没有教不好的学生，只有不会教的老师。"对学生有信心主要表现在要充分信任学生。特别是对后进生，要有信心，更要信任，这样才能更好地促使他们转变。我所教的班上有一位学生，按一般老师的眼光看，他可以说是名副其实的学困生。我多次找他谈话，帮助他客观地分析自身优点和不足，并指明老师对他的成长和进步充满信心，

魏瑜，数学教师，一级教师，兰州市教学新秀，兰州市首届骨干班主任。

还让他担任班级的“酸奶官”。这以后他便一改往日的做法，上课能认真听讲、积极思考，回答问题的质量明显提高，作业及时上交，学习成绩提高得很快。因此，班主任在教育学生的过程中，既要对学生充满信心，帮助他们树立崇高理想目标，又不能对学生有过高期望，要从实际出发，灵活机智地因材施教。惟有如此，我们才能负担起培养“适应社会，发展社会”人才的重任。

三、悉心教育与过细指导

只要我们爱自己的学生，爱自己的事业，对学生悉心教育，坚持做到工作中以“爱”字当头，这样班主任就会耳聪目明，工作中才会有条不紊，层层展开，步步落实。

记得我初任班主任时，每天起早贪黑，严格盯班，班级工作事无巨细，事必躬亲。集会时，我亲自整队排列；值日时，我发号施令，督战到底；学校安排的文体竞赛活动也都是我亲自拟计划，定措施，作部署，惟恐不周。就是这样，班级也获得一些奖牌，但这种越俎代庖的行为却使学生失去了锻炼才干的机会。一个班级只有一个大脑，一双手，久而久之，学生遇事无主见、缺少创造性，自我管理能力极差，在老师面前一种表现，老师背后一种表现。我发现这些问题后，本着一个原则：学生能干的事老师绝对不干，把任务放到班委手中。如班队会的组织，也是由学生自己拟定主题，组织排练的。班级各类事项都有专人负责管理，而班主任只是个引导者。出现问题时班主任要及时解决，对班委会鼎力相助。久而久之，班级的事务有人管理，学生们遇事会主动去做。同学们的积极性，创新意识不断增强，同时我也为他们提供了增强才干的机会，培养了他们自我教育、自我管理的能力。

四、培养爱心与过分关心

中国有句古话“精诚所至，金石为开”。是说人与人之间的交往应以心相交，以诚相待。如此，即使顽石也能感化。班主任在工作中若能用心去征服学生的心，用爱去唤醒学生的感知，对学生的成功与失败皆以诚相待，以父母、朋友、姊妹身份相交，必能拉近师生关系，增强教育感化的力量，达到‘金石’为开的效果。记得班上有一个“让人爱不起来的学生”，学习成绩不好，行为习惯较差，还有一些不良的习惯。我凭着做教师的责任和良心，常跟他谈心，但对方却听不进去，并质问我：“你为什么总是跟我过不去?”他的这句话使我幡然醒悟：他对我给他的爱不理解，产生反感。从此我改变了我的教育方法，由一味地批评改为表扬他，当他有细微的进步或微弱的闪光点时，及时表扬，并放大他的优点。现在他的各方面发展都很快。可见，只要我们以真诚的爱心去面对工作，面对学生，尽管工作尚不够尽善尽美，但只要尽心尽职，就没有解决不了的问题。

总之，作为班主任，每天接触的都是一个个活生生的人，一个个不同的世界，既要用不同的模式，不同套路去实施教育，也要把握好分寸，注意火候。爱过则溺纵，严过则凶暴，信过则奢求，细过则越俎代庖。只有适当、适中、适时才能水到渠成，事半功倍，教育效果才能日臻完善。

小学班级管理中的德育之道

郭自东

班主任是班集体的领导者和组织者，既担负着班级“设计师”的使命，又担负着“施工员”的重任。班主任是班级工作的舵手，是学生成才的导师，是学生灵魂的塑造者。在新课程改革背景下，班主任工作的核心是德育工作，德育工作直接影响着学生的全面发展。那么，班主任如何加强德育工作呢？下面，笔者结合工作实践谈几点自己的看法。

一、为人师表，以身作则，做好学生的表率

小学生模仿性很强，教师的一举一动、一言一行对学生都起着潜移默化的影响。工作中，我严格要求自己，处处以身作则，做好学生的表率。凡是要求学生做到的事，我首先做到。例如，我们班有个规定，就是看到地上有垃圾，要主动地捡起来。这个班规出来后，很多学生好像对地上的垃圾还是有种熟视无睹的感觉。这个时候我要批评学生吗？如果我批评学生效果会好吗？答案当然是否定的。我没有批评学生，而是首先从我做起，每每看见地上有垃圾，我都把它们捡起来送到垃圾桶里，并且还故意要让学生看见，以我的自身行动来感染学生，让他们明白，要他们做到的事情，老师同样也在做到。后来，在我的感召下，我班学生形成了一种很好的行为习惯，每次走进教室，总要先看一下自己周围有没有垃圾。在我们的生活中，要求学生做到的，自己一定要做到，要求学生语言文明，我们首先要语言文明。要求学生穿戴整洁，我们自己首先要穿戴整洁等等。说一百遍，不如自己做一遍，只有通过我们自身的言传身教，才会对学生起到良好的教育作用。

二、完善制度，形成良好的班风、学风

班级里实行职责明确分工，引导学生进行自我管理，自我约束，提高学生

郭自东，语文教师，市级教学新秀，区级骨干教师。

学习的主动性。首先，强化班干部主动工作的能力，让班干部在各个职责上行动起来，充分发挥班干部的主人翁意识，配合班主任搞好班级常规管理和各项管理。从制度的要求出发，加强学生自我认识与监督，对每个学生每一个项目都要有具体而严格的要求，如，仪表方面要做到保持着装整洁，讲究文明礼貌等;卫生方面做好个人卫生工作，要勤洗头，勤剪指甲，自己地面卫生保持整洁、不可有纸屑等。同时，抓好班级一日常规，杜绝迟到旷课现象，抓好自修课纪律，提高效率；提高板报、墙报质量，营造良好的学习氛围，构建良好的班级文化；利用刊物对学生进行思想教育，发挥学生的主观能动性，激励学生;通过组织班级活动培养学生的集体观念，增强班级凝聚力，以形成良好的班风和学风。

三、耐心教育，以表扬为主

爱听表扬是儿童的心理特点，表扬运用得恰当，学生的积极因素就会像原子裂变一样发生连锁反应。例如，上课了，大部分学生在吵嚷，没有做好上课准备，如果泛泛批评，收效甚微，如果点名批评，别人往往幸灾乐祸;倘若从乱哄哄中找个坐得好、不说话、书本都准备好的同学进行表扬，其他学生便会仿效，秩序井然。人都有自尊心，表扬有批评的作用，是不伤害学生自尊心的批评。我常用表扬某个学生道德品质、思想行为上的积极因素去影响和克服后进学生中存在的消极因素，寓批评于表扬之中，这样有利于学生之间互相学习，进而达到取长补短的目的。

四、通过课堂教学对学生进行德育渗透

班主任既肩负着对学生进行有效管理的重任，同时也是学生的任课教师，因此，班主任在对学生进行道德教育的过程中，还要重视课堂教学，通过有效的课堂教学对学生进行道德教育。不管班主任讲授哪一门学科，都能够通过学科教学达到对学生进行德育渗透的目的。那么，在实际的教学中，班主任该如何通过知识点的讲解，达到对学生进行德育渗透的目的呢？笔者在实际的教学中发现，将理论知识的讲解与实际生活有效结合起来，是对学生进行德育渗透的有效途径。教师在将理论知识与实际生活结合起来的过程中，动之以情，晓之以理，能够使学生在收获知识的过程中有更多的感悟，进而使学生的思想境界上升到一个新的层次。除了在对学生进行知识点讲解的过程中，能够有效地对学生进行知识点的渗透，发挥学生在获取知识过程中的独立性外，也是有效对学生进行道德教育的重要途径。班主任在授课的过程中要为学生留出更多进行独立思考的空间，使学生通过个人的努力去获取知识，在学生通过个人努力获取知识的过程中也获得更多的感悟，进而达到对学生进行道德教育的目的。在课堂教学的过程中，班主任对学生进行道德教育的途径有很多种，除了班主任提高通过课堂教学对学生进行道德教育的意识外，班主任还要鼓励其他任课教师在教学的过程中对学生进行道德教育，进而收到更好的德育效果。

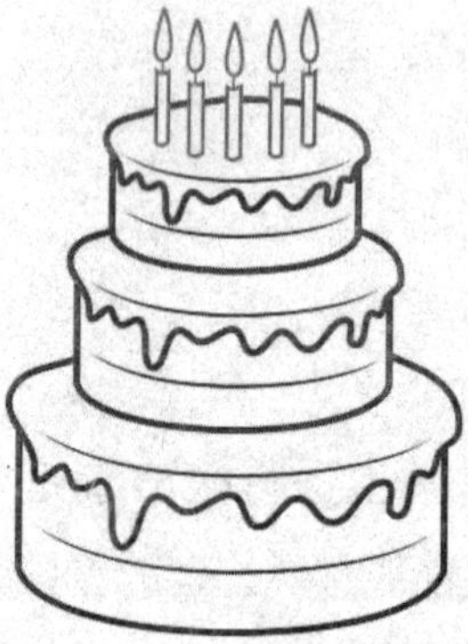

伴着温度，舒展生长

丁维萍

在我的成长和工作过程中，面对过各种类型的孩子，每次接触这些形形色色的独立体，都使我深感自然的神奇和生命的魔力，即便是一样的年纪，一样的性别，仍然会造就出性格迥异的生命个体。不禁羡慕他们可以在自己千奇百怪的世界里随心所欲，感慨烂漫岁月里无忧无虑的美好。

孩子是家庭的中心、祖国的未来、民族的希望。他们的成长必然会应着家长的引导、学校的教育、社会的培养、最终成为家长所期许、社会所需要的人。我们有不同的身份，不同的立场，也有共同的目标，以“一切都是为你好的名义”想把他们塑造成全面发展的优秀人才。站在家长的角度，尽可能地为孩子提供好的物质条件、教育资源，孩子自然就会更加优秀，可是我们这种帮助他们成长的方式，或许只是让他们长成了我们想看到的样子，而不是孩子自由成长该有的样子。

我遇到过一位家长，在孩子喜欢涂涂画画的时候萌生了给孩子报绘画兴趣班的想法，不久之后孩子又喜欢跟着音乐蹦蹦跳跳，她便给孩子报了舞蹈班；当孩子上幼儿园大班，掰了半天手指头仍然算不出五加四的结果时，无能为力的妈妈又选择报珠心算课外班，她相信这是帮助孩子最有效的方式；逛商场的时候，孩子随口说喜欢弹钢琴，妈妈又有了让孩子上小学就去学钢琴的决定。能感受到妈妈对女儿充满期望的爱意，为了女儿哪怕倾尽所有都是心甘情愿，她希望自己的孩子多才多艺无可厚非，但是看到这个只喜欢一声不吭拿着手机看视频，听到别人夸奖只是抬头看一眼，稍不顺意就发火撒娇哭鼻子，世界里只有自己的小女孩，觉得压抑的气息困住了她这个年纪该有的朝气。这个本该好好感受世界奇妙多彩的小天使，已经开始在一个冷冰冰的世界里“负重前行”了。

丁维萍，语文教师。

著名教育家卢梭曾说过："误用光阴比虚掷光阴损失更大，教育错了的儿童比未受教育的儿童离智慧更远"。我不能用对错去评价别人对孩子的教养方式，但还是希望家长能别催促孩子急着奔跑，让他们那么快长大，孩子的全世界不应该都是你想要的样子。或许孩子需要的是自己多走一段路，多看一处景，享受时光，体会温暖，感受美好。我想如果能够慢一点长大的话，这些生命里的积淀会让他们的成长有感悟、有温度，这才是最滋养孩子变优秀的力量。为了顺应素质教育，让自己的孩子全面发展，家长都注重童子功的积淀，恨不得自己的孩子十八般武艺样样精通，但是这样的爱未免太过沉重，对孩子充满希望的爱，应该是润物细无声的积极培育，并不是让他们在条条框框当中横冲直撞，要相信自主体验远比间接获取重要。

有本书中说："想要孩子接受什么，就去诱惑他；想要孩子拒绝什么，就去强迫他"。无论是家长还是老师，在孩子成长的道路上都应该尊重这些独一无二的生命，给他们自由生长的空间，遵循他们生长的规律，倾听他们的声音，关注其心灵体验、生长需求以及生命情怀，只有自由舒展地成长，他们才会在积极获取知识技能的过程中体验到生命的乐趣，以积极的人生态度和爱心去感受一切美好，在主动学做人、学做事的磨砺中德行兼修，逐渐形成健康的情感和健全的人格，所有的选择都是出于本心，所有的决定都是为自己一生负责的。张扬时代个性但不失自我，自信勇敢、探寻真理、追求梦想，花有重开日，人无再少年，希望所有孩子的成长都伴着温度，长成最幸福的模样。

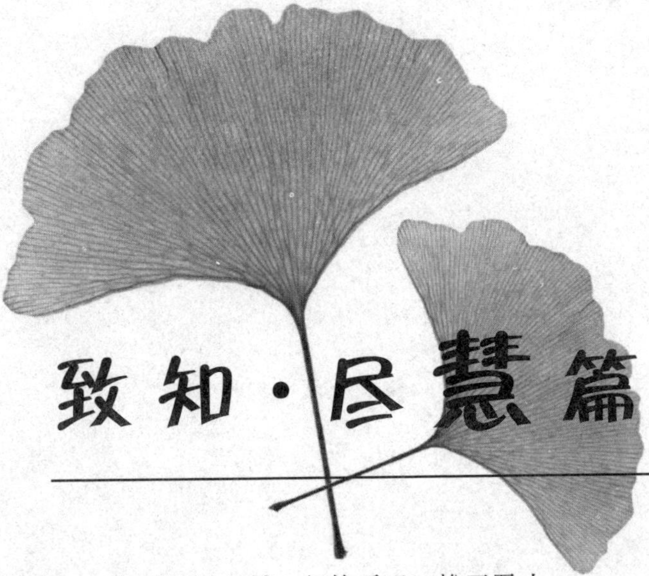

致知·尽慧篇

格物致知，穷尽精微之慧，行修乐己，推己及人。

大爱践于行是教师教育智慧的显现，参与学生成长，倾听学生心声，记录爱育瞬间，品读教育故事，在恬静烂漫的“百合花”丛中行走，润泽心灵。

“慧”心播撒“爱”的种子，精耕慢培，静待春暖花开。

培养有国际视野的爱慧少年

洪海鹰

“天青色等烟雨，而我在等你……”特别喜欢方文山作词、周杰伦作曲的《青花瓷》，一直觉得从一块块普通的泥巴变成一件件精美的瓷器，真的是件很神奇的事情。每每听这首歌，我觉得其实教育也是这样，需要我们在合适的时间、地点给予孩子们适切的教育契机，帮助其成长为他们想长成的样子！

学校建校四年多的时间里，全体老师秉承“在参与中求体验，在创新中求发展”的理念，带着孩子们经历了很多个学校的第一次——第一次开学典礼，第一次迎接总校视导，第一次体育节，第一次送教帮扶……2019年1月13日，我们5位老师带领着43名同学，第一次踏出国门，远赴俄罗斯，开启了学校的国际研学课程。

缘起·制胚

正如青花瓷制作有一定的程序一样，孩子的成长也有一定的规律。“我们怎么遵循规律，给孩子们的成长搭建更好的平台”一直是我们研究的问题，我们希望从北京第二实验小学兰州分校走出去的孩子能成长为一专多能、零缺陷、有国际视野的爱慧少年。这就需要我们有制胚的能力。

北京第二实验小学兰州分校自2015年建校以来就将课程建设确定为学校的办学特色。结合教育教学规律、学生成长规律，在搭建学校爱慧文化建设框架体系的基础上搭建了三位一体的学生、教师、家长爱慧课程建设体系。学生层面通过国家地方课程校本化、全员智能选修课开展、年级主题研究课实施和爱慧节日、社团活动拓展构建了以基础课程、潜能课程、项目课程、研学课程为四大板块的爱慧“幸福沙漏”学生课程。

研学课程主要通过国内研学和国际研学两大渠道开展。在前期组织学生到

洪海鹰，语文教师，高级教师，陇原名师，兰州市领军人才。

北京、贵阳、延安等国内研学的基础上，我们今年尝试开展了国际研学。经过近一个月的前期报名、行前培训及大量的准备工作，48 名师生一起飞往中国友谊之邦——俄罗斯，为学校研学课程的探索迈出了新的一步。

成长·描绘

青花瓷犹如瓷器里的青衣，淡雅如兰、富蕴清香，就如一支出淤泥而不染的莲花一样，散发出永恒的魅力。我想主要是缘于它的用色和描绘吧！在二小，我们关注全人教育，在教育教学中，不但要重视人的思维品质培养，更要关注人的德行品质；既要关注学科知识能力的培养，更要关注孩子生活能力和人文素养的提升。因此，走出教室，在活动中、研学中学习就更加重要了，这就更需要我们为人师者更用心的描绘。

作为研学，我们将这次的课程目标确定为不断提升学生的生活自理能力、时间管控能力、团队协作能力、经济管理能力和交流沟通能力。在研学前的准备、研学中的表现和研学后的总结中，我们看到了孩子们的变化。为了更好地实现课程目标，我们将孩子们分成四组，通过小组间的竞赛，小组内每天的自评、互评和终评，引导他们不断认识自己、提高自己。我们看到了孩子们的成长：

——*托运行李去时用时一小时，来时只用了十分钟*。因为孩子们学会了整理，明白了哪些物品需要托运，熟悉了托运流程。

——*拿取行李去时自己顾自己，来时心中有团队*。因为孩子们明白了团队需要分工合作。尤其是从俄罗斯返回中国的航班落地拿取行李的场景，得到了在场所有人的赞扬！男孩子在男老师的带领下从转盘上拿行李下来，女孩子在女老师的带领下将行李整齐地摆放成一排。整个过程没有吵闹，一切都是那样井然有序，让我看到了小绅士和小淑女应该有的样子。

——*研学过程中，两位带队老师多次称赞我们的孩子*。每天的知识抢答是我最快乐的时刻，大部分孩子在爸爸妈妈的引导下，做了扎实的前参；研学途中带队老师讲课时，孩子们认真聆听，还时不时做着笔记。好多问题我都一下子答不上来，但总有人举手；好多人名、地名我都记不清楚，但孩子们能一字不落地说出来。由此可以看出，孩子们的学习力真的很棒！

——*在与两所学校的交流中，看到了孩子们自信大方的表现*。虽然语言不通，但微笑是最好的语言。简单的手势可以帮助到他们，现代的翻译软件也可以帮助到他们。再次让我感慨，生在自媒体时代的孩子们运用工具服务于生活的能力值得我们学习。

——*研学接近尾声时的购物场景一直印刻在我的脑海中*。一张张红扑扑的小脸、一双双亮晶晶的眼睛，小伙伴互帮互助，合计礼品、计算价格，一会儿为亲人朋友往购物筐里精心地添加礼物，一会儿又因超出预算从筐里不舍地拿出商品。好多孩子都在为亲朋好友挑选购买，先考虑自己的很少。我觉得他们通过购物体验学会了感恩，学会了分享，学会了合作，也初步尝试了量入为出的经济管理。

思考·罩釉

青花瓷之所以能保存很长时间，是因为在画好纹饰的瓷胚外面罩上了一层釉水。研学时间很短，除了能看到的显性成长，更需要留下什么呢？怎么做才能让学校的研学课程发挥更大的教育功能，这就需要我们继续思考沉淀。

阳光的孩子们 研学中我们和莫斯科1848学校和圣彼得堡293学校师生做了交流互动，两所学校孩子留给我最深刻的印象就是阳光。他们在欢迎仪式上热情张扬，在课堂上自由发表自己观点，在老师讲解时认真聆听，在舞台上自信展现艺术修养，在互动时主动上前交流沟通，在集体集会时鸦雀无声，在下课时和同学嬉戏玩耍……看到这一幕幕，我脑海中一直在思考如何才能把握好教育的度，做到规则与自由的有效结合，让孩子们在学习生活中张弛有度、收放自如，让孩子们在公众场合降低说话分贝，学会不干扰他人，让孩子们不断提高公民素养、学科素养和生活素养，既能成为团队中优秀的合作者，又能成为团队中优秀的个体。

漂亮的手掌画 在293学校礼堂，中俄两所学校的文艺汇演前，俄罗斯老师给我们每一个孩子发了一个手掌造型的卡纸，刚开始我以为是为演出烘托气氛的呢！在俄罗斯小朋友身穿一百多个民族的特色服饰表演完舞蹈歌曲后，主持人邀请手里拿着手掌造型卡纸的孩子们上台。看着他们在一张桌子前忙碌地张贴时也没太在意，但当一幅用二小孩子的手印图片现场拼接成的《友谊太阳图》被举起来和大家见面时，除了感受到俄罗斯师生的用心外，更震撼到我的是他们的创造力！我想创新教育就应该是这样的，是在策划所有事情中都潜移默化渗透的，这就需要我们教育人首先要有创新的思维，才能培养出有创新思维的孩子们来。只有这样，中国才能培养出与泱泱大国相匹配的诺贝尔奖获得者来。

巧克力的故事 去293学校交流那天大雪纷飞，交流活动结束将近下午一点，孩子们得到的礼物是巧克力。有几个孩子在现场就迫不及待地打开巧克力吃了起来，一看到这种情况发生，第一反应是感觉孩子们自制力不够好，有点丢我们中国人的脸面，但又碍于对方师生在现场，不好直接说。在回程的车上我和我们的金牌带队刘思老师进行交流，她觉得无所谓，一番交流，引发了我的思考——从礼仪教育角度出发，应该要求孩子们明白这是国际交流，注意形象；从尊重孩子角度出发，应该让孩子按自己的想法使用已经是属于自己的礼物；从自制力教育角度出发，应该让孩子们明白需要学会控制；从创新思维角度出发，因为我们总有要求，总按照成人的意愿要求孩子，而使孩子们缺少了很多童真与灵动呢？在计算机上敲出这段文字的时候，我的内心依然是矛盾的，我还没有想明白，需要继续思考，并和我的伙伴们讨论。

反思·烧制

青花瓷罩釉后的瓷胚经高温烧制，釉下的青花料才能呈现出美丽的蓝色。而烧制需要师傅的技艺，更需要天时地利，也就是歌词中唱的那样——天青色等烟雨……

这次的俄罗斯研学是学校研学课程实施的第一步。始终相信站得高才能看得远，相信心有多大舞台就有多大。走出国门，孩子们收获的是丰富的文化，珍贵的友谊，推开的是眼前的窗户，更是大千世界。今后的研学课程，我们将在“融合　个性　超越　未来”的课程文化的指导下，继续开发实施，为培养具有国际视野的爱慧少年一步一个脚印地坚实地走下去……

有爱相伴　静待花开

李　瑛

在北京第二实验小学兰州分校的老师圈里有一个大家都知道的孩子，因为他和别的同龄人相比好像总有那么一点点的不一样。下面就请随着我的记忆一同来认识这个有着些许不同但不失可爱的小 A 同学吧！

画面一：初识不一样的小 A

2015 年建校不久的二小，二年级一班刚上岗的玉瑾老师做亮相课，学校领导班子和语文组老师全部在后排就坐，为这位新教师的课堂教学进行诊断，玉瑾老师自然舒服且功底扎实的教学语言让听课的老师看到了一个虽站上讲台不久但却充满潜质的好老师的表现。课堂上孩子们在老师的引导下一点点走进文本，积极参与、主动思考，能看得出来，这拨从其他学校转到二小的孩子们对于这位新老师还是蛮喜欢的。

"同学们，下面请默读课文第二段。"在老师的要求下孩子们安静地在座位上开始默读课文，教室里可安静了。这时靠窗户第二排的一个小男生突然旁若无人地从座位上站起来，一个人走到窗户边上，抬头望着窗外的景色，嘴里念念有词，不知道说些什么。"这个孩子是怎么了？"坐在后排听课的老师看到他完全异样的举动开始低声交流起来。是啊！只要是在学校接受过一年多教育、正常的孩子都不会在课堂上有这样异样的表现。这时只见有点儿尴尬的玉瑾老师快步走到男生面前轻声说："小 A，请你坐回自己的座位上，有好多老师在看着你呢。"小 A 同学仿佛根本没有听到玉瑾老师的提醒，依然站在那里自言自语。再说一遍时，孩子就开始顾左右而言他，和玉瑾老师的交流完全不在同一频道上，就这样，亮相课在这有着不和谐音符的插曲下尴尬收场了。

李瑛，英语教师，副高级教师，金城名师。

画面二：深入的交谈

下课后，我找玉瑾了解了一下情况，原来小 A 同学自从转到二小以来在很多课上都会有这样的表现，和家长沟通反馈说孩子小时候相较其他同龄人很晚才开始张口说话，而且在原来学校上学时就出现过很多类似的问题，应该是一个有着轻微自闭症现象的孩子。“那我能和他谈一谈吗？”“好的，李校长，我让他过来找您！”

一走进我的办公室还没等我张口，小 A 同学就一本正经地说：“老师，我知道我做错事了，我以后注意，一定不再犯这样的错误！”我微笑着说：“老师还没说为什么请你来办公室呢，你怎么就知道是自己做错事了？”

“就是……嗯……就是那个上课应该好好听讲，不能乱跑，不能乱讲话，这个我是知道的，我以后注意！”

“那你喜欢二小吗？喜欢这里的老师吗？”

“这个学校的老师好，我喜欢语文还有数学老师！她们都对我特别好！就是班上的 XXX 同学太讨厌了，我不喜欢他！他总是让我不开心。”

后来，在校园里我不时会邂逅小 A 同学，每次见到他我都忍不住上前去摸摸他的头，问问他最近在学校开心吗。小 A 的老师们每次反馈过来的信息会有不同的声音：小 A 的数学思维能力很强，数学成绩在班上很不错呢！小 A 的知识面挺广！知道许多其他孩子不知道的事情！……而且我还能听到很多其他老师反馈玉瑾、小民包括年级组里的老师对他的关心和帮助。

画面三：不一样的惊喜

为了更好地辐射李烈校长以爱育爱的教育理念，让二小“勇敢地退、适时地进”“生本　对话　求真　累加”的课堂文化在全市有一个展示和引领，学校在 2018 年 5 月 25 日组织了“爱的教育”研讨会活动。当天兰州市近六百人从各县区赶来参加这场活动，早上是雅正报告厅的主旨报告，下午分学科分会场进行课例研讨。英语分会场的第二节课堂展示由我来做，我选的是一节四年级的教学内容 My clothes。在前期反复磨课的基础上，教学设计基本已成型，用哪个班来做最后的展示呢？这让我有一点点犯难，四年级就两个班，一班孩子的语言储备相对稍好一点，而且二班之前试讲过，学生们已经学过这个内容了，理想的状态是选择一班做课。但是英语任课老师孙娟还是善意地提醒我：一班的小 A 虽然状态比起以前好多了，但在课堂上他还是会不时地做出和别的孩子不一样的举动。那么多的老师来观摩，谁也没法保证他不会在课堂上做出什么“出格”让我无法控制的举动，到底该怎么办呢？英语组的姐妹们也不断地在给我出主意想办法，甚至有人说：不行就让小A那天不去展示现场了。这个提议一经提出很快就被否定了，因为这明显和二小“以爱育爱”的理念不相吻合，每个孩子都是我们在教育过程中给予爱的对象，不管他有多特殊，都应该和其他孩子一样得到平等的对待。“好吧！就用一班的孩子来上公开课！相信小A同学！”我和组里的老师商量了许久，大家最后就这么决定了。

展示活动当天，课堂上小A果然没有让我们失望，他没有不合时宜地突然站起来或者旁若无人地自言自语。随着课堂教学的深入，我设计的提问环节也相继抛给孩子们，这时我不断看到小A同学举起的小手，我的心里略微嘀咕了一下，但还是坚定地把他叫了起来。叫起他的那一刻我看到坐在侧排听课的英语组姐妹们紧张的表情，生怕他出什么岔子，很好！小A站起来正确地回答了我提出的问题，得到一个sticker后高兴地坐下了，姐妹们紧张的表情也立马舒缓了。

教学内容进行到20多分钟的时候，需要请同学到黑板上进行服装的分类，分类标准可以不唯一。我请第一个同学上来在黑板上进行了分类，刚分完就看到小A坐在第一排用两手伸出一个亮眼的小叉号，这意味着他不同意前面学生的想法，还有不一样的意见需要表达，怎么办？二小学生文化中的一个关键词——“质疑”，这是我们培养学生过程中要关注的重要素养，一般在课堂上只要有同学用手势做出小问号或小叉号的时候，老师们都要叫孩子起来，让他们把自己的不同意见表达出来的。对于这个高举在空中的小叉号我不能视若无睹，所以没有多想我就点了小A的名，把他叫了起来，小A迈着轻快的步子往黑板走的那一刻我又一次看到了组里姐妹们那吃不准的表情。“刚才她分类分得不对，这个帽子虽然是黄色的衣物，但它和裤子不一样，它是单数，我觉得应该这样分！”说完小A在黑板上笃定地将服装图片进行了重新调整，这时底下响起了同学们的掌声，因为他的理解和分类完全正确，而且采用的分类方法很独特。这一刻我又忍不住习惯性地走上前一步摸了摸他的头说：“Perfect! My Rid.You did a good job! I love you!”此刻我看到的小A脸上那自豪的神情还有组里姐妹们长舒了一口气的表情。我在心里默默念道：小A，你真棒！

回忆行走到此刻小A那可爱的模样在我的脑海已挥之不去，每每想起这个和别人有着一点点不一样的孩子身上发生的变化，我的心中就会再一次增加对“以爱育爱”理念的笃信。相信只要有爱，只要有足够的付出，每一个种子都能开出无比娇艳的花朵。因为，教育是农业，需要我们每一个教育工作者以爱为引领在陪伴生命成长的过程中静待花开！

离开 以后

刘 悦

中午，我信步于通往餐厅的长廊，恰好路过操场，看着孩子们餐后在这里嬉戏欢闹的样子，伏案的疲惫飘散了许多，心里荡起“自然地释放真好”的念头，带着欣然转身“离开”。

没走几步，只听得身后“悦悦老师”“悦悦老师”，几声呼喊促使我不由得转过身看见一群孩子奔我而来，什么都还没说，孩子们就七嘴八舌地说着“小龙和小嘉打起来”“他们就在操场那边呢”……正皱着眉头听呢，远处几个孩子簇拥着两个小家伙朝这边走来。我看着这俩小家伙不知所措的眼神，把他们揽在怀里说：“来吧，我们聊聊。”随后嘱咐其他孩子去做自己的事儿，注意安全。然后，对着两位忐忑不安的“肇事者”说：“走吧，陪我用午餐！”不确定即将要面对什么的担心和害怕让他们从“激烈的战斗者”变成了“举步维艰的小蜗牛”，我嘟着嘴说：“快点，我这还饿着肚子呢？还耽误餐厅的叔叔阿姨们下班儿啊……”带着邀请转身“离开”。

小龙和小嘉在四年级，是一对好朋友，平常形影不离的，不过也总是打打闹闹的。现在他俩坐在我对面，叙述着“冲突”的原委，当我问他们如何看待他们的关系的时候，小龙抢着说：

“我们的爸爸经常会让我们在一起写作业啊、玩啊什么的……”

“我爸说我俩不适合当朋友……”

“我爸说我俩最好假装不认识，一个不要理一个……”

“我爸说……”

“等等，孩子，爸爸对你们关系的这些说法，有多少是你认可和觉得真实的？”我在孩子的描述里听到了很多家长的想法，就打断了孩子问道。

刘悦，健康教师，市级骨干教师，市级优秀辅导员。

小龙善于表达，他想了想回答说："爸爸说的有百分之六十多，我觉得还行吧。"

我笑了笑，接着问："噢，那看来还有一部分，是你自己的想法和看法，那是什么呢?"

"让我们一个不理一个，我们试了，可是忍不住啊……"

我忍不住一下笑出声来，是啊，一个班的同学在一起学习、游戏，如何假装不认识？在接着的交流里，我总是在问孩子："我想知道你是怎么想的?"是的，孩子在回应这个世界的时候，需要有自己的看法和想法，需要有自己的思考和态度。后来我们一起谈论了同学的关系及相处的方式，两个小家伙时不时互相看看，结束谈话的时候，孩子带着自己思考的确认转身"离开"。

就在这样一个短暂的故事里，每一个时刻的转身"离开"，在那样一个瞬间里所驻留的是对生命丰富而鲜活的感受，"离开"在不同时期、不同的人、不同的境遇里所散发的味道不同。尼采的《人生》里，若能认识自己，离开便会不留遗憾；不擅长告别是米兰·昆德拉对于我们有许多必然面对的离开，所发出的无能为力的慨叹；泰戈尔以隽永的诗句来展现转身离开的忧伤；康德用被迫地离开定义痛苦；居里夫人慷慨激昂地"不离开"表明自己情感的坚守；巴金先生与故土"离开"的怅然，让我们看到那份对祖国的眷恋；鲁迅则用"离开吧"来呐喊，只为唤起思想的觉醒……离开所包含的意义是多元而丰富的，有生命的必然、失去的遗憾，有与母体分离的独立、奔向远方的坚定，也正如霍金在《时间简史》里所论述的那样，离开是无序的表现，虽显糟糕与哀伤，却是万物的归处。当我们认同"离开"必然，我们如何在有长度的生命中应对这种必然，对于"离开以后"的理性思考显得尤为重要。

作为智库引领的中国教育科学研究院在兰州所举行的兰州市校长发展学校高端研修班第二期培训结束了，来自教育部基础教育司、科技司、中国教科院的多位专家，多元智能的学者及几个代表教育改革实践的学校校长作为此次的培训者离开了，留给我们的是什么？离开，意味着需要我们在自己的教育工作中，把聆听到的政策、知识、理念、观点等，通过理性的思考转化为有效的教育实践。正如市教育局南局长在开班仪式上所说的，像这样的学习我们需要搞清楚自己参加培训的学习和动机，以及在未来的领导力的提高中，如何更多地去落实、去创新，发现我们在教育发展中的一些问题，找到一些解决问题的策略，以及努力地去实践。

钱学森，这位享誉世界的科学家，推动中国科技的跨越性发展，他离开了，却留给我们著名的“钱学森之问”——“为什么我们的学校总是培养不出杰出人才?”校长高研班培训的结束，对于我们来说，需要在更广阔、多元的角度上去思考学习，从而提出有价值的问题，结合理性的思考，运用所获取的和拥有的资源，逐步改善教育以经验为主导的现状，把面向未来的教育做得更具有科学性和系统性。

一、应对未来的教育工作不是简单地照搬或者模仿，而是学会更多地用审视的眼光和思考的习惯去深刻理解关于“立德树人”“全面发展”的教育目标，如同傅国亮督学所强调的，理解司空见惯的教育的基本概念，从国家的教育规划及战略性目标当中去确定教育应有的方向感。

二、衡量我们所选择采用的策略方法对于达成目标的实效性，用批判性的思维看待我们对于学科间的相互作用的认识导向，尤其是关于体育和劳动教育的重视程度和实践空间，如同沈致隆教授所倡导的科技与艺术的双人舞，在思维与审美的融合中实现创造与全面提升。

三、以终为始，建立运用促进学生全面发展的多元评价方式或体系来审视我们的工作，坚持发扬与未来发展契合的工作，改善调整与目标实现一致性不高的内容。

培训者的离开更好地促进学习的思考，让更强的主体意识与深度思维驻留在学习者的内心，这是我们学习者赋予培训者离开的意义。想起培训中的一段视频再现，当有人问20世纪70年代大学毕业、把自己的青春与热血融入祖国的建设发展中、在古稀之年依然选择用音乐和歌唱来表达对于生活的热爱的老人们，他们的回答是：正如一首歌里唱得那样，“不需要你歌颂我，不渴望你报答我，我把光辉融进祖国的星座，山知道我江河知道我，祖国不会忘记不会忘记我”。有一天，这些付出青春的老人们会离开却不会遗憾，因为他们确信他们做了在自己的领域里有意义的选择和努力。

作为一个教育工作者，一个基础教育的实践者，有一天，我们或许会以不同的方式离开，无论是荣耀地提升、自然地调整、亦或是失望地舍弃、无意地转身甚至是永远地离开，现在我们就需要深刻地思考：离开以后，留下的是什么?

当我们走过小路，地上有一团纸，离开的时候，那里恢复了整洁；作为老师，我们需要告诉我们的孩子“走的时候需要比来的时候更干净”……我们离开之后，孩子们在我们的影响下有了一个为环境负责的好习惯，成为一个有文明素养的人。

当我们进入课堂，在安全的氛围中，通过我们有效引导、平等陪伴、创造力发现和思维着力提升，让孩子们体验学习的快乐与成就感……当我们离开之后，学生们自主独立、有探究能力、有所创造。

当我们共度节日，让学生们在活动的体验中，感受美丽、善良，在老师身上看到正直、真诚，在我们的相处中感受到情感、温度，在我们思想中传递着家国情怀……我们离开之后，孩子们会真正成为“吃中国饭、说中国话、写中国字、铸中国魂”的社会主义建设者和接班人。

我们离开以后，我们也可以坦然地说：我们知道自己做了什么，相信教育不会忘记我们，这所学校不会忘记我们，更重要的是那些在许多转身的际遇里，成长的孩子不会忘记我们！

奖票的诱惑

张　瞳

这学期，作为一名刚刚入职的新教师，我接手了一年级的新班。刚开始做班级管理时，我热情很高，但班级里还是时常会发生一些令我意想不到的事情。

一个周三的下午，一个机灵的小朋友看到我们班上的小汐同学偷偷拿了另一个小朋友小贤的四张大奖票，立马跑到办公室告诉了我。在我们学校，奖票是一种鼓励机制。秉承着“以爱育爱”的办学理念，我们用小奖票激励孩子们培养良好的学习习惯和道德品质，使他们成为那个最好的自己。五张小奖票可以换五张大奖票，五张大奖票可以换一张特权卡，而特权卡是每个孩子在班级里能获得的最高荣耀。我心里不禁疑惑：小汐家境非常好，平时也能主动帮助老师做事情，各科老师对她印象都很好，她怎么会偷别人奖票呢？趁着课间，我把她叫进了办公室，心平气和地问她：“小汐，张老师很喜欢你，因为你热爱帮助班级里的其他同学。但你今天做了一件错事，是不是呀？”小汐眨着大眼睛，挠了挠头，好像不知道自己做了什么。我又追问：“你是不是拿了小贤的大奖票？”小汐这才恍然大悟，不好意思地说：“张老师，我就是想得到特权卡。”

碰巧在这一周周五，两个小朋友悄悄拿走了我放在讲台桌子里的大奖票，家长发现后立即把这个情况反映给了我。第二天询问这两个孩子，他们也是经过家长教育才懂得自己不应该这么做。

我教育孩子时也很有爱心、耐心、责任心，可是班里为什么会接连发生这种事呢？其实一年级的孩子往往很难分清自己和他人，更不懂得分辨什么东西是自己的，什么东西是别人的。所以只要是自己喜欢的东西，他就会毫不犹豫

张瞳，语文教师。

地伸手去拿，觉得“拿到我手上就是我的了”！什么是“以爱育爱”？我们对孩子的爱固然重要，但如果不立好规矩，这样的爱就是溺爱！而我们做班主任的，单单有爱心是不够的，还要用爱的能力让他们认识到自己的这种行为是错误的。经过一番苦思冥想，我决定创编一个小童话故事来讲给他们听。

第二周的主题班会课上，我笑着说：“同学们，这节班会课前我想先讲个故事。从前有个小熊鹏鹏，它养了一个可爱的宠物兔子云云。有一天他买完东西时发现找不到云云了，明明是他带着云云一起去超市的啊！虽然没有找到云云，但它发现了另一只小兔子。鹏鹏想：反正都是宠物兔子，我就当它是云云得了。正当它要走出超市时，被大象警察拦住了：‘你怀里的宠物是你的吗？’鹏鹏紧张地说：‘大象警察，是我的宠物兔子啊！’但怀里可怜的兔子一直在挣扎，大象警察把兔子接过来，又问鹏鹏：‘你撒谎了，快说实话！’鹏鹏连忙回答：‘大象警察，对不起。我的小兔子云云丢了，我就把这个宠物兔子拿走了，反正都是宠物兔子呀！’如果你是大象保安，你应该怎么教育小熊鹏鹏呢？”

“鹏鹏，你不能对大象警察撒谎。撒谎的孩子都不是好孩子。”小泽一板一眼地说。

“鹏鹏，你太粗心了。以后要记得保管好自己的东西，这样才是合格的小主人。”小兰慢条斯理地说。

“鹏鹏，你赶紧去报警吧。万一云云被坏人拐跑了怎么办？”小刚皱起了眉头。

同学们的回答五花八门。我点评道：“你们都很有想法。但是鹏鹏没有经过别人允许，能不能拿别人东西呢？如果我们课间做完操回来，有别的班的小朋友把我们班所有同学的书包都拿走了，却没有经过你们的同意。你们愿意吗？”

所有同学都摇着头。

“如果征得你们同意后，他们才拿走。现在可以吗？”我又问。

全班同学安安静静地点头。

我神秘地说：“其实上周我们班就出现了三个小熊鹏鹏。”

此时，教室鸦雀无声，同学们都疑惑地看着我。

“他们和鹏鹏一样，没有经过别人同意，乱拿了别人的小奖票。”我看了看那三个犯错的孩子，“我理解这三位同学也有上进心，只是希望多多得到老师的表扬，但他们的方式是错误的。下一次，我们能不能随意拿别人的东西呢？我们又应该怎么取得小奖票呢？”

“不能，应该通过自己的努力。”很多同学异口同声地回答。

我接着说道：“现在我们四人为一组讨论一下，最近你有没有面对过像小奖票一样的诱惑——随意拿了别人的东西？如果拿了，以后你们应该怎么做？”

孩子们都很专注于这个话题。一个小组中的小妤给自己的同桌道了歉，她说自己偷拿了同桌的橡皮，只是觉得他的橡皮很好看。另一个小组中的小宪说他的好朋友没经过自己同意，拿走了自己的尺子，自己要勇敢告诉好朋友这是个错误的行为。

后来，尽管奖票对孩子们的诱惑还是很大，不过他们不会通过错误的方式来得到它了。这次班会的意义远远比单纯的说教更有效果，而我也体会到了“以爱育爱”中更深刻的内涵。许多像我这样没有经验的年轻班主任做班级管理工作时，也许会遇到“山重水复疑无路”的处境。但是出于对孩子们的“爱”会驱使我们提高爱的能力，相信不知不觉中我们的教育工作就会“更上一层楼”了。

将爱心变成孩子前进的助力器

王欣悦

不管是实习还是代课，我曾经接触的都是高中生，而今年，我的角色有了一个很大的转变——一年级班主任。面对一张张可爱又淘气的小面孔，第一个冲出来的念头就是，我要怎么去教他们，对此我感到无比的焦虑。刚从幼儿园踏入小学的孩子们纯真、可爱，校园里、教室中，处处洋溢着他们欢快的笑声，眼前和谐的画面和“假象”使我从焦虑中一点点松懈下来。好景不长，和谐美好的生活不到一周，他们就“原形毕露”了。他们会因为一点小事，一窝蜂似的跑到老师这里告状；七嘴八舌争先恐后地把自己看到的告诉老师，生怕声音小一点就会被其他同学抢了风头；什么也不会，老师也得手把手地去教，就连怎么扫地，也不知教多少遍……经过一学期的所见所闻，我深深意识到，当好一年级的班主任是很不容易的一件事。

小瑞（化名），一个个子不高、身材瘦小的小男孩，极为调皮，做操排队时，他不是站在队伍之外，就是在队伍内推搡同学，他对我的警告示意无动于衷；下课时，他总是在追打小朋友或者破坏别人的游戏；上课时左顾右盼，从不听课小动作很多。有时还欺负小同学，更糟糕的是卫生习惯不好，教室里乱扔废纸片，有时把自己弄得像只小花猫，看了让人哭笑不得……每到课间，只要我踏入教室，学生的“告状”声就不绝于耳。

“老师，小瑞把我的铅笔拿走了，他不肯还给我……”

“老师，我们不想和他玩，他就把我推在地上，我的手破了……”

每次我都把他叫到身边，耐心地给他讲道理，教育他，可是对他来说我的话如秋风过耳般被他抛诸脑后。他的问题还是如此之多，其他同学的告状也从未间断。

王欣悦，语文教师。

一个人的童年是怎么度过的，童年时代由谁带路，周围世界中哪些东西进入了他的头脑和心灵，这些都决定着他将成为一个什么样的人。家庭早期教育在一个人成长发展中起到了重要的作用。为了更有针对性地对他进行教育，我调查了解，原来孩子的父母外出打工，长期不在家，又加上爷爷奶奶的过分溺爱使孩子养成了不良的习惯。于是，在以后的日子里，我找他聊天的次数更多了，而内容却和之前的谈话完全不同，我不批评也不教育他，而是和他交谈他感兴趣的话题，上课时随时提醒他注意听课。每天课外活动，我会抽出一定的时间单独辅导他把作业做完，并抓住他讲礼貌的优点，在全班表扬。经过一段时间的努力，我发现他有了一定的改变，做操时虽然还是管不住自己的手，但能管得住自己的嘴了；上课时虽然不能做到聚精会神，但也不会去打扰其他同学；教室的垃圾他也会主动地捡起来……他的转变，让我深刻体会到老师对学生的尊重、理解和爱是多么重要，一个表扬，一个微笑，对成绩好的学生是锦上添花，对那些需要鼓励的学生则是雪中送炭。“锦上添花”轻松且美丽；“雪中送炭”辛苦但重要。

三尺讲台，舞台虽小，但我手捧师爱，憧憬明天；一间教室，视野虽小，但我热爱学生，无悔青春。拥有，我承担着责任；奉献，我体验着喜悦；创造，我感悟着生命；育人，我享受着生命。作为一位人民教师，只有爱自己的学生，像爱自己的孩子，尽情欣赏学生的创造，才能感受人生的幸福。

绿满校园　创意无限

白　莉

孟夏时节，我们和年级组的全体学生进行了以“绿满校园，创意无限”为主题的创意盆栽活动。这次活动紧贴我校“建设生态化、现代化的爱的乐园”这一办学目标，充分发挥学生自主操作，呈现多样化设计，使校园更加生机勃勃，温馨可人。

孩子们利用许多废旧物品，制作了许多不同的创意花瓶，这些创意盆栽成为校园中一道道靓丽的风景线。喝完雪碧的饮料瓶，经过剪刀的洗礼，姿态万千，六班的孩子们就用它做水培绿植，悬挂在墙面装饰网上，绿萝的茎蔓从容下垂，宛如翠色浮雕。平时弃之如废物的饮料瓶幻化出新的生命力。

胡老师带领孩子们让空的啤酒瓶摇身一变，成为最经典的黑白配。透明的玻璃瓶，外表刷上白色的漆，再用黑色的漆涂涂画画，孩子们用自己的巧手，涂出有趣的图案或是花鸟鱼虫，制成花瓶插花。黑白图案的底部，五颜六色的花朵，一束束，一丛丛，格外美丽。

二班的孩子们更是奇思妙想不断，喝完酸奶的空盒盒，画上喜欢的图画，用土装满，插上多肉，一盆盆凑在一起，便是令你眼花缭乱的多肉世界了。用牙签扎上自己亲手制作的黏土小动物，活灵活现的小花盆着实让人羡慕不已。一颗颗多肉正如二小的小豆包们在校园里汲取营养，舒展生长。

让洗衣液的空瓶子亭亭玉立，4 班的孩子有好办法。废弃的洗衣液瓶子，底座大，上口小。用剪刀将上面剪出小白鹅的头型，两侧对称，从哪里看都是一只浮水的鹅。在底座的空处装满土，种上花可好看了。还有的同学剪出了在水面上腾起的小海豚，也很生动。剪成孔雀尾毛，剪成菊花瓣，无论怎么剪，都是独一无二的创造品。

白莉，语文教师，市级教学新秀，石化公司优秀教师。

有人说："什么是垃圾？就是放错了地方的物品。"可见许多废旧物还是可以二次利用的。合理利用废旧物品，培养环保意识，培养孩子动手制作的兴趣。会用简单的工具，愿意为节约资源、保护环境做力所能及的事。的确，只要有一双善于发现美的眼睛和一双巧手，废旧物品就能变成漂亮的装饰品和形态各异的花瓶。

这次活动丰富了学生的活动内容，提高了小学生的活动兴趣，发挥了他们自己的想象力和创造力。活动体现了教育学、儿童性、科学性、创新性、趣味性、经济实用性、安全性、卫生性、操作性、层次性等制作要求。本着"一物多玩"、"一物多用"、"利废利旧"的原则，充分发挥想象力，用巧手制作出丰富多彩、形态各异、色彩绚丽、精美实用、好玩有趣的各样花瓶。设计制作的过程，就能引发学生的探究兴趣，促进学生的发展。活动中，孩子们也是拿出了自己的看家本领，大胆创新，废物利用，变废为宝。活动为孩子们提供了一个展示才华的舞台，为环保事业做出了贡献。给学生带来欢乐的同时，更激励了全体师生主动学习、勇于探索、敢于创新的精神。活动搭建了手工制作的交流平台，促进大家共同进步形成了一个认识、学习、创新与实践的良好学习氛围。

活动过程中激发了注重本地资源的意识，自制花瓶就地取材，材料易得节能环保，制作方法简单易学，趣味性强，娱乐性强。不仅具有较强的实用性和可推广性，而且能够从小培养孩子们珍惜资源、保护环境可持续发展的意识和行为，可以成为儿童可持续发展教育的重要途径。

总的来说，此次活动激发了同学们对环境保护和手工创意制作的热情，变废为宝小制作大赛很好地营造了校园的科技文化氛围。引导学生思考，生活中对那些感觉到用起来不称心，不方便的物品，运用学过的科学知识或者通过自己的联想和创新、设计，制造出更称心更方便的物品。这次活动的内容可选择的范围比较窄，解决的问题比较单一，使用的材料比较好找，所用经费也不多。小创造就是让学生通过生活体验、观察发现、科学实验、调查取样等方式对某一事物或单一问题进行深入讨论、研究，独立设计完成作品。今后，要鼓励学生们的参与热情，开拓他们的创新思维。

用爱心倾听每个孩子心底的声音

许嘉蓉

苏霍姆林斯基说过“志向是天才的幼苗，经过热爱劳动的双手的培育，在肥田沃土里将成长为粗壮的大树。确定个人志向，选好专业，这是幸福的源泉”。泰戈尔也曾在诗中写道：“花的事业是甜蜜的，果的事业是珍贵的，让我干叶的事业吧，因为它总是谦逊地低垂着它的绿荫”。教师是我从小的志向与梦想，怀着对花朵盛开的期待，半年前，我成为一名“园丁”，希望用爱心浇灌每一颗含苞待放的花骨朵，期待让爱滋养一整片花园。

回首半年来的点点滴滴，孩子们入校时签名墙上的小手印，第一次见面时那清澈纯净、充满对小学生活向往的眼神，以及第一次穿上二小校服时神气的样子依然历历在目，让人不禁嘴角上扬。

纵使在读书时期已经在高中和初中实习过，但初次踏上一年级的讲台，第一次做班主任，第一次当一年级的语文老师，这都令我紧张又期待。在繁忙又新鲜的工作中，我也与孩子们一同进步，一起成长，努力成为最好的自己，成为孩子们最信任的老师。

犹记得一年级入学的第一天，我便注意到了小天（化名），表现出了不同于其他孩子在新环境中的害怕，他好像总是一副天不怕地不怕的样子。上课时漫不经心，下课时毫不客气地向其他同学展现自己的“厉害”，不到一周，便受到了所有老师的格外关注。第一次做班主任的我与小天的父母进行联系。小天父母说，小天在幼儿园曾是个“小霸王”，经常把幼儿园老师惹哭，幼儿园还专门为小天一家人请了心理辅导老师。与小天的父母交谈后，我决定好好和小天聊一聊，了解孩子心里的想法。

“小天，你喜欢上学吗？”在一次他又“闯了祸”来办公室的时候我问道。

许嘉蓉，语文教师。

“喜欢，比幼儿园好多了。”“那你喜欢学习吗？”“我们幼儿园什么都不教，很多我都不会，幼儿园大家都不喜欢我，爸爸总是打我，我学不好……”说着，这个平时很“威风”的小朋友眼中装满了泪花。

原来，大家对他的不喜欢和爸爸的棍棒教育让孩子没信心。“幼儿园不教，可是现在你是一年级的小学生了，上课时老师会教呀。你这么聪明，如果认真听讲的话，一定能学会的。你愿意试一试吗？”“嗯，我愿意!”

虽然不知道这孩子是不是真的听懂了我的话，但我知道，这个孩子被不自信的情绪笼罩着，渴望被关注被认可，或许我应该多发现他的优点。

在跟小天的爸爸沟通过棍棒教育的危害后，小天的爸爸愿意尝试改变。我也开始刻意观察小天在学校生活中的表现。我发现小天是个热心肠的孩子：中午吃饭的时候，如果同桌去卫生间，他会帮忙铺好餐布；午餐后，他会顺手扔掉其他孩子桌上的果皮；放学时，他总帮助忘记将凳子推进桌子的孩子。

于是，在一次班会上，我将小天的这一优点在班里进行表扬。其他同学也觉得新鲜，原来班里的“小调皮”也有优点呀！第一次，我在这个孩子的脸上看到了害羞，眼中充满了期待。“如果孩子生活在批评中，他便学会谴责。如果孩子生活在鼓励中，他便学会自信。如果孩子生活在受欢迎的环境中，他便学会钟爱别人。如果孩子生活在安全中，他便学会相信自己和周围的人们。”后来，我总找合适的机会适当地表扬小天。渐渐地，他上课能静下来了，书写越来越认真了，纪律也越来越好了。

在学校“硕硕星”的申报中，全班孩子们一致推荐小天，小天捂着脑袋说：“我不行我还有很多缺点”！眼神既期待又紧张，我也不禁湿了眼眶。我看到小天第一次得到了同伴们的认可，更感动于一年二班孩子们幼小的心里有着这么美好的画面。班里每个孩子的进步与成长，大家都一起记在心里。

新年音乐会时，我推荐小天表演了钢琴独奏，希望他能有一个更大的舞台展现自己，能够越来越自信，感受到自己身上也有闪耀的光芒。不仅如此，学习上小天也越来越有自信了，在一年级第一学期的期末测评中，小天没有辜负自己的努力，取得了优异的成绩。

看着这个曾经令所有老师头疼的孩子一点一滴的进步，我明白了每个孩子都需要爱——父母的爱，老师的爱，同伴的爱。

爱是教育的灵魂，教育根植于爱。而我，需要用爱心感染每一位学生，用自己的爱心浇灌每个孩子的成长，用爱心倾听每个孩子心里的声音。

角色互换　用心感受

张爱爱

开学了，一张张稚嫩的笑脸向老师走来，刚刚跨入校园的新生，还有些不适应，甚至有个别同学哭着闹着要回家。开始上课时，同学们坐姿随意，桌椅也不整齐，桌上的物品也有些凌乱，学生在课堂上任意说话。为了带好一年级新生，我仔细地研究了课程标准的所有内容，上网查了许多有关幼小衔接的资料，决定要利用好班级文化建设主阵地，改变班级面貌，建立一个积极向上的班集体。我开始先从班级布置的标识语入手，先让学生感受到班级的温暖，使他们不好意思乱来。铃声一响，我并没有开始上课，只是手指了一下黑板旁边的墙上的提示语：嘘！请安静！之后站在门口观察同学们的反应。并问他们教室有什么变化没有。同学们有说黑板的左侧贴了一张：“您好！老师，您辛苦了”。有的说黑板的右侧贴了一张：“你好！同学，今天有收获吗”？甚至还有的同学发现了教室的图书角的墙上又贴了一张提示“读书时请不要打扰我”的标语。当他们看到教室的变化，个个都睁大了眼睛，有的刚想说话，一看到前面的提示牌就赶紧闭上了嘴。我想，这是首战告捷，我干脆趁热打铁，就班里的现状立即召开一次晨会，核心内容是互换角色，体验感受。

我继续很温和地说：“同学们看了咱们班的变化，你有什么感受?”两个平时就爱说话的同学大声说：“太干净了，我们都有点不太适应。”我听完高声说：“你们俩到前面来，听一听下面同学都说了什么，然后一个一个地告诉我，下面的同学开始说吧。”下边的同学不管三七二十一开始说话，两分钟后，我做了一个暂停的手势，问：“两位同学，你们听清下面同学都说了些什么吗?”“没有听清，下面太乱了！”“下面我们再做一个实验，你当小老师，在前面讲课，下面的同学开始说话，下面的同学要告诉大家，前面的老师讲了什

张爱爱，英语教师，市级教学新秀。

么，开始。”两分钟过后，我又做了一个暂停的手势，问前面的小老师：“你讲课时听到了什么？感觉如何？”小老师大声说：“我只听见下面的同学乱哄哄的，不知道是谁说，也听不清楚说的是什么，我心里很着急，还有一种不被尊重的感觉。”

“下面的同学，你们听到小老师讲什么了吗？”我问。

“没有。”同学们异口同声。

“为什么？”我追问。

“咱们班太乱了。”

“前面的小老师，你在讲课时，你希望同学们怎样做？”我有目的地问。

“我希望同学们都认真听讲，不乱说话。”

“同学们，我们能不能做到？”我顺势问学生。学生回答：“能！”

“同学们，我有一个想法，就是每节课的前两分钟作为同学们自由说话的时间。”这时，班长站起来说：“老师请您给我们一周的时间，来改掉我们乱说话的坏习惯，行吗？”我同意了他的提议。

俗话说，坏习惯一旦养成，想改掉是相当困难的，因此我准备用一系列规章制度来规范学生。这些规范我让学生自己制定（因为被学生所认可所接纳的制度来规范一定是有效的）。经过学生认真研究，制订了符合本班的规章制度，然后把它贴在教室的墙上，并选出三名监督员。经过一段时间的努力，同学们的坏习惯终于开始收敛到淡忘。同学们真的变了，变得让老师欣喜，他们依然是那么活跃，但活跃得恰当。他们知道了课堂上什么时候该说，什么时候不该说，知道了什么时候该动，什么时候不该动，什么时候该静，什么时候该做什么。我不禁感慨：遵循学生身心发展规律，选择学生认同的教育方式，让学生真正活跃，健康发展，这才是真正的教育。

因为你被大家需要

张爱爱

每一个问题孩子的背后都会有一种心理需求。每个学生出现问题，都是有原因的，我们必须走进孩子的内心，不能见到问题就一棍子打死。

今年接的班里有一个男孩小 Y，只要是该他值日从没有完成过，每天都是其他同学替他做了。我多次找这孩子提醒他自己身上的问题，这孩子应付答应改正，但根本没听进去。每天只要我回到教室，就有一帮孩子跟我揭发小 Y 课上怎么捣乱，怎么把教室弄得一团糟。黑板上科任老师记录下他违纪的表现，真让人恼火。怎么办？将近一个学期的努力不见效，放弃帮教？那这个孩子就会是班里的不定时炸弹。忽略他的问题？那别的孩子怎么管？不急，慢慢来。后来，我针对小 Y 的问题上了一节班会课，对孩子们进行心理健康教育。我引导孩子们公开感谢曾帮助过自己的同学，表扬了班级里的小主人翁。我对孩子们讲，我们生活中集体中，要有存在感，存在感就在于你被别人需要。我给没帮过他人的孩子留了一个小任务：每天至少为别人或集体做一件事。因为我们需要你。

之后，有的孩子行动了，抢着擦黑板、捡掉在地上的纸张……但小 Y 还是没有行动。我私下问他，今天谁为他做了什么，他为别人做了什么。他说："我不知道自己要做什么。"我说："那你就看看别人做了什么，然后可以学他们。"那天午饭后，他端起了教室的纸篓，走向卫生间。我马上跟孩子们谋划："他第一次给集体做事，需要肯定，咱们做点什么好呢？"孩子们纷纷出主意——夸夸他吧，给他一张奖票，给家长发个短信表扬他……我提议："咱们等他一会回来什么都不用说，先给他掌声怎么样？"然后，当他出现在班级门口时，所有同学爆发出雷鸣般的掌声。小 Y 一脸的迷惑，等掌声结束之后，

张爱爱，英语教师，市级教学新秀。

他一脸纳闷儿自言自语："怎么啦?"我说："因为你被大家需要。"他恍然大悟，自己也幸福地笑了。后来，每天为别人做些事从是我给他的任务，变成了他自己乐于去主动做。这对于一个在家衣来伸手饭来张口的小皇帝来讲，是多大的进步啊。

总之，教育不是万能的，但没有教育是万万不能的。只要我们对"问题学生"多一分理解、多一分爱心、多一分宽容、多一分信赖、多一分鼓励、多一分等待，"奇迹"总会出现。

学之染人，甚于丹青

——记赴北京第二实验小学学习之旅

马红莉

“学之染人，甚于丹青”，脑海里突然就冒出这句话，我想这不是没来由的，该是我和北京第二实验小学的缘分，此次北京总校学习之旅，我便想用这八个字做总结。

初遇

2018 年 11 月 26 日，我和陈琨老师，侯莹杰老师在如长姐般照顾我们的朱英华老师的带领下来到北京第二实验小学，这便是我们和北京总校的初遇。尽管寒风料峭，但这初遇惊艳了我们学习的第一天。

我几乎是怀着一颗朝圣般的心小心翼翼地走进二小校园，好幸运，在新校区门口我们便看到笑盈盈地向我们走来的宿慧校长，寒风中宿校长用笑容温暖了每一个走进二小校园的人的心。宿校长身上散发出的亲和力对我触动很大，我暗自思量：这亲和力，这温暖的笑容，本身就是二小教育理念的最好体现，它源于爱，而她将这份爱温暖每一个生命中的遇见，这比校园中的雕塑带给我的触动更大，我似乎琢磨到了点儿什么。但……很遗憾没能和宿校长留张合影，我太紧张。

在宿校长的指引下，我们一行四人来到新校区大厅内等候王主任安排我们学习的年级组。一进大厅，悦耳的琴声随即传入耳中，我仔细地探寻着，很意外地发现在大厅右上角摆放着一架发着光泽的钢琴，这象征着优雅高贵的乐器后面坐着一位清秀的小女孩。她头发低垂，十指飞快地在琴键上跳舞，我们轻轻走近她身旁，安静地听着，整个大厅里弥漫着悦耳动听的琴声，其他孩子一

马红莉，语文教师。

个个不紧不慢地有序地背着书包走进各自的班级，没有吵闹声，没有急速地奔跑……那一刻，我突然感慨道：这才是一个学校应该有的入校仪式，伴着琴声，问好声，有序地走进教室，开启新一天的学习之旅。此刻我激动着，兴奋着，更加期待接下来的二小带给我的惊喜……

我们不愿浪费一点儿时间，来时带着洪校长，蔡主任的嘱托，甚至第一天清晨洪校长就发来问候，这一切都意味着责任，这来之不易的学习机会，我们只有加倍珍惜。于是，我将镜头对准了校园的每个角落，去观察，去记录，去理解，去反思……

看着二小教学楼上的教师文化，学生文化，我心里默默跟我们兰州分校的教师和学生文化做对比，在比较中对兰州分校的教师和学生文化理解更深……我需要这样的引领，好让我走得更远。

在我的期待和好奇急速生根发芽时，王主任带来了好消息，我被她带到了北京第二实验小学低段王府校区。我像个乖巧的一年级小学生，第一次被老师领进新校园，王府门口两座威武的石狮子似在欢迎我们的到来，叩响黄铜门环，推开厚重的红漆木门，我来到一座昔日辉煌的王府。我兴奋得像个孩子，忘记了我前面还有王主任，竟然激动地跳了起来，连声发出赞叹。主任回过头示意我小声，我这才发现原来孩子们正在这王府的房子里上课。我更激动了，这校园里的一砖一瓦，一草一木都是文物，这是一座一进门就能让人安静下来的校园，无须营造口号化的校园文化，因为它本身就承载着厚重的历史文化。

重逢

和曹岚老师的重逢是我此次学习之旅的又一惊喜。在今年 10 月中旬，曹老师来兰州分校指导过我的展示课，没想到这次我可以继续跟着曹老师学习，她是我在北京总校的师父。于是，我在这一周里时常待在曹老师带的二年级 3 班。听她课听得最多，家长开放日听了她的《狐假虎威》，那是一堂令我难忘的课，我真正感受到了一节安全的、和谐的，甚至是诗意的语文课堂，我没有高深的理论去评价理解这堂课，只是我听完这堂课是欢喜的，激动的……我收获最多的还是曹老师丰富且具有建设意义的评价语，也在积极地尝试运用在自己的课堂中……

作为班主任，此次来京学习班级管理工作是我此行的一个非常重要的目标。曹岚老师的班级管理工作可谓是一门艺术。平时她更多是润物细无声的渗透，我听了如沐春风，然而外显的班级服务岗位管理制度，真正做到了将班级管理工作细化，我甚至想用上“精致”二字。我想，一个学校拥有如此用心去育孩子的老师是幸运的，一位学生遇到如此爱孩子的老师是幸福的，当然，我做她的徒弟也是我修来的缘分。

王府校园里银杏树最多，听老师说入秋后，金黄的银杏树叶飘飘洒洒落下来，铺满校园，已经是北京城最美的一处景点，好遗憾，我没能亲历。这是二3班小豆包们用落叶制作的贴画，有趣极了，我忍不住多拍了几张。

第二节课下课后，二年级的孩子们在小老师的带领下认真地做眼保健操，做完操孩子们会选择自己喜欢的运动器械，结伴去教室外的院子里活动，没有疯跑吵闹的情况，每个孩子都有自己的事儿可以做，活泼而有序，我很喜欢这样的状态，真正感觉到了二小孩子们的舒展。

转眼到了午餐时间，孩子们方便洗手后有序地排队，等待盛餐阿姨分餐，孩子们可以根据自己的口味食量向阿姨说明要求。安静快速地吃完饭后是值日时间，分工明确，高效有序，是我最直接的感受。

这是二3班孩子令我印象最深的一幕，打扫完教室后，淘干净的小抹布整齐地摆放在窗台上晾晒。我很意外，意外的是孩子们的自觉自律。我问一个孩子："是曹老师要求你们这样摆放吗？"孩子点点头，继续说："摆整齐，晾晒干后再存放在自己的柜子里，要不然会臭的。"我明白了，其实，只要我们把班级管理工作做细、做实，将要求说清楚并告诉孩子为什么这样做，孩子们的执行力比我们想象得更强。第一天的学习就在我的期待、惊喜、顿悟、还有疲惫中度过了，好充实的一天。

来京学习的这几天，闹钟每天在6点准时响起，我们准时起床，你猜对了，我要去和孩子们一起上早操。我内心是雀跃的，和小豆包们一起走进王府校园，来到教室孩子们简单地整理过后，便来到院子里跑步，寒风中孩子们红润的小脸儿，二小老师们口中哈出的雾气，体育老师嘹亮的哨声，还有一个举起相机记录这一切的我，让这座古老王府校园里的一切都变得生动鲜活起来，我甚至在脑海里播放着昔日这府宅里王公贵族们的生活起居，真是个神奇的地方……

我跟着曹岚老师的班来到体育馆里，这周轮到二年级孩子在这里活动，看着体育馆墙面上有各种古代游戏活动项目的墙塑，没来由地喜欢，我想：墙面上可爱的孩子陶醉在游戏里，体育馆里活泼的小豆包们会不会也被感染？做游戏是所有孩童的至爱，是童年最美好的回忆，从古至今，不曾变过。我希望我的那班孩子也能在游戏里享受最单纯的快乐。

早操结束后，我也跟着孩子们正式开始一天的学习生活。我始终认为，学校派我们在 11 月的这一周来总校学习真是再好不过的安排。我有幸听了二年级组的家长开放日公开课，行政调研课，还有区里的调研课。总校 7 位教师授课风格迥异，大家共同备出的一堂课，却能被各个老师上出自己的特色来，我惊叹于老师们对教材精准又富有特色的挖掘能力，“勇敢地退，适时地进”对我而言不再是远方，我真切地听到二小课堂里孩子们舒展生长的声音。

也许会有一些小瑕疵，对于发现课堂中小问题这件事儿，我是有些惊喜又有些胆怯的。另外，总校老师们制作课堂教具是非常用心的，和她们一起在办公室剪剪贴贴做教具的时光是让我最感惬意和舒服的。在制作教具这事儿上，我很愧疚，为我自己班里那些孩子，我想学画简笔画，即便没有做出精美的教具来，我也可以用一支粉笔绘出孩子们想要的世界来……

离别

最后一天下午，区里的调研课在王府校区进行，听完崔宁老师的《寒号鸟》和于光老师的《坐井观天》，我们和其他学校老师随同杨调研员在王府会议室讨论教研，作为旁听学习的老师，我听着，记录着，这是我第一次如此近距离地感受参与首都老师们的教研活动。最直接的感受是：高效。专家一针见血指出问题所在，授课的年轻教师毫不怯场，在表达自己教育理念，设计初衷的同时，直言请教改进措施。因此，专家们也总能根据授课教师的需求提出实操性较强的建议。

学习期间我翻阅了二年级孩子的写话本，可以看到老师认真的批阅痕迹，我觉得很美。书写美观的生字本，有家长签字的记事本，读书卡，单元复习思维导图……都是智慧的果实，芬芳扑鼻……

11 月 30 日下午我们此次的学习之行圆满的画上句号。我有很多不舍，收拾完书本笔记，一个人又在校园里走走停停，用镜头记录下我想留在心里的一切，别了，北京第二实验小学……

责任与担当

——班主任工作之“责任与担当”养成记

戴玉荣

上班十年，一直都打心眼儿里喜欢有责任心、有担当的孩子，但对如何培养孩子们的责任心，一直没有进行深入的思考。自从听到李烈校长提出的“对己负责”这一教育思想，我开始思考如何培养孩子们的责任与担当，使之真正能做到“对己负责”？我在不断地摸索、尝试、实践的过程中尝到了一丝甜头。

一、与家长达成共识，增加教育的合力

众所周知，家庭教育是对于一个人培养的重要阵地，孩子的德行教育很大程度上源自于家长潜移默化的影响。于是我抓住每一次开家长会的机会，和家长共同交流孩子责任心教育的问题，以期和他们能够在思想上达成共识，增加教育的合力。第一次开家长会，我会和家长们分享北京第二实验小学总校的“全人”教育思想：让孩子们做堂堂正正的大写的“人”。“人”的一撇一捺分别代表人的思维品质和德行品质，品德是一个人做人的基本，是支撑人的那一捺，只有那一捺撑住了，撇越长，人发展得越好，若捺支撑不住，撇再长也不能成为一个真正的“人”。接着，我会分享由于社会中责任心的缺失而否定整个教育过程的案例，并和家长们展开讨论，求得认同。在以后的每次家长会中，我也会结合本班的情况将孩子们责任心和担当方面的故事分享给大家，和大家讨论，引起各位家长思想上的重视，为共同教育学生奠定基础。

二、用好班会课教育，提升教育的能力

班会课是班主任教育的阵地，用好班会课教育，可以提升对学生德育教育、责任心教育的效率，提升教育的能力。

戴玉荣，语文教师，市教学新秀。

事例一：一年级的孩子，难免有时候会管不住自己，加上这学期我有时候行动不是很方便，跟不上队伍，我们班得到达标红旗的次数比较少。班会课上说教几次后无果，我让孩子们自己找找原因，孩子们都愿意把责任推向他人，于是乎好好的班会课变成了“告状课”，告状的孩子小脸憋得通红，被告状的孩子因为时间过去久了，也满是委屈。我灵机一动，这不是培养责任心的好时机吗？我把这个教育环节叫作“爱的反省”。我告诉他们，能看出大家都很爱我们的班级，所以都在努力地找原因，但是只找别人的原因可能做不到让我们每个人做得更好。请每个人都只反省自己上周的表现，说说自己哪儿做得不够好，在这一周你要做点儿什么？经过了这样的过程，孩子们都在积极地承担属于自己的责任，于是我美美地夸奖了他们，并在这一周里及时提醒。周末，我们班果然拿到了达标班级的红旗，孩子们高兴得一蹦三尺高，集体荣誉感就这样被培养出来了。

事例二：11 月 25 日星期五，学校的机器人教室、沙画教室和心理咨询室因为没有及时锁门而导致部分设施遗失或遭到了破坏。当我们得知这个消息时孩子们已经放学回家了，因此只能借助 QQ 群让家长们先问问有谁去过这些场所，反馈来的结果是只有一个小孩承认去过这些地方。11 月 28 日星期一的班会课，就此事和孩子们展开了讨论。首先我们讨论了关于我们的好奇心怎样满足又不越界的问题；关于去过功能室敢于担当和不敢担当的问题；关于学校的开放空间和公共设施损坏后会带来哪些后果的问题，还有怎样勇敢地承担责任、诚信的问题等等。最后还和孩子们分享了“请归位”、“我承担责任才享有权利”、“不是自己的就是别人的”、“请你向我道歉”、“我们是伙伴，应该彼此提醒”等话语。通过这样的班会课教育，孩子们明白了作为一个人责任和担当的重要性，当我再问都有谁进过功能室的时候，去过的孩子都站起来了。看着孩子们低下的头和惭愧的脸，我知道他们都已经明白了责任与担当的重要性。

三、用课堂教学资源，激发内在的动机

课堂教学是教育学生的重要组成部分，在平时的教学中，我也不忘把责任心的培养作为一项重要的内容。如在上阅读课时，我给孩子们讲了绘本故事大卫系列之《大卫惹麻烦》后，孩子们被逗得哈哈大笑，笑过之后我问孩子们：你们喜欢大卫吗？为什么呢？他们都说喜欢，因为他们在调皮淘气的大卫身上找到了自己的影子，觉得大卫很可爱。我相机引导：如果大卫不觉得自己做错了，不再最后说那句“对不起”“妈妈，我爱你”你们还会觉得大卫可爱吗？

孩子们都说“不”。所以大卫的可爱之处在于他虽然调皮，虽然淘气，但他的内心是个非常单纯、非常善良的孩子，他的妈妈虽然总是在说“不可以”，但这都是因为爱他。我们大家都是这样成长起来的。大卫知道什么是对，什么是错，并愿意做一个有爱有担当的孩子，这就是他最可爱的地方。故事虽然讲完了，但我想，留给孩子们的思考应该是长久的、深入的。

四、日常点滴教育中，抓住教育的契机

作为班主任，每天操心着孩子们的方方面面，有时候教育不是刻意而为之，只要能抓住教育的契机，在生活和学习的点滴日常中，时时处处都有教育。

事例一：主题研究课时带孩子们去科技长廊参观体验，在给孩子们简单讲解每个实验的做法后让孩子们自己体验体验，这时就有孩子来给我告状：小梁同学把一个手柄弄下来了。再看小梁同学，他正一手握着手柄，一脸慌张地看着我。我问他是这样吗，他点点头表示认可。我看了看，只是螺丝被拧出来了，问题不大，马上就可以修好它，孩子绝不是恶意而为之。回到教室，我马上就此事和孩子们进行了交流并大力表扬了小梁同学的担当和正确对待自己错误的方式，尽力挽回，让错误最小化。听到我的表扬，小梁同学显得有些意外，不好意思地笑了笑，其他孩子们也明白了正确对待自己错误的方式。相信经历了这些，孩子们都会变得更有担当。

事例二：小浩同学一直是一个让我有些头疼的孩子，不仅是因为他的自理能力差，爱打人骂人，而且经常将自己做错的事情推给别人，他脚下的橘子皮，我明明看到他拨到了别人脚下，可是他却坚决不肯承认，无辜的大眼睛一闪一闪，让我有时有些无奈，也找他的家长谈过这些问题，收效甚微。可是在开完责任和担当的班会课后以及表扬过一些有担当的孩子后，我发现他有了一些变化：黑板上的四线格被孩子们撕成了两半，刚撕破时个别问过孩子们，没有人知道，也没有人承认，于是这件事被放下了。但让我吃惊的是，班会课结束后，他竟然主动承认了四线格是他不小心撕破的。此时的四线格显得那么无足轻重，我看到了他令人可喜的变化，在教室表扬了他，他不好意思地笑了。以后，他依然会问题不断，但过问时，他变得有担当多了。

最好的教育其实是自我的教育，作为班主任，培养孩子的责任心不是一朝一夕的事情，我所做的，也都是点滴的小事。但只要心中有这种意识、心中有爱，创造和抓住种种教育的契机，孩子们定会向着我们希望的方向，成为一个有责任感、有担当的堂堂正正的大写的“人”。

一米阳光

张雅婷

丽江玉龙雪山终年云雾缭绕，雪山一侧全年不见阳光，只有每年秋分时节会有一米长的阳光照下来，传说被这一米阳光照到的人就能拥有幸福和快乐，我愿做平凡世界里给予孩子光明和希望、给孩子带来幸福的——一米阳光……

每天都能与可爱的孩子们朝夕相伴，我爱着他们，同时也感受着他们传递给我的爱。

“张老师我想你了……你的宝宝生了没有呀……张老师你怎么生了这么久的宝宝呢……张老师你不是说这学期就来上班怎么还不来上班呢……张老师你什么时候回来给我们上英语课呀，我都等不及了……”看到孩子们给我的QQ留言我心里好暖好暖……我深深地感受着孩子们对我的爱，同样我也深深地爱着我的孩子们。

“张老师，我想转到其他班里。”突然有一天瑞瑞同学给我说。我很诧异，“为什么呢?”瑞瑞告诉我：“因为我去其他班里就可以当班长。”多么直白的想法，多么上进的孩子，多么让我心酸的话题……我说：“你决定了吗?”瑞瑞说：“我一直在犹豫，我犹豫的是我要是去了别的班里，你就给我上不了英语课了。”当时我的心里很难受，是什么事让瑞瑞有了转班的想法，是什么事让之前那么阳光的瑞瑞变成现在这么世俗，我和班主任、家长沟通了一下，了解了一下情况。

课后一有闲散时间我就和瑞瑞一起聊天，了解到了瑞瑞的小心思。原来他以前是班长，老师认为他管理有问题，重新选了班长，因此，瑞瑞的那种精气神一下没了，变得不爱说话、孤僻、内向。看到现在的瑞瑞我好心疼，我多么想改变瑞瑞，让瑞瑞能重新振作起来，做一个阳光、快乐的男孩。我在之后的

张雅婷，英语教师，区级教学新秀，承担省级示范优质课。

日子一直关注着瑞瑞，一有时间我就会和瑞瑞一起聊天，陪他聊感兴趣的话题，慢慢走入他的内心，及时肯定瑞瑞、赞扬他、鼓励他，慢慢瑞瑞的情绪好了很多。我及时告诉他老师重新选班长的原因，是自己身上还有一些不到位的地方，帮他分析，引导瑞瑞如何做一个好的班干部。瑞瑞豁然开朗，他打消了转班的念头，也不内向、孤僻了。看到瑞瑞的成功转变我很欣慰，每每看到瑞瑞脸上洋溢的笑容我的内心很温暖。

是呀，鼓励是一种智慧和力量，是对生命的洞悉，是庇护孩子们成长的绿荫，更是维护学生与老师和谐相处的秘诀。我鼓励了瑞瑞，分析了瑞瑞身上的问题并引导瑞瑞如何去做得更好。

作为一名教师没有能力点燃火种，但绝不能熄灭火种！面对眼前同样充满好奇和天真的孩子们，要珍惜，更要努力让每一个孩子的心中充满阳光，让每一个孩子在爱的抚慰下快乐成长。孩子的心灵是纯洁而美丽的，如水晶；孩子的心灵是脆弱而易碎的，如玻璃。作为教师不但要欣赏他们水晶般的心灵，而且更要保护他们玻璃一样易碎的自尊。

没有爱就没有教育

郭海燕

著名教育家马卡连柯说："爱是教育的基础，没有爱就没有教育。"著名教育家陶行知也说："爱是一种伟大的力量，没有爱就没有教育。"两位教育家都强调了爱与教育之间的关系——教育离不开爱。

"没有爱就没有教育"，这里的"爱"从教师这个主体出发，我认为包含两层含义，一是爱教育事业，二是爱学生。我想，只要我们每位教师热爱自己的这份职业、爱每一位学生，那我们的教育事业肯定会越来越好。

2018 年 8 月底，我来到北京第二实验小学兰州分校这个充满爱的大家庭。在这半年的时间里，我也真真切切感受到了"爱"，我看到了每位老师对教育事业的热爱，也看到了每位老师对学生的爱。在这里就拿我的师父马丽老师来说吧，她从教已经有 28 年了，无论是课堂教学还是班级管理，我觉得她都得心应手，不用像我们年轻教师一样整天想着如何备课、如何管理学生。尽管如此，她每天下班都必须带着语文书和教参，从不空着手回家。她时常跟我说要多读教材，只有读通了教材，才能更好地投入课堂，才会抓住学生在课堂上的生成。从她身上我看到了一位人民教师对教育事业的热爱、对学生的负责和爱。

再说说我自己吧，来到二小，我也被这种爱的氛围所感染。虽还未正式上岗，但在跟随师父跟岗学习期间也接触了她们班的孩子。我也在默默地观察着他们，放学、上操时我都会跟着他们。有段时间，我发现师父班的 X 同学在上操时总是不积极，经常不在队伍中，我多次向班里其他同学打听 X 同学的情况，其他同学大多时候都说不知道或者说她在教室里。发生好几次这样的状况，出于对 X 同学的担心，有一次上操我便返回班里找她，结果在楼道里看

郭海燕，语文教师。

到了她，当时我并没有因为 X 同学掉队而指责和批评，而是耐心地去了解状况，寻找原因。于是，我就借机跟她做了简单的谈话，“X 同学，你为什么不跟着队伍上操？知不知道老师很担心你？”“老师，我肚子疼。”“严重吗？需要我联系家长接你回家吗？”“不用了，我到操场边上坐会。”“好的，多喝热水，如果不舒服及时向老师反映，以后上操别掉队了。”X 同学点点头，跟我去了操场。

之后，她再没掉队，但是她总是在队伍的最后走着，按她的个头，排队时应该站在前面的，但是每次上操她都是一个人默默地跟在队伍的后面，也不跟其他同学交谈，仿佛在想些什么。后来我找我师父问了 X 同学的情况，才知道 X 同学经常这样是为了博取老师的关注，她走在最后一排更多的是希望老师可以关注她。从师父那里了解了情况之后，我经常在上操的队伍中找 X 同学交谈，时不时地与她交流一下最近的学习情况，比如：“你最喜欢上什么课？”“最近在读什么课外书？”“最近学习中有没有遇到什么困难？”……我想我这种对 X 同学的关心也是一种爱学生的表现吧。

临近期末考试，语文课的教学也接近尾声了，师父让我给她们班的孩子上最后一单元的一篇课文——《飞上蓝天的恐龙》，第一课时进行得很顺利。上第二课时的过程中孩子们因为一个排比句开始给恐龙分类，大家各抒己见，争论不休，课堂上我也没有做好“适时地进”，一堂语文课到后面变成了科学课。下课后，我感到很沮丧。当天正好是第二节课，下课后就带着孩子们去上操了，做完操回来的路上，X 同学可能看到了我的失落，她便主动跟我说：“老师，我是甘肃博物馆的小解说员，我家里有有关马门溪龙的解说词，改天我给你带一份。”我知道 X 同学是安慰我，这也说明在我关注她的同时，她也在关注着我。我想这可能就是“以爱育爱”吧。

“以爱育爱”是二小的办学理念，第一个“爱”的主体是老师，强调老师要以仁厚博爱之心对待学生；第二个爱的主体是学生，就是教师要用自己的爱感染学生，让学生也具备爱的能力，学会爱自己、爱他人。北二兰用“爱”书写着教育的篇章，我也在用自己的实际行动践行着“以爱育爱”。

爱是人类最美好的情感，我们的教育离不开爱。爱教师这份职业，爱学生，这是每位教师必须具备的。爱是第一步，只有用“爱”去对待一切，我们才能收获更多，我们才能更好地教书育人，就像前面两位教育家说的——没有爱就没有教育。

猜猜我有多爱你

牛雅婷

“对孩子来说，父母就是他的全世界”。

最近，一名6岁小学生第一次写的诗歌就火了。内容大致这样：

我不感谢妈妈，是她每天罚我站墙角，

我不感谢妈妈，是她每天逼我写练习册，

我不感谢妈妈，是她每天让我上语文课，

我不感谢妈妈，是她每天给我出卷纸（子），

我不感谢妈妈，是她每天让我写生字，

我不感谢妈妈，是她每天教我背古诗，

没有妈妈，就没有现在的我，

我不感谢她，我还能感谢谁呢？

初读时，职业的习惯觉得这孩子小小年纪词句工整、言语表达之精准，可爱童真的笔迹，列数了妈妈对他的严加管教，看似吐槽，实则真情流露，结尾沿用漂亮的神转折，文末网友直呼“套路深”，但却让多少父母红了眼眶。一本资深教育类书籍中谈道：“孩子经常不知道，父母有多么爱他们。”但实际上，父母可能永远也不知道，你的孩子有多爱你。

有时和家长们沟通时，我们或多或少总觉得孩子不省心，可在孩子们的眼里，只要和爸妈一起参与的事，他们就会欢天喜地，度过的每一天都充满精彩与奇妙。敷衍的语言也好，抱怨的脾气也罢，无论何时何地，他们只记得父母对他们的好。

当天，我们班刚好学完一篇剧本节选，我布置了一次亲子作业：和爸爸完成课文内容，可复制、可创新，将剧本用语音或视频表演展现，其导演一定要是同学们自己，讲解内容的同时更需投入情感。

牛雅婷，语文教师，市级教学新秀，承担省级优质示范课。

双休日的两天，孩子们精心创作，作品大大出乎我的意料，爸爸妈妈们偷偷给我发短信“牛老师，我家孩儿原来读课文读得这么好，我怎么之前没发现”“牛老师，孩子他爸从来没这么认真地和孩子相处，原来之前我们只是陪着孩子，而不是真正的陪伴”……周一反馈时，孩子们更是一个个扬扬得意，怎么给老爸指导的，怎么让老妈当听众的，老爸有多厉害，老妈有多能干，说得嘴角上扬，我无比暖心。没错，父母在孩子的眼里，无可挑剔。

父母总说，自己无条件地爱着孩子，为了孩子付出了多少，忙碌了多少，其实孩子才是无条件地爱着我们，不需要父母成功，不需要父母优秀，在他们眼里，父母永远是最厉害的人。

作为老师，何尝不是一场修行？修行别人，也修行自己。每一个孩子，无论天性如何，都是我们教书生涯中的一段经历，不管自己承不承认，他们都在帮助我们不断成长。五彩缤纷的世界，充满个性的世界，让我们很容易找不着自己的坐标。但每个老师都是智慧的使者，是灵魂的工程师。教育之旅，像极了一场修行，在这个过程中，需要用真心来践行的。我们在忙于教学的同时，一定要抽出时间来多了解学生，与他们多交流，多沟通，尽量对每一个孩子在学校和家庭中的表现有一个全面把握，多一分了解，就少一分误解。尊重和关爱孩子们，多发现他们的闪光点，并及时予以表扬鼓励，以激发他们的上进心，增强自信心，使师生在和谐融洽、轻松愉快的氛围中平等相处，快乐学习。因材施教、尊重赏识，只有这样才能走进孩子们的心灵，才能在班集体这一方沃土上，培养出更多合格有用的人。

愿我们守护天真烂漫的小天使，好好陪他们快乐长大。

播撒爱的种子，培育爱的心灵

赵　静

2018年年末的一个惬意午后，又接到了大三时带班的学生的电话，每到这种时候，心底作为教师的自豪感就盈满自己的身心……

每次她给我打电话总有一个不变的主题“老师你什么时候来看我们啊”“老师，你和马老师什么时候来看我们啊”“赵老师我们已经六年级啦，近年暑假您来看我们吗”……每每这种时候我都想立即坐着火车，回到那个朴实又充满乐趣的地方，想看看他们在我不在的这段时间里又发生了怎样的变化。

这不禁让我想到第一次见到他们的时候，第一次向他们作自我介绍的场景。时间久了，就会发现每个孩子都有属于他们自己的特点，都有自己的小心思，也从那时我开始了作为教师的第一步，一步一步地前进着，第一次站在讲台为学生带去知识，第一次为自己的教学准备一篇教案，书本越教越少了，教案越写越多了，为他们准备复习资料，为他们批改作业……

在班里学生郝晓强的身上，我收获了作为一名教师所能得到的那份对学生付出真心而收获的同样的甚至更多的爱。尤记得第一次见到他的时候，他还是那个害羞得不敢说话而内向的学生，眼睛清澈如水。第一次叫他回答问题，我能看到他举起又放下的手，我想鼓励他勇敢一点，表达自己的想法，他也只是站起来，低着头不说话，甚至害怕地小声哭了起来。通过后来的接触，我发现他并不是不会，而是不敢说，他害怕回答错误，老师会惩罚他。他在写字课上，虽然写字慢，但却是全班写得最认真，字迹最工整的孩子；作为值日生的时候，他能认认真真打扫教室的角角落落，比班里的女孩子还细心......这样的孩子，爱是最好的教育方法，给予关心，爱护，鼓励。

当我愁于不知该如何让不爱说话的学生改变时，当时作为我们支教老师的王老师给了我很好的办法，他把班上最不爱发言、声音最小的学生设为了班

赵静，语文教师。

长。我从中获得了很棒的建议，给了我大的方向。所以我把郝晓强指名设为了小组长，每天负责收齐作业，多与班里的同学交流；他背诵课文快，每次课前让他先带领其他孩子一起背诵课文。从一开始的经提醒还是胆怯声音小到后来自觉地挺直腰杆，大声背诵，一点一点地提高着。

我一直相信爱是可以感染爱的，而我的爱得到了回报，郝晓强也从一个不敢说话的孩子到现在愿意说话了，从一个内向的孩子到现在活泼开朗些了，他是我初次作为老师的最大成就。能够在离开后还能让学生们想念，那是我最开心的事情。在未来的某个时刻，我所教过的学生能够想起我，想起那些教诲，那便是努力有了回应……

我只陪伴了他们半年，却能收到学生的喜欢，那种付出的感情得到了回应。如果可以，我愿陪伴他们成长，给予他们鼓励与支持……我发现我是个奇怪的老师，一般的老师喜欢的学生总是班级里成绩好的学生或是积极活跃的学生，而我喜欢所有的学生而偏爱班级里的那些缺乏关注的学生。我感谢在我踏上教师道路的第一段旅程时遇到了他们——我可爱的学生们，他们在长时间的学习中仍能保持那颗不变的童心，能够感受真心并给予真心。

我们曾一起进步，是他们让我从一个不知该如何进行教学活动的支教生到站在讲台上投入身心，感情激昂的教师，从一个前途迷茫不知该如何的支教生到坚定目标不移的教师……正是他们给了我勇气与信心，让我明知前路艰辛而能坚定不移地走下去。

我们并不能每个人都成为“名师”，但我们努力成为“良师”，成为对学生关爱有加，能对学生产生良好影响，让他们能变得更好的良师。成绩不代表一切，也并不能把每个人都培养成伟人，但我们能通过努力让每个学生成为真正的人。

多了一只小手

展宗瑶

刚休完产假回来，学校安排我带三年级3班的数学教学。这个班级有几个孩子特别好动，一边听课一边玩笔袋里的文具，或者就索性趴在课桌上，头枕在左胳膊上，右手拿着笔边敲着桌子，小眼睛还时不时地看看墙面上的钟表，一副对数学课全然没有兴趣的样子……我看在眼里，急在心上，并暗下决心，一定要让这几个孩子喜欢上数学课。

那是开学的第二个星期三的早读时间，我把口算闯关卷拿到班级，准备发闯关卷，有一部分孩子表现得特别兴奋，有几个孩子特别失望，包括这几个好动的孩子，一脸沮丧，直觉告诉我他们不想让别人知道成绩……最终我只公布了几个口算特别好的孩子的成绩，当这几个好动的孩子拿到试卷时，其中有一个孩子脸上透露出一丝欣慰。下课后我把这个孩子叫到办公室，问他："你是不是不想让同学们知道你的口算成绩？"小男孩眨巴眨巴大眼睛，点点头说："我的成绩不好，我不想让别的小朋友看到我的口算不好，谢谢展老师帮我保守这个秘密。"听了他的话，我心里一颤，有失落也有欣喜。我问他："你想让别的小朋友知道你口算厉害吗？""想啊，当然想！"还没等我说完话，他着急回答打断了我。于是，我告诉他："今天回家以后，你好好复习10以内数的分解，尤其是10的分解，给你三天时间，你什么时候准备好了就告诉展老师，展老师保证你的口算一定会有很大的进步。"说完后小男孩蹦跳着离开了办公室。第二天，上完数学课，他来找我："展老师，您考我，看看我的口算怎么样？"我顺口出了几个数的分解，他张口就答，而且全部都对了！"真棒，孩子！"我说。接着我出了几道20以内进位加法和退位减法的口算习题，我发现他的计算速度明显降低了，我终于找到孩子计算慢的原因了——不会应用数

展宗瑶，数学教师。

的分解快速计算。我告诉他运用10的分解计算20以内的进位加法和退位减法的方法后，孩子嘴角露出一丝微笑，跑开了……之后的几次口算测速，我发现孩子的进步很大，他找到了自信，渐渐地喜欢上了计算，喜欢上了数学，数学课堂上那个时不时看墙上钟面的小男孩不见了，相反多了一只举手回答问题的小手。

是呀，就是多了的这只小手，让我更有信心将这几个不喜欢数学课的孩子拉入到正常的听课状态中来。我需要做的是了解孩子们的需要，找到突破口，耐心地引导，静待花开……

每一位教师都要像对待一朵玫瑰花上颤动欲坠的露珠一样，用温柔细致的教育手段小心翼翼呵护学生幼小的心灵，感受与学生共同解决困难时堆在小朋友脸上的童真笑容；只要我们用心灌溉，润泽彼此的心灵，建设生态化现代化爱的家园，在这片爱的沃土上，孩子们一定能舒展成长。我愿意做一位点亮孩子心目中的灯，照亮孩子们前进的道路，与他们一起成长，砥砺前行，不忘初心！让课堂上更多的小手举起来！

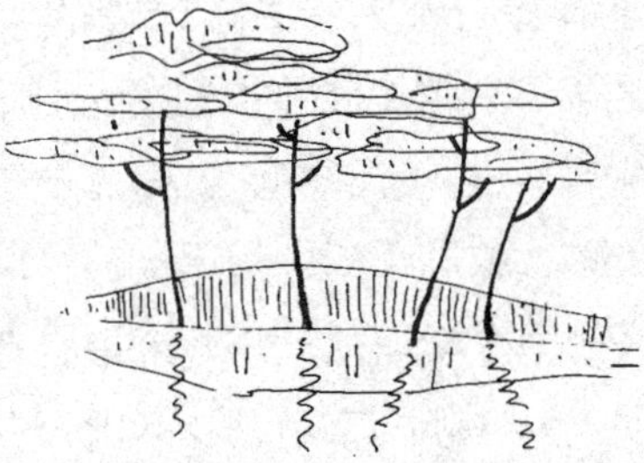

你可以做得更好

展宗瑶

我们班上有这样的一位小女孩，会说话的大眼睛一眨一眨的，做事情有条理，担任数学课代表期间，能够帮助我把作业案按时收上来，有困难的学生她还主动伸出援助之手，是老师的好帮手，同学们的好伙伴，这个小女孩在同学们中的人缘很不错，大家喜欢跟她坐同桌，评优选先时孩子们总喜欢将自己的一票投给她……

一年前小女孩是这样的：数字书写极为不规范，7+9=16 却写成 7+9=10，主要的原因在于 6 的书写不规范写成了 0；有一次上数学课的原题，她还当小老师，把这道题目演示给全班同学呢，当天晚上数学配套练习有同一习题，她却做错了；竖式计算正确了，却将竖式计算的结果忘记写在横式上；解决问题忘记写单位名称等；开始我关注小女孩上课习惯，我发现她心不在焉，老师出计算式，孩子不能快速进入状态，也不见她拿出本子计算，问她怎么还没有准备好，她说："我已经口算好了！""你计算的结果是什么？"我问她。"114！"她回答，其实正确答案是 124！"拿出练习本用竖式计算。"我告诉她，这才见小女孩拿书练习本进入计算中，此时其他孩子已经执笔抬头看了。

就是这样的一位小女孩，眼高手低，懒得动手；讨论问题时没有主动参与到小朋友的讨论中来，好像整个学习活动与她无关；有一次下课后我把小姑娘叫到办公室，和她像好朋友一样聊聊家常，我问她上课为什么不认真听讲，小女孩告诉我："这些都很简单，我全部都会，只要我稍稍注意下，我就能全部解答正确！"当天晚上我给小女孩单独留了作业，作业里面的题目是我出的，题目是平时她平时容易出错的，并且告诉她，今晚的作业一定要认真哦，明天我检查。第二天刚下课，孩子拿着作业跟着我到了办公室，我当着孩子的面认真批阅了孩子的作业，"哇，全部正确，真厉害！"之后我把孩子以前错的同

展宗瑶，数学教师。

样的题目拿出来进行对吧，孩子吐了吐舌头。“你知道我们班的小明为什么每次都是第一名吗？他有一个高居榜首的秘密呢！”我告诉小姑娘这个秘密就是——平时上课认真听讲，认真对待学习中的每一件小事情，做每一道题目跟你昨天晚上一样认真。小女孩明亮的大眼睛更亮了，流露出坚定欣喜的神情，从此以后小女孩学习认真，为人友善。

我发现有时候老师耐心引导，多听听孩子的想法，做孩子的倾听伙伴，让孩子感受到你很在乎他时，那么再棘手的问题也就变得不成问题了，困难随之迎刃而解，这样摆在你面前的问题便不再是问题，因为，孩子可以做得更好！

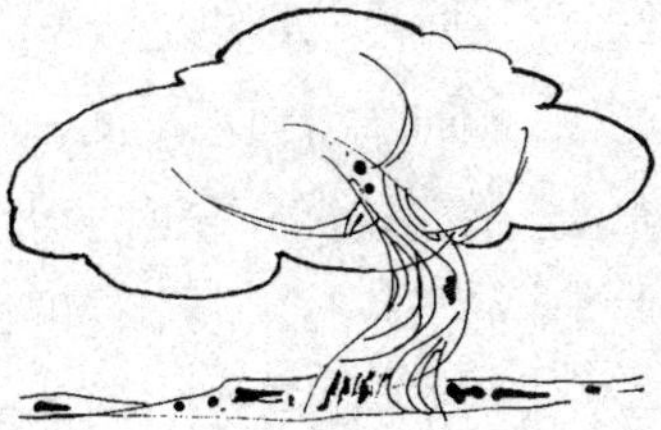

别样的反馈

刘 悦（小）

【案例】

临近期末，复习在如火如荼地进行。到底进行得怎么样？有时教师会做一些小测试。根据以前的经验，我制定了两周复习策略，第一周单元复习，第二周综合各个知识点进行复习。我自已对这个复习计划很满意，在告知家长后，家长也反馈这个复习计划很合理。一切都在预想中进行，当然也会伴有一些小检测，在众多检测中，听写词语是最基本的检测。在各个单元都复习完毕后，我心想：一个礼拜的扎实复习，孩子们对词语肯定都已经掌握，这次听写，他们的正确率应该在 85%。结果，往往让人难以接受。午间间隙，批改听写的我，看到惨不忍睹的听写结果，顿时觉得血往上涌，不敢相信自己的眼睛，也不敢相信自已一周的复习结果会是这样，一方面觉得自已无能，一方面认为孩子们实在是太不上进。种种情绪涌上心头，恨不得现在就冲进班级声讨这些操碎了心的孩子，还好由于是午休，否则，我很有可能一时冲动。

这时，我无意中看到手机里的一幅图片，在那幅图片里：有三个人的背影，一个外国老爸一手打一把雨伞，为他臂膀下的两个孩子打伞。三人就这样在一条小路中前行着。当我看到那幅图时，瞬间感觉被治愈了，领悟到：自已就是那两个孩子，刚刚的一切被这个举伞前行的老爸安慰了；我亦是那个爸爸，为孩子们保驾护航，在孩子困惑、难过、遇到困难时，安慰他们走一段路。领悟之后，我不再生气，而是思索：面对这样的情况，我能为孩子们做什么？在他们学习的路上，需要我做什么？

午休之后，带着这两个思考，我走进了教室。我出示了这幅图片，跟孩子们说这就是我批改完听写之后的心情，你能读懂这幅画吗？一幅图画激起了学

刘悦（小），语文教师，获甘肃省小语会教学比赛一等奖。

生们的好奇心，有的同学打算试一试。小凯率先发言："我猜这是画面中的大人就是悦悦老师，她手撑着雨伞为我们遮风避雨。"我摇摇头。"那是什么啊……"学生们小声地讨论起来。"好了同学们，请安静下来，其实通过这两幅图片我想问问你们大家，在这一阶段的复习中我能为你们做些什么？你们需要我为你们做什么？我目前想到的就是需要把"搜"和"盈"的笔顺再次写下来，帮助大家识记。除此之外你们还需要怎样的帮助？只要悦悦老师能做到的，都可以。"教室里瞬间安静下来了。孩子们的眼神从迷惑变得坚定，此刻我感受到他们浮躁的心像是被某种情感撞击了一下，空气中都弥漫着沉静的味道，相信他们已经有了答案，教师和学生从来就不是对立的两个面，而是在学习中相互帮助、相互促进的合作关系。在后来的复习中，孩子们不再浮躁，变得越来越积极；我也学会了换位思考，懂得了对待学生要以鼓励为主，也不会把"沮丧"的感觉带进教室，教师积极乐观带给孩子的一样是积极乐观。

【反思】

这次听写反馈，我明白了理性的对话换来的是孩子们积极的反馈，李镇西老师在《我是怎样做老师》一书表述过这样一个观点：教师和学生的相处过程中先要学会和学生处关系，要让学生知道自己和老师在学习上是关系最密切的战友，在生活中是无话不谈的知心朋友。改变不仅仅带给我宽和的心态，同样给枯燥乏味的复习带来了平时没有的积极和高效。换个方式和学生去交心，换个角色去和学生交流，课堂才会充满温暖和和煦。

【分析】

新时代的教师要努力做有理想信念、有道德情操、有扎实学识、有仁爱之心的好老师。同样也要做锤炼学生品格的引路人，做学生学习知识的引路人，做学生创新思维的引路人，做学生奉献祖国的引路人。这一切的要求都建立在教师与学生新型的师生关系上，我们理想中的师生关系是人格平等、互相学习、教学相长、互相尊重。老师在这个关系中所扮演的角色就不再是"高高在上"的状态，而是主动亲近学生；积极了解学生，认识学生；用"童心"去思考学生。就像于漪老师说的那样："一辈子做老师，一辈子学做老师。"

举起的小手

刘 悦（小）

【案例】

小善是老师和家长眼中的好孩子，乖巧有礼貌、学习习惯非常好。但是小善却在听讲时从不举手，可以说是一个十足的听众。虽然，此时这一行为还没有影响到小善的听讲和学习，但是从长远来看，这并不有利于小善思维的长期发展。在发现这一现象并且认为这有可能阻碍小善的学习发展之后，我打算先找小善谈谈，看看能不能找出问题所在。

来到办公室的小善明显带着一丝拘谨，毕竟那时我和小善接触不多。课间时间紧迫，我向小善说明了情况，想问问她为什么上课时总是不举手，而且从作业反馈情况看，小善是能够回答上课堂问题的。在我发问之后，小善就更加拘谨了，上牙咬着下唇，两手相搓。眼看着，下节课的预备铃声在渐渐逼近，而我们的谈话没有一丝进展。我突然想起一本有关人际交往的书中是这样写的：不要问一个人你想吃什么？而是直接问对方，今晚想吃火锅还是牛排？这样对方总能快速地回答你。想到这里，我给小善提供了选项。我说："小善，上课不举手是因为你不会吗？"这时，小善快速地否认了："不是的，有的也是会的。""那为什么会的时候也不举手呢？"小善再一次陷入了短暂的沉默。看来，我需要再次给小善一些提示，综合考量了小善的学习情况，我猜测到："是因为觉得有的问题没有十足的把握，所以才不举手的吗？""是的。"小善有些不好意思地承认了。经过不断提供选项，腼腆的小善终于说出了自己的心里话。原来是这么回事！接下来，我告诉小善："有什么想法要第一时间举手，需要自己给自己一次让老师、同学们了解你的机会。"在我的鼓励下，小善抿着嘴，目光投向我，用给自己打气的语气告诉我："谢谢悦悦老师的关心，我以后会举手的。""那好啊，我拭目以待。"我微笑地回答道。

刘悦（小），语文教师，获甘肃省小语会教学比赛一等奖。

其实，对于小善的保证，我并没有什么特别大的期待。作为老师，我经常会听到学生说“老师，我下次不会不带作业了”“老师，我下次不会跟他打闹了”“老师，我再也不会不认真听讲了”等保证。但是当我第二天，再次进入课题授课时，我发现小善在举手，可能由于小善的内心还在打鼓，可能是因为这是小善的第一次大胆，小善的举手姿势像一把斜着的小刀。这把“斜着的小刀”进可攻，退可守。既是小善兑现承诺的表现，也是小善可以往后怯懦的屏障，因为这把“斜着的小刀”，老师不容易发现。当看到这把“斜着的小刀”时，我立马将课堂回答问题的机会给了小善。其实小善会的，第一次试水，小善成就感满满。之后的几天，小善都会举手，当然也是“斜着的小刀”。这是我头一次见到一名说到做到的学生，让我非常震撼，同时，我也很欣赏小善的品质。所以在班中大力表扬了小善这说到做到、努力突破自我的好品质，同学们也纷纷向小善投来了赞许的目光。在写人物作文时，有的同学还将小善“斜着的小刀”写进了文章里。一时间，原来那个腼腆的小善不见了，活泼天真的小善出现在了大家的眼前。

【反思】

这是日常教学中一件非常小的事情，但是这件事给我的触动是很大的。这件事发生在课间的十分钟，如果我没有去探究小善不举手的原因；如果在小善腼腆不说话时，我选择了不耐烦，没有进一步引导小善说出心里话；如果小善“冥顽不灵”；如果看到了小善的尝试后，我选择了忽略……那么之后的小善的改变都不会发生，小善也不会日益活泼、越来越有自信。细思，像小善这样的孩子其实本身已经很优秀了，但是他们对自己有更大的期待，总是觉得自己不够好，这时，她需要的是老师对她的期待，之后的一切都是静待花开。因材施教是我们的教育理想。能成为一个因材施教的老师，那将会最大限度地实现教师的价值感，能遇到一个可以因材施教的老师，那将会是学生们一生的幸运！

【分析】

小善这个年龄阶段的孩子的社会心理发展正处于“勤奋对自卑”的阶段，这个阶段的孩子通过学习任务的完成能够收获勤奋感，反之则会收获自卑。小善在学习中经常体会到自卑而非勤奋。罗森塔尔效应告诉我们：给予孩子适度的期待能够收到意想不到的超过预期的效果。我给予小善恰当鼓励和期待，让他对自己充满信心，在学习中体会到勤奋感，收获了学习的快乐。作为老师一定要相信孩子具有无限的潜力，相互信任，彼此关心，只要建立起这种牢不可破的师生关系，就一定能培养出出色的孩子。

致亲爱的你们

——写给毕业的六年级孩子们

李明娟

亲爱的六年级孩子们：

你们好！山花烂漫，骄阳似你，短短的小学生涯即将在这个夏天画上句号，我也与你们一起度过了三个难忘的春秋，虽有不舍，虽有遗憾，虽有千言万语，但更多的是一种祝福。我很高兴，能够认识你们这一群活泼灿烂、充满朝气的孩子们，在你们即将踏上人生新的征途的时候，我也有很多想要和你们说的话。

还记得刚刚认识你们的时候，你们还只是四年级的孩子们，可是作为学校的最高年级，你们仍然是校园大家庭里的大哥哥大姐姐。你们调皮，在未得到老师允许的情况下，跑到学校的心理健康中心“舒慧园”玩耍，还对里边的东西进行了破坏，弄丢了“桌式足球”里的“小足球”，也带走了沙盘游戏里的一些“沙具”，还把地板上摆放的“行为训练”的工具弄得乱兮兮的，自然，这样的行为受到了家长和老师的一致批评。可李老师知道，你们仅仅是一群充满了好奇心的孩子，而在未来成长的路上，你们还会遇到很多让你感到“好奇”的事情，老师希望你们能在“好奇”这条路上，更好地约束自己，有效地控制自己的行为，在有限的范围内，去合理地满足自己的“好奇心”。

接着我想和大家说一说关于友情。友情是每个人生命中不可或缺的一份感情，小伙伴们陪伴我们成长，和我们一起哭过，一起笑过。大家来到实验二小兰州分校，经历了从陌生到熟悉，从彼此之间不知道说什么到无话不谈，一起参与主题研究课，一起去新区军训，一起分享成功的喜悦，也接受着失败的洗礼，我们成为彼此最最亲密的小伙伴。可是你们知道吗？有人曾经为好朋友不

李明娟，二级教师，国家二级心理咨询师，获得省教科所优秀论文奖。

理她哭过，也有人曾经和最好的小伙伴吵过架，两个人很久都不理对方，更有人和老师说过，“老师，我很孤独，我觉得自己一个朋友也没有”，友情多么珍贵而美好，而我们在成长的岁月里，也要学会和友情打交道。你要相信，每一个人在读书的时候，都有过和你类似的经历，为“好朋友之间的小事”哭泣过、难过过，我们需要学会面对这样的困难，承担这样的哭泣和难过，要知道，人与人之间即便关系再好，你们也依然是彼此分开的两个人，有各自不同的生活和想法，好朋友之间产生一点矛盾是特别正常的事情，你有你的想法和看问题的角度，他也有他的立场，或许你们都是对的，只是彼此之间缺少了一点理解，一点沟通和一点宽容，人生的路还有很长，未来，你会遇到形形色色的人，交很多不同类型的朋友，所以请你务必看开一点，当遇到因为友情而让你不开心的事时，尝试与他人和解，更与自己和解，选择有时候并没有那么困难，困难的是怎样坚持下去，做一个有自己看法，有包容心的别人的“好朋友”。没有人是天生会交朋友的，友情也像花朵一样，需要你用心呵护。

接下来该什么了？哦，没错，该说一说关于爱情的故事了。曾经有同学跑来给我说，“李老师，我偷偷告诉你，我喜欢我们班的XXX，可是他不喜欢我，他喜欢XXX，我好难过呀，这可怎么办呢？”亲爱的孩子，我想告诉你们，“在心里偷偷喜欢着一个人”这样的感情，可不止你一个哟，好多好多人都有过，这是一种在我们现在这个年纪，特别正常的现象。我们情窦初开，我们正开始进行着新的自我探索，想要更多地了解别人，同时也去了解自己。所以，当有一天，你突然发现，自己有了一个喜欢的小男生或小女生时，不要惊讶，你只需要在心里默默地告诉自己：“哦，看来我是长大了！”然后把这份喜欢放在心里，不去破坏它的美好，怀着喜悦的心情，欣赏着、感受着，也许更棒？所以，我即将毕业的孩子们，用一颗包容的心去看待这段内心的喜悦，相信你会收获得更多。

最后，让我们说说你那令老师和家长担心，可你自己就是不上心的学习吧。人，活到老，学到老，这是一句至理名言，古语有云“学海无涯”，这说明学习本来就是一件很辛苦的事情，对于每个同学来说，都一样。学习任务重，而时间就那么多，在学校老师教，在家自己学，一天只有24小时，我知道很多同学都觉得特别累。可是亲爱的孩子们，如果我告诉你，关于学习，除了你知道这句话以外，还有一句话，叫“吾生也有涯，而知也无涯。以有涯随无涯，殆已”（人生是有限的，但知识是无限的，用有限的人生追求无限的知识，是必然失败的）。你是不是会很开心呢？终于可以给自己的偷懒找一个合理的理由了。不，我告诉你这句话，是希望你明白，知识的海洋无穷无尽，人的力量有限，不可能全部探索到，那样会很累的，你不要去强求自己，学会和自己妥协，寻找到你最感兴趣的“学习点”，把它们“发扬光大”，或许你对待自己的学习会有不一样想法。所以，我即将毕业的孩子们，善待自己，找到最适合自己的学习方法，成为问心无愧的你。

亲爱的六年级孩子们，在我们一起相处的时光里，你们成了我最难忘的开始，我记得你们每一个人最灿烂的笑脸，也记得你们遇到困难时愁眉不展的哭脸。孩子们，人生就像一场旅行，总是发生着许多分分合合的故事，每个人也总要独自去走完自己的旅途，欣赏沿途的风景，有晴空、也会有风雨，但我相信你们，一定有能力在风雨过后，看到最美丽的彩虹。在你们即将毕业的今天，李老师有很多不舍，希望无论你将来的路通往何处，你都能够永远保持一颗向上的心。

点滴小事，记录班主任大事

魏海莉

班主任工作中的点点滴滴小事，如同茫茫大海中的水滴，在思潮中翻涌，溅起朵朵浪花，多年后回头思量，竟会收获更多的美丽。

一、一个大包怒冲天，伤人伤己悔思量

时间：某个中午1：00左右

地点：学校操场滑滑梯旁

背景：学生5岁，学前大班；本人刚参加工作第二年，包班。

事件：中午放学后，我开始做饭，大概1：00左右，我刚端起碗要吃午饭时，五六个小孩儿就簇拥着一个哭泣的孩子跑过来告状。这饭还没吃两口，就遇上这事，我很无奈，但是看到哭着的这个小孩儿头顶上的和鸡蛋一样大小的大包时，我着实被吓了一跳，心里也是特别心疼。在孩子的哭诉当中了解到，孩子们吃过午饭就结伴到学校来玩滑滑梯，但很不幸的是，第一个上滑滑梯的孩子由于滑速过快，一头栽下来恰好碰到了滑梯旁的一块石头上。边听孩子哭诉，我边用老人们经常用的一种“土”方法给孩子“治疗伤口”——用食用油把这个大包均匀涂抹了几遍，并不断安慰孩子，在心里不断埋怨家长——中午的时间，吃过饭就不能监督孩子在家休息一会儿吗？土办法果然管用，孩子额头的大包到下午放学的时候就已经小了很多，我对自己能及时处理孩子的伤情很是满意。

下午放学十分钟以后，受伤孩子的爷爷叔叔及一大帮亲戚直接撞开宿舍门，对我破口大骂。在莫名其妙中，我隐约明白了他们表达的两层意思：一是孩子额头被撞了这么大一个包，怪我没有及时告知家长或送医院检查；第二是问我拿着国家发的工资不干正事，连个孩子都看不好。说到第一个问题，我内

魏海莉，一级教师，兰州市十佳辅导员，教学新秀，兰州市骨干班主任。

心无比愧疚，是呀，我怎么就能私自诊断孩子没事儿呢？我又不是大夫。但是在面对第二个指责时，我很不服气，一下子就怒了——老师的工资是家长给的吗？老师是家长的保姆吗？中午一点钟的时候家长在家午休，老师就应该在学校看着孩子吗？三言两语，我们就吵了起来，家长怒发冲冠，我委屈愤怒……我们的争吵声惊动了校长，在了解了事情原委后，校长连看都没看我一眼就对生气的家长说："这个老师太年轻了，她根本不知道这件事情应该怎么处理呢，你就多原谅她，现在，你先把孩子带到医院去检查，费用我出，孩子没有事才是最重要的。"家长张口还要说什么时，校长又说："你现在就是去教育局告老师，孩子头上的包也下不去，咱们先看病要紧。"听校长这么一说，家长就急匆匆地带着孩子走了。我觉得对家长我说的也是同样的话，为什么效果却完全不同呢？

思考：这件事情之后，校长对我说："如果你发现这件事情你处理不了，就应该马上把这个孩子送到我这里，让我来处理啊，为什么我是最后知道的呢？"我当时觉得很委屈，认为校长是在偏袒这个家长，一点儿也没有替我着想。但这话直到五六年以后我才真正理解——作为班主任，首先要"目中有人"，这个"人"不仅指的是学生，还有家长；二是年轻的班主任要学会借力，当自己处理不了这件事情或者发现这件事情会扩大化的时候，不妨找学校的领导，或者是找有经验的骨干老师去处理这件事情，家长就会更容易接受；三是换位思考，站在家长的角度考虑问题，就不会有太多的委屈了，这时，我才真正地理解了当时为什么那个爷爷会找那么多的亲戚要来和我理论。

二、一片好心伤自尊，一片热情冷冰冰

时间：某个下午放学后

地点：一年级教室

背景：学生 6 岁，一年级；本人参加工作第 9 年，当时天下小雪。因学校大门在马路旁边，学校规定，一年级的孩子放学后一定要让家来接，见人放学，家长没有及时来的送到门房。

事件：平时，我都是在按学校接送孩子的规定严格放学，但是就在那一个冬天的下午，因为天下小雪，放学后我在门口陪着家长没来及时接的孩子们等了五分钟后，发现在寒风中孩子们已经冻得瑟瑟发抖，完全出于一片好心，我就领者剩余的五六个孩子回到教室，看着他们读课文。心里的想法总是好的，但事实总是残酷的。不出十分钟，有一位老爷爷一脚踹开教室门，进门就怒吼："你凭啥让我到教室来接孩子？"还没等我解释，他又问："我在门口等了一个小时，你带着孩子干吗去了？”听到这话的时候，我非常气愤，就追问了一句：“我们在门口等了5分钟，你干吗去了？”果然，听了这话，他更生气了，用一根手指头指着我的鼻子暴跳如雷：“我就在棋坛上瞄了两眼，能有多长时间？”就在我连一句话都插不进去的时候，我突然发现这位老爷爷的脸已经涨得通红，我猛然意识到，这是一位老人啊，这么火爆的脾气，万一引发他的高血压等各种老年人病症，是谁的过错呢？一想到这一点的时候，心头的乌云一下子就消散了。我一把抓住老爷爷的手，说：“老爷子，你看今天确实是我做错了，对不起，我不应该把孩子带到这儿，你看孩子已经哭得稀里哗啦的了，现在赶快把孩子带回家，以后我坚决不会违反规定把孩子带到教室来了。”真是拳头不打笑脸人，他听了这话，就骂骂咧咧地把孩子带着往外走了。毫不意外，当天晚上我就接到了这个孩子妈妈的电话，她一直解释说，她家的老爷子从年轻时脾气就很火爆，让我不要介意。当然，我也明白她的意思，作为母亲，不就是就怕我会对她的孩子另眼相看吗？在电话中我明确表态：“请你放心，我和老爷子就算吵了一架，也不会影响到孩子，该批评批评，该表扬表扬，这一点请你放心。”在后来的一个月之内，我像往常一样，没有刻意地去关注这个孩子，也没有刻意抛弃这个孩子，她还是在原座位上，我对她还是原来态度。一个月后，戏剧性的一幕就出现了，这位火爆脾气的老爷子主动打电话道歉，说他过后也很后悔，就怕我把孩子的座位调到后面，都已经做好了再和我吵一架的准备。我开玩笑说：“那您从今天起就好好好养身体，下回咱俩吵架的时候再分个胜负。”老爷子听了，哈哈大笑，就这样，郁结在心头一个月的心事成功化解了。

思考：随着时间的推移，班主任工作经验的不断累加，让我在处理与家长的关系时更加游刃有余了。通过这件事，我明白了这样的道理：一是爱自己就要从爱“他人”做起，这个“他人”不仅是学生，更是家长，只有为家长的情绪、健康考虑，才能对自己的心情、健康负责；二是你想要的，不一定就是他想要的。没有经过前期沟通，你认为对家长好的时候，说不定就已经对他的利益造成了伤害；三是遵守规则就是对自己负责，如果我当时要是遵守学校的规定就把孩子放到门房的话，后面的事也就不会发生了。

这多年来的点滴小事汇聚成河，引流入海，如同夜空中闪闪的明星，花丛中翩翩飞舞的彩蝶，没有他们，哪里会有这多彩的班级生活呢？

我和我的孩子们

岳　媛

我只是一名普通的英语教师，我喜欢我的教学工作，喜欢我的学生。因为在这里我无比的幸福……在温暖的阳光下我们进行心与心的交流，我们互相感动着、影响着，充实着每一天。

——她生气了

那天是给二年级的小同学上口语课，学的是关于食物的单词。练习时，大家踊跃发言，两三个同学说完之后，我发现有一个小女孩跃跃欲试地要举手。这个孩子，圆圆的脸蛋，一双大眼睛，鼻梁上架着一副眼镜，我特别喜欢她。因为刚刚开学，学生的名字总记不起来，所以每次叫到她，我都打趣地称呼："小眼镜儿"。她每次回答问题都很准确，声音响亮，总会得到我的表扬。但是，今天意想不到的情况发生了。"小眼镜儿"霍地从座位上站起来，脸红红的，大眼睛直瞪瞪地看着我，半晌没有说话，不一会儿，泪水从眼眶里流出来。我见此情景，不明所以，就关切地问了一句："你不舒服吗?"

她从嘴里蹦出一句："您要是再叫我'小眼镜儿'，我妈说，就上学校来找您算账了!"

我大吃一惊。啊！这是抗议！我万万没有料到，老师的爱意，却得到如此回报。当时，我感到太尴尬了，张口结舌，不知说什么好。我勉强地说："既然你妈妈不喜欢'小眼镜儿'这个名字，以后老师就不叫了。"

从此以后，小女孩上课沉闷了起来，不举手回答问题了，我也就不敢提问她了。但是总觉得这件事有些莫名其妙。有一天，班主任张老师告诉我，小静是先天远视，度数比较深，家长认为是个缺陷，让孩子佩戴了眼镜，孩子自己觉得戴了眼镜不好看。我恍然大悟，原来她不喜欢我对她的昵称啊。

再上课时，到了学生口语交流的时候了。我有目的地鼓励大家，眼光一直

岳媛，英语教师，市级骨干教师。

热情地注视着张静。同学们纷纷举手，张静也慢慢地把手举了起来。我立即叫道："小——静。"把前面的"小"字故意说得轻而长，以示十分亲切。很奏效，小静大大方方地站起来回答了问题。她终于微笑地望了我一眼，我也欣慰地笑了。下课后，她跑过来对着我的耳朵说："Miss Yue 我喜欢你。"呀，她不再生我气了，她原谅我了，我真的很高兴，Oh，Yeah！

——爱的 ing

那是一个没有任何预兆的日子，我和往常一样到六年级五班去上英语课，整节课学生的表现特别好，就连平时上课比较沉默的几个学生也都积极发言，我觉得有点惊讶，同时我也感到欣慰，毕竟学生上课表现好是每一位教师都希望的。当堂抽查完课文后，我特意表扬了那几位后进生，还给他们奖励了一颗星星。伴随着下课铃声的响起我开始收拾教材准备下课，突然有一个学生抱着一个小纸箱跑到讲台前，其他同学一起站起来说："老师，谢谢你，这是我们的心意，请您收下。"我愣住了，半晌说不出话来，好一会我才回过神了，我便问："这是什么？为什么要送给我"学生却集体说："暂时保密。"我随手就准备要打开纸箱，学生却又说："老师，现在不能打开，你回办公室再打开吧。"不管我怎么问，学生就是不肯说，为了不影响下一节课的老师上课，我只好拿起纸箱回办公室了

回到办公室后，我打开纸箱，纸箱最上面放着一本留言册，留言册中夹着一张纸，纸上是一份清单：大宇巧克力 3 块；小俊荔枝 10 个；嘉嘉苹果 5 个；小洋酸奶 3 瓶……

我实在是看不下去了，同办公室的老师拿过我手中的清单读了起来，我的脑子里只有一个大大的问号。整个中午我都不知道自己是怎么度过的……

下午最后一节学后课是我的英语课，讲完练习题，我回办公室把纸箱抱了回来，学生看了都愣住了，争着说："老师，您怎么又把纸箱抱回来了？"我告诉学生要是他们不告诉我这样做是为什么的话，我决不会收的。这时班长小洋站起来说："老师，您虽然教我们才一年，但为我们操了不少的心，你对我们很好，就像姐姐一样。下个月我们就毕业了，您就不能给我们上课了（我当时已经有身孕 3 多个月了），我们班的同学都说舍不得您，都喜欢听您讲课，喜欢和你在一起。但是……你放心，这些东西都是同学们自愿拿出来的，说是要给您补身体，我们都希望您和宝宝健康，你一定一定要收下，不然我们就生气了……"我听了之后，第一次在学生面前流下了眼泪，我对孩子们表达了谢意，我会很想很想他们的……

——老师，拥抱一下

有个学生父母在厂里上班，母亲经常倒班，父亲还时时出差，家人对他关心体贴他不够，他变得敏感少言，喜怒无常，经常打架，不完成作业，老师见了都头痛。上英语课时，他经常不带课本，不交作业。

今天上课时，他竟然在睡觉，我走过去问："杨启铎，你的书呢?""没带。"我一听顿时火冒三丈，但想到平时发火时，他那冷漠的眼神时，我克制住自己的怒火，而是和蔼地说："妈妈今天忘了提醒你带英语书，那老师把书借给你吧!"说完把书送到他的桌上，课堂做练习时，他又说没有笔，我又把笔递给他，他又说："老师，我不会做。"我二话没说，一道题一道题地辅导他，并对他说："不会没有关系，多加练习就好了。"

下课后，课代表把作业交到了我的桌上，我发现他的作业下有一张纸条写着："老师，您好！在班上我是一名坏学生，其他老师不管遇见什么事都会责怪我，批评我，不喜欢我。今天，我不仅忘了带英语课本，还吵吵嚷嚷说自己不会做。您不仅没有批评我，却把书借给我，还耐心地教我做，您对我最好。谢谢您！今后上课时，我一定认真听讲，按时完成作业。"看到这张字条，我心里无法平静，没想到换一种方式处理问题，竟然收到如此的效果。这个大家公认的坏孩子，其实一点也不坏，只是我们平时批评多关心太少了，我决心用爱心去呵护他。

第二次上英语课时，我把铎的作业拿到班上展览，并且表扬他做得很好。他一听，瘦瘦的小脸红了。这节课他听得特别认真，期间还回答了问题呢，作业也及时上交了。从那以后，杨启铎像变了一个人似的，每次都能携带课本、学具，按时完成作业，并且经常和我谈心。其他老师都感到奇怪，问我有什么法宝，教育好了这个顽固不化的学生。我想，这也许就是宽容和呵护的结果吧。用真爱去宽容，宽容每一个孩子，宽容那些"不被赏识"的孩子，这就是教育的真谛。

转眼毕业的日子到了，孩子们用自己的方式纪念着小学生活的点滴，毕业典礼那天，我被孩子们簇拥着，远远地我发现铎一直怯怯地看着我，好像有话说，我朝他挥挥手，示意他过来。他说："老师，谢谢你，可以拥抱一下吗?"我一愣，马上说："好啊。"就在拥抱的那一瞬间，我感觉到这个瘦瘦的小男孩子哭了，他说，我会想你的……

——感动 ing

教师节前的晚上我接到了过去的一个学生的电话，说他们同学们约好了要明天来学校看我。我欣然答应了。因为这些孩子是我工作时的第一批弟子，明年就要中考了。想想时间也真是过得够快的。

那时候刚工作，年轻，和学生比较好沟通，所以师生关系不错，也正因为如此，这些孩子一个一个没少挨我的训，不知道他们可曾怨恨我这个老师？

第二天早上，当我们全校老师集合合影时，我的孩子们捧着红红的玫瑰就来了。他们还给我们三个以前的任课老师搞了个授花仪式，我的小淘气们簇拥着我们，叽叽喳喳地汇报着自己的情况。

“老师，我这次全年级排名前三，没给你丢脸吧。”这孩子上小学的时候胖乎乎的，大家都亲切地称他“矮墩儿”。真为他高兴！

“老师，我给你准备了金银花和胖大海，你嗓子不好，要注意保护啊。”这是我三年的课代表。从上学开始她就经常念叨我这嗓子，总觉得我讲课声音大，害怕把我的嗓子说哑了。

“老师，上学的时候我们没少惹你生气吧？怪不怪我们啊？”

“老师，现在的学生皮不皮啊？”

“老师，你没少苦口婆心地教育我们，幸亏你没放弃我，否则我的英语就完蛋了。”

“老师，我放假时学习织的手套，送给你吧，冬天你的手就不会再冰冰的了。”

……

我已经记不起他们的淘气了，却依然记得他们给我的一个个感动。

有人说，教师是太阳底下最光辉的职业。而我更想说，教师是太阳底下最温暖、最幸福的职业。这份温暖与幸福，将始终伴随着我的教育教学生活。

我和我的孩子们一起走过真实而又平凡的每一天。这些看似平淡无奇的日子，却使我的生活富足，充盈着浓浓的爱意。无论是我付出的，还是孩子们回报我的，都让我深深体验到：真爱也许只是一抹关切的眼神，一个轻柔的动作，一句平凡的话语……但饱含的却是从心底流淌出的真挚的情感。

我庆幸我是一名老师，我是一名快乐的老师，我也很庆幸自己从事的事业，因为我的一生都会有至真、至纯、至善、至美的学生与我同行，是他们让我永葆青春，让我拥有一颗善良的心灵。

用爱雕琢

杨宇琼

面对孩子，有爱才会有责任感，有责任感才会始终付出爱的行动。让我走进孩子们的世界，和他们一起快乐成长。将快乐传递给每一个孩子，让他们的世界变得更加美丽精彩。

每个孩子都是一块尚未雕琢的璞玉，将来都有可能成为这个世界上的杰出人物，而这块玉是放出光芒还是失去光彩，就得看我们如何进行雕琢，如何进行教育。

从古至今，在人们心目中，似乎很难找出比教师更受敬重的职业。只要用真诚的心去感化学生，用真诚的爱去引导学生，只有真的爱学生才能当之无愧地说爱教育事业。著名教育家斯霞曾经说过："要使学生的品德高尚，教师自己首先应该是一个品德高尚的人。"教师是学生的一面镜子，言谈举止，为人处世，衣着穿戴……都是学生私下议论的话题。为人师表不能说一套做一套，应严于律己，言行一致，表里如一，成为学生的表率。爱是教师最美丽的语言。要当好一名教师，就要爱岗敬业，热爱学生，爱得专心致志，爱得无私无畏！爱不是一件容易的事，让学生体会到教师的爱更困难。因为教师对学生的爱在性质上是一种严慈相济的爱，这种爱是神圣的。著名的教育家苏霍姆林斯基曾经这样说过："没有也不可能有抽象的学生，每个孩子都是一个世界——完全特殊的，独一无二的世界。"在工作中我逐渐领悟到这句话的深刻含义。孩子之间是有差异的，他们性格、气质不同，特长、爱好不同，在各方面的能力不同，因此，对孩子的教育方法也不同。一年级的孩子自我意识不成熟，自我行为的调控能力还较弱，更需要别人的理解和尊重，需要不断地变换教育方式加以指导，使学生乐于接受，那么作为一名一年级的班主任必须具有一颗爱心。爱学生就要把学生当作自己的孩子要从点滴小事入手关心他们。一年级孩

杨宇琼，数学教师。

子年龄较小，有时课间贪玩忘记喝水、上厕所。下课时我总是提醒他们先上厕所，洗手后回来喝点水准备好下节课用具再出去玩。渐渐的学生们养成了习惯，不但自己注意，还经常提醒自己的小同伴。天气渐凉，室内外温差大，上操时我不忘提醒学生穿上外衣。有时同学之间还互相提醒：外边凉，穿上外衣，要不该感冒了。每个孩子都能感受到来自老师的爱，孩子们也就学会了去传递爱。班里有个孩子叫刘家，长得又高又大，白白胖胖，如果不说，你肯定不会以为他是一年级的孩子，可能是这特殊的身材给他带来了自卑感，他不喜欢或者是不敢和别的小朋友们交流，上课的时候总是我行我素想说就说坐没坐相，习惯太差——这是我对他的初步印象。后来开始和他的爸爸妈妈交流了解他的性格和平时表现，一起制定改善计划，每天上课时都对他额外关注，偷偷地告诉他能让同学喜欢他的小秘密，有一点小进步就在班里大肆表扬……或许是他感受到了我对他的在乎，或许是渐渐喜欢上了课堂上和大家一起互动的感觉，或许是周围同学对他的热心帮助不歧视。有一天，我惊奇地发现，这孩子变了，课堂上听不到那怪异的尖叫了，教室角落里也找不到那个蹲着玩儿纸片的小孩儿了，他去哪儿了？他正端坐在自己的座位上认真思考老师的问题，他正举着小手等着发言呢!

然而这些还不够，教师要把自己的学生培养成为有用的人才，就必须把书教好。教师是学生灵魂的塑造者，不仅要向学生传授科学知识、文化知识，培养其能力，而且还要按照一定的世界观塑造学生的灵魂。“教师是人类灵魂的工程师”，因此，教师必须加强道德修养，用健康的心理、积极向上的人生态度对待工作，对待学生。在知识的海洋里，宇宙间的任何事物都只有其中的一朵浪花，一粒泥沙，而教师如同一叶扁舟，长年累月航行于其中，将一批又一批渴望成才的求知者送达理想的彼岸，风雨无阻，无怨无悔。教书育人是教师的天职。教师在任何时候都不能忘记，自己不单单是为教书而教书的“教书匠”，而应是通过教学活动在学生心灵上精心施工的“工程师”。

这就要求教师有坦荡的胸怀，实事求是的态度。在学生中间有威信的教师肯定有较丰富的知识，是守纪律、讲文明、尊重人、有道德的典范，因而在师生情感交流与合作上具有亲和力，但是在学生中间有威信的教师并不是没有一点错误和缺点的完人。要身教重于言教。常规评比是我校的一项重点日常工作，包括文明礼貌、升旗等内容，虽然这些都是细微的小事，但每一项都是在培养学生的良好习惯。我结合低年级的年龄特点和本班的具体情况，给同学们提出了明确的要求，并制定了互相监督的措施。在这些日常工作中，我以身作则，要求学生做到的，自己一定做到。升旗过程中我严肃认真，同学们自然也就不会放松对自己的要求。看到教室地上有纸了，我主动捡起来扔在纸篓里，久而久之，不等我弯腰，只要看到教室里有废弃物，同学们都会主动捡起来。

教师是“辛勤的园丁”，是“燃烧自己照亮别人的蜡烛”，所以，教师所从事的职业是圣洁光荣而艰巨的。教师要用自己的汗水、心血和智慧，去精心浇灌祖国的幼苗和花朵，要有教书育人、为人师表的崇高风范，求真知、做“真人”，不断加强道德修养，自尊、自重、自强，用自己的无限忠诚，用自己的智慧和汗水奋力托起明天的太阳。

总之，教育工作，是一份常做常新、永无止境的工作。一份春华，一份秋实，在教书育人的道路上我付出的是辛勤的汗水和真挚的泪水，但同时我也收获了充实与快乐。在以后的工作中我将一如既往用心去教诲我的学生，相信今日含苞欲放的花蕾，明日一定能盛开出绚丽的花朵。希望在以后的工作中能发扬优点，克服不足，总结经验教训，使教学工作更上一层楼。

“难得糊涂”也是种智慧

陈 琨

郑板桥的“难得糊涂”是一种生活态度，也是很多人追求的人生境界。然而，在班主任管理工作中教师适时的糊涂，并非教师责任心的缺失，不负责任的表现，而是一种良好的教育形式，它是一种理解，一种尊重，一种宽容，也是一种等待。

事例的发生

一天上午，我在批改学生的习作练习。批到佳佳的文章时，我被她流畅的言语、精准的用词、动人的故事情节所吸引，整篇文章甚至没有一个错别字。回家后，我把这篇文章读给小侄女听，小侄女说和她童话书上的一模一样。我拿来书一看，果然如此。

事例的处理

当时，我真想在她的习作本上，写上“抄袭”两个大字，以解我心头之恨。可静下心来一想，真这样做，只会使她变得更内向，更没有信心，不利于她的发展。我考虑再三，找她到办公室来坐坐，微笑着对她说：“你的作文真有进步，老师感到高兴。你一定花了不少时间，付出了不少努力。老师想在全班面前表扬你，请你说说你取得进步的好方法。另外，请你把作文好好改一改，好在班上朗读。”佳佳点点头走了。

事例的缘由

其实佳佳是一个性格内向比较胆小的女孩子，她自尊心强，但缺乏自信。如果我把她劈头盖脸地批评一顿，她当即就会意识到“抄袭”的严重性，也不敢再出现这样的行为了；但是她会再也抬不起头来，变得更内向、更孤僻，影响她一生的发展。怎样能使她意识到错误，又不伤害她的自尊心呢？我就采取

陈琨，语文教师。

“装糊涂”的办法。都说“十年树木，百年树人”，教育正需要这种“糊涂”的等待。班主任要用一颗等待的心来对待学生，等待他们逐步改正错误。

事例的分析

1.效果

第二天，佳佳拿着改好的作文找到我。我接过来一看，她的作文重写了，虽然没有前一篇好，但我却十分高兴地说：“你这篇文章比前一篇写得更好，老师为有你这样的学生感到骄傲。”我一边说着一边又拿着红笔帮她做了简单的修改，在课间阅读时，我表扬她作文写得好，并请她走上讲台朗读她的文章。她读得特别认真，赢得了大家的掌声。这以后，她自信多了，上课经常举手发言，积极参加讨论；和我也亲近多了，经常写些日记和小练笔拿给我看，渐渐地她也变得开朗了许多。看来老师的“糊涂"改变了她。

2.启示

古人云：“责人要含蓄，忌太尽；要委婉，忌太直；要疑似，忌太真。”细细想来，这样的处理实际上是符合正面教育和尊重信任学生这两个教育原则的。采取正面鼓励和表扬的方法，用老师殷切的希望、真诚的帮助、含蓄的批评来婉转地教育学生，使学生认识到自己的错误，并自觉改正，从而培养学生自我约束、自我反省、自我教育能力和愿望。在和学生的相处之中，我觉得老师要一丝不苟，严格要求，但有时也要“糊涂”一点。这种“糊涂”是一种宽容和豁达，也是一种爱。它有利于淡化教育痕迹，有利于形成和谐的师生关系，有利于促进学生的全面发展。“糊涂”不是马虎，不是没有原则的糊涂。模糊教育不是是非不分的和稀泥，而是以人为本的教育观，在明确道理的同时，充分调动学生们内在的主动性和积极性，以达到教育的最佳效果。正所谓：一律糊涂，不可取；每事糊涂要不得；该糊涂时则糊涂，能糊涂时就糊涂；不该糊涂则要旗帜鲜明，执着坚持。“糊涂”是一种高超的教育技巧，也是一种巧妙的教育艺术，它留给我们教育工作者更多的思考：在教育教学工作中，班主任的确应该少一些斥责，多一分尊重；少一分计较，多一分宽容；少一点急躁，多一点等待。在某些特定的场合和事件，班主任适当糊涂既能保护学生的自尊心，同时也能从心理上让学生明白老师对他的保护与关怀，从而发自内心的信服老师，改正自己的不良习惯。“水至清则无鱼，人至察则无徒”，班主任如果能恰到好处地运用“糊涂”艺术，一定能更好地管理班级。

因爱生困　因爱解惑

薛　婷

蕊儿是一名对孩子们充满爱心，有着极大教学热情的数学教师，刚入职不久，当她遇到一群胆儿大且孩子气十足的孩子们时，真的引发了这样一场挺有意思小风波。故事是这样的，慌张无措的蕊儿带着一个哭得梨花带雨的小姑娘来找我：“婷姐，你快帮我看看这道题，当我告诉她（此时小姑娘哭得很是委屈）她做的答案④①③②是错的，正确答案应该是反着的②①③④时，她就哭成这样了。题目如下：

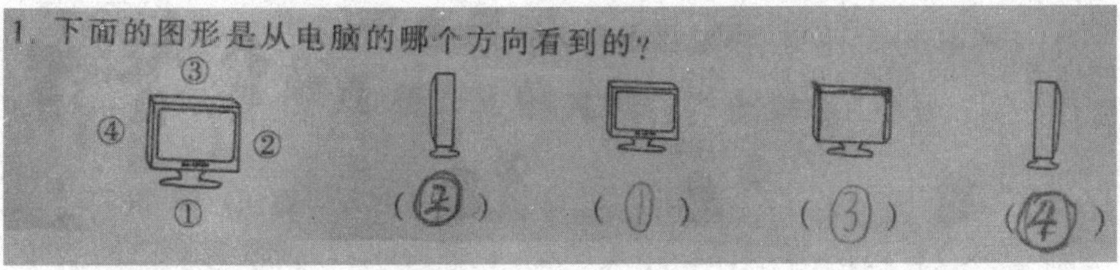

通过进一步和蕊儿沟通才知道，周末布置了一份《观察物体》的卷子，为了方便帮助孩子及时订正，在家长群里发了一份参考答案（这道题的参考答案是：④①③②），这个小姑娘独立完成时，她觉得正确答案是②①③④，可是妈妈订正时说孩子的想法是错误的，并想尽办法说服了小姑娘（哈哈，有参考答案作支撑，我能想到妈妈费尽心思说服小姑娘的场景），在课堂上老师又说部分孩子做的答案④①③②是错的，正确答案应该是反着的②①③④时，顿时孩子们炸锅了一般。有孩子公然“挑衅”师威，大喊：“老师，你讲得是错的！”（我猜测敢这样质疑老师的孩子，也一定是家长费力辅导后的结果），蕊儿有些收不住课堂了，让孩子们再次安静下来，赶紧又把答案为什么是②①③④的想法讲给大家听，这个小姑娘本想辩解，蕊儿又告诉这个小姑娘她的想法

薛婷，数学教师，校级优秀班主任，获市教科所《复式统计图教学设计》二等奖。

是错的时，此刻这个小姑娘控制不住情绪，瞬间号啕大哭，教室里又乱成了一锅粥，才惊得蕊儿这般慌张无措……

当我听完这个有趣、真实且极具教育价值的故事后，心中颇有些欣喜，多么爱孩子的老师，多么有勇气的孩子们呀，孩子们能够这么真实、赤裸裸地跟老师对话，相信老师平时在教学中一定是给孩子们足够表达空间的，师生之间一定是一种平等、友爱的关系，只不过教学经验不足的蕊儿或许也忽视了平日对孩子们一些课堂规则的培养。

明白事情原委后，我和蕊儿先安抚了这个小姑娘的情绪，并就这道题展开了激烈的讨论，矛盾集中点就在于：位置①观察到的到底是电视机的正面还是背面？能感觉到大家都是基于自己的认知经验作判断，如果觉得图片中是N年前的老式电视机，位置①观察到的可能是电视机的正面；如果觉得图片中是现在常用的液晶屏幕电视机，位置①观察到的可能是电视机的背面；激烈讨论过后，大家都有些茫然了，谁也说服不了谁。

看来这的确是一道存在争议的题目，因为每个孩子（或者是家长）对电视机图案的理解可能会不一样，所以会存在这两种不同的答案。这道题理解的关键应该在于到底是电视机屏幕凸出还是电视机后面壳子有凸出，如果电视机屏幕是很多年前的那种屏幕凸出的电视机，那正确答案就是②①③④，如果电视机是屏幕未凸出的长方体形箱体，但是电视机背面有凸出，那④①③②就是对的。平日教学中我们可能还会遇到很多类似有歧义的题目，如果教师因为经验不足，预设不够充分时，秉着“以爱育爱”的教育理念，应该给予孩子足够的尊重，真正落实“生本、对话、求真、累加”的课堂文化，让孩子充分表达自己的想法，或许我们教师以及孩子们在认真倾听的过程中能找到合理的部分，而不是凭自己的认知做判断。

我起初猜测其实在这个小姑娘的妈妈是根据参考答案来想办法说服孩子的，后来通过与我们班家长的交流很好地印证了这一点。参考答案对家长来讲可能是权威，所以家长想方设法要说服孩子，而对孩子来讲，老师和妈妈可能都是权威，但是这两个权威先后都否定了这个孩子的想法，并都没有很好地去倾听孩子的想法，妈妈和老师都只是把自己的想法强加给孩子，从孩子委屈地号啕大哭可以看出孩子的思维已经出现混乱，没被尊重与理解的情绪也不受控制。当这样的事发生后，老师应该倾听孩子的想法，并肯定其合理的部分，然后再把自己的想法说给孩子听，相信孩子也能听到合理的部分；老师还应该真心地在孩子面前承认错误，并说声“对不起”；当然老师还有必要跟孩子妈妈沟通，妈妈也应该与孩子交流想法后承认自己做得不好的地方。我相信只要事后孩子能够被充分尊重，得到老师和妈妈的回应，那么这件事带给孩子的负面影响才会缩小，处理好了带给孩子可能更多的是积极的影响。

受蕊儿和这个孩子小风波的启发，我立即与我们班的孩子还有家长沟通，发现我们班也存在这样的现象，孩子们和家长们的合理想法得到肯定，同时他们也认同跟自己不一样的想法，那节课孩子们流露出了拨开迷雾般的微笑，家长也反馈说以后不能唯答案是存了。因爱生困，因爱解惑，感谢一道题引发的小风波，带给家长和作为教师的我们这么多的关于“爱”的思考！

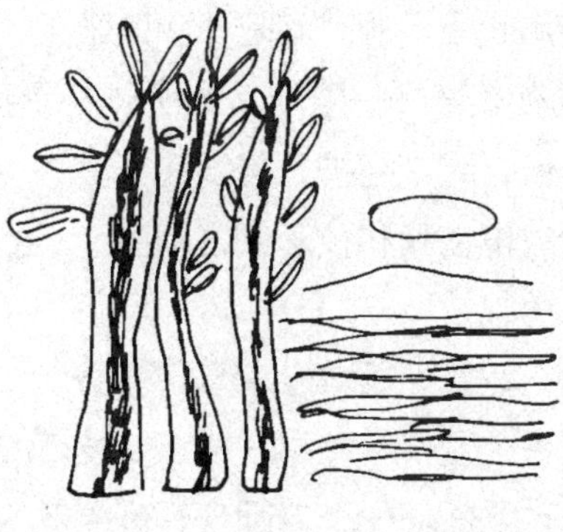

与孩子们同成长，同收获

李亚萍

时光荏苒，在北二兰这所充满爱的学校已一年多。蓦然回首，我的教学生涯也已度过了一个春夏秋冬。怀着一腔热情的我始终在用自己的知识、智慧引领我的学生们一同成长，也始终享受着教育带给我的快乐与幸福！

入校时学校让我带一年级语文兼任班主任，作为新教师，我感觉肩膀沉甸甸的。可是每当看到讲台下那一张张稚嫩的小脸、一双双渴求知识的眼睛，我便有呵护他们的冲动。我怕给予他们的关爱不够多、不够好，而辜负了这份工作的神圣。于是我总是用我最多的时间陪伴我的学生，呵护我的孩子们。爱是教育的魂，没有爱就没有教育——陪伴是我所能给予孩子们的最为深情的爱！我要用这份爱，永远陪伴、时刻呵护，静候花开。

整整一年，太多的故事在我和孩子们之间演绎。沐浴着爱的阳光，我和孩子们都像花儿开在春风里：

故事一：爱是了解与陪伴。爱学生就要了解学生，包括学生的身体状况、家庭情况、学习成绩、兴趣爱好、性格气质、交友情况等关系到孩子健康成长的方方面面。我认为，这是任何一个老师当好班主任的必要条件。为了了解学生，我经常和他们在一起，课间、中午经常深入班级，了解学生的学习情况和家庭情况。我们班有 37 个孩子，其中 7 个离异家庭，或缺失父爱或缺失母爱。面对这样的学生，我只想着多陪伴他们、关心他们，让他们感受到师爱的味道和集体的温暖。我们班上有个孩子刚七岁，叫苏亦铭，他的爸爸长期在外地工作，只有奶奶来陪伴他。有一次，我问他想爸爸吗？他点点头。紧接着又说了一句：更想李老师。他的声音似乎有些哽咽，可能把我当作了自己的亲人。他的生活好像已经离不开我了，他说他是我的大保镖，衣服都要跟我穿一样。在

李亚萍，语文教师。

这一年中，每天早上一进教室门都要和我大大地拥抱一下；中午吃过饭他就会来找我，端起他的小板凳坐在我床边陪我聊天，直到所有孩子睡觉才回去自己的座位睡；下午放学又跑过来告别。一个七岁的孩子，每天的陪伴让我很感动。这是一份依赖，只要有我的陪伴，他就觉得安全。陪伴，让我深深感受到教师职业的伟大，那刻起，我就坚定了终生从教的信念。

故事二：爱更是一种责任。我是位新教师，经验不足，为了教好每一个学生，认真地备课是必不可少的，每个月的教学计划我都会提前制定好并且认真落实。有前辈提醒过我说，上好课首先要关注学生、关注课堂，于是我认真上课，充分发挥35分钟的作用，做到教学相长，师生互动。我认真批改作业，不放过每一处错误的更正，也不忘记鼓励每一位学生微小的进步。同时我还特别关注后进生的学习情况，不让一个孩子掉队。每当看到自己的努力让孩子进步了，改变了，我就很欣慰。看着他们越来越喜欢读书，成绩越来越好，我也感到无比的宽慰和自豪！

春暖花易开。这里的两则叙事，只是执教一年多来教学、生活的几个剪影。行走在教育的蜿蜒小径上，我开始学会了如何去做有温度的教育！我用行动温暖着孩子们的心，而孩子们同样用他们的纯真温暖着我，正是这些小小的温暖伴我风雨无阻，不断前行，静候花开！

花的芬芳，因爱更美

李亚萍

爱是真言不踶俞反思，
爱是相互帮助与改变，
爱是陪伴与守候。
爱让我们相聚在此，
爱让我们肩并肩努力前行。

——题记

2018 年 5 月 25 日对于学校而言是一个特殊的日子，因为这一天在我们学校要举行一次大型活动——李烈名校长工作室“爱的教育”思想研讨会。对于个人而言更是一个不寻常的日子，因为这一天终于可以见到一直崇拜从未见过的李烈校长。对于一名刚入职的新教师能有机会聆听著名教育家的指导是一件幸运的事，教育家就是教育路上一盏指路灯。

一、爱是选择后的坚守

在本次李烈校长“爱的教育”思想研讨会中，李烈校长就“职业倦怠”这一问题提出自己的观点。李烈校长在大会中深情地道出“选择自己喜欢的事情，并将其坚持到底是一件很幸福的事”。这一句话对于一个新进教师是一种鼓励，更是动力。回首入职近一年，实践给了我很多的经验，也赠予我很多的挫折。记得刚入职时，一年级的小豆包们让我无从下手，只能用吼的方式管教他们，最终到爱莫能助，是我入职最为无助的时刻，很多次因为孩子们的吵闹让我觉得自己特别无用，很多次因为孩子的常规问题让我对自己选择的教师职业很迷茫，但心中一直却从未想过放弃。因为我始终坚信只要心怀梦想，坚持去做，并不断调整必将会有所突破。于是我每天都跟在师父后面看一看他和孩

李亚萍，语文教师。

子的交谈，慢慢地我发现只要我温柔地与孩子们交流，干什么事之前与孩子们讲好规矩，孩子们会用心去听。慢慢地我意识到要把自己和孩子当成同龄人，蹲下身子和孩子说话，这样管理和交流会越来越好！渐渐地我也明白当一名教师是我爱的事业，这条事业的道路需要用爱去迎接，需要用改变心态、改变方法、改变理念去坚守！

二、爱是动力更是能力

本次李烈校长“爱的教育”思想研讨会中还开设了每个学科的分会场，在语文分会场中听了两节经典的课《雷雨》《正义之士》，通过两名优秀的教师的精彩授课让我明白了课堂中倾听孩子的话语是非常重要的。课后的点评更是精彩，两位专家分别从学生学习效果和老师的授课方式两个方面点评了两节课，更是再次强调“适时地进，勇敢地退”的重要性。对于一名新老师在语文专家和李烈校长对“适时地进，勇敢地退”再次解读让我也明白了课堂绝不是教师的舞台，而是孩子们的舞台，将课堂给学生多留一点，老师多倾听孩子的交流，并尊重学生已有的知识是非常重要的，这样的课堂才是真实的课堂，才是有效的课堂。

通过此次的“爱的教育”思想研讨会让我明白在教育中不仅仅要心中有爱，更应该要不断提升爱的能力，只有这样爱才会如花儿一样芬芳！

我们班那些趣事儿

王丽娜

1.2018 年 10 月 18 日，午间看餐，饭后方梓程跑来问我：“Lena 老师，您是金城名师吗?”被他这么一问，我愣住了，我能感觉自己的脸在燃烧。顿了一下，答他：“不是啊!”他紧追不舍，继续问：“为什么呢？那为什么牛老师是金城名师?”那一刻我更是局促，想了下，告诉他：“因为我还比较年轻。你是怎么知道牛老师是名师的?”他满脸真诚地回答道：“我听家人说的啊！但是老师，我悄悄告诉您啊，其实在我心里您就是金城名师，嘻嘻!”说完后他就像什么也没发生过一样，开心地蹦出了教室。一瞬间，我竟不知道该说些什么……

2.2018 年 11 月 13 日，今天早晨连上了四节课，午饭后又去教务处办事。忙完这些，孩子们已经上下午第一节课了，心里暗暗叫道：不好，没去教室检查卫生！今天教室肯定一团糟！于是匆忙跑进教室，不料却发现教室里桌椅摆放整齐，孩子们的书包一个个都摆放在书桌上。因为下午连着两节是美术课，最后一节是体育。所以他们早早收拾好了书包。我有点诧异，同时又倍感安慰，笑嘻嘻地走进了办公室。没想到更大的惊喜在等着我——办公桌上放着一张留言条，是今天的卫生小组长王婉琪和史语晨写给我的：“Lena 老师，卫生已经 gǎo 完了，您不用 cāo 心了！可以发奖票了!”感谢两位小助手，我的心里暖暖的!

3.2018 年 11 月 27 日，午饭后我去班里转，都快一点了，发现顾世云还没吃饭，趴在桌子上哭。牛老师组织全班孩子在开班会，听了会儿才明白，原来是小顾同学不愿吃香蕉，就借故说发给他的香蕉坏了，随手扔给了同桌，同桌认为小顾的香蕉实际上比自己的都好，很气愤，俩人便吵了起来。起初牛老师断这官司，还以为香蕉真有问题，便叫来班级的“水果官儿”谢知轩对证。小谢同学说他天天发水果，从没见过学校提供的水果有坏的。懂事的他被逼急了

王丽娜，英语教师，校级优秀教师。

还妙语连珠，拍着胸脯说："我摸着自己的良心说，绝对没有偏心任何人，每天给大家发水果，抓到哪个就是哪个。况且香蕉是热带水果，从南方运送过来，难免磕碰，可能会有些小伤疤，但只要整体没事，就可以放心吃了。"可即便说了这么多，小顾还是不听，一直在哭。平时我看餐次数多些，对小顾的情况了解得比其他老师更多些。他较其他孩子心智成熟要晚些，家长也十分着急，这样的事之前也发生过，但孩子始终进步不大。我想或许这次便是家校合力引导孩子的好契机。于是我给孩子的妈妈打了电话说明情况，希望她能来学校与我们一起商讨。等顾妈妈来学校，她几乎是以哀求的语气哄孩子能吃点饭，可是小顾却显得更加任性。一瞬间，还不等我们两个老师反应过来，已经有几个孩子站起来说："阿姨，您这样哄他是不行的！您这么惯着他，他永远不知道自己错在哪里！"我、牛老师、顾妈妈，我们三个大人，都好像被这几个孩子的话点醒了。顿了片刻后，顾妈妈说："是啊！前段时间家长会上洪校长说："爱孩子，还要会爱孩子。看来我真得好好想想这个问题了。"

4.2018 年 12 月 6 日，今天轮到任之星做"精彩两分钟"，她给大家带来了一个绘本故事"Happy Birthday!"一则短短的故事，被她讲得生动有趣。故事讲完了，还有和同学之间的互动问答呢，回答准确的同学还获得了她精心准备的一些小礼物。我提前瞄了下，嚯！有 DIY 的明信片，有一支蓝色墨囊，一个可爱的书签，还有一枚漂亮的扎头发橡皮筋。而且这四个礼物上还贴着标了号码的标签。原来啊，她是要把这四样小礼物送给回答问题正确的同学呢。在送礼物前，她先让正确回答问题的四名同学上台，从 1–4 四个数字中选一个自己喜欢的数字，再根据所选数字给他们分发礼物。这是多么公平的一种方式啊！我不得不感叹，群众的眼睛真是雪亮的。孩子们自己选出来的班长果真是心中有大爱的好孩子啊！

5.2019 年 1 月 1 日，今年元旦，新年音乐会结束后，各班回到自己教室过新年。新的一年，我要做个"懒老师"，于是我把布置教室、策划节目的任务都交给了孩子们。每天班干部都会在课余时间商讨交流，时不时班长会跑来跟我汇报工作进展。准备表演节目的几个"组合"课后找我或是其他老师看他们的节目，并让我们给些建议。教室的布置方面，他们也花了很多心思，谁吹气球、谁挂气球，黑板报谁来画、谁来写……任务到人，分工明确。这一次元旦，我看他们比往年都积极。不出所料，今天一切都很顺利。我发了现场的视频到家校群里，有位家长在群里感叹道："老师，前两年元旦都是咱们帮他们策划组织，今年咱们退出来，没想到这帮熊孩子好点子竟然比咱们还多！"有家长回复说："看来，适当放手才是对他们最好的爱。"说得多好啊！

牵着蜗牛去散步

——把更多的耐心留给孩子

李从容

美好的缘分让我遇到二小，再次激荡起我作为一个师范生阔别了四年的教育情怀，怀揣着满心期待，怀抱着踌躇满志，掩饰着忐忑不安，应对着手忙脚乱，就这样，开始了我的新教师生涯。

“满腔热忱育桃李，一盆冷水浇下来”

初到二小，被安排作为三（一）班的语文老师。走进书声琅琅的三（一）班，和孩子们见面后，觉得他们真是可爱至极！他们乖巧懂事、训练有素，他们的读书声是那样洪亮，笑容如此天真无邪，眼睛里仿佛藏着星辰与大海。这样一群可爱的孩子，让初为人母的我萌发了更多的母性光辉。

阳光灿烂后总有暴风雨。正当我暗自庆幸一切都是那么顺利时，问题便接踵而至。

“李老师，小何的作业又没有交。”

“李老师，小何在地下爬来爬去影响我们听讲。”

“李老师，小何不交听写纸，因为很多不会。”

我打量着这个眼前这个“大名鼎鼎”的孩子，心想我年轻气盛，还能拿你这小毛孩没办法？但我软磨硬泡、苦口婆心、好言相劝，谁知他软硬不吃、油盐不进、收效甚微。耐心失去了一次又一次，终于，在面对小何时，我变成了一个“打火机”，一点就火冒三丈。

每一次上课我都在点小何的名字，对他上课不认真听讲、乱下座位、影响同学的不当行为进行严厉批评。下课把他领到办公室教导、反省、听写、改错题……次数多了，他感受到我表面的愤慨与内心的焦躁，反而更加我行我素，

李从容，语文教师。

学习与听讲情况并没有好转。

“陌上花开缓缓归，一片丹心终不负”

有一次上课时，小何又不认真听讲，在座位下爬来爬去，影响同学，无视老师。我怒火攻心，准备下课后把他提溜到办公室好好批评一顿。在等他来的时候，无意间在朋友圈看到这样一首小诗《牵着一只蜗牛去散步》。诗里写了上帝让我带一只蜗牛去散步，但是这只蜗牛总是走不快，任我推他、唬他、责备他，甚至拉他、扯他、想踢他，蜗牛受伤了，气喘吁吁地对我报以抱歉的眼光……

我恍然大悟，眼前的小何不正像是那只我牵着的蜗牛吗？他的问题背后一定有原因！他作业情况不好，可能是因为学习上有困难；他贪玩、不守纪律，可能是对他要求太高……不积跬步无以至千里，如果我能耐心地捕捉孩子每一次进步的时刻，给孩子一些认同感，让孩子体会到进步带来的喜悦，会不会更好一点？如果我能多一点耐心，让“蜗牛”先在学习上走起来，或许他才能走得更快、走得更好。于是，在这次谈话中，我一改往日的暴躁，提出让他做“语文课代表”，用对他的期许鼓励他，希望能见证他的改变。

事情的变化令我欣喜：语文早读小何主动带领大家诵读课文，上课开始积极发言，大部分上课时间能融入课堂，认真听讲；不会的地方能主动问老师，错题能主动订正。虽然他仍然会在课堂上贪玩，但提醒之下也会克制自己；虽然他仍觉得学习困难，但是对学习不再抵触，甚至燃起了热情。

在看到小何的进步后，又收到了小何家长真挚的感谢，我终于明白了作为一个教育工作者的幸福与满足！现在的小何，就像一首耳熟能详的歌里唱到的那样：“我要一步一步往上爬，小小的天有大大的梦想，总有一天我有属于我的天。”我希望作为他的老师，能继续做他成长路上为他鼓掌的人。看“蜗牛”从容缓行，何尝不是一种快乐！

曾听得复旦附中校长有一句教育格言：“教育，是一个缓慢而优雅的过程。”人生，本就是“慢”的艺术，教育亦如是。懂得等待，方能从容。教育就像养花，静待花开才能得到满园芳香四溢。陌上花开，可缓缓归矣，不必着急，怀揣耐心，孩子们才能在老师的帮助和自身的努力下慢慢绽放，馨香四溢。

“气急了，气极了”

冒 斌

“每一个孩子都是独一无二的，总有一天，他们会走出自己的路。”作为教师要心中有阳光，用心去关爱每一位孩子。初到二小，孩子们给我第一印象是友善，慢慢地跟这些孩子熟络起来，更多感受到孩子们的活泼。

但是跟孩子们在一起总会有跟孩子们近距离接触的时候，“兵来将挡，水来土掩，见招拆招”这些智谋都用上？可不行！孩子们可聪明啦，他们知道自己该如何去做。我只能用最有效的办法：亲近孩子们，与他们交朋友。课间操，我会跟男生在一起打乒乓球，班级活动，我也会帮着班主任做一些事情。同学慢慢接受我，课间也会跟我聊聊天说说话了。我总是把这样的形式当作是一次很好的教育资源，正好来历练自己，提升教育学生的能力。

一次练习课，自己正在给孩子们讲题，当我讲到“气急了”“气极了”两个词语的意思时，孩子们顿时来了兴趣，你一言我一语开始说起这两个词语的意思，教室里一下子就热闹了起来。面对这样的情形，换作是原来的我一定会想办法制止这种现象。但是当时，我等了大约两三秒，看孩子们还是没有停下来的意思，我开口说道：“同学们，你们都想发言，可是大家都知道要发言先举手，但是没有人这样做。冒老师既不会被你们刚才的行为‘气急了’，更不会被你们‘气极了’，因为站上讲台我知道自己要做什么！”当我说完这句话的时候，教室里发出了一阵笑声，大家都被我的话逗笑了。过了一会，教室里渐渐安静了下来，那一刻我觉得我跟孩子们的心又近了一步。

我觉得老师要有自己的特点，面对不同的学生运用不同的办法，但想要起到好的作用，还需要我们教师用心去思考，不断去揣摩。在教师自身主动变化的过程中，孩子们也会慢慢发生变化，静待花开，相信自己也相信明天！

冒斌，语文教师，市级教学新秀，石化公司优秀班主任。

爱·沟通

高　晔

记得庄子讲过这样一个寓言故事，楚王得到了一只珍贵的鸟儿，很喜欢，于是，就让那只鸟儿住到最豪华的宫殿，吃最美味的食物，又给鸟儿听最动听的韶乐，可鸟儿始终是低着头，怏怏不乐，最后，鸟儿死了。楚王不理解，我这么好吃好喝的招待它，它怎么还不高兴，还死了呢？其实，人人都明白，楚王是用养人的方法去养鸟儿，而不是用养鸟的方法去养。爱，需要沟通，如果只是你心里爱，用你喜欢的方式去爱，根本不了解对方的需求，这样的爱，多少会让人感觉不轻松，甚至是一种负担，其效果可能事倍功半，甚至适得其反。

在第一次组织社团活动的时候，二、三、四年级的学生都有，考虑到动手能力的差异，为了让低年级的学生得到照顾，我将学生进行混编分组，每个组既有高年级的，又有低年级的。

几节课后，有个三年级的女同学，告诉我，她想调换小组，当时我并没有在意，以为她只是想和熟悉的同学在一个组，方便说闲话、玩耍，便没有答应她。后面她没有再次提起，我也就忘记了这个小事。两节课后，这位女同学没有来上社团，让其他社团成员告诉我她去了别的社团。社团结束，我急忙打电话和家长沟通，了解到，这位女同学的组里其他成员都是四年级的男生，她觉得在小组里受到歧视，不能很好地参与活动，才要求换组的。可我当时并没有详细询问原因，只是想当然地下了结论，本着是为她好，直接拒绝了她的请求。如果能早些沟通，那个孩子就不会离开她喜欢的社团，我深感自责，可是无法挽回。我想无论是谁，无论爱谁，都不能用自以为是的方式，做拔苗助长的事情。

其实，有一些老师，唯恐教育不利，出了纰漏，没有效果，不能传之以

高晔，科学教师，省级优秀辅导员，承担市级优秀展示课。

道、授之以业，于是对学生关心备至，时刻关注，倾注所有心血，孜孜不倦地进行教诲。还有的从不考虑学生的感受，不管学生能不能快乐地接受，久而久之，必定伤了学生学习的积极性和乐趣。有时候，老师按照大人的思维组织教学活动，自己以为是爱，是负责任的做法，是为了教学效果更好，结果，往往是用“爱”绑架了教育，让学生无所适从，不知如何接受。

爱需要沟通。爱，就是把自己的心掏出来，让学生明白，让学生懂。师生之间，爱如空气，没有它就不能呼吸，而爱更需要沟通，沟通就是血液，没有她，爱就不能流动。

苏霍姆林斯基说过：“如果学生不愿意把自己的欢乐和痛苦告诉老师，不愿意与老师坦诚相见，那么谈论任何教育总归都是可笑的，任何教育都是不可能有的。”可见，教师与学生的沟通是必要的，只有加强与学生的沟通，师生情感和谐融洽，学生才能“亲其师，信其道”，进而“乐其道”。

曾经，孩子给了我沟通的机会，我没有抓住，后悔不已。好怕孩子从此对任何老师关上沟通的大门。我想，我是缺乏爱的智慧。爱，需要沟通，换一种打开方式，也许会更好。

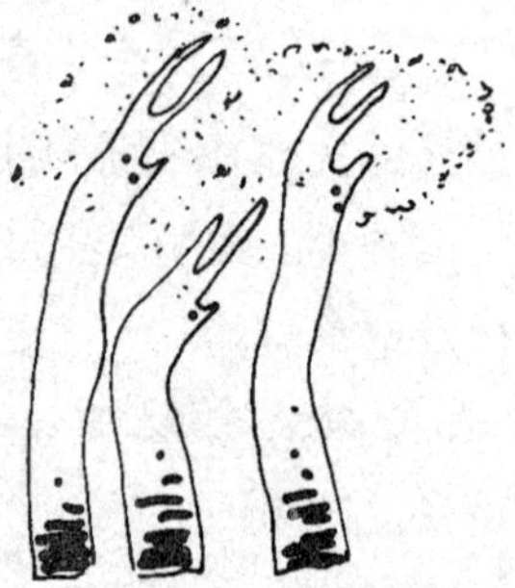

爱·倾听

高　晔

这是我第二次带A班了，每次进班，都是小心翼翼的。究其原因，是因为该班的三大金刚：小帅、小跳和小虎。这是三个有多动倾向的孩子，自制能力与其他孩子相比，还是有所欠缺的。不过，这三个孩子有个特点，喜欢看别人的样子，而且小跳和小虎以小帅马首是瞻。由于我所带学科，小帅知道得多些，带动着其他两个孩子，一学期下来，也没出过大的乱子。

期末的一天，是我看饭班，由于前一天大雪，这三个孩子中午没有按时回班，按照班规，他们这天不能去户外活动，吃过饭就在班里看书。与值日生打扫卫生的过程中，突然看到小帅在用脚踢小跳，小虎在一旁呐喊助威。基于他们平时的表现情况，我第一反应就是先把他们三个分开。我把小帅留到了身边，让小虎和小跳回座位。小虎不情不愿地回了，小跳一边走一边对小帅露出幸灾乐祸的表情。我问小帅为什么欺负小跳（这三个孩子里小跳属于弱势群体，我就这样先入为主地问了），这时候的小跳一反常态，红着眼睛，一副怒气冲冲的样子，握紧拳头，一句话也不说。看到他这副样子，我的火也是蹭蹭地冒到了头顶。一再告诉自己，先冷静。他不说，我就陪他站着。脑子里也在想着解决办法：不予管，让他直接回座位？不行，他这会情绪激动，自己不受控制，难免伤到自己或者其他孩子；找班主任？不行，这样虽然最省事，但事事都找班主任，不是最好最终的解决办法；也许是有情况自己不了解，孩子以前虽然调皮，但批评他的时候也没有出现过这种情况，他到底是怎么了？对，先弄清楚孩子为什么反应这么强烈吧。先尝试让他开口，缓解情绪吧。想好了，我也不再说谁对谁错了。

“小帅，你怒气冲冲地攥着拳头，是想打谁吗？”我已经做好了心理准备，估计他想打我。他还是不说话，把自己的书包使劲扔到了地上。我捡起了他的

高晔，科学教师，省级优秀辅导员，承担市级优秀展示课。

书包放回原处。

“小帅，有什么话说出来就好了，书包摔脏了，回家还得妈妈帮你洗。”

“我要打死小跳，我要打死小跳！”还好，能开口就是好兆头。

“小帅，在我眼里，你一直是小跳和小虎的大哥，他们总是跟在你后面，你做什么他们做什么，今天是怎么了？”

“我不是他们大哥，他们不是我的小弟。”

“为什么又不是大哥了？他们不是一直跟着你跑吗？”

“他们才没有把我当大哥，小跳一直偷偷地在背后说我的坏话，小虎也是。”小帅一边说一边开始抹眼泪，“每次他们做了错事，都说是我叫他们做的。就像昨天中午，明明就是他们想出去玩雪，没有按时回班，老师问的时候还说是我叫出去的。”原来问题的症结是在这里。

“那你昨天中午按时回教室了没？”

“没有。可是，我只是自己出去，并没有叫他们。”

“班主任老师是不是只批评了你，没有批评他们两个，你觉得老师偏心了？”

“不是。班主任老师没有偏心，我们三个做错事，按照班规，我们今天都没有出去。”小帅的情绪缓和了下来，只是抹着眼泪。

“你只关注了他们两个说的话，没有关注老师是怎样处理问题的，是吧？”他点点头。还是在抹眼泪。

“今天是怎么了？老师看到你在踢小跳。”

“是他先挑衅我的，他说我们出不去都是我造成的，我气不过，就去踢他，他还跟小虎说我……”小帅又恢复到以前的状态，开启了伶牙俐齿的告状模式。我提着的心，现在才放了下来。

“我把你留下来，不是因为你是大哥，而是因为你踢小跳的行为是不好的。不论你是不是他们的大哥，有话和同学们好好说不是更好吗？”

“反正我以后不当他们两个的大哥了。”

“你是三个人中最有号召力的，如果你能够做最好的自己，不论是不是大哥，总是能像小班长一样，其他同学也会向你学习呢。”

小帅点了点头，平静地回到了座位。课间，看到他们三个又在一起大笑，玩了起来，孩子就是孩子呀。

晚上，我想了想白天发生的事情，还有点后怕。如果当时火冒三丈的我对怒气冲冲的小帅有了过激的言语，如果我想当然地把孩子的怒气归结为他的不服管教，如果没有给小帅开口的机会，只是简单粗暴地下了结论，也许结果就不会是这样了。

我们总是轻信自己第一眼所见，然后根据第一感觉去判断是非，或是凭借以往经验想当然地下结论。我们何曾想过“没有理性，眼睛就是最坏的见证人”。

伏尔泰曾说过：“耳朵是通向心灵的路。”当我们多“蹲”下来，给予孩子说话的机会，耐心地倾听他们诉说，让他们放下防备心理，也许我们就有机会真正走进他们的内心，顺水推舟，因材施教。

心理学研究表明，人在内心深处，都有一种渴望别人尊重的愿望。因而我们以爱育爱，从倾听孩子开始。孩子们愿意把自己的想法、愿望、要求、困惑告诉我们，求得我们的关怀和尊重，求得我们的帮助和解释，求得我们的宽容和理解，比起我们那所谓的尊严，更重要不是？也许我们不能因此温暖孩子的一生，但一定能给予孩子些许的安慰，也许孩子也学会了倾听，多一个温暖的人不是也挺好。

每一个孩子都拥有自己的人生，在他的如花一样的年华中，把孩子当作孩子，把孩子看作不同，让孩子成为孩子，让孩子成就孩子，让孩子获得生命的自由，让孩子获得生命的关怀，让孩子获得生命的尊重，让孩子获得生命的超越。爱的教育并没有止步于此，爱的倾听才刚刚开始。

爱为导向，情是激励

魏玉琼

“老师，小何又没有完成作业!”“老师，小何又没有打扫卫生!”“老师，小何又跑去危险的地方玩了!”“老师，小何又欺负咱们班同学啦!”“老师，小何被杨校叫去办公室了……”我一边随学生的指点朝出事地点跑，一边不停地叹息：唉，这个小何真是朽木不可雕也。

这是我最初接三年级一班班主任工作的感受。他是给我印象最深刻的一个孩子，也是最让我头疼的一个孩子。在以爱育爱理念的引领下，我开始尝试各种办法，我想我最应该做的首先是走近他，了解他。

走近方能知心，知心才可交友。为了消除小何的畏惧心理，我利用课余时间有意无意地找他闲谈，想拉近彼此距离。最初他什么都不愿意说，只是把头转向另一边回避我。聊天的次数多了，他渐渐地敞开心扉跟我说说他家里的样子，说说心里的想法。这让我对他充满了信心。于是我开始给他分配一些小活，让他做我的助手。比如课间让他帮我抱作业、发作业，让他体会老师信任的快感。语文老师也将他提拔成语文课代表，负责早晨的领读。慢慢地他也敢于在课堂上发表自己的意见了。作为新手班主任的我也摸索到了一个道理：教育就是一场盛大的修行，要有耐心，懂得静待花开。

当然，事情也并没有我想象的那么简单。小何还是会时不时地犯错。对于我的批评，他采取的是置之不理，甚至是破罐子破摔的态度。印象最深的是有一天下午，四五个孩子跑来跟我告状：“老师，小何他在楼道里跟人打起来啦!”我立马起身去看，一个孩子伤心地在哭，而小何并没有哭，只是很生气的站在那里。我忍不住大声地质问他：“小何你又干啥了?”他看着我，哼了一声，便把头转向了别的地方。我愣了一下，又质问：“还会逃避责任啦?”

魏玉琼，数学教师。

小何接下来的表现出乎所有人的意料，也给我深深地上了一节课。

听到我说的话，他并没有转头看我，而是怒视前方，大声地喊道：“不是我！”并且低沉地咆哮起来。我心里咯噔一下，心想有必要吗，这孩子怎么这般控制不了自己的情绪。于是我让孩子们先进教室休息，单独找小何谈。看着咆哮的他，我竟有些无能为力。我想还是先抚平他的情绪吧。我一手抓着他的胳膊，另一个手轻轻地拍着他的背。慢慢地等他的情绪稳定下来了，才开始聊刚才发生的事情。我才明白，两个人都有错的情况下我只凭感觉训斥他一个人，让他觉得委屈。这件事也给年轻的我上了一堂课。让我知道了倾听的重要性，也让我知道了判断对错首先应该了解清楚情况，不能凭客观印象。

看到他一天天在进步，我也很开心。他也越来越爱表现自己，于是我又抓住了一个爱的契机。有一次即将轮到我们班值周，要选十位小交警出来。他问我：“老师，我也想当小交警，能不能给我一次机会？”我一听乐坏了，说：“当然可以啊，不过其他人都是拿小奖票换心愿卡，你也必须加油挣奖票哦，不能走后门。”他开始还有点担忧，觉得自己完成不了。后来在各科老师的鼓励下他终于集齐了奖票，穿上了梦寐以求的交警服。慢慢地，他开始变了，开始努力了。他开始奔跑了，我想这就是他的起跑线吧。

小何的转变让我认识到激励作用之大、情感力量之威。只要投入感情，就会有收获。只要有爱的滋润，就会有奇迹出现！对因缺少关爱等因素造成的问题儿童，更应该为他们创设平等和谐的学习、生活环境。儿童是在成长时期，心理还不成熟，在友善的环境中容易纠正不足，在爱意之中更能让他们的心态健康。爱为导向，情是激励，情感能让孩子超越过去，向好的方面发展。因而，针对类似的学生要循循善诱，不可操之过急，老师不要把注意力集中在孩子的不良表现上，要更多地关注孩子的优点和特长，使之一步步放开自己心绪，慢慢地转变看待周围事物的思想导向，将自己融入集体中去，一点点感受周围人给他的善意。并且通过多元评价、活动参与，使其自信自强。从而将自己的注意力转移到家人、老师、伙伴身上来。爱人就会得到人爱，消除与周围人的隔阂，乐于学习，乐于生活。

爱是平凡的，爱又是伟大的。每当我看到眼前活泼可爱的他，我的心中充满了快乐。作为一名教师，我只是做了我分内的事，只是多付出了一点点的耐心和爱心。雄鹰在风雨中练就坚强的翅膀；梅花在严寒中绽放扑鼻的芬芳；师魂在爱心和敬业中弥漫浓郁的馨香。也许我不会让每一个孩子都成为优秀的学生，但我会让每一个孩子学做人，做一个顶天立地、大写的人！

让进与退成为孩子成长路上的激励石

魏　瑜

在二小经常会提到“适时地进，勇敢地退”。教师的“退”是指在凸显“差异”和“学生主体”的课堂教学中，教师要能从观念上、心理上和行为上从主要的、主角和主导的地位勇敢地“退”到次要的、组织者、帮助者和促进者的地位，放手还课堂给学生，使之成为学生自主学习的自主发展的天地，而不是教师的“表演”舞台。所以，在课堂关注教师退与进的时候，我想在班级管理上是不是也可以渗透“勇敢地退，适时地进”的思想。

案例：

上完数学课正在办公室安静批作业的我被一声“报告”吓了一跳，原来是小天和小路同学。从两位同学的神情上来看，就知道发生了不愉快的事情，因为小路同学在哭。当我问发生什么事情时，两个人你一言我一语地谁也不让谁。大概意思是英语课上老师给发言好的同学奖励了一个贴画。小天同学的不见了，他看见地上有一个，可能是自己的，就捡起来贴上了，可小路同学却说是他的。就这样为一个小小的贴画，两人就吵了起来，谁也不让谁，最后英语老师让他们来找班主任。

案例分析：

类似这样的事情在小学阶段，特别是低年段时常发生。首先孩子们还不太会管理好自己的物品。其次，他们所理解的事情比较简单，认为这是自己的就是自己的。第三，对“不是自己的就是别人的”这种规则意识还没有建立。

解决措施：

六七岁的孩子对是非观还没有明确的界定，大部分都是以自我为中心，所以这个时期的班主任尤为辛苦。每天都会解决类似的问题，终究断不清这些

魏瑜，数学教师，一级教师，兰州市教学新秀，兰州市首届骨干班主任。

“官司”。另外，如果老师在处理上方法不得当，孩子们受挫能力又弱，会对个别孩子造成二次伤害，不利于学生成长。再说其实孩子们在寻求你的帮助的时候，他们追求的是一种安全感和想被你保护的意识。结合二小课堂上的“退与进”。我是这样做的：

一开始，我没有对两个孩子中任何一个有对和错的进行判断，而是认真地倾听他们的发言。刚开始他俩争论不休，我说：“这样说话，我是不是谁的都听不懂呀？你们说怎么办？”果然两个人第一次谦让了对方。听完大概的阐述后。我适时地进，仍然笑眯眯地问：“那然后呢？”他俩丈二和尚摸不着头脑：“然后是什么意思，我们在等您给答案呢！”这是从他们眼神里我读懂的意思。我看看左边的，再看看右边的。我们仨沉默了有一分钟多。他俩断断续续又说了一些，等停下来的时候，我又说：“那然后呢？”这样做实际是给他们说话的权利，让他们有一个申诉的机会，可以把事情的全部过程及想法说出来，这样我对他们所犯的错误才有一个比较全面的了解，才能分析出原因所在，在客观的基础上会有针对性与说服力，使孩子可以正确认识自己的错误，并心悦诚服地接受批评。

终于两人的情绪都有所缓解，纷纷从自身找起了原因，过不一会儿，两人说“没事了”。其实孩子一旦做了错事，总担心老师会责备他，这个时候如果老师批评了他，孩子反而会有一种“如释重负”的感觉，对自己所犯的过错也就不以为然了。相反如果老师保持沉默，孩子的心里反而会紧张，会感到“不自在”，进而反省自己的错误。或者孩子犯有过失，如果老师能心平气和地启发孩子，不直接批评他的过失，孩子会明白老师的用意，愿意接受批评和教育，这样做保护了孩子的自尊心。

接着，我教给孩子们解决问题的办法，可以去向英语老师再要一张贴画，还要明白“不是自己的就是别人的”道理。孩子犯错后，情绪会比较低落，心情也会受到影响，因此老师应及时给予一些心理上的安慰，可以用语言来安慰孩子，也可以用行动安慰孩子，适时地交给他们解决问题的办法。

通过处理这件事，我深深地感到，有的时候处理学生的问题时，“适时地进，勇敢地退”也是一种很好的方法。其实孩子们倾诉完自己的不满后，他们还是好朋友。

站在孩子的角度看世界

——家长该如何陪伴孩子写作业

魏 瑜

现象：最近我发现一个现象，自从孩子上小学以后，写家庭作业便成了日常，家长几乎天天都要陪孩子写作业。这段时间朋友圈和网上陪孩子写作业的评论都刷屏了，陪孩子写作业是一种什么样的体验，十个爸妈有九个都是不愉快的，剩下的那一个是因为孩子还没有正式上学。近日一篇文章《老娘我做错了什么，要陪孩子做作业》也是惹得爸妈们的集体吐槽和哭笑不得。什么“不谈作业，母慈子孝，一谈作业，鸡飞狗跳”，还有更为夸张的是有一个爸爸说“陪孩子写作业到五年级，心梗住院，做了两个支架……”家长到底该不该陪孩子写作业？

策略：这是一个非常现实，而且非常普遍的问题，陪孩子写作业，现在已成了许多家长的“功课”，在这里我想说的是，勿做虎妈狼爸，对于孩子，父母确实不宜管教太多，收放自如才最好。能够看得出家长的焦虑，也能感觉到孩子的恐惧与无奈，其实有时候可以换一种方式来教育孩子。

首先，我们要明白四个原则。第一要“授人以鱼不如授人以渔”。教孩子掌握方法比直接告诉他答案更重要。第二要夸孩子善良的动机比责骂做错了事情重要。第三要教孩子跌倒后如何爬起来比保护孩子不跌倒重要。第四要给孩子需要的爱，而不是自以为的爱。

其次，情绪很重要。激动的语气、愤怒的情绪能教育好孩子吗？——究竟，我们是在“教育孩子”，还是在“发泄自己的情绪”？当然，并非不能骂孩子，我们得思考：这样的责骂，真的有达到教育意义吗？真的是在教孩子吗？记得有人说过“不要轻易地对孩子动怒，因为他们是孩子，你若真生气，就是

魏瑜，数学教师，一级教师，兰州市教学新秀，兰州市首届骨干班主任。

跟孩子一般见识了”。真正的教育，是得把“孩子”一直放在心上的。孩子毕竟只是孩子，贪玩是他们的天性，你陪孩子写作业的目的无非就是希望完成的正确率高和质量好，所以当你看到孩子玩橡皮，不认真，磨蹭的时候，就控制不住自己的情绪，责骂他，拿他和别人家的孩子做比较，要求他的坐姿，他的笔画，他的格式，要认真写。天天陪，那么这些要求你也会天天说，我能想象得到你的崩溃和孩子的无助与无奈，你让陪伴在你和孩子这里变成了一种负担。

陶行知曾经说过这样一句话，“我们必须会变成小孩子，才配做小孩子的先生”。在家庭里如果没有孩子的欢笑声，只有学习和斥责声，那么这个家庭是没有希望的，在家庭教育中，你要努力营造快乐鼓励的气氛，有孩子的家庭就像一面镜子，他能照出你内心的一切，你快乐，他也快乐，你暴躁，他也暴躁。

第三，陪伴是最长情的告白。不要让你的陪伴变成一种枷锁，这时就要看你是不是把陪伴当成一种快乐的体验，去享受这其中的过程，但如果把每一次的陪伴当作一种痛苦，那么注定是不快乐的。正确的“陪读”是每当孩子遇到困难时，鼓励孩子独立思考去解决问题，可以给予适当的提示，但是不要替孩子说出结果，当孩子取得进步时，父母要给予孩子肯定和赞扬。

陪伴是一种互动的关系，不是说坐在一起吃饭，一起看电视就是陪伴了，是和孩子一起完成一件事，比如，一起探讨今天所学的知识，一起画画，一起做手工，遇到困难的时候，一起想办法解决。但是在这个过程中，一定要有耐心，不要急于求成，尽量营造孩子的愉悦感和成就感，哪怕他有些地方做得不够好，也绝不要让他有失败感，你要做他身后那个“不知道”、“不懂”的妈妈。在这里的“不懂”不是指什么都不知道，而是在孩子面前适当地示弱，说不定会有意想不到的收获。唯有如此，你的“陪伴”于孩子而言才会是一件幸事。

最后，教育好孩子只有一个关键，就是去赢得孩子的心。试着和孩子做朋友，与孩子一起成长。最好的妈妈是永远不停要下成长的脚步，在孩子成长的同时，自己变得更平和宽容，更柔韧勇敢，想要孩子成为什么样的人，自己先去做那样的人，跟孩子共同进步，才是最好的亲子关系。

教育的真正本质是完善自己，知不足者好学，学然后知不足。有一段话是这样说的：“当我变得和你期待的不一样时，请你爱我原来的样子，疼我原来的样子，赞美我原来的样子。”

教育，无处不在

马 丽

教学无小事，处处有教育。这是一个简单的道理，但看似平凡的话，却意味无穷。

我始终相信，教师的一言一行都在时刻影响着学生，因此在教学中我处处留心，争取做好榜样。只是理想与现实常常有不小的距离，就像那个词：事与愿违。更多时候，我的想法很美好，但后来发现一个隐形的问题：学生是不是愿意和你这个“榜样”学习呢？

我的班级中有这样一个学生，男孩子，小脑瓜很聪明，也很机灵，但脾气也很古怪。上课时他能积极发言，动脑思考，往往一些难理解的问题，他总是最先明白，可他有一个很拖自已后腿的弱点——不爱写作业。无论是家庭作业，还是课堂作业，都需要督促再督促，紧盯再紧盯，看得紧点或许能跟上，只要稍一疏忽他就会钻空子。为了让他改掉这个毛病，我采取了很多方法，软硬皆施、恩威并用、联系家长、同学互助……可还是不奏效。

有一段时间里，我很是苦恼。尽最大努力想做到处处留心，想办法让这个问题学生变好，可发现总是抓不到重点，就算有一点点效果，也是微乎其微，而作业对于学习内容的巩固是多么重要，在他身上也一年一年地显现出来：成绩不断下滑，越学越吃力，光靠小聪明已经明显无法应对学习中的重点和难点了。紧接着，他由于成绩下滑而出现了更多问题：自信心的变化，和同学的交往也出现困难。

我试着让他的同桌来帮助他，注意他平时都在干些什么，经了解发现，他不但不爱写作业，就连练习本、作业本都杂乱无章，常常不知作业写在了哪个作业本上，作文草稿本随意用生字本代替，今天用的练习本明天就不翼而飞了。还有一个很大的毛病——“撒谎”，有时拿以前写过的作业凑数当新的作业。

马丽，语文教师，市级教学新秀，市级骨干教师。

除了最大限度的宽容，我认为还是需要了解他的家庭。经过逐步了解沟通，我终于找到问题的症结所在，原来，孩子的父母工作繁忙，大部分时间，孩子都是由爷爷奶奶来照顾，可不认识几个字的老人只能在生活上给孩子良好的衣食住行，说到学习，老人根本无法承担监护责任，甚至连 QQ 群里的信息都不能完整阅读并深刻理解。

沟通，各种方法的沟通。我开始频繁地联系孩子的父母，用电话、信息、视频等一切我能想到的方式来让他们明白，一个孩子不论有多么聪明，学习没有方法，没有成年人的监督和陪伴，他长大后缺失的东西将是无法用金钱衡量的。

和很多类似的家庭一样，这样的沟通和实际效果也有一定差距。孩子的父母很愿意按我建议的方式来督促孩子的学习，可短时间内，工作和生活的调剂还无法顺利过渡，我只能等待，并且在这虽然缓慢，却也在发挥效果的家校联合中看到了一丝希望。

现在，这个孩子虽然也有没完成作业的情况，但他不再不以为然，而是感觉有些愧疚。也会为这次听写比上次少错了几个字而高兴了。这样的学生，需要更多的“宽容”，不能对他要求太高。

生活处处是教育，不一定就是充满哲理的优美语言，也不一定是蕴含道理的语言行为。有时可能是不经意的一句话，一个眼神，一颗宽容的心。事无大小，教法无形，多么期望，我的用心可以有美妙的结果。

比天空更宽阔的是人的胸怀

刘佳慧

“金无足赤，人无完人”。每个人都有缺点，都会犯错误，教育就是一个纠错的过程。在教育教学中，教师要解放思想，帮学生树立自决心信念。记得上周为了迎接月闯关，我们进行了测试，为了更好地家校互通，我要求孩子们把测试卷拿回家让家长签字。第二天，课代表收好试卷交给我，我着重查看了几个成绩退步的学生试卷。忽然，我的眼睛停在了一张笔迹秀气的试卷上，试卷的分数已显著改动，接着往下看，几处扣分的地方也显著改动，鲜红的叉叉已经淡淡地退去。我仔细一看名字，是她，那个平时乖巧可爱的小女孩。

我的心猛地一震，怎么可能是她，一向乖巧可爱的她怎么会做出这样的事情？我不敢胡乱猜测，只好把她叫到办公室。我害怕伤到她，以询问的口吻问：“试卷的分数是不是你改的？还是同学改的？”只见她低着头不敢看我，默不作声。我又说：“你说实话，老师不会责怪你的。”她犹豫了一下，用蚊子似的声音说：“是我自己改的。”我没有批评她，反而安慰她：“你别怕，老师知道你这么做是由于成绩退步了，怕回家爸爸妈妈骂你打你，是吗？”她的眼泪已经顺着脸颊流下来，哽咽着说：“老师，我知道自己错了，您原谅我吧？我以后再也不会这样了！”“要知道一个人的品德比学习成绩更重要，你想要好成绩，可以通过自己的努力学习，我相信通过你的努力，能取得优异成绩的。这次的事老师就原谅你，也替你保守秘密，不会让班上的其他同学知道的。但是你父母那里你自己知道应该怎么做吗？”我仍是柔和地说，“只要你能真正改正错误，在刘老师心里，你仍是那个乖巧可爱的小女孩。”她点了点头。

第二天，课堂上她格外认真地听课了。后来遇到了这位学生家长，我和她父母谈到了此事，了解到她是真正知道自己做错了，而且一直在努力学习，争

刘佳慧，数学教师，市级教学新秀，《观察物体》获得教育部中国下一代教育基金数字校园专项基金教师优质课评比活动一等奖。

取优异的成绩。后来的日子里，她的表现一直很好，对我也格外亲近，对数学的学习热情也更高涨了，有什么心里话都找我说，就这样，课堂外的我成了她的好朋友。

经由这次事件，我好像有所感悟：和谐的师生关系，孕育着巨大的教育“亲和力”，师生适当的沟通足可以改变教育。信任是师生和谐沟通的桥梁，许多实践表明，教师对学生的信任是通过沟通来传递的，而学生会在这种信任和爱的感召下，受到鼓舞，从而信任老师，亲近老师。学生往往是喜欢某一位教师而喜欢他的课。因此多给孩子一点信任，多给孩子一些关爱，让每个孩子都感到教师喜欢自己，要学好这位教师所教的课。宽容是一种无声的教育，“宽以济猛，猛以济宽，宽猛相济”，有容乃大，宽容，是教师必须掌握的一门教育艺术，多一点宽容，退一步海阔天空，我们的教师生活、我们的教育教学工作就一定会增添更加靓丽的一抹色彩。“世界上最宽阔的是海洋，比海洋更宽阔的是天空，比天空更宽阔的是人的胸怀。”法国大作家雨果的话，应该是我们每个为人师者永远铭记心头的。

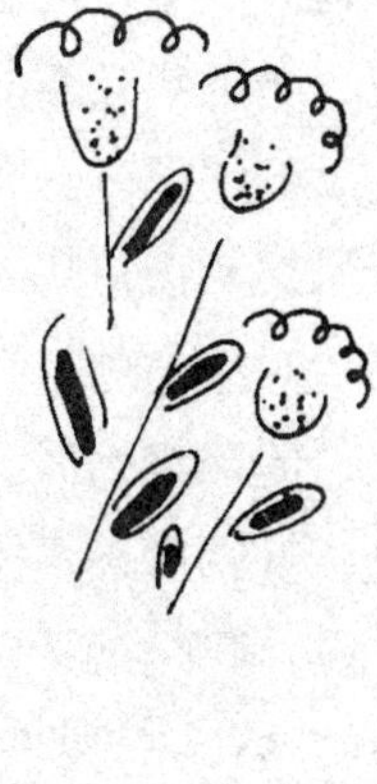

用爱心为特需生撑起一片天空

刘佳慧

我们常把孩子比做初升的太阳，那么后进生就是迟升的朝阳，比起其他学生他们更需要老师的耐心、细心的呵护、理解与尊重、循循善诱……“要留意他们，好似对待一朵玫瑰花上颤动欲坠的露珠，”这句话或许有些夸张了一点，却实实在在地告诉我们对待特需生不可疏忽大意。

作为一名教师，我们有职责也有义务教育好这些特需生，使他们和其他学生一样健康快乐地成长，展现自我独特的风采。

在我担任班主任工作中，我的班级里的小星和小龙，他们两个有一个共同的特点，不爱做家庭作业，导致他们两个的学习成绩很差，几次找家长谈话，效果也不是很好。课堂上，我仔细地观察他们；课下，我找他们两个谈话，发现他们并不是那种学习成绩较差、无可救药的学生。看来是他们思想上出了问题，我开始对他们进行思想教育。没过几天，他们不写作业毛病又犯了，我很生气，同时也有些失望，不想再管他们了，但是我又想如果我放下了他们，那么他们也许就会越来越放松自我，所以我又不能不管他俩。

接下来的一段时光，我真是动脑筋了，一有空就把他两个叫到办公室一边陪他们做作业，一边对他们进行思想教育，几天之后，我发现小龙已经能够自我按时完成作业了，于是，我及时对小龙进行表扬，没过几天小星也开始自我完成作业了。当时我虽然很高兴，但又真的很害怕他们坚持不了几天又不能完成作业了。但是令我很兴奋的是，他俩后来不但能按时完成作业，而且作业的质量也很高，批改他们的家庭作业，我时常不忘加上一句批语，有时是：你能按时完成作业，老师真高兴；有时是：你可要坚持哦！他俩在闯关测试中顺利闯关成功，我心里有一种说不出的喜悦！因为，我没有放弃他们，并且取得了

刘佳慧，数学教师，市级教学新秀，《观察物体》获得教育部中国下一代教育基金数字校园专项基金教师优质课评比活动一等奖。

效果。

通过这件事我明白了一个道理：对于特需生，要想让他们有所提高，老师必须要抓住他们的弱点，从各个方面去关心他们，去爱护他们，使他们感受到老师给予他们的温暖，给予他们的信心，给予他们的关怀，这样让学生从内心发现自我的错误所在，找到提高的办法，从而努力学习，这样的办法的确是很好的，希望能帮助更多的孩子！

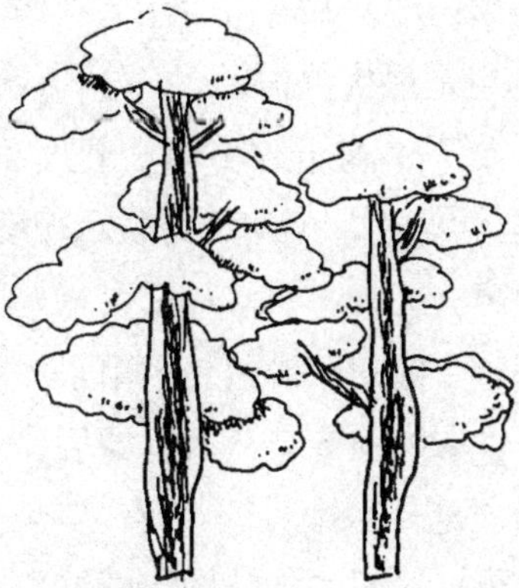

点滴赏识，更多关怀

刘佳慧

课铃响了，我夹着作业本，迈着轻快的步子走进了教室。一天，教室里特别安静，我习惯地把教室扫视了一圈后，笑了笑，说："同学们，这次作业许多同学都全对，我非常高兴。"边说着，我边举起了一叠作业本，稍作停顿，我接着说："告诉同学们，今天老师还发现了一份最满意的作业，他是谁的呢?"不待我讲完，同学们就一下子把目光投到班长李木子身上。我再一次停顿了一下，激动地大声宣布："是龙哥！虽然这次作业中还有两个小失误，但老师相信他是最努力的，也是最优秀的。"从同学们的眼神和小声嘀咕中，我看出了他们心中的疑惑。于是我翻开作业本，把上面的"优"和三颗鲜红的"星"展示给大家。"请同学们用掌声向龙哥表示祝贺!"我带头鼓起了掌，随即，教室里响起热烈的掌声。

要知道，这个"优"对于龙哥来说可是大事了。刚上学时，我就感到龙哥是个"有嘴没手"的孩子，课堂上夸夸其谈，课后作业邋邋遢遢，在接下来的几周中，真正领教了他的"龙式字体"，不用看名字，就能一下认出。

此刻，我望了一眼龙哥，这时的他就像旗杆似的，坐得笔直，脸上有些疑惑与不解。然而，我还是从他的眼神中捕捉到了兴奋与激动，这一切来得太快了，他还没有从课间的那一刹那中回来……课间十分钟，我埋头赶批着作业，一路打钩，批到龙哥的作业时卡壳了，我叫同学把他"请"到我的身边站着面批，他的作业本上有两个错误，我用红笔重重地圈了出来，一脸严肃地说："要仔细检查!"声音不高，语气却很重。说完，我抬头冷冷地看了他一眼，想从他脸上找到悔过的表情。他没有说什么，眼睛睁得大大的，眼神好特别，我蓦然发现一种从心底流淌的渴望，一种对学习的热情正在悄悄地消逝，他的整

刘佳慧，数学教师，市级教学新秀，《观察物体》获得教育部中国下一代教育基金数字校园专项基金教师优质课评比活动一等奖。

个表情变得木然，我的心为之一颤。等他走后，我又重新审视这份作业：数字的“个子”缩小了许多，算式对了但是结果算错了。猛然间，我仿佛看到了他那带着期盼的眼神了，仿佛一下子明白了所有的含义……这份作业好沉，这是一个孩子用“心”写的，一个简单的对错符号只能来判断作业的正误，而面对一份真正有质量的、蕴涵着特别价值的作业，必须以自己的一颗真诚的“心”去发现、去触摸、去呵护……因为懂得了，所以也特别珍惜，我在他的作业本上工工整整写上了一个“优”，盖上了三颗鲜红的“星”，还特意画上一张迟到的笑脸。此后，这样的“特批作业”多了起来，作业本上又多了许多丰富的内容：一面面鲜艳的小红旗，一个个可爱的笑脸。

热爱学生是教师的天职，那远比渊博的知识更重要，得到老师的关爱，是每个孩子的心愿，关爱会鼓励、鞭策孩子，大大推动学生的成长和进步。每一个孩子都是独一无二的，他们都会很优秀，只是需要我们耐心地了解和正确地引导。每一个学生，都像天空中的星星，有的灿烂耀眼，有的光彩暗淡。那些光彩暗淡的，可能是由于我们离它太远，如果我们离它近些，多关心他们，那么他们就会更好。

小小图书角　管理有办法

朱　蓉

“酷爱读书”是北京第二实验小学校训中排在第一位的，可见读书在每一个二小教育者的心目中占有多么重要的地位。为了秉承二小教育理念，为学生营造一个良好的读书氛围，在北京第二实验小学兰州分校的校园中，除了学校层面配备了一个藏书量大、环境优雅宁静的校图书馆外，每班的教室里都还设有一个班级图书角。班级图书角的设立，不但为班上的学生选取书籍、随时阅读提供方便，也彰显着一个班级文化的书香品位。一个小小图书角，从如何选书建档到具体借阅归还，其间的每一个小细节都需要教师花心思、想办法，与学生群策群力来共同完成。经过四年的努力，我班的图书角管理已基本形成体系，班上已呈现出浓浓的书香氛围，现将我班图书角选书、管理办法总结如下，以此共勉。

一、如何选书

图书角的建立应与班级管理及本班的阅读体系紧密结合，如何甄选书籍就是关键的第一步。除一年级第一学期初的图书角是由本班学生每人带来三本自己最喜欢的书籍，在侧封上按学号以 *-*（第一个 * 为学生姓名学号；第二个 * 为学生的书籍编码）进行标注后，教师进行筛选放架建成外，其余学期的选书是有较强的目的性与一定范围的。一年级初始教师在要求备选书籍时应注意：可以选择绘本或带拼音文字读本，除绘本外，其他书籍应以文字为主，插图为辅，漫画杂志类不予考虑。在教师筛选上架书籍时，只要学生达到上述要求，除一些价值观特别不正的低级漫画、杂志不能入选外，同一类或同一本书可以允许重复版本出现。这样做有两个目的，一是提高学生书籍的入选率，为其后期阅读初步建立自信，用同一类书籍在班上形成阅读讨论的群体，营造读书氛围；二是利用此次机会，向家长及学生渗透甄选图书的方法。三是充实班

朱蓉，语文教师，市级教学新秀，区级优秀班主任。

级图书角的类别，以庞杂的图书分类让学生从一年级开始就尽可能多地接触多种类、多类别的书籍。并且，在新学期初的每次家长会上，我一定会根据学生的年龄特征，推荐一套书籍，用学号轮流的方法请学生自愿购买后，作为自己备选书籍的一本，带到学校来。

自一年级下半学期起，每学期图书角的建立就要与学生寒暑假的阅读紧密结合起来了。在放假之初，我就要求学生在这个寒暑假内至少阅读五至八本书，并从中选取自己最喜欢的三本放在班级的图书角内，然后根据学生的所带书籍，在本学期内我们会利用阅读课进行两次最佳图书的评选。第一次是学期初，此次的评选，旨在评选出选书最优的学生家长，每学期评出的最佳书籍将会成为班上其他家长学生以后选书的风向标。第二次，是在学期末结束时，要根据图书漂流卡上的记录，从图书角中评选出最受欢迎的图书。经过这样的“两选”，又到假期选书时，学生就会根据自己的年龄特点，教师与网络推荐的优秀书单，自己的兴趣爱好等，与家长一起认真选取较为经典并且自己也感兴趣的图书。长此以往，无形中，学生与家长的阅读品位便逐渐被培养起来了。

二、如何借阅

孩子们把好书带到学校来了，如何高效地利用，并使图书得到良好的管理，是下学期再开学时孩子们再将好书带来的有力保证。只有自己的书得到欢迎，学期末还能“完璧归赵”，图书角的管理才会真正良性运转起来。因此在开学初的第一次班会上，除了班级公约，我们还会一起商讨班级图书角的借阅规则。经过逐年讨论完善，班级图书角借阅须知内容如下：

青葵中队图书角借阅须知

1.每人每天只能借阅一本书，当天借阅当天归还。请将借阅的书籍全部读完后再换书。

2.借阅时间不规定，可自行借取。但每天下午第二节下课时，请图书管理员及时到位，清点书籍，也请各位同学在图书管理员在岗的情况下，将书后图书漂流卡的内容填写完整后将书籍归还原位。每天放学时，本天的图书一定要在图书管理员确认全部归还到位后，再放学。

3.爱护书籍，借阅、归还书籍时请按秩序排队。特别强调请在中午用餐完毕，收拾好桌面，洗干净手后再读书。

4.本学期末，将依据图书漂流卡上记录的情况评选本学期的最受欢迎书籍及最佳阅读小明星。期待你和你的书一起入选哦！

须知说明：

（一）每人每天只能借阅一本书和将借阅的书籍全部读完后再换书，是培养学生认认真真甄选书籍，借阅后便静下心来将书看完的优秀品质。借阅时间不固定，是充分给学生自由，培养其随时读书的良好习惯。

（二）图书角的书籍需提前在书的侧封上贴好标有学生姓名、学号的小标签，便于书籍借阅后归还原位，也便于当天的图书管理员快速查阅书籍是否已归还到位。

（三）书籍当天借阅当天归还，一是便于图书的管理，二是让优秀的图书资源更多地在学生间进行流动，三是督促学生利用课间时间见缝插针地阅读，为班级营造良好的读书氛围助力。

（四）因我校学生中午统一在学校教室用餐，为了更好地保护书籍，孩子们在制定借阅须知时，经讨论又特别加上了一条：中午用餐完毕，收拾好桌面，洗干净手后再读书。

另外，为了让每个学生都能体验到图书管理的职责，养成良好的借阅习惯，我们班的图书管理员由班级的小值日担任，小值日两人一天，天天轮换。

三、配套评选

为了促进图书角的图书能真正漂流起来，提高学生的读书积极性。我和孩子们一起设计了一张图书漂流卡，要求贴在每本书的最前（或最后面）。每次借阅书籍的学生，第一个要完成的任务，就是要认真填写图书漂流卡。

图书漂流卡：

本书所有者			
所有者寄语			
借阅人	借阅时间	归还时间	阅读心得

学期末时，可以根据图书漂流卡上的填写情况，根据漂流卡上记录的借阅次数及短短几词、几字的阅读心得，在学期末时评选“最受欢迎图书”和“最佳阅读小明星”。“最佳图书”和“最佳阅读小明星”的获得者，会适时地总结出自己的选书方法及阅读心得，在最后一次阅读课上交流展示。这样不但促

进培养了学生借阅书籍后第一时间填写读书漂流卡，简单总结阅读心得的好习惯。也使图书借阅做到了责任到人，让借阅书籍的学生能够更加爱护图书角内的书籍，以此形成良性循环。

班主任工作所做的基本是一些繁琐、细碎的“小”事，也正因为如此，班级管理的每一点，每一滴才愈能体现着班主任管理的智慧火花。小小图书角，管理有办法。愿我们一起努力，让二小的每一个班级都浸润着书香，愿每一个班里的孩子都乐得在读书的海洋中徜徉。

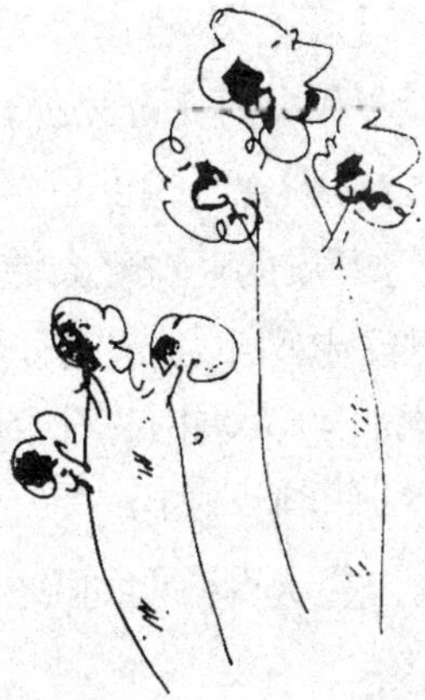

寓教于乐　润理于行

——记一次有意义的班会“我们一起画幅画”

朱　蓉

班会是学校班主任工作的主阵地之一。如果班主任能利用好一周一次的主题班会课，可及时解决班级管理、常规教育、品德规范等等核心问题。可如果每次班会都采取PPT+道理宣讲+问答、感受汇报或小品表演等形式，流程过于死板，形式过于老套，实在起不到显著的教育效果。久而久之，就会产生学生说起来头头是道、但却不能内化于心外化于形“说得比唱得都好听”、可就是做不到的现象。如何才能寓教于乐，真正让公民教育春风化雨般融入孩子们内心呢？每次班会课前，我都会在班会形式上思索良久，多动脑筋。以下是以《做一名规矩的小学生》为主题开展的一次班会课纪实。

一个合格的小学生在校内、校外，应该遵守什么规则？这问题一问出口，班上的学生无一例外，个个都能说得义正辞严，头头是道。可真在无人监管的环境中，规则意识却总是被他们抛之脑后，在“规则”与“自由”间权衡，“自由”明显占了上风。因此，在认真咨询刘悦校长后，我们班开展了一次有趣的“行动”班会。

班会课开始后，我压根没提今天的班会主题是什么，“规矩”二字更是只字未提。只告诉孩子们，今天要按他们现在所坐的四个小组进行一次比赛。比赛哪组的画，画得最漂亮。不过，不是大家各画各的，而是全组共同完成一幅画。到时，会根据画面的丰富、构图的合理等等来进行评比，让他们先商量一下自己的这组要画什么。

孩子们很快叽叽喳喳地聚在一起商讨要画什么。因为听到要靠画面的内容和丰富程度来进行评比。所以每个孩子都各抒己见，说的内容都是自己擅长画

朱蓉，语文教师，市级教学新秀，区级优秀班主任。

的。一时间讨论得很热闹，争论不休。两分钟后，我宣布讨论结束，请四个组汇报一下自己组要画的内容。因为大家都坚持己见，其实大部分组根本没有商定自己组要画什么，所以每个组的代表站起来时都有些不知所措。第一组的组长思语转了转眼珠，一咬牙，说："我们组画科技幻想画。"听了思语的回答，其他两组内一阵骚动，眼神交流过后，也纷纷表示，他们也要画科技幻想画。只有第三小组不为所动，组长佳桐站起来，镇定地说，他们组要画一个机器人。

听到各小组都选定了自己的绘画内容。我开始说这次画画的规则：1.一人只能画一笔，要按从头到尾的顺序排好队，依次来画。2.每个组的绘画过程只能一人一笔进行五个轮次，且规定时间为十五分钟。3.每组派出一名观察员，来监督别组的画画过程。如果有人违规，违规的同学将被淘汰，淘汰的同学就不能再参与到下一轮的画画过程中，只能在旁边静静观看等候了。

一听每次只能画一笔，聪明的泽程立刻小声说道："那我一笔不停，一气呵成，把许多图形连在一起，笔画不断不就行了。"真是够守"规则"的！钻"规则"的空子还挺快！我赶紧又补充：一笔最多只能画一个图形，且一笔起头，就不能走回头路。看来，要让孩子们遵守规则，在制定规则时一定要让全员参与，互相补充，这样规则才会有百密而无一疏啊！这可为我下节班会课让孩子们一起制定班级公约提了个醒啊！

游戏规则宣布完毕，一声令下，孩子们便紧锣密鼓地开始了他们的"绘画大业"。第一、二、四组加油呐喊、不断催促。只有第三小组似"成竹在胸"，一个接着一个，不慌不忙，好像其他三个组都不存在似的。很快，第一小组的馨怡，以为观察员不注意，在画完一个三角之后，连笔又画了个圆。没想到被观察员抓个正着，她只好垂着头，默默站在一边观看去了。看着队友被罚出，第一小组的孩子们也有些焦急，越急，越觉得自己小组的画作进行缓慢，所以不断有人想趁机违规，结果被罚出的人越来越多。不一会儿全组就只剩下五个人了。除了第三小组，其他两组的画作也出现了问题，进展极为缓慢，上来画画的孩子总会不由自主地回望同伴，不知该如何下笔。

很快，十五分钟便过去了。除了第三小组，其他小组的孩子都因没有完成画作而发出了惋惜之声。我把四个小组的画全部贴在黑板，请他们共同来评一评哪幅画画得最好，为什么？大家你看看我，我看看你，不约而同地都把票投给了第三小组。理由是他们画的和最初制定的目标最为相似。看着第三小组的孩子露出欣慰自豪的微笑，我请他们谈谈为什么会获得成功。佳益说："团结的力量大!”柯丹赶紧补充道：“比团结更重要的是一致，大家团结一致才更好。”“是啊，大家目标一致才能朝这个方向去共同努力，他俩的发言告诉我们，有一致的目标很重要!”我适时补充。

“还有还有……”峻源高举小手补充道，“遵守规则也很重要，如果不停地有人违规被罚出，能画画的人越来越少，五轮过后，画肯定就画不完了。”“嗯，对，看来不遵守规则影响的不仅仅是自己还有他人。”听我说完，刚才因为犯规只能做旁观者的孩子看了看同伴，若有所思地点了点头。

“我觉得一定要提前商量好画什么，怎么画。要不真画起来就一头雾水了。我们组本来要画一个会飞的汽车，可是画着画着就什么都不像了，现在看起来倒像是一个飘浮的奶油蛋糕。”听了思宇的话，孩子们都哈哈大笑起来。“是啊，比起急忙做，先想清楚才最重要，这就是古人所说的——三思而后行!”孩子们乐呵呵地在我的话后大声接道。

看着孩子们个个含笑的小脸，我满意地点了点头。这节班会课，我基本没有说话，少了大段大段的宣讲教育，一个有趣的小活动就让孩子们收获颇丰!“寓教于乐，润理于行”，我想二小提倡的要做智慧的“爱”的教育，就应如此吧。如何利用这短短的一节班会课，今后班主任们也会思考良多，智慧火花的闪现也会很多。

关注细节　培养能力

——家庭教育点滴事

朱　蓉

我是一名从事小学教育十九年的班主任，也是一名十岁男孩的母亲。从学生到儿子，这些年的家庭教育可谓是感慨良多。说到教育，人们不由得会想到学习，说起学习又不禁会想到成绩。此时，正值暑期，亲朋好友间见面必问的一定会是孩子期末考试的成绩。今天我首先想说的，就是家长应如何正确地看待孩子的考试成绩。

考试成绩之所以会广泛受到重视，那是因为好的考试成绩必然会给家长带来深深的满足感。成绩似乎已经是家长倾力付出的一个最为外显的成果因素。当然作为一名除“教师”身份外的家长的面，一度我也十分重视考试成绩。每每在批卷的第一时间，就急切地寻问着、期盼着儿子的考试成绩。当得知成绩出来时，当着全校三十几号批卷老师的面，在一堆试卷中抽出儿子的试卷时，自己甚至会紧张地闭上眼睛。记得有一次儿子的数学考了 98 分，第一时间被这个成绩狠狠地打击了！98 分，也许许多人会说，这是个挺不错的成绩啊！是啊，我承认，可是看到他的同班同学有不少是 100 分时，自己所带班级中也有不少 100 分的时候，说明 98 分的成绩不是最优秀，100 分才是最为优秀，可是自己的儿子显然没有达到那最优秀的标准。

家长们最常做的就是拿孩子成绩互相比较，似乎孩子的成绩代表着自己的成功。所以我们不断地拿孩子当展示品，如：我们会在家里来人时要求孩子表演一下他们所学的特长，弹个琴、唱个歌、甚至背诵几首古诗……我们会觉得孩子的成功或是一点点的小特长，会显示出自己的“教子有方”，我们不过是拿孩子的优秀为自己的成功添加一些砝码罢了。

朱蓉，语文教师，市级教学新秀，区级优秀班主任。

在经历了怎么不是“100”分的打击之后，我认真地看了一下儿子试卷的错题：16后面的两个数是（ ）（ ）。他填得是（15）、（14）。我真是想破脑袋也想不出他为什么会填15、14，于是决定第一时间问问他的想法。

当我找到儿子时，他正和同伴一起浇着教室里的花，看到妈妈的面色不虞，以他的聪明才智，显然是猜到了没什么好事发生。我问他：“你告诉妈妈16后面的两个数应该填几?”他小心翼翼地说：“15、14……”“那16前面呢?”“17、18……”“为什么啊?”“因为，你看，”儿子面朝我站着，用手指怯生生地指着背后说，“我是16，我后面不就是15、14吗?”听着孩子的想法，看着儿子觉得的前后顺序，我忽然释然了。原来，他不是没有认真看题，也不是粗心，他有自己的想法。所以，我赶紧摸摸他的头：“噢，原来你是这么想的啊，嗯，也有道理，可是从数学的角度说，数字就是由小到大排列的，所以一般数的后面，应该是比它大的数，明白了吗?”“嗯，明白了。”“好了，继续浇花去吧。”

不管是100，还是98。对于孩子来说，这只是一个数字，分数可能会反映一定的问题，但家长一定不要人为地赋予这数字本身太多的含义，是我们想太多。无论为人师，还是作为家长，学习之大忌就是对孩子存有这样的“功利之心”。

所以从那以后，无论是拿到班级成绩还是儿子的成绩，我不再只关注成绩，而是一张一张认真翻看孩子们的试卷。无论是学生还是儿子，作为家长也好，老师也罢，最应该分析总结的是试卷背后反映出的孩子们学习上的一定问题。以便有的放矢针对这些问题，帮助孩子们查漏补缺。出现问题解决问题！家长们不要想利用分数给孩子一个教训，企图通过一次次的成绩让孩子“知耻而后勇”！透过一张张试卷，除了问题以外，我们还应该看到的是一个孩子的用心、进步、努力和认真，哪怕可能只有一点点。别总认为孩子脸上的云淡风轻，就代表着内心的波澜不惊！一定记得，没有哪一个孩子不想获得好成绩。只是为之努力的过程中可能会有懈怠，我们要做的就是当他们学习疲倦时给他们助把力，培养良好的学习习惯才是最重要的。除了学习需要良好的习惯，我想说孩子的生活也同样需要我们时时关心，培养良好的生活习惯，是一切行为的基石及保障。

某一周末，我陪着儿子去了某一市内活动的游乐场。人很多，造成人多的原因是陪同一个孩子来的可能是两个及以上的家长。这在中国无可厚非、习以为常。陪考、陪读、陪种种……我们总是习惯于时时把孩子绑在身边，觉得只有“时时监督”，才能及时地替孩子处理他们学习生活中出现的种种问题。认真地观察着游乐场里形形色色却表情一致、行为统一的家长。其中一名拼命追跑在儿子飞速前进的四驱车后的妈妈，这位妈妈不停地喊着：“慢一点！请让一下！对不起。”不断地为因为儿子高速行驶而撞到的路人，碰掉的东西道歉。而儿子却神色木然，竟还有带有着一丝得意。另一边，还有几个撅着屁股、大汗淋漓地为自己的孩子捡着满场的软性子弹的长辈。忙碌异常却换不来自己儿孙的一句感谢。孩子一声高过一声的叫喊着，一句大过一句的埋怨着，抱怨着长辈们捡得太慢……

忽然觉得，也许比起孩子所受的学校教育，这些家长更需要得到培训。作为一名合格的家长，首要学会的是如何给孩子们建立规则，告诉自己的孩子他们应该自己做些什么。在公众场合哪些是可以做，哪些是不能做的。然后放开双手，和孩子保持着距离，及时制止干预孩子的不正确行为。其余的，一定要让孩子自己来做。我们必须让他们自己承受自己行为带来的后果，才能让他们自身得到成长。摔跤不是最可怕的，最可怕的是保护过度，不让孩子摔跤，帮助孩子解决生活中出现的所有问题。我们不可能保护孩子一辈子，当有一天，他们真栽了个大跟头时，失去了家长的保护，就真的再也爬不起来了！过度的关注，或者说包办，得到的结果是孩子能力的丧失。

这不禁让我想到儿子独自参加棒球训练，外出独立生活四十天的经历。

儿子离家第二天，家里一时安静了许多。只有我和他爸两人大眼瞪小眼。本以为，有了外出夏令营等等短期独自外出的经历，这一次我们和儿子都会适应许多。从整理行装到分别拥抱，看着儿子在宿舍内与其他三个孩子开心地打打闹闹，分离的焦虑在我们的共同粉饰下，似乎不再那么明显。回程的途中，安静的晚间，我们都十分平静地做着自己的事情，直到儿子来了电话，匆匆告知我们，教练要求上交电话手表……听到我接起儿子的电话，正在电脑前玩游戏的爱人迅速回过头来，然后为了掩饰什么似的，又迅急地转过头去。电话结尾，我问儿子要不要跟爸爸聊两句，接过电话的爱人，脸上露出会心的微笑，我看得出来，他也十分想念儿子。

第二天早起时，发现天变了，我嘟囔了一句，不知孩子冷不？在许多个小小的瞬间，担心、思念就这样不期而至。他会不会踢被子，有没有吃饱，训练一天有没有认真洗澡，袜子有没有洗干净……昨天夜里，我抱着靠枕上的小猴子，望着黑暗中小猴子那双圆滚滚的眼睛，竟不知不觉流下泪来。与儿子十年的相依相伴，面对分离，原来，更加不适应的是我。忽然意识到，孩子予我最珍贵的，是他们最为长情的陪伴。而这十年中，我予以孩子最珍贵的是培养他独立生活的能力。那天与儿子前前后后进入训练基地的，还有许多十四五岁的翩翩少年。戴着耳机，拖着箱子，何等的潇洒悠闲。不经意地回头嘱咐送行前来的父母:”赶紧回去吧。我自己能行!”然后转头离开，大步流星……那时的洒脱，源于他们强大的自理能力。之前经常看到这样的新闻，某某高校为送读的家长准备了住宿的场所；某高校的博士，因不会套被套，不会做饭，不得已请父母前往照顾……试问家长，你能照顾、陪伴孩子到几时？你为你的孩子培养好了独立生活的能力吗?

正视问题、关注细节、培养良好的生活、学习习惯。在现今社会，“优秀”是个太为复杂的综合体。但只要我们关注点滴细节，正视问题，从培养能力做起。我们一定会为孩子们扬帆起航助力加风!

那双泪盈盈的小眼睛

——胆怯小星的大变化

魏海莉

“老师，老师，我们先来！我们先来！”一帮孩子围着我又蹦又跳地嚷着。这就是第一次在班上表演课本剧时的情景。所有的孩子都以小组为单位提前一周就开始课本剧的演练，得知要在“开心剧场”进行表演时，孩子们更是激动万分。看到这样的情景，我不禁在心里乐开了花——在学校“面向全体学生”的要求下，面对这样一群“人后活跃，人前胆怯”的孩子，在差不多一年的课前精彩两分钟的磨炼下，在这时果然有了起色，最起码他们真的能自己要求加入我们这个小小的“演艺圈”了。

随着浩浩荡荡的队伍，我们一群人一起来到了“开心小剧场”，按照先前报名的顺序进行课本剧《西门豹》的表演。面对台下坐着的四十位同班小伙伴和四位兴趣盎然的任课老师，第一个小组的六位小朋友一边拉拉扯扯，一边羞涩地完成了表演。“还不错！”我心里暗暗笑道，最起码敢站到台前了。第二小组羞答答地开始了，起先，孩子们只是顾着自己表演，眼睛不敢看台下，可是到后来，“演员”的声音却越来越小，我们台下的观众不禁正襟危坐，认真地竖起耳朵听，这才能听出个大概。“勉勉强强算是可以吧！”我心里感叹道，至少我能听到他们的声音。等到第三小组登台，意外的情况出现了——班上个头最小的一个小女孩小星还没上台，就在座位上哭得稀里哗啦，旁边已经上台了的小伙伴又折回来拉她，孩子们一见她这样，也充分发挥起了各自的作用：有前面拉她的，后面推她的，有一旁大声斥责她搅乱秩序的，甚至还有慌忙拿出手纸帮她擦眼泪低声劝慰的……一时间，孩子们就像炸开了的锅，乱作一团。等我把她搂入怀中问清缘由后，不禁一下子笑了——平时连老师的眼睛都

魏海莉，一级教师，兰州市十佳辅导员，教学新秀，兰州市骨干班主任。

不敢正眼看一下的小姑娘遇到今天这样面对大家的场面，她又怎么会不紧张呢？

我拉她坐到我的旁边，问其他的孩子："你们组缺一个演员上场，节目还能演吗？""老师，能，她的角色我能演！"组长确信地说道。"我相信你们能行，去吧！"话音未落，几个小演员已经站到台上开始了。随着课本剧的进行，我手心中那双紧紧攥起的小拳头慢慢松开了，那双泪盈盈的小眼睛也开始往台上瞄了，一双抖得厉害的小腿也慢慢地不抖了。"看，我们表演完了，也没什么难的。"随着一阵热烈的掌声，小组长已经又坐回到了小星身边。"是呀，如果小星能够按照排练时的那样上台表演，你们的节目会更好！"我趁势说道。接下来几个小组的节目依旧波澜不惊，可我仍然报以热烈的掌声。在评价节目质量和个人表现上我已提前知会前来观看的几位老师一再降低标准，这是鼓励孩子们大胆面对镜头的第一步。活动结束后的总结评价我只是挑选每个小组表现较好的方面说，对他们不尽人意的地方闭口不谈。果然，这帮孩子坐不住了，一个个站起来开始说自己在表演节目中的不足之处，就连刚刚哭过鼻子的小星也红着脸小声说："下次，我一定上台！"我抿嘴偷笑，"阳性强化法"果然奏效。

后来，我刻意在体验类课程中创造一些让胆小的孩子们登台的机会——全市的民乐比赛中，我鼓励古筝高手"小星"登台亮相，她大展才华，台下观众频频送上掌声；"十岁成长礼"上，我安排集体性的走秀节目，以确保每个孩子都在大场合"露露脸"，"练练胆"；在"成长礼"上，让小星为武术节目单独配乐；在英语节中，除了主动请缨参加话剧表演的孩子，我推荐小星再次参加，哪怕台词只有两句……就这样，孩子们的表现一次比一次好，表演时也一次比一次自信，就连小星自己都说："老师，在台上我忘了弹一句歌谱，可是我自己又加了一句，你没听出来吧！"她扬起脸，亮晶晶的目光透着无比的自豪，全不见当日那个哭哭啼啼拉不到台上的半点影子。

仅仅一学期，孩子们就有如此大的进步！这时我才发现，在各式各样的活动体验中，孩子们才能找到适合自己的那个角色，才能为了让自己下一次更优秀而不断努力，才能大胆地仰起头说："我能行！"从第一次的瑟瑟发抖到第二次的犹犹豫豫，再到无数次的"试试吧"，这难道不是二小培养"一专多能零缺陷"的孩子的每一步历程吗？看着视频中认真走秀的孩子们，听着录音中小星弹奏的《浏阳河》片段，我莞尔笑了。

花开落地　携手前进

——“小胖手”给我的启示

魏海莉

古代有位禅师在晚上发现院角有一把椅子，心想，肯定是有人翻墙出去玩了。于是，老禅师搬走椅子，蹲在原处等候。没多久，一个小和尚翻墙而入，在黑暗中踩着老禅师的脊背跳进了院子，他落在地上时才发觉踩的不是椅子，而是自己的师父，小和尚顿时惊慌失措。但老禅师并没有厉声责备他，只是平静地说：“夜深了，快去加件衣服吧！”小和尚感激涕零，回去后将此事告诉了其他师兄弟，从此以后，再也没人翻墙出去闲逛了。

教育者，非为以往，非为现在，而专为将来。

我身边有这样一个有趣的孩子，常常会在班上冒出无数个“金点子”来进行实践，也会在不知名的情况下悄悄趴上同桌的肩头吓他一跳，同学们饱尝其苦。今天不是这个同学的吸管被他拿去做实验了，就是那个同学的尺子被“征用”当杠杆了，我戏称他为“发明家”，而他对这称呼，倒也挺乐意接受。直到这一天——

这天中午午餐过后，作为值日生，他一会儿扫地，一会儿擦桌子，值日搞得热火朝天。不知是谁大声喊了一句：“老师，你看他，这哪儿是在搞卫生？这简直就是在捣乱嘛！”我抬头一看——教室简直“惨不忍睹”：他一手拿抹布一手拿扫帚，桌子摆正一个踢斜一张，左手边的垃圾一扬手就能让它飞到最右边……凡是他所到之处，教室里一片狼藉。看着他那不知所措的一脸无辜，我火冒三丈，正要好好“收拾”他一顿时，目光却扫过那个闪亮的洗手台，硬生生把要吼出来的话改成了：“看，扫地不是他的强项，这双发明家的手擦的洗手台多干净呀！”话音还没落，这孩子一下子转悲为喜：“老师，我还能把垃

魏海莉，一级教师，兰州市十佳辅导员，教学新秀，兰州市骨干班主任。

圾桶盖擦干净呢！不信，你看！”他开始使劲擦起垃圾桶盖来。不出两分钟，一个崭新的垃圾桶盖出现在我面前，“哇，这还是垃圾桶盖吗？这明明就是一面镜子嘛！”孩子们闻讯呼啦一下子围拢过来，七嘴八舌地夸赞起来。他的脸居然红了！在那张红扑扑笑脸的映衬下，我终于发现他身上那块闪亮亮的金子是什么了——就是那双朴实、勤劳的小手呀！从这天起，我们班能用抹布擦的地方似乎都成了他的专有属地：从墙面到门、从窗台到垃圾桶，甚至连教室外的墙壁他都会一寸一寸地认真擦拭。我从来没有见他如此专心地做一件事，也从来没有见过他如此认真地对待过一件事。

瞧，爱和责任、认真与担当就在孩子们的心里，我能做的，就是用我的语言和行为唤醒它，帮助孩子做最好的那个自己。

教师与父母的爱有一个共同点就是以分离为前提的，心理学家班杜拉认为，除了结果期望外，重要的是孩子的自我效能感的发展与提高。正是因为一个垃圾桶盖，他的效能期望被成功激活，才爆发出了他所有的能量。我很庆幸，那天我认真地欣赏了他给我们的作品，因此，我也常常告诫自己，努力去发现每个孩子身上的闪光点，激起孩子们的效能期望。——这，是那双“小巧手”告诉我的最真切的道理。

一个中午经过连廊，小锟慌慌张张地跑过来说：“魏老师，不好了，小泽拉肚子了！”还没等我说话，他已经跑进卫生间了。我一愣，很想进去看看到底是怎么回事，又觉得进男卫生间不妥。于是，我对着卫生间门口又探出头来的小脑袋问道：“他是不是拉到裤子上了？”见此，小锟从容地安慰我说：“魏老师，您别着急，裤子上的我已经帮他擦干净了……”看着那双刚刚处理了污垢的“小手”，我竟不知道说什么才好……

等我们回到教室时，没有一个孩子发出笑声，更没有人问起中午的事，甚至没有一个孩子多看他几眼……这样的状况，让我始料未及，小泽也是。帮他擦了裤子的小锟只是拍了拍他的肩膀。原以为的哄堂大笑并没有发生，有的是孩子们彼此间的积极理解与正面回应，原来我这样做了，孩子们也就这样做了，我用双手接纳他们，他们就会张开双臂接受更多的人。

不久后的一天中午，午餐盒中有大虾，那可是孩子们的最爱呀！一下子，教室里沸腾了起来。正当大家都为美味的午餐而啧啧称赞时，一位胖乎乎的同学站起来大声问：“老师，您爱吃虾吗？您能不能把您的虾给我呀？”一下子，我愣神了，因为这孩子从来没有在大家面前露过脸，可为了这美味的大虾，显然是拼了呀！望着他那滑稽的小眼睛，我开始逗他：“我爱吃大虾，我的也不够，这该怎么办呢?”这下轮到他愣神了。我暗暗偷笑，看他怎么下台。正要张口吃饭时，一只提着虾须的小胖手出现在了我的面前，“老师，其实我不爱吃虾，给您吃吧!”还没等我回过神来，许多只虾被很多双小手送进了我的餐盒，望着堆成小山似的红彤彤的餐盒，我一时语塞，竟不知说什么才好。我看到的不仅仅是一双双小手，而是孩子们的成长、善良、互助、友爱；留在我心里的是放心松开的手，是相信他们能走向远方的信心……这一天的虾，带给孩子们的是成长，是关心，是善良；而带给我的更多是羞愧，是感动，是温暖……

这天，孩子们说，“老师，谢谢您，是您让我们懂得了分享。”晚上，很多家长发来信息说，“老师，谢谢您，是您让孩子懂得了爱，懂得了分享!”我不禁泪湿了眼眶，我想说——谢谢，我的孩子们，是你们让我明白了懂得唤醒就会铸就成长，在爱的路上，让我们“携手前进”。

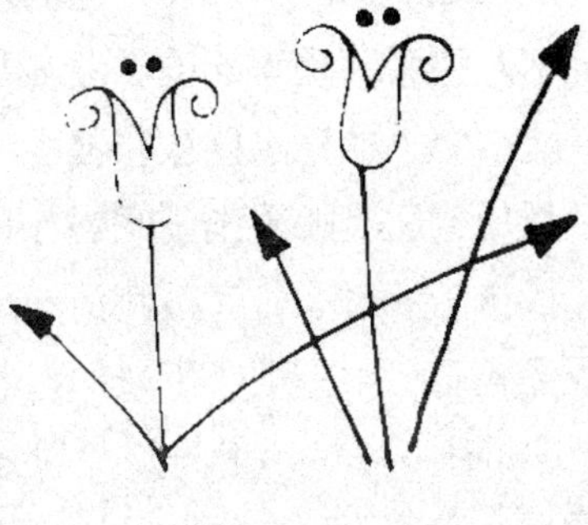

成长在左　陪伴在右

李玉瑾

“有什么样的父母就有什么样的孩子”这样的名言警句时刻提醒着我们父母对孩子的重要性。所以，大多数人想当然地认为老师的孩子一定很优秀，高级知识分子的孩子也一定很出色。其实不然。

我们班的小文就是一个例外，她出生在一个高级知识分子家庭，妈妈是心理学博士、专业儿童心理问题咨询师，父亲是某军队高官。正如大多数人会想到的那样，孩子的确有过人之处，她是一个很有想法的小女孩，总像个“小大人”，会说出一些超出这个年龄范围的话，写出的作文也颇有深意，让人很是赞赏，尽管如此，这个孩子却存在一个很大的问题，就是喜欢撒谎。

作业没有按时完成便谎称作业本找不到了；不想参加课间操就谎称自己肚子疼；学校不允许学生带零食，当所有同学都告状她带了零食时，她矢口否认；告诉同学学校图书管理员是她妈妈的朋友，她的爸爸是大学校长……这样的谎言很多很多，因为她喜欢说谎，班里的同学渐渐开始疏远她，而她自己也越来越自卑，学习一落千丈，个人的物品摆放和卫生状况也是一团糟。

这样的状况让我不禁反思到底是哪里出了问题，是学校教育不恰当？还是家庭教育有问题？我曾经找孩子谈过心，旁敲侧击地想问问她为什么撒谎，爸爸是军区的高官，这在很多人心目中是很了不起的，为什么非要说自己的爸爸是大学校长？她只是用无辜的眼神看着我，一句话都不愿意说，当我再三追问时，她就开始委屈地掉眼泪，我便不忍心再继续问下去。

私下我和孩子的妈妈进行了沟通，我向她说明了孩子的情况，她的妈妈告诉我，因为她工作比较忙常常出差，而孩子的爸爸也因为工作需要长期驻外工作，一年最多回家两三次，孩子的生活起居大多由姥姥照看和管理。孩子撒谎

李玉瑾，语文教师。

的现象她早已察觉，家长也一直在纠正和教育孩子这是很不好的行为，但是收效甚微。

这又使我不得不去思考谎言的背后到底是什么。经过查阅资料，我了解到孩子说谎主要有五个原因：逃避惩罚、模仿大人、获得关注、表示对抗和不明事理，其中不明事理是针对三岁之前的孩子，而小文的父母也不存在说谎的问题，孩子没有模仿的对象，所以这两个原因可以排除在外。至于表示对抗，我想这个年龄段的孩子或多或少是有一些逆反心理，但小文撒谎的主要原因就是逃避惩罚和获得关注。孩子的姥姥是退休老教师，对孩子平时要求非常严，孩子总是担心作业不完成或者考不好会受到姥姥责罚；另外，因为孩子的父母经常不在她的身边，孩子内心接收不到关注，所以就将这种关注转嫁到同学身上，撒一些会引起同伴兴趣的谎来引起注意和关注，使自己的内心达到平衡。久而久之，撒谎就养成了习惯。鉴于上述几种原因，我和孩子的妈妈又进行了沟通，作为儿童心理问题专家，孩子的妈妈很赞同我的说法。于是我们达成共识：当孩子再出现撒谎的情况时不惩罚她，但是要说明说谎的利害关系，此外，父母也要抽时间多了解孩子的想法，让孩子感受到父母对她的关爱与注意，从而改正撒谎的习惯。

经过一段时间的观察和鼓励，孩子的撒谎现象有了好转。当然，要改正她身上所有的问题还需要老师和家长的不断努力，任重而道远。回过头来，我才发现，家长的文化程度和知识水平真的说明不了什么，陪伴才是最长情的告白，父母其实给不了孩子属于他的未来，他有自己的人生，能做的只是努力守护孩子能够得到的当下的快乐和幸福，不焦虑、不盲从，不攀比，和孩子一起慢慢体味相伴时的每一道风景，每一种心情。

沐爱而行　爱育精彩

——记北京第二实验小学兰州分校党委书记洪海鹰

董永梅

她是省级特级教师，她是陇原名师，她是育人的楷模，她是市级领军人才。秉承“以爱育爱”教育理念，她带领着自己的团队沐爱而行，谱写了一个又一个精彩的华章，她就是北京第二实验小学兰州分校校长、党委书记洪海鹰！

只为遇见更好的自己

爱于心，践于行。洪校长“大”处着眼，“小”处着手，做实做细每一件小事，在严实间书写大写的爱。每一位初入二小的家人，都会收到洪校长代表班子成员赠送的一份特殊礼物——李烈校长的专著《给生命涂上爱的底色》和她自己的著作《从心开始的教》《出发了，就一直往前走》。其中《给生命涂上爱的底色》更是洪校长床前案头必备的书籍之一。她总是利用一切机会给老师们讲述与李校长在一起的点点滴滴，分享她读书的心得。有时候，她还带着大家一起读这本书。老师们在与校长面对面的碰撞与交流中，积累了爱的情感，催发了爱的行为，提升了爱的能力和智慧！在理念入脑的同时，洪校长充分借助北京第二实验小学集团校的优势，通过总校联校培训活动，分批组织教师远赴北京，在实验二小这本立体的大书中亲身感受“以爱育爱”教育理念的魅力，领悟、感知二小人那流在血液里，融进骨子里的精气神！与此同时，作为陇原名师，洪校长还通过学校博雅讲坛和儒雅论坛，通过云平台和学校充电基站等，源源不断地向老师们输送、分享自己感悟！

理念不仅要入脑入心，更重要的是要入行！天下大事必作于细，理念的落实最终必定是一个个具体细小的行动。在工作中，洪校长经常告诫我们，眼中、心中要有学生，我们所做的一切，其出发点和归宿都是为了学生，我们要

董永梅，语文教师，市级教学新秀，市级骨干教师，区级名师。

有为孩子 40 岁负责的担当！从报告厅座位的编排到楼梯拐角的海绵护角；从以学定教、以学评教的课堂到以参与求体验，以创新求发展节会活动；从幸福沙漏——学生爱慧课程到智慧银杏——爱慧教师课程体系搭建；从 2：2：1：5 的过程性学业评价和“10+N+3”德育评价体系的逐步完善到五级四段教师专业成长体系构建……整个学校，从地面到墙面，从楼宇外观的设计到内部空间规划，洪校长总是亲力亲为。如果说北京第二实验小学兰州分校是一本立体的会说话的书，那么漫步期间，每一个二小的人都能看到洪校长的细心与用心，感受到洪校长的大气与智慧！在洪校长的带领下，老师们在奉献自己智慧和力量的同时，收获了成功的幸福；收获了发展的喜悦；收获了生命的价值；收获了生活的快乐；正努力实现着生命的价值和职业的价值完美统一！在这期间，我们在不断地对比，我们有横向的对比，但更多的时候，我们更善于从纵向来比。在“以爱育爱”理念的引领下，每一天，我们都期待与更好的自己相遇；每一次，我们都想做最好的自己！

容错化错，变事故为故事

法国哲学家伏尔泰曾说过：“我不赞成你说的，但我支持你表达你的观点的权利。”这句话显示出对“错误”保持一种异乎寻常的宽容。一所学校是否成熟，一种教育能否成功，关键不在于尽一切可能杜绝学生“犯错误”，而在于能够及时发现“犯错”之处，并有效利用其作为教育的契机。那种只靠严格管理来杜绝学生犯错误，其实就是学校教育不自信的表现。教育者应当用科学的、符合教育规律的眼光来看待学生的“错误”，爱他，就给他出错的权利！

记得 2016 年 11 月，甘肃省义务教育均衡发展现场会在我们学校召开。那一天，来自全省的 300 多名校长和老师在洪校长的带领下实地参观了学校的教育教学，应会务组要求，学校开放了所有的功能室。而这，被用完午餐到科技长廊溜达的小豆包们发现了，于是，他们呼朋唤友，不到一分钟，整个机器人教室便人头攒动。小豆包们在里面大玩特玩，能扔的扔，能拼的拼，能卸的卸，实在卸不了的就掰……搭建的场地被弄得面目全非，大件的东西被拆得七零八落，小件的东西被孩子们随手拿走了，教室里一片狼藉！负责管理的老师哭了，这些宝贝可都是学校新购置的，这些场地可都是我们的老师加班加点，整整干了三个月才搭建起来的。结果还未投入使用，就已遭到破坏，那场景，无论谁看到都会禁不住生气，不由得心疼！有的老师在群里竭力声讨，认为学生在没有经过老师允许的情况下，善闯机器人教室就是错误的，在机器人教室搞破坏更是错上加错，必须予以一定的惩戒。有的老师会同校安办调取监控，力图揪出肇事者，进行严肃处理！也有的老师认为这是天性使然，在孩子的世界里，他们闯进机器人教室是好奇心的驱使，在孩子的眼中他们只是到里面玩了玩，如果说破坏，那也是无意的……在众说纷纭，各执一词的境况下，我们在群里看到了此时还在教育局陪同领导的洪校长发来的一条信息：

亲爱的各位家人：刚刚才知道发生的一切。我建议大家生气之后先冷静下来，不要着急声讨，也不要急着推卸责任。先调监控看看是哪些孩子进了机器人教室，然后找这些孩子问问他们为什么要这样做？最后再确定解决问题的方法。

看到这条消息，我和我的小伙伴们都哑然了，我的目光久久地在这几行文字间游弋，我真的有点闷，有点茫然，我像是置身于浓浓的雾霾之中……

没过多久，我们又收到了洪校长的第二条信息：

亲爱的家人：今天发生这样的事情，我为负责管理的老师感到伤心，也为孩子们的行为感到生气。但问题已经发生了，一味地指责解决不了问题。我们常说出现问题不怕，重要的是要学会智慧地解决问题。作为教育者，我们是不是可以将其作为教育资源，多角度思考，想想我们有没有做得不够好的地方？问问孩子们进入教室时是怎么想的？出现问题时我们应该以怎样的态度解决呢……

看到这条消息后，原本安静的群又一次热闹起来，但少了埋怨，少了愤怒，更多的是冷静后理性的分析。孩子们为什么这样做？闯了祸之后该怎么办？怎样做才能避免类似的破坏性事件不再发生……后来，洪校长语重心长地对我们说，作为教师的我们是影响学生成长的重要他人，我们要把自己的心血、才智、温柔、激情凝聚在一起，化作对每一位学生的爱。我们践行爱的教育，就要学会换位思考：我们要站在孩子的左边理解他；要站在孩子的前面引导他；要站在家长的右边同成长；要牵手同伴一起践行爱！

洪校长抓住教育契机，优化教育行动，把事故化为教师深入领会办学理念的资源，化作培养孩子责任担当意识的资源，化为提高教育管理者管理能力的资源，在容错化错中，事故悄然变成了我们二小人津津乐道的故事。

不忘初心，努力前行。洪校长经常说坚持是爱，改变更是爱！作为师长，洪校长以一颗仁慈之心善待每一个孩子；作为践行爱的教育的排头兵，洪校长以智慧之眼努力为每一位教师搭建适合平台，在一个又一个故事中温暖了他人，点亮了我们心中的爱！

不忘初心　强基固本

董永梅

开学一本书，期末一张卷。日子犹如翻动的书页，在时间的溪流里静悄悄地流逝。我不禁掩卷叹息，叹息里有迷茫，有彷徨，更有不甘！二十年的扪心叩问中，我听到了来自灵魂深处的一声呐喊！

——题记

不忘初心，方得始终

在回答教育的初心是什么这个问题之前，我觉得作为教育人，我们首先一定要弄明白作为学习者，他学习的初心是什么。也许答案会是十人千面，千种思绪，千般心经，万重变幻。但通过层层剥笋，擘肌探理，其目的无外乎就是让生活更美好！这让我不由得想起陶行知先生的一句话：生活即教育，人生需要什么样的生活，就受什么样的教育！学习者需要美好生活，教育者就进行美好生活的教育。

怎样才能过上美好的生活？北京第二实验小学校长芦咏莉这样说："一副健壮的身体，一颗发大的头脑，一个胸怀家国天下的梦想。"为此，芦校长将体育作为第一学科，在校内积极推行"零点体育"，惠及每个孩子；把思维品质作为第一目标，渗透在每个学科。作为实验二小的一所分校，在现实的教育教学中，我们也在努力尝试和践行，但总觉得缺了点什么，这一切作用在学生身上时，我们为什么感受不到那种发自生命的力量呢？后来，上高中的女儿有一次回家，兴奋地对我说："妈妈，我忽然发现学习真的很有用……"女儿边说边咂吧着嘴，两眼晶亮晶亮的。当时的我被女儿的话猛地震了一下，但这种感觉转瞬即逝。直到后来，我再次读了英国教育家阿尔弗雷德·诺斯·怀特海著作《教育的目的》这本书后，我才恍然大悟，我终于明白问题的根源都在我们

董永梅，语文教师，市级教学新秀，市级骨干教师，区级名师。

教育者的身上！

也许是在应试教育的这条路上，我们走得太久了，惯性使得我们都有点木讷了。从开学的第一课，我们便情不自禁地带着学生向期末的那张试卷奋勇拼杀，唯恐落后；在学习的历程中，堂而皇之地为学生树了一个又一个所谓的里程碑，与学生一道狂奔。来不及观赏者沿途的风景，来不及倾听彼此的心跳，来不及品味学习的乐趣，更是来不及自我思索。将学习与生活人为地割裂，在忙碌与焦躁中，丢失了个性，迷失了自我，忘记了自己的初心！

不忘初心，以终为始，始终如一。正如怀特海先生所言，教育是艺术，是教人们掌握怎样运用知识的艺术。最好的教育就是要让学生利用最简单的工具获得最丰富的信息。教育就是让学生去深刻体会知识的伟大力量、知识的迷人魅力、知识的基本条理，以及让学生掌握某种专业知识，并让学生将其应用到自己的生活之中！教育会让我们更强，会让我们的生活更美好！

强基固本　教学合一

当下，在学校听课时，我们经常会看到这样一种现象：低年级学生在老师提问之后，孩子们小手如林，发言积极踊跃，可随着年级的升高，举手发言的同学越来越少，就到了高年级，就寥寥无几了。寻根问底，原因林林总总，其中作为教育者我们是难辞其咎的，到底是哪里出了问题？2018 年 11 月 13 日——2018 年 11 月 16 日，我们五六年级的同学与 8 位带队老师一起走进位于兰州新区的中小学综合实践基地，在四天三夜的半军事化综合体验活动中，我找到了答案！

基地的课程，与其说是课，还不如说活动更合适。同学们在进教室的那一刻，就被老师分成了小组。学生没有书本，老师也没有，桌子或地上放着要用到的工具。老师通过 PPT 创设一个情景，提出任务和注意事项后，就放手让以小组为单位去自己研究发现。起初，我真的觉得特别无聊无趣，因为有时候很简单的一个问题，一个让我来教 30 分钟能搞明白的问题，他们竟然要花费 3 个小时或更多的时间，在我看来纯粹是浪费时间！可是当我看到同一小组的孩子或热烈讨论，或分工协作的认真劲儿；当我听到孩子们奇思妙想的精彩分享时，我咋舌了，震惊了，这位老师用他有限的帮助，让孩子们实现了无限的可能！让我真正领略了陶行知先生教学合一、知行合一的思想魅力！

反观当下的教学，我们更多的是教，比起过程，我们更注重结果，这种注入式的短平快教学，久而久之使得学生形成了惰性思维——只是通过大脑去接受某些观点，而不去应用、验证或与其他新事物有机地融合起来，思维呆滞，教育丧失了鲜活的生命力。殊不知教育是慢的艺术，欲速则不达。

强基固本，教学做合一。记得陶行知先生曾说，先生的责任不在教，而在于教学生学。对于一个问题，不是要让先生拿现成的解决方法来传授学生，而是要把解决方法如何找出来的程序安排停当，指导学生用最短的时间，经过相类似的经验，自己找出方法，并且能举一反三，触类旁通。学生需要什么，先生就教什么，事情怎样做，就怎样学，怎样学，就怎样教，教的方法要依据学生学的方法，学的方法要依据做的方法，这样的教才叫真教，这样的学才叫真学。

行是知之始，知是行之成。在教育的征程中，劳力不劳心，把知识化成技能，会成为一名教书匠；劳力上劳心，用技能产生知识，会成就一名教育家，我想说，真正的教育是从心开始的！

压力是成功的砺石

侯志儒

赛场上，竞赛项目如火如荼地进行着，而在赛场的一角，几名三五年级的学生却非常冷静得宛如专业运动员一样在那里压腿，难道他们的运动年龄已经有很长时间了吗?

其实不是，他们的训练时间不过短短的几个月而已，甚至在两天前他们都不知道如何正确地去进行赛前的热身，到这里有人就会问我，那为啥他们会看起来这么专业？我觉得，是压力改变了他们。在学校内，他们是各个年级的佼佼者，是某一项目“王者”般的存在，可在这个12岁以下都可参加比赛的赛场上，他们无论从年龄、还是参加训练的时间上来说，他们却没有任何一方面的优势，毕竟他们的平均年龄不到10岁，所以他们光是在检录时就能从其他运动员的身高上感受到压力所在。

但我却可以骄傲地说，只有在第一天孩子们的热身是在我的监督和指导之下完成的。从第二天开始，孩子们已经可以像模像样地进行赛前热身。虽然有一些想不到或者忘记的地方，但至少每个孩子都已经“专业”了起来。可你们不知道是，在第一天孩子们的热身就是嬉笑打闹，而运动员在比赛之前是不能大声说话的，因为说话其实是很费体力和精力的一件事情。虽然我在平时强调过，但孩子们依旧激动地在哪里说个不停，毕竟这是他们第一次参加学校以外的田径比赛，一切对于他们来说都是新奇的。所以第一天的比赛结果可想而知，可以说就连平时训练时的成绩都没有达到。而我并没有立即对他们开启“说教模式”，从校内的“王者”，到现在这种成绩可以说心理上的落差足以让他们感受到巨大的压力。我如果再对他们进行训斥，他们无疑会更加沮丧甚至丧失信心，更甚者可能会失去对田径项目的兴趣。于是在赛后由我说变成让他

侯志儒,体育教师,区级优秀教练员,承担县区级优秀展示课。

们自己总结，几乎所有的孩子都说到今天热身打闹这个问题，以及种种小细节上的问题。这就是我想要的。说白了我是要让孩子们自己去思考、去总结自己的不足之处，通过这样的方式总结一些共性的问题后，再由我来说如何改进，进而调动起他们“不服输”因子，得到的效果会事半功倍，就好比我们常说的将压力转化为动力。其实压力呢就像是一把双刃剑，它可以成就一个人，同样也可以摧毁一个人，所以只要通过正确的引导，压力便可转化为动力，促使孩子们进步。

果然在第二天，孩子们都知道了如何去热身，即便要交流也是很简短的，不懂的地方不再是一带而过，而是过来询问我，就这样便有了第三天的结果。甚至有位三年级的孩子在小组赛获得了第三名的好成绩，要知道就算同组实力弱，这个成绩也惊为天人！其余孩子也赛出了最高水平甚至超长发挥。在接力比赛阶段他们的流畅程度是全场最佳！所有的交接棒都是在高速状态下进行的，十分“流畅”！要知道这可是我在接力比赛的前一天才教授的新知识，而孩子们的完成度可以说是超乎我的预期，所以不得不说孩子们的成长真的就在转瞬之间。

对于孩子们来说压力并不可怕，可怕的是没有正确地去引导和利用。可以说压力就是孩子们成长中必不可少的一环，迎着它“奔跑”，孩子们的未来将会无限闪耀！

让爱成为童心停靠的港湾

岳　媛

爱有千千万万，作为老师，爱是什么？爱是一种情怀、一缕阳光、一份责任！正是带着这份爱的激情，我站在了三尺讲台，信心满满去实施我的梦想。然而，当我以满腔热情面对孩子们时，发现并不是想象中的那么容易，工作中的不同角色常常让我疲于应对……

上课时，面对调皮捣蛋的孩子，我是老师；课间休息时，面对发生纠纷的孩子，我是法官；自由活动时，面对不小心受伤的孩子，我是医生；就连放学后，面对不能及时回家的孩子，我又变成了保镖……不同角色的扮演与频繁转换，让我对自己的工作产生了疲倦，一个个疑问涌上心头，我工作的方向在哪里，工作的意义在哪里，我该如何做？

当我一头雾水时，一件事让我陷入了更深的反思中。因工作的需要，我接手了一个新班，班上整体比较散漫，孩子比较淘气。前几个星期，孩子们表现不好，我觉得自己的工作没有一点进展，心情很烦躁很糟糕。只要看见哪个孩子稍微表现不好，我就会像个点燃的炸弹一样，对其进行严厉的批评。那段时间，明显感觉班上的孩子们也沉默了许多。可是有一天，班上一位孩子给我写的小纸条，让我感触良多。孩子说"岳老师，对不起，让你生气了，辛苦了！我会表现好的，我爱你！我希望你能继续当我们班的老师"，看了这两句话，我突然觉得十分汗颜。明明是自己态度急躁，明明是自己的心态不静，明明是自己精神疲倦，明明是……与他们无关，但可爱的孩子却没有任何不满，反而站在我的立场，用童真的话语安慰鼓励着我……

想到这些，我不禁茅塞顿开。也不由得反思起来，"假如我是孩子，我需要什么样的老师？我该怎么做？我该怎么表达呢？"

岳媛，英语教师，市级骨干教师。

假如我是孩子，我多么希望老师像妈妈一样对我，把顽皮和撒娇自然地理解为天真与可爱。要知道，您用额头碰碰我，用手摸摸我的脑袋，我会特别开心，我就知道您是爱我的！

假如我是孩子，我多么希望老师给我慈善的笑容，用柔情的目光看着我，用和蔼的语调对待我。我虽然不善表达，但我会用我的方式告诉您，我需要您的拥抱！

假如我是孩子，我多么希望老师和我游戏，一起聊天，一起学习，困难的时候能给予我有力的帮助和指导，失败的时候能为我鼓劲加油，幸福的时候你与我们一起欢笑，陪着我们长大。

假如我是孩子，我希望老师不偏心，能够关爱、关注每个学生和每个班级。

假如我是孩子，我多么希望老师不要放弃我，虽然我不断地犯错，但您的宽容和理解会让我勇于面对，您的关怀和爱护会让我的成长充满希望！

假如我是孩子，我希望我的老师严而有度，风趣幽默。不喜欢课堂枯燥乏味、要学生死记硬背的老师。在学生感到疲劳时就会用风趣幽默的语言逗学生快活，让学生乐学。这样的老师特别善于激发学生的兴趣和热情，调动学生学习的积极性，学得轻松愉快而且效率高。让我们在活泼生动的课堂上轻松掌握知识、提升自己。

反思之后，我懂得了我们的爱大于友爱，高于母爱；这种爱不仅是激活儿童健康成长的催化剂，更是打开儿童封闭心灵的金钥匙；这种爱不仅是教育工作不可或缺的组成部分，更是教育事业发展的桥梁和纽带。

我彻底明白了，面对这群纯真的孩子，我们不仅需要细心、耐心、责任心，更要有一颗温暖而朴实、平凡而崇高的大爱之心！要多份童心，喜学生之所喜，忧学生之所忧，以博大的胸怀，用真爱的情感，让宽容的力量感化孩子。每个孩子都有自己心灵上的“闪光点”，只要我们能用心呵护，细雨滋润，播撒爱的阳光，在这个爱生学校的大家庭里，孩子们感受到的是幸福、是快乐、是爱！教室里，我们可以看到孩子们渴求知识的眼神；阅读室里，我们可以看到孩子们徜徉书海的自由；操场上，我们可以看到孩子们自由奔跑的身影；艺术节上，我们可以看到孩子们精彩纷呈的表演……在爱的阳光里，孩子们会开出七彩的花。

我会一直努力，做学生喜欢的老师，用爱去点亮儿童的心灯，用爱来营造童心停靠的温馨港湾！

弹性预设　顺学而导

王婷婷

有位教育家说过“教学的艺术全在于如何恰当地提出问题和巧妙地引导学生作答”，确实，教学的全部秘密就在于老师精心设问，巧妙启发，从而达到孔子提倡的“循循善诱”的美好境界。

而“教师很流畅，学生很惆怅，听者很迷茫”恰巧就是我刚上课时的一个状态。在上《富饶的西沙群岛》一课时，尤其当聚焦课文第二段“西沙群岛一带海水五光十色，瑰丽无比：有深蓝的、淡青的……”我先问学生：“读完这一段，你们有什么发现?”目的是通过读引导学生发现本段的“总一分”段式特点，但当我的一个问题问下去，并非“一石激起千层浪”，而是从始至终貌似都是“一石扔在水泥上”，学生启而不发，整节课没有一点温度。

究其原因，学生启而不发“病”在教师，因为在备课过程中一直是站在我的角度去做预设，以我的眼光去设定它，包括问题的设定，而对于孩子会想什么和怎么顺学而导似乎从未静下心来细细考量过，因而整节课，一直灌输的是“我教你学”的策略。因为预设角度的不合理和没有给他们答疑问难的机会，对于孩子在这节课的起点一无所知，再加上新教师过于注重课堂教学设计的流利、完整呈现。所以问题设置要么直指答案，要么过于宏观，想要学生一语中的。为什么没人举手发言？或许很大一部分原因是我自身没有基于学情精心备课，再有就是不会利用课堂上的教育契机，学会大问题分解为若干小问题，做到顺学而导。

而且我刚开始上课时，眼里只有“剧本”和“台词”，过度地“装修”自己，将自己作为课堂的“主角”，将学生推至“配角”地位。所以在课堂上所提的问题，布置的任务只面向少部分学生，仅是借助一部分优等生的参与来推

王婷婷，语文教师。

进教学流程，烘托课堂气氛，完成本节课的教学设计，大部分学生没有反应的时间，所以“启而不发”自然而然。

教学是一个弹性预设的过程，张弛要把握度。在兼顾教学设计的同时，更要走实每一个要走的环节，因为我们所有的“教”，目的是让学生“习得”。教学设计中呈现的仅是一个“做什么”的思路，但具体“怎么做”，肯定不是教师的想当然，而应是顺学而导。教学设计仅是一个大方向，教师需要做的是在大方向的主导下，将它进一步化为一个个小问题去支撑，进行板块教学。而这个支架可以是小问题、小提示，也可以是学生间的补充或者质疑。还有，问题的设置要遵循学生的学习规律，应当以中等学情为主，多角度地做充分预设，如果程度好的孩子一语中的，当然也不能就此止步，要引导其他孩子在他的基础上再补充，善于利用学生间的互动，做到关注全体。然后在不同学生的关注点上采用不同的方式来渗透教学目标，让一个变量为另外一个变量去服务，试着让“共变”来达到一节课所要的“质变”。做到适时地进，勇敢地退。

每个孩子都是待琢的璞玉，未开的花蕾，只有拥有精湛的雕刻手法和细心耐心的园丁精神，才能对一个个鲜活的生命负责。身为教者，就应该时常处于不同的维度，站在不同的角度，用合适的态度，给他温度，真正地让爱的教育“落地生根”。

用心去改变

裴 茹

改变！在我们教师的心中这是个一直存在，也必须永远存在的问题。因为我们所面对孩子们的多变性、多样性甚至社会的变革，时代的变迁都需要我们教师有着与时俱进改变的能力。

还记得开学之初我担任一年级5个班的美术课的教学任务，由于之前的教学经历一直面对的是高中生，所以刚一开始并不适应。学情的不同迫使我从教学方法、教学思维甚至授课语言、教态等多方面都进行了刷新。不仅如此，北京第二实验小学“以爱育爱”教育理念的全渗透让教龄7年的我初入课堂竟有一种初出茅庐，脱胎换骨之感。随着时间的推移，我课堂上的问题就逐步凸显出来。例如，低年段学生对于我的某些语言理解不了；教育理念的理解不到位致使在教育教学过程中不会爱，不懂得如何爱学生；不知该如何去培养学生的思维能力；缺乏与小学生交流、沟通的技巧；课堂节奏得不到有效把控。在出现了这一系列问题之后我便深度思考，并通过多渠道的各项活动、各种论坛、多种讲座汲取教育教学理论知识，并将它们内化于心。而教学却不能仅限于此，所以在不断的学习之后就是探索实践的过程，对于孩子们课堂上出现的问题我进行了逐一分析，并将内化于心的知识、理论进行了外化于行的实践研究。当然在这之前制定解决问题的策略是相当重要的。根据学生当时的情况我及时调整了教学策略，做出了从心开始的改变……

第一，从学生兴趣出发在不改变课程标准的前提下进行教材的重组和深度挖掘。努力在每一节美术课上找到能引起学生兴趣的点，并且在这个基础上将绝对的自由交给孩子们。在我校“双主体育人”的理念引领下勇敢的退出来，将课堂交还给孩子们。这样孩子们便能用探索性的学习精神来汲取知识。课堂

裴茹，美术教师，市级教学新秀，承担国家教育部优质课。

上不是单纯的教与学而是变成了教师和学生的共同研究，共同成长，这样的课堂更加鲜活，更加富有生气。

第二，想要更好地开展教育教学必先获得孩子们发自心底的尊重和认可。现如今，随着科技发展，多种媒体形式渗入进我们的生活，孩子们获取知识的渠道也日渐增多，思维力和感知力都较以往有所提升。在课堂上与孩子们的思维找到共通点是非常必要且重要的。由于美术课专业性较强必须在学科上对孩子们有所触动，所以，专业性的提升对于学科而言至关重要，而教师学科能力的提升也是其在教学活动中赢得孩子们尊重和信赖的重要基石。

第三，教师与学生之间的对话是无时无刻的，这样毫无芥蒂的沟通与交流才能更好地让教学不断提升，从而开拓学生的思维，发展他们研究学习的能力，提高学生的核心素养。虽然从我要教什么到孩子们要学什么的转变并非一朝一夕，但是学生的求知欲却是随时随地存在的，在我认为当孩子们思维迸发的时候与他们及时沟通、交流、真诚对话才是一名二小老师该有的模样。这种学习形式才是最自然也最高效的。

还记得有一段话让我印象深刻："假若你是一名医生，拿着手术刀诚恳地告诉病人：我非常愿意帮助您，尽管没什么经验，但我充满爱心！并且有着丰富的理论知识，来吧，相信我！那我相信那位病人一定从手术台上跳下来就逃走了。"虽然不能把孩子当作病人但我认为道理却是相通的。当这些付诸实践后我的教育教学真的发生了巨大的改变。

一直以来，在我的心中"教师"其实是个动词。为什么呢？因为我们不会永远面对同样的一群孩子，并且不会永远面对孩子的同一个阶段。孩子在改变，我们也需要不断地去探索、去实践、去改变，这样才能够跟得上孩子们成长的步伐，作为陪伴在他们左右的重要他人！

播撒爱的种子　收获爱的果实

——记跟岗学习期间的一件事情

刘玲玲

爱在左，情在右，走在生命的两旁，随时播种，随时开花，将这一径长途点缀得香花弥漫，使穿枝拂叶的人，踏着荆棘，不觉得痛苦；有泪可落，却不是悲凉。

——冰心

这一学期的跟岗学习已经告一段落，回想期间的点点滴滴，何尝不是一种成长经历呢？从刚开始的迷茫，到后来的坚定，中间为我搭桥的是学校给予的平台、各位前辈给我的指导以及同事们之间的相互帮助和鼓励。期间发生的一件事情每每想起来都会使我心头一热……

四年级四班有一位小男孩儿，他引起我的注意是有一次在师父班听课的时候，师父布置了几道题让孩子们在练习本上完成，我在看他们做题情况，当我走到这位同学跟前时，我发现他不但做题速度特别慢，而且在画横线的时候不用尺子（当时正在学习笔算除法），我就提醒了他一下，他抬起头冲我笑了笑，拿出尺子重新画。第二次上课做练习时，我就特别关注了他，我发现他又犯了同样的错误，我就指着那条手画的横线，给了他一个眼神，他也立马就反应过来了，冲我笑笑，然后拿出尺子开始重新画。第三次，当我站起来的时候，他边做题边看向我，又冲我笑笑，我走向他，发现他这次做题速度也能跟上，并且很自觉地用尺子画直线，我笑着给了他一个大拇指，并告诉他：希望你能一直保持这个习惯。之后但凡我去这个班听课，我都会和他有所交流。

记得有一次，因为一些原因，我几天没去他们班，课间操碰到他，他问

刘玲玲，数学教师。

我："老师，你这几天怎么没来我们班？"我当时心里觉得挺暖的，原来还有学生在惦记着我有没有去他们班，原来我在学生的心中是有位置的……我回答他："因为我最近有点忙，所以没去，你最近有没有好好学习？"他说好好学了，笑笑就跑了。以后再去他们班的时候，我还是会特意关注他的上课情况，做得不好的地方我会提醒他，做得好的地方我会鼓励他。临近期末的时候，由于大多时间都是复习，所以我就很少去他们班里了，也很少见到他。

直到考完试领取试卷的那一天，由于师父临时有事，我就去他们班发试卷，刚进去时学生还没来全，我就在教室等，学生出出进进的时候，突然有个人影冲我跑过来边喊"老师"边抱住我，我当时都愣住了，等我反应过来的时候他已经跑了，我冲他笑了笑，心里更多的是感动、惊喜、幸福，甚至是受宠若惊……

我当时就想，这可能就是一种学生对老师的回报吧，虽然我并没有付出什么，但对这个孩子来说，我的一个眼神，一个笑容，一句鼓励的话语都是对他的一种肯定，他体会到了老师对他的尊重、理解和支持，所以他用他的这种单纯的行为（拥抱）来表达他的情感，也正是他的这种举动，让我突然觉得教师这份职业的伟大之处，也让我对这个职业有了更高的认识，这不正体现了我们二小提倡的"以爱育爱"的理念吗？

通过这件事我体会到，其实孩子的内心世界是很单纯的，孩子朝着什么方向发展，一方面取决于家庭的教育，另一方面取决于老师的积极引导，有句话说得好：把孩子当孩子，孩子的潜力是无穷的。谁爱孩子，孩子就爱他，只有爱孩子的人，他才能教育孩子。教师应用自己博大的爱去温暖每一位学生。教师只有热爱学生、尊重学生，才能去精心地培养学生，只有爱得深，才能更认真、更耐心、更细心地对学生进行教育。孩子就像一颗种子，只有老师每天用"爱"去灌溉，他才能长得茁壮、健康。

研学路上，我们在成长

宋庆荣

一个特殊的日子——2019年1月13日，既是中国传统的腊八节又是北二兰五位老师和43名孩子一起踏上俄罗斯研学之旅启程之日，一张张稚嫩的、洋溢着喜悦、带着憧憬的脸，怀揣着好奇与梦想离开爸爸妈妈跟随老师出发了！

未来9天意味着孩子们在老师的陪同下，将游览世界著名学府莫斯科大学、莫斯科华彩万千之中最令人向往的圣地红场、卡洛明斯克庄园、谢尔盖耶夫镇、世界四大博物馆之一艾尔米塔什博物馆、坐落在芬兰湾南岸森林中美丽的夏宫花园、涅瓦河畔的瓦西里岛古港灯塔、狮身人面像……独立完成自己的起居生活及研学任务。

当天下午孩子们饱览了济南的历史文化，浏览了大明湖、福泉、解放阁、黑虎泉等景点后，将说不尽的惊喜、兴奋毫无保留地带到了团体第一顿就餐地——三羲和饭店，餐厅内嘈杂吵闹声已经高过几个分贝。我们的“快、静、齐”孩子们已经没有概念了，行前说明会上洪校长提出的五个能力（自理能力、时间管理能力、团队协作能力、经济管理能力、交流协作能力）的展现与提升此时此刻灰飞烟灭了，最需要孩子们实施团队协作能力时，却是一团嘈杂声，老师们在默契的眼神中快速地将孩子们由4小分队变成5桌用餐，并且5位老师与各队的孩子们同桌用餐，调整节奏后孩子们马上意识到了此次跨越国际研学之旅的目的，快速调整了自己的行为。

14号的早晨要求5：50叫早，之后呈现在眼前的是：女孩子的头发自己扎不起来、行李箱因东西太满自己无法将拉链拉拢、由于忘记行李箱密码部分行李装不到行李箱、统一叫过起床后自己又睡过去了……体现孩子们自理能力、时间管理能力的时刻到了，在孩子们自己思考和努力下，在老师协助与引

宋庆荣，会计教师。

导下，于规定时间6：25一楼大厅集合用早餐，之后孩子们自带行李箱及双肩包上车，老师们随即挨个房间查房，206房间放有早餐的馒头和油条，三楼一房间落下手机一部。7：15分大巴车上已清点完人数及装备并由蔡老师统一强调了自理能力要从整理自己的内务开始，时间管理能力要从起床用餐这样的小事开始，随后大巴车开往济南国际机场。

在济南国际机场我们的团队又添新人了——刘老师（研学公司金牌欧洲地接，毕业于莫斯科大学研究生，所学专业世界文学史）。刘老师就像我们所有人的班主任一样，护照都编了团队出入境号，就是孩子们手里拿着的护照封面上的小蓝数标，行李箱也在出境安检的柜台前有序地排列着。

因济南雾霾导致原本10：15分起飞的国际航班延机，虽然飞机延迟了起飞时间，N小时机场滞留给孩子们带来疲劳困扰，也丝毫没有影响孩子们欢快雀跃地登上了飞往俄罗斯的国际航班。特殊的经历让我们看到孩子们身体里自带的一股耐力与斗志，也让我们见证了孩子们的成长足迹！

由于时差的原因，8小时后国际航班于俄罗斯的14号晚上安全落地于莫斯科朱可芙军事机场，我们团队的人数较多入境时间也较慢，在入境安检过程中孩子们体验着手中护照的严肃性和重要性，我们于当地时间晚11：40入住世界连锁Holiday Lnn。

15号早晨孩子们一张张小脸就像莫斯科的国花向日葵一样的灿烂，行走在“斯大林式建筑”的最杰出代表——位于列宁山上的莫斯科大学主楼外围，孩子们在刘老师的讲解中领略着世界级的异国文化。之后莫斯科大学主楼前的广场上出现一片欢声笑语、雪球漫天飞舞的景象……

都说音乐是无国界的，孩子们的童心、友爱同样是无国界的，短暂交流让孩子们感受到了俄罗斯小朋友们的真实与热情、坦诚与谦虚，闫学思给俄罗斯的大姐姐提出俄罗斯的“罗”写错了的时候，对方谦虚的让闫学思给予纠正。就在此时王琨予在书桌前拿着自己画的画委屈地哭着，问其原因原来是刘子木嫌王琨予画的画有点丢中国人的脸……虽然是一个短暂事件，也反映出我们的孩子已经有荣辱感和爱国情怀了。孩子们在1948学校看到了孔子学堂，看到了中国文化在俄罗斯生根发芽，同时也展现出孩子们超强的交流协作能力，结束了1948学校的交流活动孩子们的脸上都洋溢着自信和满满的收获。

晚饭档期孩子在先前“5用餐模式”的要求下有序了很多。就在土豆丝上来的那一刻，不同的三只小手同时抓住了土豆丝的盘子，没办法只有裁判员（带队老师）出场了——分餐。随后由土豆丝引发的团餐分餐制沿用到了我们整个研学结束。在用餐的过程中我们的孩子渐渐有主动给老师留座位、盛饭、老师没有就坐等老师一起用餐……我们的孩子是稚嫩的，我们的孩子就是一颗颗超有潜力的种子，我们孩子加速度式的认知每时每刻感动着我，激励着我。看着孩子们越来越快地朝着阳光、向善、有礼数、有耐心的方向发展，老师付出再多的爱也是值得的、欣慰的。

晚上，孩子们的欢声笑语中融入了红场夜景中，美丽的圣瓦西里升天大教堂前留下了我们中国孩子们的身影之后。乘火车辗转到另外一个神秘的城市——圣彼得堡。

孩子们背着双肩包脚踩积雪手拉皮箱穿梭在彼得格勒与莫斯科火车站之间，有条不紊的队伍就像动物世界中的角马大迁徙一样壮观，吸引了不少乘客赞许的目光。短短三天半的集体生活孩子们已经对自理能力、时间管理能力、团队协作能力、交流协作能力有了自己的认识和提升。

冬宫博物馆不愧是世界四大博物馆之一。从拜占庭最古老的宗教画，到现代的马蒂斯、毕加索的绘画作品；从金银器皿到服饰、礼品展厅共 353 个，房间的门就有 2800 多个。孩子们两个小时的参观仅仅才走了整个博物馆的冰山一角，此时大部分孩子因走不动了不想参观了，有几个孩子看见角落里的长条椅就一屁股坐下不起来了。看来领略世界名胜还需要一个超有耐力的体魄，体育是我们学校第一学科的教育理念是毋庸置疑的。

当天下午“酒足饭饱”的孩子们，感受了涅瓦河畔的冷风，参观了距今已有几千年历史的圣彼得堡狮身人面像和与彼得堡同龄的彼得堡要塞。第一天落地俄罗斯，孩子们就惊呼地上的雪，今天孩子们终于在涅瓦河畔爆发了一场“战争”，给寂静的河畔增添了生命的元素，“战争”结束后参战的无一幸免，帽子、围脖、棉衣领口都湿了，棉衣湿了的也很正常，还有哭着回来的。我想舒展生长的极致也不过如此。

孩子们顶着漫天的雪花深一脚浅一脚地进入圣彼得堡 293 学校，迎接孩子们的是内容丰富的校史博物馆、不同特色不同学科的课堂、富有民族特色精彩多样的舞蹈，在 293 学校师生的提议下双方携手共同制作手挽手的“友谊图”，将交流活动推到了高潮。双方小朋友互赠小礼品、拍集体照留念后，我们依依不舍地离开了 293 学校。

接下来的几天，在圣彼得堡地接马老师和孩子最喜爱的刘老师陪同下，参观了反映俄罗斯十六和十七世纪的经典东正教教堂建筑风格的滴血大教堂的外观，身临其境到喀山大教堂的心脏感受了周六礼拜现场、世界最大的喷泉园林——夏宫花园，参观距今已有近七百年历史，是俄罗斯最古老的大修道院之一——谢尔盖圣三一修道院、莫斯科市区南部的位于美丽的莫斯科河畔的卡洛明斯克庄园。

即将返程，孩子们口袋里的卢布还在沉睡着，就在孩子们心里最重的那份惦念急剧跳跃的时候，我们来到卖场开始购物了。两个小时的选购收获都不小，"给爸爸妈妈床头买饰品的"、"给妹妹买套娃的"、"给哥哥买俄罗斯小挂件的"、"给自己买望远镜的"、"给爷爷买白桦茶的"、"给老师买水晶球的"、"给隔壁邻居买的小挂件"……一个个小小的礼物承载着满满的爱和感恩之情。金钱管理能力我们的孩子与生俱有，43 个孩子只有个别几个孩子钱不够用，其余的都在计划内消费，属于"计划经济"，真是"人小鬼大"收放有度。

美丽神秘的俄罗斯留下了我们可爱的孩子们的足迹！孩子们的心里烙上了俄罗斯各个名胜及地域文化的印记！短暂的九天研学考验孩子们的眼亮了、心明了、视野打开了、成长了。

"千里之行始于足下"、"九层之台，起于垒土"，相信此次的俄罗斯研学是北二兰迈向国际的第一步，也是我们孩子走出国门迈向世界的第一步！

怎样做一个会“听话”、会“讲话”的老师？

段文竹

刚步入工作岗位时，可能因为自己从“学生”到“教师”角色的转化有点快，所以一直觉得自己始终没有很好的适应教师这个角色，但是特别感谢的是在这段我需要陪伴的日子里，支持我的每一个人。

第一次试课，我的课堂后半段完全是失控的，若不是师父的及时救场，我真的会给孩子们表演老师绝望的“眼泪”。那段时间一直郁闷的是，为什么课堂中我和孩子们好像说的是两种不同的语言，互相之间都听不懂对方在说什么，他们经常“叽叽喳喳”进行质疑和争论，我急得心都跳到嗓子眼了，重复说的却只能是“大家先安静”。课后师父在评课时问我：孩子们的话你为什么听不到呢？你都不知道孩子们说的是什么，你怎么和他们沟通、交流？课堂中不是只有你，是你太强势不愿意也不敢听，你怕他们与你的课堂无关“千奇百怪”的答案，导致你无法进行你的教学环节，所以你直接选择自动屏蔽他们的回答，自顾自地讲述“你自己的课堂内容”。当孩子们开始产生疑问和分歧时，因为你没有听他们的话，所以你就根本不知道这些疑问和分歧来源于哪，也就更谈不上及时处理，导致课堂失去控制。师父的语气着重点全在“你的……你的……”我听了很羞愧，不要说亦师亦友，我连最基本的尊重都没有给孩子。

后来一次有幸读到李烈校长的案例分享，在她上“分数的意义”时，她问孩子们“如果让你写一个分数，你怎么写？”一个男孩极其肯定地说“应该先写分数线，然后要先写分母，再写分子。”她继续追问：“为什么”的时候，这个平时不爱讲话的男孩，开始犹豫着，声音越来越小。她亲切地鼓励这个小男孩继续说，他鼓起勇气说了句：“没有妈哪来儿的儿子？”大家恍然大悟，忍不住开心地笑起来。课后李烈校长说道：“课堂上，学生常常会有些很有意

段文竹，数学教师。

思的话，如果教师能够及时抓住这些‘话’，巧用这些‘话’，常常会使课堂教学出现让人记忆深刻甚至是终生难忘的闪光点，产生意想不到的效果。”其实刚看到，我还是挺难理解李烈校长这个观点的，我认为那些浪费课堂时间的“废话”，怎么可能成为课堂教学中的闪光点？而后听骨干老师们的课，我开始刻意听并记住每个孩子的每一句话，然后设想如果是我应该怎么给孩子们回应，再看看骨干教师们是怎样处理的，我发现他们特别善于“听话、巧用学生的话说话”，在我听来“又是毫无意义的答案”，骨干教师们总能从中提炼出关键性的内容来，并且会慢慢引导那些思想偏离教学内容的孩子步入到正轨。

再后来有幸在课程推进月活动中，赛红姐关于解析我校教学理念“勇敢地退，适时地进”时，她说道：“‘勇敢地退’需要勇气，而退的勇气来源于底气，对教材有深入的理解和挖掘，比较不同的版本教材内容，了解相关的文献，观看网上优秀教师的授课视频等等，这些都是退的勇气。另外退的勇气还来源于对学生的尊重，课堂中不能对学生的学习兴趣、积极性压制，而是顺应学生的生长规律、发展规律，给学生时间、空间，去发现、分析、解决问题，老师应做的是细细旁观。那什么时机应该‘适时地进’呢？是在学生疑惑不解的时候，是在意见发生分歧的时候，是在知识的总结和升华的时候。学校倡导的进退，是理念是思想。在教学中要时刻谨记以学生为本，敬畏教育，敬畏生命，回到教育本质，尊重教育。”我审视自己，其实在孩子与我的课堂中，一开始我就隔绝开了孩子与我，在同一个课堂却是两个独立的部分，是因为我没有底气，对教材的理解、挖掘不够，课前准备不足，所以上课时我是胆怯的，不敢与孩子们有交流，怕孩子们没有跟着我的预定环节走。抱有这样的想法，我做的就是自顾自地“展示”，极力让自己表现得好。其实在我们倡导的“双主体育人”的教育中，教师与学生是平等的，两者应是协调互动，共同发展的，没有学生参与的课堂能带给学生什么收获呢？我们常说比知识重要的是方法，比方法重要的是思想，正确的思想是通过交流、质疑、甚至争论得来的。而我在课堂中，不会听不会讲，导致该退的时候退不出来，该进的时候又进不去，整个教学过程是混乱的，所以谈不上能有好的教学效果。

我表达不出自己当时的欣喜，就是感觉一间黑屋子里，终于照进一束光。后来的每次课前备课，我都给自己几个固定的环节：一是看教材，看这一课时的内容在这册教材中以及在整个小学阶段的教材中的位置，明确以前是否接触过这方面的知识，以后是否还有延伸的学习内容，这给了我初步的设定本课时的教学目标的底气，但其实仍旧很多次会出现，教学目标设定的太浅或是太深；二是对教参，基于第一步我对教材的理解，现在我要做的就是对照教参给予这部分内容的解释以及设定的教学目标；三是做习题，我会将这部分内容相对应的教材、数配以及其他辅导资料上的习题，认真做一遍，你会发现有一些题他其实是对本节课内容的一个延伸，而且很有必要在课堂中给孩子们提醒和强调；四是写教案，基于上面的准备其实这一步我觉得是相对简单一点的，因为在上面的环节中，教案已经出来了他的主体构造，而这一步最重要就是做好细节的润色。其实这四步中还掺杂着很多诸如从网上看视频，向师父请教，对照不同版本的教材等环节。对课的认真准备给了我稳稳站在孩子们面前的勇气，我在心里给自己打气“他们的什么问题我都能招架的住”，于是我试着让自己不放走他们所说的每一句话，其实坦然地“身临其境”，跟他们的对话没有那么困难。他们可能会随口告诉你“平移是沿着一条线运动的”，我们只需稍作引导，他们就会严谨地帮你总结出“平移是沿着直线运动”的特点；在平行的课堂中，有孩子质疑说，他认为“正方体相邻两个面与共用棱长平行的两条直线也是一组平行线”，你不用慌你仔细听会有一个微弱的声音回答“他们不在同一平面上呀”，你应该给他掌声，并且让他大声地再说一遍；关于条形统计图的优势，他们会带着“小教授”的范儿告诉你，圆圈图虽然好对比但是难看出数量的多少，画正字虽然不容易遗漏数据但是不好统计，所以还是条形统计图靠谱，那我们只需要有序地用他们自己的话梳理、总结，接着自然而然地进入下一个环节。当然，在我改变的过程中，并不是一帆风顺的，有时会因为想让他们多说而忽略了课堂时间，有时也会因为一时的紧张而曲解孩子们的回答，更多的时候还是烦躁依旧，需要每节课都提醒自己“会听、会讲”，不知道什么时候才能成为自己的习惯。

我突然记起师父教导他儿子的一句话：“每个能让我们学到知识的人，都是我们的师父。”我借用这句话想说的是每一个孩子也都是一名出色的教师，他们的每一句话也都很精彩，只是我们缺少耐心、细心，不愿听孩子们说，不愿揣摩他们内心的真实想法，总是自以为是地认为我们讲的才是最好的。其实在成为教师这条路上，我一直都觉得和孩子们一起成长才是最有意义的，有很多次我反倒觉得是孩子们给了我最好的教育。

我一直都在路上。

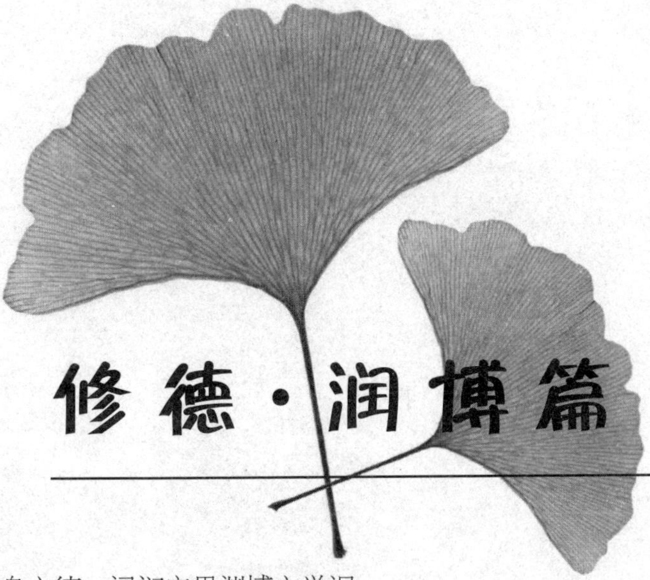

修德·润博篇

修身立德，浸润广思渊博之学识。

“博观而约取，厚积而薄发”。求真、累加，不断丰富自己的学识，提升德行品质，朝着“一专多能零缺陷”细思慢行，总结经验，争做儒雅、智慧的新时代好教师。

“博”采众长，超越自我，成就未来。

引进来　走出去

——关于民间艺术进校园的思考

巩增敏

一、思考之缘起

从上学期的教学和平时信息接触中，我逐渐对“民间艺术”这一问题有了自己的思考，主要归纳为以下几点：

首先是在上学期美术组的集体备课中，我们除了讨论教学相关工作和师父对我们年轻老师的指导外，还对师父的主持下“甘肃地方的民间艺术”进行了讨论。师父、裴老师、胡老师和屈老师已经对剪纸、刻葫芦、皮影、荷包和黄河奇石做了深入研究并以论文的形式发表在重要的学术期刊上。看到他们为丰富校园美术文化做出的努力，我也在潜移默化中受到影响，开始思考民间艺术和校园课堂的关系。

其次是去年的冬天作为五年级二班魏老师的配班老师参加了学生在新区“文明体验军旅·实践感悟成长”的活动。在学生体验兰州刻葫芦活动时，他们刚刚接触是兴奋的，过程是专注的，最后是意犹未尽的。从中可以看出学生对课本之外知识和活动的需求和兴趣。在活动中有幸认识了兰州陈氏刻葫芦第二代非遗传承人陈兵老师。学期末尾她曾邀请我带学生参加兰州非遗中心组织的非遗培训班，由于时间和名额原因未能成行，实为可惜了。

最后是我的研究生毕业论文研究的是关于山东青州农民画，在读研期间也撰写了对家乡的民间艺术泥塑的科研立项小论文。以青州农民画为例，作为非遗项目的农民画，它很好地和当地的学校课程进行了融合。民间艺术走进学校课堂大放异彩，学生加入民间艺术队伍后备军充足。

巩增敏，美术教师。

二、状况之研究

通过撰写毕业论文时查阅资料和现在的网络报道可以明显得知，近年来，各地民间美术进入校园的推广活动如雨后春笋般不断开展起来，这些喜闻乐见的民间艺术在进入校园课堂时受到广大师生的喜爱。它既丰富了校园的课程文化，又传承了非遗文化和技艺。

（一）社会民间艺术状况

和主流的艺术圈相比，民间美术被很多人认为是“难登大雅之堂”的，只是民间匠人糊口的手艺，但是随着国家和地方对民间艺术的重视，很多民间艺术重放光彩，原来的手艺人也成为非遗传承人。社会环境也一改原来因为是民间匠人所为而有的“俗”念。

（二）我校民间艺术进校园情况

作为国建实施教育的殿堂，首先我们要弄清楚：有没有必要进行民间美术的教学呢？回答是肯定的。作为爱的家园，我们学校一贯宗旨是给予学生充分展现自己的空间，为此我们开设了智选课、社团课、主研课、研学课等等。学校硬件配备更是充足，有陶艺室、书法室、舞蹈室、音乐室等。这些课程中都不同程度带入了民间艺术。学生们也能在自己选择的课程中有很大的收获。他们既收获了成长，又对不同的民间艺术有所了解。

但是，在民间美术进校园的道路上，我们依旧面临着我们自己的问题：

首先是我们几位老师都是科班出身，专业都局限在中国画、油画、设计和教育等几大学院专业，对传承了成百上千年的传统民间艺术技法和内涵不如本专业熟练，专业性不强。其次是民间艺人受自身事务所限，不便时时进入学校授课。最后是受民间艺术和学生自身因素影响。在新区时我也尝试了刻葫芦，它涉及到曲面空间构图和自身的力量问题，就算是我这样的成年人在上面运刀也不是一件容易事。

我们尽了最大的努力虽然还是有些不完美，可就是这不完美时刻提醒着我们不要松懈，努力给学生创造完美的成长家园。

三、民间艺术进校园之我见

民间美术的内容丰富多彩，具有明显的地域特色，也有鲜明的民族文化特征。为了更好地让学生接触和实践民间艺术，为推进民间艺术进校园，以下是我个人的几条建议：

首先是“引进来”。结合学校自身的设施情况选择兰州市的社会可以利用资源，如兰州非遗中心或陈兵老师这样的机构和个人，以此来确定自己的民间艺术方向。在选择引进民间艺术的同时，要从兰州本地出发，充分展现地域特色，同时要考虑到民间艺术实施的可行性和有效性。这样既为学校发展艺术教育发挥了重要作用，又为学校老师学习提供了机会，为民间艺术发展提供了有力的保障。

其次是“走出去”。我们可以组织学生参观兰州市的民俗博物馆、非遗中心、奇石馆。学校附近的都市春天生态园就有很多的民间艺术馆，还可以借助学校的研学之旅参观地方民间艺术馆，拜访当地民间艺人，让学生们体验到不同地域民间美术的艺术魅力。给老师提供外出学习的机会，学习掌握学校所需的民间艺术形式。

第三是加快民间艺术进校本的进程。教育活动的载体是由教材、课程、课堂等组成，国家教材是学生学习所规定的内容，课程则是教育实施的一种形式，它是一个通过课堂教学把教学的内容由教师转移到学生身上的过程。可通过不断地检验和完善将民间艺术编入校本教材，教师也可以在研读教材后将相关的民间艺术作为课后拓展带入课堂。

民间美术以其内容的丰富性、造型的趣味性和思想的自由性等特点，为小学学龄段的学生发挥创造力和想象力提供了充足的空间。与此同时，民间艺术进校园通过和国家课程的碰撞、融合使得美术课堂和学生表现形式多样化。

我们尽力给学生创造一个既能学习知识开阔视野又能展现他们奇思妙想、无拘无束、自由创造的空间，展现美术课堂的独特魅力。

纸上得来终觉浅　绝知此事要躬行

——成长记录袋的实施

董园园

学生的评价包括教育者对学生的评价和学生的自我评价，但是如何有效地进行评价？这是一道难题。实践证明，任何评价如果没有评价者的积极参与，很难达到预期的目标。当代教育评价已不把学生作为被动的客体，而是把他们视为参与评价的主体，采取各种途径和方法，使之积极参与评价过程。在一次偶尔的阅读中看到了《用成长记录袋评估学生》，头脑中闪出了火花，拿来主义何尝不是一种方法，我也可以尝试这种方法来评估学生。

成长记录袋主要用于收集学习过程中能够反映学生努力程度、进步幅度、学业表现、对数学的理解与反思以及情感态度等方面的信息和证据。对成长记录袋的设计和使用有助于促进师生之间的交流，这些信息能够一直陪伴学生的成长，让教师同时了解学生短期和长期的学习状况。此外，这些信息还可以让学生积极地参与到自我评估的过程中，了解自己的学习是否达到了数学学习目标，以及时做出相应的调整。

一、成长记录袋的实施流程

1.明确目的

在学生开始记录这一过程之前，首先要帮助学生明确记录的目的，记录时间，记录内容的选择，如何进行记录等等。家长对学生学习习惯的养成和保持起到不可或缺的作用，所以，成长记录袋的实施也需要家长参与其中，起到帮助和监督作用。在这里我通过“致学生的一封信”来开启学生的成长记录过程。

董园园，数学教师。

亲爱的孩子们：

本学期，老师将邀请你完成一份有关自己数学学习的“成长记录袋”。在这个“成长记录袋”中，你将记录在数学学习中的点点滴滴。所有要记录的内容老师都会做说明，请仔细阅读说明中的相关内容。

“成长记录袋”主要包括两大部分，一部分是常规内容，即每周需要填写的(表附在后面)；还有一部分是老师在不固定时间发放的内容。所以，内容有时候会过于琐碎，请你使用活页夹将这两部分内容分开存放，并使用标签标注每一类内容名称(表的名称)。

“成长记录袋”所有的内容在学期末是需要提交的，中途我也会适当地查看，这样可以很方便地从档案袋中了解你的学习情况。老师还会对你“成长记录袋”打分的哦！具体的打分标准同样呈现在另外的说明中。

为了使你尽快使用这种记录方式，老师希望你能在第二周结束时提交表1需要记录内容，这个文档主要用于说明你的准备情况。以后每周周末填写一次表2相关内容，不会写的字可以用拼音代替，也可以求助父母或者字典，但是一定要自己动笔哦！

预祝你们在新的学校新的学期有一个好的开始！

爱你们的数学老师

2.信息收集

每周填写一次，所以每个周末学生需要收集信息，这时需要学生明确哪些信息该记录，哪些信息不需要，完成记录表2。此外，合理的时间安排对于成长记录袋而言非常重要，以便学生养成记录的习惯。上学期接手的是一年级的新生，所以临时又加了一份表，作为报名结束后要完成的内容。

表1　准备部分

姓名、年龄、班级			
是否做好了进入小学的准备			
学生的数学“自传”			
日常生活中见到的数学问题			

说明：(1) 数学“自传”可以传递这么几个信息：偏好的数字、对数学的认识、喜欢的图形及原因、在幼儿园遇到的印象最深的数学难题等等方面。(2) 日常生活中见到的数学问题至少一个。

表 2　常规内容（需每周填写）

记录时间	
本周学习了哪些数学知识	
对于这周新知识的学习自己是否满意及原因	
本周学习遇到了哪些困难	
本周数学课堂上难忘的片段	
能够体现出自己进步的证据	
这周在生活中所见到的数学	
下一周数学学习的规划	
本周想对老师说的话	

3.查看记录

每周一下午我会对上周的记录进行查看，下面是学生填写的表：

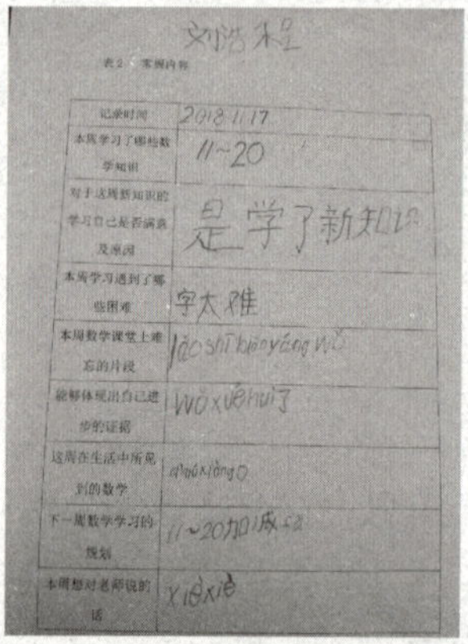

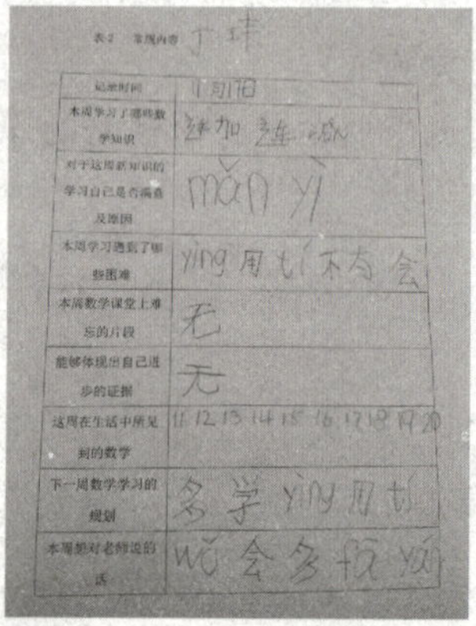

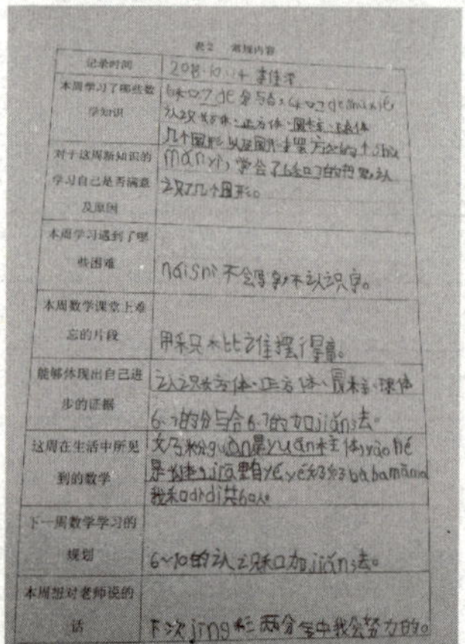

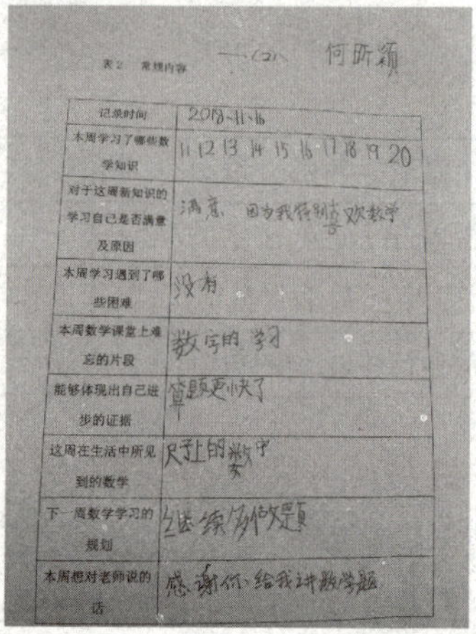

4.分析记录表

通过查看学生填写的记录袋，了解了学生共同存在的一些问题和个别学生存在的困难。比如前面两张表中学生都提到了字比较难的问题，因为是一年级学生，识字量不大，所以帮助学生读题和理解题意特别重要；第二张表是性格比较内向的小男孩填写的，对老师表示要多发言，所以以后的课堂中我会密切关注他发言的次数，也会主动提问他；第三张表是一位女生填写，说谢谢老师给我讲题，配套练习上有道题她做错了，我专门给她讲解了。作为教师觉得只是做了本职工作，没想到给孩子却留下了深刻的印象，这也鞭策我，在以后的教学中更应该注意自己的一言一行。最后一张表的填写者第一次做精彩两分钟因为过于紧张，把内容忘记了，所以他写到以后要努力做好精彩两分钟。

二、评价方式

成长记录袋是收集学生学习过程信息的有效工具，那么如何对这些信息进行评价呢？因为我所接触的是年龄较小的学生，所以对于他们仅仅能将这些记录整理并收集起来就可以得满分，等他们到高年级后，可以提更多的要求。

三、反思

美国心理学家波斯纳提出了教师专业化成长公式：成长=经验+反思。作为一名教师，要对自己的实践不断反思，不断探索。成长记录袋在一学期的实施过程中，还没有完全达到它应有的效果，因此，让学生理解成长记录袋的使用目的以及能够为改善他们的学习所带来的成效，是十分有必要的。学生可以适当地参与到成长记录袋评分标准的设计当中，通过师生的交流来确定用于评估的内容及参考的标准，让学生在与老师、同伴和家长的交流中逐渐学会如何对自己的学习过程进行客观的评价。

关于“精彩两分钟”的实践与思考

薛 婷

“精彩两分钟”这个新颖的名称，在我刚进兰分的那一刻就闯入了我的视野。什么是“精彩两分钟”？如何开展“精彩两分钟”？……虽然一连串的问题在我脑中回荡，但我明确地知道，咱们兰分人一定要在课堂上开展“精彩两分钟”，而且是要有自己特色的“精彩两分钟”。在这么多的疑惑和迷茫中，在一定要践行的信念中，我开始了自己对“精彩两分钟”的探索之路。

在学习了总校理念后，我清楚地告诉自己，也告诉班上的家长：“精彩两分钟”是提供给孩子的一个展示平台。在两分钟的时间里，孩子进行相关学科知识的分享，由其他孩子来评价和打分。这个活动的目的在于，让每个孩子都有一个站在大家面前讲话的机会，同时这个过程还可以很好地锻炼孩子的口头表达能力，而且孩子在人前讲话的胆量以及演讲的小技巧都会得到有效锻炼。我认为，这就是总校课堂文化中“生本”这一理念的有效体现，随后，我也开始在自己班上开展“精彩两分钟”。

我先选择班里比较出挑，理解能力和表达能力较好的孩子来做演讲，并给他们推荐“精彩两分钟”的主题，孩子在家长的协助下，根据主题，筛选好内容并做出精美的PPT，孩子只需要依托PPT讲出来就可以了。只要孩子在家长的协助下用心准备，他都会有相当“成功”的表现，其他的孩子也会给他很好的评价。此时孩子脸上会洋溢着满意快乐笑容。他们的表现也慢慢让我觉得，这样的摸索方向是对的。在一次次“成功”的“精彩两分钟”之后，越来越多的孩子和家长习惯了这种模式。

俗话说“熟能生巧”。当这种模式逐渐成形后，我也把关注点放在如何提升孩子们互动评价能力，比如，孩子们在做出评价时要先说一个优点，再说一个建议；或者是先说我从你的“精彩两分钟”里学到了什么知识，再给出一个

薛婷，数学教师，校级优秀班主任，获市教科所《复式统计图教学设计》二等奖。

建议，当然建议可以是关于内容的，可以是关于仪态的，也可以是关于 PPT 的。有时候为了新课的引入，或为了升华课堂内容，或者为了满足中间某个授课环节的需要，我都会提前安排孩子准备为课堂教学服务的“精彩两分钟”。每周我都会提前安排下一周做“精彩两分钟”的人员，并会安排相应的小主持，同时给孩子们推荐“精彩两分钟”主题。在我的预期中，这些训练有素的小主持以及习惯了“精彩两分钟”活动流程的孩子会变得越来越出彩。

现在我班上的孩子们几乎都参与了数学课堂的“精彩两分钟”，而且在这种活动中孩子们都得到了充分锻炼。此外我会在家长群里每天及时点评，让家长们心中也有数，为下次更好地指导孩子做准备。不过就在这次北京总校的专家们来视导的那天，我对“精彩两分钟”有了新的认识。

2017 年 10 月 31 日，我们学校的三位数学老师上了汇报课，课中孩子们都呈现了近似完美的“精彩两分钟”。三位做“精彩两分钟”的孩子分别用 PPT 展示了以下三个主题：“找规律，填数字”、“古代的计时工具”、“邮政编码”，孩子们的展现是完整的，互动是自然的，其他孩子的评价也是水到渠成的。但是总校李雪峰校长对这样的“精彩两分钟”提出了质疑，李校首先肯定了孩子们在“精彩两分钟”中的表现，然后他跟我们数学组的老师们讲，总校的“精彩两分钟”不是这样的，总校不提倡甚至不允许孩子用 PPT 来展示，因为总校的老师们认为孩子照着 PPT 来说与站在黑板前来“讲”是完全不一样的，当然带给做“精彩两分钟”孩子的感受更是有本质性的区别。“讲”是孩子真正发自内心的活动，它会最大限度地调动孩子的原认知，当孩子能用自己语言表达时，讲出来的一定是他自己所理解的东西。当我听到李校说完这几句话后，真有种“顿悟”的感觉，原来这才是真正意义的“精彩两分钟”！孩子也是有独立思想的个体，我们要把孩子真正的放到主体地位，做到发自内心的尊重，不能为了课堂服务，而让孩子去准备“精彩两分钟”。此时，我对总校“生本”的理解更深了。李校还说，孩子可以讲自己做过的一道错题，也可以讲自己喜欢的一道题，甚至是介绍自己喜欢的一个数学家，只要是跟数学学科相关的都可以讲，孩子可以利用课间提前在黑板上写一写、画一画为课上的“精彩两分钟”提前做准备，重要的是一定要让孩子自己去经历这个完整的过程。

听到李雪峰校长的这番话，我是多么庆幸，暗自骄傲——这不愧是我们的男神！这直指核心的几句话，让我明白了“精彩两分钟”是真正属于孩子的，我们教师也应该做到尊重孩子的认知，让孩子享受“讲”的过程，在讲中暴露认知，在讲中提升自我！

经过长时间的探索，也经过孩子和家长的反馈，我清楚地知道，一开始让孩子做“精彩两分钟”是真的很有难度，他们对“精彩两分钟”完全是陌生的，他们需要老师手把手地去教，如何去表达，如何去互动，如何站位……所有的这些细节，都需要老师去关注，当然也需要家长配合老师做一些工作。由于一年级的孩子处于幼小衔接这个特殊阶段，他们需要在老师和家长的帮助下完成生理和心理的过渡。所以必要的“精彩两分钟”内容推荐，家长做 PPT 并帮助孩子熟练表达，甚至小主持的主持词等，这些在孩子最初接触“精彩两分钟”时都需要老师去指导。当孩子已经有了这样的经验以后，就应该像李雪峰校长说的那样，不建议孩子再用 PPT，而是鼓励所有孩子站在黑板前，利用黑板和粉笔或者是自制的道具“讲”出自己所想，相信孩子对“精彩两分钟”不那么陌生以后，做起“精彩两分钟”会更有胆量，也会更有想法。

谢谢李雪峰校长，让我对“精彩两分钟”有了重新的理解与思考。我会重新调整“精彩两分钟”思路，让我的孩子们越“讲”越精彩，让他们真正体验到“精彩两分钟”的魅力！

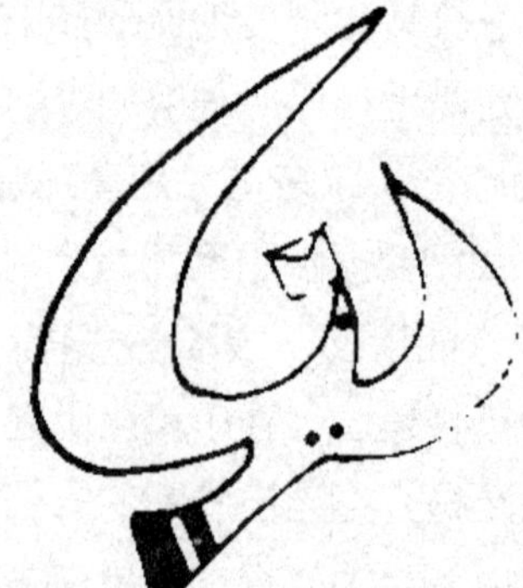

班级的灵魂，巨大的责任

马　丽

岁月的流逝总是不知不觉的，从踏上教师岗位雄心勃勃但却缺乏经验的"小老师"，慢慢地成长成一位有自己教学风格、受学生喜爱的"老教师"。这其中既有苦涩也有甜蜜；既有失意也有成就。路虽有坎坷，但终将通往彼岸。还记得刚刚担任班主任之时，我和自己的学生们一起去熟悉学校的一切，一起怀着好奇的心情参观学校的每一个角落、一起认真学习学校的各项规章制度、一起制定班级的班徽和努力目标，这一幕一幕，可真正的教学之路却远远比我想象难得多。

我认为，班主任是一个班级的灵魂。我既是学生求知的引路人，又是学生成长的引导者。孩子的成功与否，很大程度上取决于这个班级"引领者"的管理。"真正的教育是自我教育"，这句话阐明了教育的真谛：教，是为了不教；管，是为了不管。这，就是我追求的班级管理的最高境界。到达这一境界，班主任的思想就需要时刻改变，根据学生状态，根据时代的发展，在学习、生活上对学生加以指导，为他们出谋划策。我面对的是一个有头脑、有感情、有各种兴趣爱好的生命群体。班主任的一句话很可能会变成学生长久的追求目标。由此，我在教学工作中，慢慢积累了自己的一些经验和浅见：班主任在实际工作中，扮演着多重角色。

一、扮演"鼓励者"的角色。

鼓励要有方法，有思考。善于发现、学会观察的老师如何"聪明地"在"合适的时间"鼓励学生，非常重要。现在的家庭教育观念同十几年前相比，已经发生了翻天覆地的变化，从前是"棒打出好学生"，家长在家也会非常严格；而现在，"赏识教育"已经成为很多父母的教育方式，夸赞，表扬，甚至吹捧，在孩子很小的时候便开始成为生活习惯。可我认为，赞赏一定要在合适的时间，老师应该在学生状态下滑时适当鼓励，在考试前期大力鼓励，在考试

马丽，语文教师，市级教学新秀，市级骨干教师。

后有鼓励有批评。与父母相比，老师的鼓励是给予学生的动力更多，尤其当我在教室里，当着所有学生的面去鼓励一个孩子“你要相信自己，因为你本来就很不错”时，学生的眼中总是会绽放光芒，因为他们在这简单的一句话中，得到的是一种自豪感，满足感，荣誉感，这样的感觉，会在很长的一段时间里给学生带来激情和活力。

二、扮演“心理老师”的角色

四年级的学生，开始慢慢长大，懂的越来越多，见识也开始变得广阔，他们聪明、机智，但也开始变得敏感。每次月闯关考试、期中、期末考试，成绩的变化，孩子们会有情绪波动，这就需要老师不但了解学生在学校里的状态，也需要了解学生在家里的生活。如果学生因为成绩下滑在家里被罚，被责怪，老师就需要及时在学校予以调整。也许有些家长不能完全了解孩子的学习问题出在哪里，这时，老师要及时和他们沟通，以达到家校之间的互动和理解。

帮助学生认识自己，给自己一个准确的定位；教会学生自我调节，自我纠正；教会学生，正确的辨识“学习”和“生活”的息息相关点。

三、扮演“协调员”的角色

先要协调好各科任教老师的关系。我要求学生合理分配各科学习时间，不偏科，尊重每一位任课老师。为了班级的整体性，大家要心往一处想，劲往一处使，只有人人负责，人人参与，才能让班级欣欣向荣。

然后要协调师生之间的关系。和谐的师生关系可以营造一种同舟共济的学习氛围，只有这样，教师才能教得高兴，学生才能学得尽兴。我平时要求学生尊重老师，认真听讲，主动和老师沟通，拉近教师和学生的距离，让教与学的双边活动在融洽的氛围中完成。

还要协调好家长和老师的关系。班级集体的管理工作需要家长的大力支持和配合，这样才会有事半功倍的效果。如果家长对自己孩子的期望值过高或者过低，都不利于学生的发展，所以我要求自己对学生的状况要做全面的掌握，让家长在真正了解的基础上，还可以真正接纳孩子的优点和缺点，使家庭真正成为学生的幸福港湾。

一位班主任，肩负的责任很多很多——高度的责任心，鞭策自己的上进心，不停歇的使命感。只有在这求知路上坚韧并坚持，才能有可喜的累累果实，才会培养出真正的参天大树。

对话间的智慧

——巧妙行走在“师生关系”之间

朱　蓉

在我校文化理念中，平等有效的“对话”一直是一个不变的主旋律。如何巧妙地处理师生关系，让师生对话更为平等顺畅，是我这个行走在班主任之路十八年的青年“老”班主任时时琢磨的主题。回首自己十八年的班主任之路，而对“师生关系”曾彷徨，曾无奈，曾抱怨，曾灰心丧气！点滴琐碎之事，天天充斥在师生之间。课上课下，孩子家长……细想起来，带了三届学生，回忆满满。脑海中不断出现，最为感人的全是和孩子们之间的点滴小事。忆之于此“师生关系”，笑意不由得便盈上嘴角。小事巧处理，师生之间暖意融融啊。

师生小事之以爱育爱，深化爱的能力

今天大课间训练，时间特别紧凑，一部分孩子训练完就直接跟着智能选修课的社团老师们走了，之前放在操场一角的孩子们的水杯，全被他们抛在了脑后。我正想着该如何处理这些水杯时，心理健康社团的老师提示大家，别忘了拿自己放在操场的水杯。我静静地站在操场一角，看着这十几个奔向水杯的孩子……很快，这些孩子纷纷拿起自己的水杯跑回了队伍，只有小茗同学一人抓耳挠腮，在水杯“方阵”前久久徘徊，不知如何是好。我想：这个小邋遢包，肯定找不到自己的杯子了。过了好一阵儿，社团老师已经开始集合整队，要把孩子们带离操场了，小茗同学才痛下决心般开始使劲往自己的怀里塞水杯。他想了许多种方法，尽可能多地拿起了水杯，匆匆忙忙地跑回了队伍。原来，这么半天他不是在找自己的水杯，而是在琢磨，怎样带回同伴的水杯啊。我正准备整队带回其他孩子，我请他们都停下来，回头看看小茗同学。有些孩子反应很快，立刻想跑回操场，去拿同伴们的水杯，有些孩子仍不知所措……

朱蓉，语文教师，市级教学新秀，区级优秀班主任。

回到教室，孩子们看到我不声不响地看着他们，一会儿便安静了下来，与此同时，小茗同学怀抱一大堆水杯从门外颤颤巍巍地挤了进来。我轻轻地问大家：“同学们，今天你们都丢东西了吗？”孩子们面面相觑。有人委屈地说：“我丢了水杯，噢，不，我的水杯落在操场了。”“可是我的水杯怎么自己回来了呢?”“是呀，是呀……”

“嗯，难道手杯长腿，自己跑回来了?”“是小茗同学!”教室里突然冒出一个声音。孩子们齐刷刷地将眼神投给了小茗同学，他不好意思地低下了头。“是呀，刚才老师默默地跟在心理健康社团同学的后面好久，每个同学在离开操场时都及时地拿回了自己的水杯。这点值得表扬，因为能自己照管好自己的物品已经很值得骄傲了！可是，更让老师骄傲和欣慰的是，小茗同学在拿自己水杯的同时还想到了别人，大家说，我们小茗同学棒不棒!”教室里响起了一片掌声。小茗同学的脸更红了!

“素质教育”一直是师生关系中最终的目标指向。在我看来，“素质”二字，一定不仅仅是反映在张张试卷上的成绩，更多的应该来源于孩子们的一言一行。师生关系，除了宣讲般的念叨：要为他人着想，礼让宽容，善思乐学……通过生活、学习中的点滴小事让“生活”做师生关系的铺路石，“现实”说法，往往能带给孩子们更大的触动。当然，作为师生关系中的另一主体，我们为人师长，有时也应该反思一下，自己的言行，诸多细节是不是也体现着为人师的“素质”呢。这就是行动教育力量！需要我们用心去发现种种教育契机，引领着孩子们去关注这些看似很小的方方面面。这是不是才是良性师生关系的真正价值呢?

师生小事之润物无声，提升爱的智慧

今天午饭时，孩子们抬进了装粗粮的盒子，由于天气转凉，细心的后厨师傅们在盒子上包裹了两层保鲜膜为粗粮保温。孩子们好奇地按按那两层保鲜膜，你瞅瞅，我看看。待他们好奇心完毕，都回到了座位上时，我跟大家说：“看来今天大家都有一个新的发现。”“是呀，盒子上包了两层保鲜膜……”“是呀，是呀，就像穿着两层衣服。”“上面还有好多小水珠，真好玩。”孩子们七嘴八舌。“大家知道厨师叔叔为什么要这么做呢?”“这样做粗粮就不容易变凉了。”“是呀，天气凉了，厨师叔叔这样做是为了让我们吃到的粗粮都热热乎乎的，他们工作是不是很用心、很认真。老师呀，要为厨师叔叔这种认真的工作态度拍个照，留个影。”边说我边拿起手机，对着装粗粮的盒子，认认真真地照了两张相。“所以，我们要特别认真地对待每一粒粮食，好好吃饭。再见到厨师叔叔，保洁阿姨一定要热情地问好，说谢谢，好吗？”看到后厨师傅的儿子小崔同学骄傲地抬起了头，挺了挺胸。我接着说：“咱们班小崔同学的爸爸就是后厨的一名工作人员，咱们是不是先为小崔同学鼓鼓掌，让他把同学们的谢意带回去。”教室里响起一片掌声。小崔同学笑得更灿烂了。

在学校，班主任是与孩子们相处时间最长的。师生相处的一朝一夕，处处都有教育的良好“契机”。润物细无声！往往这些与孩子们息息相关的真实事例，会对他们起到更为正面积极的教育作用，让他们感触更深！我想，这就是我们实验二小“以爱育爱”大主题下所倡导的师生关系中，教师“爱的能力与爱的智慧”最好的体现吧。

师生小事之抓住契机，创造爱的奇迹

今天大课间时，我们班被德育主任点名批评了两次。一般遇到这种情况，班主任首先会恼羞成怒，立刻上前制止说话的学生，大发一通脾气。可这是良性运转的“师生关系”吗？想了又想，我只是静静地站在他们队伍的后方，认真地做着操，好像什么事也没有发生过一样。大课间结束了，孩子们像平常一样整队，准备带离操场。我平静地请他们停下来，静静地站在操场上，看着左右两侧带队离开的三四年级和一年级同学，什么话也没说。操场上渐渐安静下来，孩子们不知所措地看着我。我轻声对他们说：“知道为什么今天老师让大家留在操场吗？”小手纷纷举起来了：“因为我们被点名了两次。”“噢，看来大家都关注到了这件事情，第一次是因为什么呀？第二次呢？”孩子们清晰地表述了被点名的两个瞬间，并且也清楚地知道是为了什么。“是呀，可是为什么个别同学表现不好，悦悦老师却点了咱们班的名呢？”“因为悦悦老师不知道这些同学的名字。”“因为他们站在我们班级的队伍里……”“因为，我们是一个班的，是一个集体。”我认真地看了看每个孩子，说：“是啊，因为我们每个人都是班里的一员，我们是一个班集体，是一个团结的大家庭。那刚才听到咱们班被点名了，大家感觉怎么样？”“觉得挺丢人的。”“觉得很惭愧。”“觉得有些不好意思，这周我们班还被评为达标班级呢……”“是呀，老师也觉得脸红了，觉得站在操场上特别难受，好像所有的老师们都在看我。可是大家猜猜，我这么难受，为什么在听到点名时，没有上前去制止这些同学的行为呢？”“因为老师想让他们自己改正，您不是一直跟我们说要‘对己负责’嘛。”“嗯，茗宇同学一下子就猜对了。是呀，如果我们每个人做好自己的事情，管理好自己。明白什么时间就应该做什么事，那老师相信咱们这个大家庭就一定会越来越棒的！刚刚站在操场，大家都用自己的小眼睛观察到什么？”

“五六年级的大哥哥、大姐姐走得特别整齐。”“一年级的小同学也走得很好。他们手摆得特别有劲，而且他们也没有说话。”“那一年级的小同学都能做到，我们四年级了，是不是也能做得更好呢！用你们的行动表示吧。”孩子排着整齐的队伍安静地走回教室。

这段时间孩子其实挺浮躁的，昨天我刚刚在班里大吼了一通，今天在操场上，又被点名了。我忽然觉得，“咆哮”不但不能从根源上解决孩子们的问题。也会让“师生关系”进入一个越来越窄的胡同，渐而畸形。用事实说话，心平气和地跟孩子们讲道理，其实他们是能理解的。“自己想要做好”比“惧怕”更有效力！这才是正常良性的师生关系。这让我想到了自己初读《第五十六间教室奇迹》时对书中描述的师生关系的困惑，觉得学生对老师是一定要有敬畏之心的，如果不怕，那岂不是上蹿下跳、为所欲为了？可是今天这件事情的处理方式用事实打消了我的疑惑。只要我们有足够的耐心，给孩子们自己观察并成长的机会，并相信他们能够做好，那么，我们也会在自己的这一方小小的天地中创造出属于自己的奇迹吧。彼此信任，互相尊重！“对话”主题下，良性的师生关系正当如此！

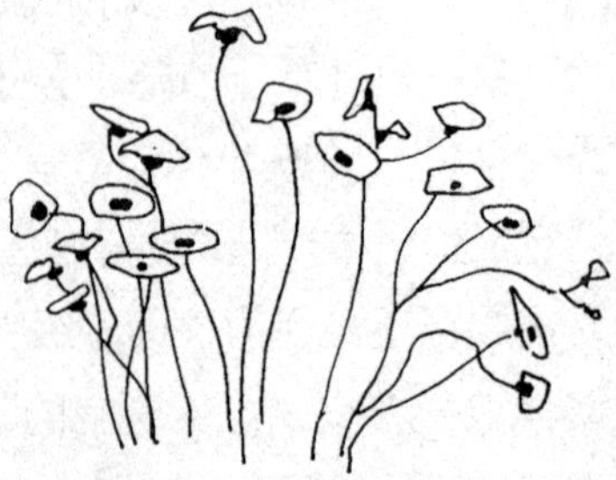

敬业者达人　乐业者达己

董永梅

水本无华，相荡而生涟漪；石本无火，相击乃生灵光。时至今日，距离总校专家来兰进行课程指导已过两月有余，时间模糊了我们的记忆，在岁月的挑挑拣拣中，一些东西永久地融进了自己的灵魂，在血管里日夜流淌，愈久弥香……

素未谋面　似曾相识

花径不曾缘客扫，蓬门今始为君开。以活动策划为起点，我在心里默默倒数这即将到来日子，相聚的时刻在心中彩排了一次又一次，那莫名的激动总是让我的心跳骤然加快！暗潮涌动的日子涤清了蔚蓝的天空；唤来了南归的雁阵；催开了滨河路旁的野菊花；就连小树林也被挑染得五彩缤纷！埋藏在心中的那份期盼，正如眼前这浓浓的秋意，氤氲开来……一时恍恍惚惚，我不知道自己为什么站在这里？仿佛昨天刚刚约定，今天就要见面，浑身的毛孔乍然张开，我不禁打了个冷战！打开手机，我再次确认了你到来的消息。眨眼之间，你从手机抽象的文字，一下子跃入了我的眼帘，不断地放大，清晰。当你真真切切站在我面前时，我看到了一个平实的你，一个素未谋面，却久已相识的你，一个更好的"自己"！刹那间，我有点失重，在错愕之间，竟连最简单的问候都忘记了。

谦虚谨慎　敏而好学

未出土时先有节，已到凌云仍虚心。从车厢到教室，您步履匆匆，俨然一副回班课的样子；从第一节课到第四节课，您走笔疾书，宛如一个初学者，不愿错过任何一个细节。我静静地坐在您的身旁，用心体味着你身上散发的味道！如果不是事先得知，我真的无法相信此时奋笔疾书、思维敏捷的您是刚刚结束异地上课，坐了一夜的火车赶到这里的；如果不是亲眼所见，我真的无法

董永梅，语文教师，市级教学新秀，市级骨干教师，区级名师。

想象您听课的样子竟然是这样的动人：您的目光在课堂中游弋，您的思想在师生间驰骋；您时而眉头紧蹙，时而颔首微笑，时而奋笔疾书，时而又圈圈点点。我看到智慧的火花在您的笔尖闪现！下课了，您趴在孩子的桌子上，和孩子们一起探讨问题，交流着自己的收获！这一幕幕似曾相识的画面，曾一度让我有一种错觉，我不禁问自己，今天到底谁才是真正的学习者？那一天，您用自己无声的语言给予了上课教师最大的支持，您用自己无声的行动为前面的学生和身后的同行做出了一个学习者应有谦虚和谨慎！

上善若水　虚怀若谷

京陇名师面对面，启慧厅中话课程。这是我记忆中专家最多，而最没有专家派头的一次课程研讨！

北京第二实验小学是主题研究课的发祥地，作为学校的特色课程，主题研究在这里开展得风生水起，成了同学们最喜欢的课程之一。在主题研究课多年的运行中，勤学善思的二小人不但积累了许多成功的案例，而且也形成了一套较为成熟的运行模式。不论是过去，还是现在，乃至今后，主题研究课都是令二小人引以为傲的课程！可是今天为我们做分享的李雪峰校长，他不仅给我们分享了近几年开展的比较好的主题，而且还将其中存在的问题也毫无保留地抖落出来，与我们共同探讨；他不仅认真倾听了我们开展主题研究的情况，而且还和同行的老师一起为我们解惑，给我们支招！那一天的研讨，使我不禁想到了《周易》中的一句话："二人同心，其利断金；同心之言，其臭如兰。"我深深懂得，一个有教育情怀，真正做教育的人，不是为教育寻找适合的人，而是为人寻觅适合的教育！二小人，用自己的一言一行，诠释了大气的真谛！

敬业者达人　乐业者达己。我不禁想起第一次到总校参观学习时听到的一句话：在实验二小参观学习，你可以学到很多东西，也可以带走很多东西，但你永远带不走二小的魂！现在想来，的确是这样，因为这魂溶在血液里，刻在骨子里，他就是二小人的精气神！

摭谈教师独立钻研教材的应然取向

牛筱琼

马克思说："能给人以尊严的只有这样的职业——在从事这种职业时，我们不是作为奴隶般的工具，而是在自己的领域内独立地进行创造。"由这句话我们自然会联想到自己：教师这份职业给我们尊严了吗？我们享受到创造的快乐了吗？我们在教学这块领地上留下自己的足迹了吗？

日常的教育教学工作中，我们有许多青年教师上课时拿着从网络上下载的备课资料，外加什么《教学用书》《名师教案选编》《教材全解》等等。稍好一些的，把资料上的主要内容搬到自己的课本上，蝇头小字密密麻麻。经过这样精心的准备，上课时就可以如数讲来，仿佛这样心里就踏实了，教学就能从容应对了。但真的能"从容应对"吗？恐怕这样的课堂只能是枯燥乏味，简单复制，毫无创造的快乐而言。试想，作为教师如果对教材没有自己任何一点的独立思考与判断，何谈教学的机智与应对？何谈创造的艰辛与发现的快乐？何谈能力的培养和智力的开发？如果现阶段我们的老师是教参的搬运工，那么学生必将变成未来的搬运工。有鉴于此，教师只有独立地钻研教材，认真地倾听作者的心声，深入地分析作品的语言内涵，投入地体验作品的思想感情，才能充分激发教学自信，焕发出教学创造的魅力。

一、认真钻研教材是语文教学的需要

如果没有认真钻研教材，那么如何正确定位教学目标，把握教学的重难点，落实知识点和能力训练点？又如何有教学思路的清晰，课堂问题设计的巧妙？又怎么会有课堂引导得法，教学环节安排科学，课堂教学密度合理？缺乏了教师课前原汁原珠地钻研教材、倾听文本，对内容的烂熟于心，那课堂上的一切可能都是空中楼阁。对于学生而言，教师是课文的先知先觉者，老师只有

牛筱琼，语文教师，省级骨干教师，获全国小语会现场课特等奖。

认真地钻研文本，并获得自己的切身体验，课堂上才会与学生有共同的认知基础。只有教师知道哪里道路坎坷，哪里荆棘丛生，哪里明碉暗堡、关隘林立，才能告诉学生如何披荆斩棘，过关斩将，如何化险为夷，转危为安。用2011版新修订的《义务教育语文课程标准》的话来说："阅读教学是学生、教师、教科书编者、文本之间对话的过程。"课堂教学的进行总是随着学生与文本、学生与学生，学生与教师之间、学生与教科书编者的对话持续展开而不断深入的，教学的效果主要从对话的质量上反映出来。而保证对话质量的关键因素是教师的引领、点拨，必须得法而到位。而要能正确地引导，恰到好处地点拨，全仗着教师对编者意图有着准确的理解，对课文内容有自己独特而深刻的理解。对学生学习过程中可能产生的各种疑难和困惑早有充分的预见并有周密的对策。

教师的备课，一方面是备教材，即教师以自我的角色进入文本，凭借教师自己的知识结构，生活经历和阅读经验去研读课文，弄清课文写了什么，是怎么写的，为什么这样写等，从主题、结构和语言层面了解作者构思的巧妙，运笔的匠心。另一方面要求备学生，以学生的角色进入文本。因为我们的教育对象是一群有生命活力的"人"，因而教师在研读教材时除了要研究教材呈现的各部分内容的逻辑性、针对性与灵活性，还要研究学生的思维特征、生命性质、情感态度价值观。按照学生的知识结构、生活经历和阅读经验进行阅读，预测学生在与文本对话的过程中可能遭遇的各种问题，以确定教学的重点和难点，提出解决同题的方法，从而设计可行的教学路径。

二、独立钻研教材是教师自身成长的需要

学习如逆水行舟，不进则退。教师的教学能力也不会固定在一个水平上，也不应该固定在一个水平上。独立钻研教材是预防教师职业技能退化并使之不断长进的一种保健操。语文教学需要教师具有对语言文字材料快速感悟和深刻理解的能力，而这种能力的形成不是一蹴而就的。它需要以相应的阅读经验为基础，需要教师在长期独立钻研教材的实践中去不断总结，不断积淀，不断提升。从这个意义上来说，在语文教学的过程中，教师不仅培养了学生，同时也不断地磨砺自己，这是一个师生共同成长的过程。

新课改革提出教材仅仅是个例子，教师要创造性使用教材。有的老师认为既然教材是个例子，不需要认真钻研教材了，主要是转变教学方式，所以上课时师生忙于互动和表演，而对教材的理解和掌握却很肤浅。开车最怕路不熟，教学最怕教材不熟，钻研教材和把握教材是教师永远的基本功。而谈到把握教

材，不仅是指理解教材中的每个知识点，更是对教材的整体把握。要求教师熟悉本学科的课程标准，了解教材编者的意图，清楚整个学段教材的逻辑线索，能够把前后相关的知识整合起来。由此可见，坚持认真地钻研教材也是教师自我发展、专业成长的必然要求。

三、独立钻研教材，是社会发展的需要

课改，是全新的课题，对每一个老师都是一个学习的起点，都是一个打造提升的机会。时代呼唤教师读书思考，如果老师跪着捧着教参教学，我们的学生就卧在地上了，何求他们的超越？用别人的思想替代自己的思想，他们就只能是一群精神的侏儒。

强调教师独立钻研教材，并不是要排斥教学参考的作用，而是要用之得当。因为在具体的教学过程中，教师不但要作为课堂教学的组织者，而且要成为课堂教学的参与者，用自己已有的“前理解”阐释教材中的“现知”，并不断地与教材中的“现知”进行对话、碰撞，从而重构自己的“理解网络”，实现教材意义的创生。所以，教师只能通过原汁原味地阅读课文，并首先确立自己独立的见解，才有可能借鉴教参所提供的他人经验，用以验证自己的见解是否正确，补充与丰富自己的阅读经验，也才有可能凭借这一切将课文内容编制成适合学生的教学程序。

因此，只有教师先自独立地钻研教材，寻找到自己的立足之地，教学用书才能真正地为我们所用，尽其所值，成为教师备课的帮手，真正发挥好它的参考的作用。

研学对学生成长的意义

蔡永强

研学，是游学的一种方式。研学，是世界各民族、各国文明中最为传统的一种教育方式。自古以来，中国民间就非常重视游学对人格养成和知识形成的重要作用。研学以其特有的魅力备受学者的青睐，从周游列国的孔子，到行遍各地的司马迁，从郦道元、李白到顾炎武，无不在游学中开阔了知识视野，丰富了文化积淀。“读万卷书，行万里路”，更是中国传承至今家喻户晓的教育古训。小学是人生的重要成长阶段，除了学习课本知识，还要广泛接触社会，触发兴趣，发现自己的特长。研学，能够激发学生兴趣，挖掘学生潜力，是一种能让学生体验、感受并可实践的学习方式，对学生的成长具有重要意义。

我们处于信息爆炸的时代，社会瞬息万变，新事物层出不穷。课本上的知识，更多地呈现前人的知识理论和经验，与日新月异的现实存在一定的差距。研学成为弥补这一缺陷的有效手段。研学活动，形式多样，设计灵活，可以密切联系学生成长和教育实际需要开发活动内容。在研学过程中，学生能够多样化、多渠道、多方面地吸收知识，补充课本内容的不足。比如，参观中国文字博物馆，能了解汉字起源与发展，深入了解甲骨文，感悟古人造字的智慧；感受汉字笔画的生命色彩；营造轻松愉悦的识字和书写环境，激发识字和书法热情。再如，参观国际有特色的建筑，了解国外人民的风土人情和其他国家不一样的历史与人文，使我们从小就树立长大为祖国贡献自己的信心与决心，从小立志为祖国的繁荣昌盛而努力学习的远大目标。

随着社会的发展，职业对人才的综合要求越来越高。在未来职业发展中，除了专业素养，待人接物、自我管理、团队协作等能力也是学生必备的素质。研学是一个提高学生处事能力的机会，旅行过程中，学生要处理与老师和同学的关系，要面对突发事件的挑战。在困难面前学会自我管理的能力，与同学协

蔡永强，数学教师，市级教学新秀，区级骨干教师。

作配合克服困难的能力，这些方面都难以在课堂实践。比如，在研学中，保证安全，自我管理，维持秩序，遵守规则，交流感悟等等，都是对学生综合能力的提升。

弘扬中华民族传统文化，培养爱国主义精神，是学生教育的重要内容。研学让学生走进自然和社会，培养了学生对自然和社会的亲近感，增强了学生关心社会、关爱生命的主动性和积极性。参观历史遗迹，能让学生直观地感知传统文化，激发爱国主义热情。比如，参观红旗渠，学习了不畏艰险、改造自然的精神；参观岳飞庙，学习岳飞的生平及抗金故事，感受精忠报国的爱国主义精神。

随着全球化的不断深入发展，对人才的国际视野的要求越来越高。国际研学，为学生提供了在国外亲身体验当地风土人情、接受异域文化氛围熏陶的机会。研学虽然是短暂的学习方式，学生不能系统地学习到专门知识，但这种学习方式能帮助学生触发兴趣、发现特长、挖掘潜力，甚至帮助学生树立终身职业目标。研学，应该成为学生的一种常态化学习方式，提前规划，每个学期有序进行，促进学生更加健康地成长。

就本年度我校俄罗斯研学对学生的成长意义进行如下梳理。

坚韧之行——遵守坚持

路途中同学们能够做到遵守一切规则，服从带队教师指挥，并能在飞机晚点几个小时在机场没有牢骚，没有抱怨，只是安静地看书，老师们和在场的其他路人都称赞不已，还有人向老师和学生们打听这是哪里的孩子们，表现真是太好了！

友爱之行——团结互助

此次研学我采用的教师带队负责学生小组管理制度，以十人一大组的管理方式，并在每组安排小组长负责整队后及时统计人数并报告给负责教师，实行上下交通工具点名制度和层层负责的管理制度。可喜的是我们北二兰的孩子们在自我管理的过程中学会了理解、体谅、互助、互爱。有的同学在研学期间发烧，老师随时随地地照顾和其他同学一路上帮助，感动了随行的所有家人们。

安全之行——规范管理

研学旅行，安全是重中之重。除了出发前的数次安全教育之外，旅行中为了保障同学们的安全，在上车、下车、到达目的地，随队老师都要进行点名，并将结果报给领队教师，最终由领队向校领导汇报，导游和带队老师负责监督。由于管理规范、到位，所有家人无一例安全事故。

文明之行——感悟自然

学生们有序地按照计划与1948学校和293学校师生进行了交流以外，还感受了俄罗斯莫斯科和圣彼得堡的建筑和风土人情，体现了我们北二兰家人们的文明礼仪，更加表现出作为一个中国人的自豪和骄傲!

提升之行——学有所获

研学旅行，“学”字是灵魂。行是知之始，知是行之成。研学期间在当地导游、本地学校师生的指导下进行参观。研学旅行中同学们提升了知识，开拓了眼界，提高了学习的兴趣和热情，真正做到了学有所获。

探索之行——累并快乐

本次研学，由于孩子们人数多，路程远，跨度大，每一个细节的成败，关乎每一个孩子，所以作为带队老师们，也倍感自己的压力和责任。虽然整个研学过程中，各种压力很大，但是我们将压力转化为动力，圆满完成了此次研学活动，取得的成绩是斐然的。但是我们也看见了有些工作准备得不足，为了下次研学积累了经验，这一切为更好地开展以后的研学活动收集了更好的资源。

我们一直在素质教育的道路上不断探索并取得了丰硕的成果，今后也将继续借助国际研学这个平台，加大素质教育的力度，深化素质教育，点亮北二兰学子灵动的生命，培养具有国际视野的爱慧少年。

以爱育爱将地方美术资源融入小学美术课堂之浅析

单栋楹

一、结合《美术课程标准》，充分合理地运用地方美术资源

兰州，是甘肃省省会，西北地区重要的交通枢纽和物流中心，古丝绸之路上的重镇。其浓厚的历史文化、丰富的自然资源、灿烂的人文精神，都可以融入小学美术教学活动。

小学美术特点具有生活性、广泛性、多样性等特点。美术以视觉形象承载和表达人的思想观念、情感态度和审美趣味，丰富人类的精神和物质世界。在开发本土美术资源中要充分利用家乡历史文化、自然资源、人文特色及当地民间美术丰富小学美术课堂美术。让学生感受到对家乡的爱，体验到家乡的美。

在历史文化特色中，教师可结合当地古丝绸之路、历史古迹等特点，加以利用，结合小学美术教学内容可在教学过程中穿插作为拓展环节加入，例如在湘教版五年级上册美术《家乡的古建筑》这一课中，教师可根据美术课标内容向学生介绍一些兰州的古建筑，如土司衙门，白塔山的由来，五泉山的故事等等都可以融入本节课的学习，不仅能为本节课的学习增添趣味，同时也能让学生感受到家乡悠久的历史文化，培养学生的自豪感与民族自信心。

在自然资源的挖掘中，兰州作为唯一黄河穿城而过的省会城市，典型的自然资源是必不可少的，同时黄河奇石也是别具特色与风格，兰州百合、苦水玫瑰这些代表着兰州特色的自然资源可以与小学美术穿插结合，如湘教版六年级上册美术《美丽家园》让学生了解家乡的自然风貌与自然资源特色，让学生了解家乡，热爱家乡，使小学美术教学赋予地域特色。

在地域人文中发现资源，由于历史文化的沉淀，兰州居住着汉族、回族、

单栋楹，美术教师。

藏族等36个民族，多民族的文化交织与汇合，有着丰富的地域民族特色资源，不仅只是一碗牛肉面、一碗甜胚子、一碗灰豆子，还有让人忘不了的八大碗。这些充满地域人文特色的资源未尝不是值得利用与挖掘的资源。如湘教版二年级上册美术《瓜果飘香》可引入家乡特产，如一年一度的兰州安宁蟠桃会，让学生不仅了解自己家乡的农作物，同时感受家乡地域人文特色。

根据课标，小学美术以内容的丰富性、表现形式的多样性及赋予人文性等特点，结合当地本土美术资源特色，发挥我国基础教育课程体系的积极作用，加强美术学习活动的综合性和探索性，使小学美术教学更具生活气息。

二、以爱育爱，加强美术与生活的联系，陶冶学生情操

教育是爱的事业，爱是教育的首要特征，教育离不开教师的爱，用教师的爱培育学生的爱，以爱育爱，让教育事业充满活力与生命。博学笃行，为人师表，教师的一言一行都潜移默化地影响着学生的行为与价值取向。小学美术教育要呈现生活化气息，离不开教师的爱，包括有对学生的爱，有对生活的爱，有对家乡的爱和对祖国的爱。自然，在美术教学中要让学生感受到教师发自内心的爱，用真诚的爱面对学生，感化学生，让学生感受到美术与生活息息相关，将美术带入生活之中，让学生真真切切地感受到美术与生活的联系，从而有利于培养学生对于生活的向往和积极乐观的生活态度。

教育理论家陶行知先生认为生活即教育，从生活与美术的关系来看，美术教育即生活教育的一部分，小学美术分为“造型·表现”“设计·应用”“欣赏·评述”和“综合·探索”四个学习领域的设定。这四个领域课程的设计都具有生活化气息，教师在授课过程中以课标为指导思想，结合本土地方美术特色资源融入课程当中，即能够达到教学目标的要求，又能让学生了解自己的家乡，感受家乡的美，陶冶学生热爱家乡的情怀。

三、以爱育爱，情系教学，发挥美术教师在地方美术教育资源开发中的优势

教育是一项伟大的事业，教师是传道授业解惑者，培育着新生一代，教育是爱的事业，爱是教育的首要特征，教育离不开教师的爱。以爱育爱，情系教学，让教学成为每一位教师的梦想与追求，体现自身的价值，谱写爱的教育篇章。用爱去体验生活、利用自身的专业知识与技能结合家乡美术资源特色，融入小学美术教学让课堂充满生活的气息与乐趣。

在寓教于乐中提升数学素养

吕　品

随着时代的发展，人们对数学教育的价值观发生了深刻的变化，数学教育已从以获取知识为首要目标转变为首先关注人的发展，人们对数学教育的要求会越来越高。要求教师的教学要关注每一位学生的身心发展的需要。而“培养创新精神与实践能力”的提出，要求教师的教学要促进学生个性的发展。教师要真正理解：“人人学有价值的数学，人人都能获得必要的数学，不同的人在数学上得到不同的发展。”正是基于此认识，我认为在日常的教育教学工作中，数学老师更应多一些思考和感悟。要认识到在未来社会中，获取知识的能力比获取知识本身更重要，获取信息的方法比获取信息本身更关键。教师给学生的应该是方法库，工具库。下面我将结合自己的日常教学工作，简单地谈谈我在该方面工作中的一些感受和经验：

一、精心准备“精彩两分钟”，提高学生的数学素养

我校在教育教学工作中有一项特色——“精彩两分钟”环节，要求在科任老师正式授课前，每天轮流请班上的同学给全班讲解和展示其准备的内容。“精彩两分钟”环节完成后，会有班上的同学进行评价打分。这种形式既能锻炼学生的胆量，也能提高学生的语言表达能力，培养他们的客观分析与评价能力，还能开拓学生的视野、增长见识，意义深远。

我带的班是低年级，孩子们之前没有做“精彩两分钟”的经验。在这两年的教学实践中，我努力精心准备与教材紧密贴合的主题，让学生逐步学会怎样参与到“精彩两分钟”环节。首先“精彩两分钟”的准备，不能是随心、随意的，而是我根据本学段学生的实际、根据我班学生的实际、根据所教教学内容的实际，精心设计的、精心编排的，精心与学生商量的。比如一年级上册，我

吕品，数学教师，市级教学新秀，区级骨干教师。

把主题分为两大块“数学游戏”和“数学文化”，在教材中涉及有“认识七巧板”、“认识人民币”、“找规律”等单元，我就相对应地选出“七巧板”、“我国的货币历史”、“找出相同的卡片”等主题，让学生自己选择。学生不再困惑，不再为定什么样的题目而大费周折；也同时让“精彩两分钟”环节有了针对性，内容上不再随意，学生所说与课堂紧密相连，孩子们听得津津有味，做分享的同学兴致勃勃。

数学游戏：火柴棒的游戏

数学文化：测量工具的介绍

数学文化：乘号的由来

二、精心设计数学作业，培养学生的探究精神

作业设计看似简单，实则是一门比较讲究的艺术。作业具有巩固延伸、培养发展、反馈修正的作用。怎样让学生从作业中感受数学的魅力，从思考解答中感受数学的趣味，让学生在做中生智、做中生趣。

游戏作业带有“玩”的色彩，尽可能把常规的练习设计成趣味题、游戏题，使学生在做中生智、玩中生趣。要注意的是，在设计游戏型作业时，必须考虑与所学的数学内容有密切联系。例如，学习了“10 以内数的分与合”后，我让学生做小老师，回家考父母。考试方法：孩子和父母先定好考试内容（几的分与合），再与父母用出拳游戏进行。如考“7 的分与合”，孩子用小嘴巴说“我出 4”，同时出 4 个手指，妈妈出 3 个手指，同时说“我出 3”。孩子判断妈妈出的手指与回答的数是否正确。这项作业得到学生及其父母的积极响应，他们每天和父母玩得乐此不疲，不仅培养了学生手口一致、训练了左右脑协调，也调动了他们的学习积极性，还加深了他们与父母间的情感交流。

“纸上得来终觉浅，绝知此事要躬行。”还有一些操作类作业，学生通过亲手制作、亲身体验，搭建起知识结构物化与内化的桥梁，来促进对知识的理解，生发趣味，启迪智慧，发展综合能力。在一年级学习了“100 以内数的认识”后，布置了一项作业，用生活中“100 个物品摆图形”，孩子们摆出了各种各样的图案。此项作业，锻炼了孩子们的动手能力，经历了数数，感知了“100”有多少，从而培养了他们的数感。孩子们也非常喜欢这样的作业。

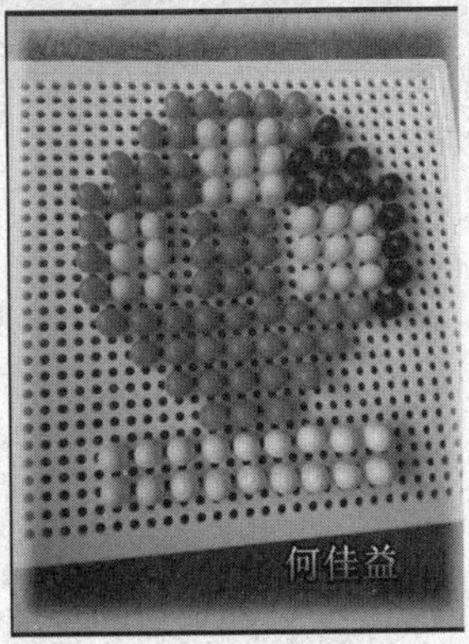

作为教师要精心挖掘教材内容，设计开发出富有智慧、充满情趣、多元多样的作业资源，激发学生进行多方面的感官体验，在愉悦合理的情境中获取知识，积累大量愉快而丰富的经历，使学生的知、情、意、行得到协调发展，让数学作业智趣飞扬！

通过这种开放式的探索活动，提高了学生应用知识的兴趣。数学知识源于生活，并最终服务于生活，尤其是小学数学，几乎在生活中都能找到其原形。教育是需要用爱心浇灌、用热情燃烧、用智慧点亮、用无悔坚持的事业，在十多年的教育教学过程中，我既体会到教师职业的神圣和辛苦，更体会到做教师的幸福和快乐。只要我们教师留心，就可利用生活中的问题设计出很多现实的、有意义的、富有挑战性的开放性练习。使学生获得对数学理解的同时，在思维能力、情感态度与价值等多方面得到进步和发展。

从某种角度来说，与孩子相伴，是我们的命运，也是我们的幸运。那些美妙的故事从来没有停止过，等待我们去发现，去记录……

小学德育教育视角下核心价值观培养研究

周玉伟

德育教育是指培育人道德品质的教育。即通过培养道德情感、道德判断力、道德实践动机与态度，提高道德实践的能力与素质的教育。核心价值观是社会发展过程中依据的是非标准和遵循的行为准则。社会主义核心价值观是中国特色社会主义的本质体现，是实现“中国梦”的基本保障。十八届三中全会通过的改革决定中，明确了加强社会主义核心价值观教育的基本内容。提出要进行中华优秀传统文化教育，形成爱学习、爱劳动、爱祖国活动的有效形式和长效机制；增强学生社会责任感、创新精神、实践能力。

从目前小学德育实际现状的角度分析，培养践行社会主义核心价值观，关键在落实。培育和践行社会主义核心价值观、加强中小学德育教育是推进中国特色社会主义事业的必然要求，是深化教育领域综合改革、促进学生健康成长的现实选择。

核心价值观对于年龄在6—12岁之间的未成年人来说，无论从知识理解的层面，还是从行为时间的层面都很不容易实现。如何用直观、生动、形象的形式诠释、践行核心价值观，是我们一直在探讨的话题。

一、确立“德育教育培养核心价值观，用德育教育活动唱响核心价值观”的理念。

利用品德与生活、品德与艺术、品德与学科及各重大传统节日相结合的方式，确立教育的核心理念，培养学生的道德素养，引导他们树立正确的价值观念，陶冶高尚的道德情操，促进他们全面发展健康成长。

二、在小学德育教育视角下，可通过以下几方面来培养核心价值观。

1.打造绿色校园文化，透射核心价值观。

周玉伟，体育教师，市级教学新秀，安全管理先进个人。

挖掘地域历史文化，因地制宜地开展校园文化建设，将社会主义核心价值观融入校园物质文化、精神文化、制度文化、行为文化中。

2.注重德育课程渗透，培育核心价值观。

充分发挥课程的育人功能，将社会主义核心价值观的内容和要求细化落实到各学科课程的德育目标中。

3.上好少先队活动课，倡导核心价值观。

少先队活动课是通过少年队活动培育和践行社会主义核心价值观的重要渠道。要将少先队活动课的开设列入学校教学计划，做到课程化、制度化、常态化，充分发挥育人功能。

4.创建特色小中队，弘扬核心价值观。

根据班级特点，创设特色小中队，如“英雄中队”“国旗中队”“诚信中队”等，激发队员们从小树立远大的志向，好好学习，为实现中华民族伟大复兴的中国梦时刻准备着。

5.成立红领巾社团，践行核心价值观。

红领巾社团，是孩子们陶冶情操、提高修养、放飞梦想的舞台，是践行核心价值观的主要活动形式。可通过广泛的实践活动，充分体现德育在行动，将社会主义核心价值观细化为贴近学生的具体要求，转化为实实在在的行动。

6.举办校园艺术节，唱响核心价值观。

“用艺术启迪人的智慧，陶冶人的情操，树立正确的价值观”是学校举办学校文化艺术节的出发点和落脚点，是对育人教育理念的诠释。活动中可以让核心价值观的种子在队员们心中生根发芽，成为引导少年儿童健康成长的星星火炬。

在学校德育教育中，用社会主义核心价值体系教育学生，引导学生先从规范自己的日常言行开始，使广大学生成为理想远大、品德高尚、意志顽强的新一代。小学生正处于人生观、价值观形成的关键时期，他们的思想观念还未成熟，具有较大的可塑性；他们接受新鲜事物的能力很强，但鉴别力明显欠缺。每一种社会制度或同一社会制度下的不同发展时期，都有相应的核心价值观，我们教育学生也同需要精神力量。

用健康的方式来培养习惯

胡江鸿

我们常说：习惯的力量是巨大的，好的习惯会使人受益终身。在积极实施我校“以爱育爱”的教育理念，落实课堂文化时，我越发觉得加强孩子的养成教育非常的重要，美国著名的心理学家威廉·詹姆士曾说过：“播下一个行动，收获一种习惯；播下一种习惯，收获一种性格；播下一种性格，收获一种命运。”那么，在教育中，我们的孩子应该拥有怎样的好习惯？又如何去培养孩子的好习惯呢？我既是一名教育工作者，又是两个孩子的父亲，下面我结合自己的教育实践和理念，谈谈如何给孩子播下成功的习惯。

一、让孩子感受好习惯带来的益处尤其重要。好习惯的益处是毋庸置疑的，那么，要想帮助孩子培养好的习惯应从何下手呢？我想，首先让其拥有培养好习惯的意识是第一位的。

在小学阶段让孩子们了解任何习惯的三个组成部分：触发习惯的原因、习惯本身、习惯带来的结果，从而让他们意识到怎样的行为应该保持，怎样的行为应该摒弃。所以如果老师及父母注意到孩子自动去做某些事，例如孩子写的作业笔迹工整，或是孩子一起床就主动去洗脸，就可以把握机会和孩子谈谈习惯，例：“你觉得你为什么要这样做？”以及：“你觉得这样做会带给你什么样的好处呢？”其中，了解好习惯带来的益处尤其重要，因为这样可以引导孩子思考自己的哪些行为属于好习惯，从而鼓励孩子开始用健康的方式来培养习惯。

二、基本且重要的好习惯是不可缺少的。拥有了养成好习惯的意识后，孩子自然而然便会下意识去促成自己好习惯的养成，那么，怎样的好习惯对孩子来说是最重要的呢？我想至少以下几点是不可缺少的。

1.做事有计划

胡江鸿，美术教师，市级骨干教师，省科技创新先进个人。

做事有计划的人才会赢得信任，不至于临时抱佛脚。有些孩子每次考试前就一团乱麻，做作业时三心二意，早晨起床上学常常找不到袜子，零用钱花不到月底就一分不剩……当孩子有这方面的坏毛病时，老师父母一定要教会他懂得计划的重要性。不妨让孩子在睡前梳理好第二天的日程，让孩子抄在便利贴上方便执行。养成这个好习惯，孩子绝对终身受益!

2.讲道理，善待他人

每个人都愿意面对一张微笑的脸。微笑待人的人，总是真诚友善、宽容大度，他们走到哪都会是受欢迎的人。老师父母应当教会孩子讲礼貌，比如日常生活里常说“你好”、“谢谢”、“对不起”，在请求他人帮忙时多用“麻烦你帮我……好吗?”的句式，平时多关心他人……长久以往，孩子会收获到比礼貌更有意义的人生财富。

3.自己的事自己做

多给孩子一些尝试的机会，慢慢地，你会发现孩子的能力超乎你的想象!请让孩子养成“自己的事自己做”的好习惯。在他学会自理之前，老师父母要做的是放手。特别在孩子进入小学后，起床问题，叠被子，整理房间，收拾书包等这些事情就不要再为孩子包办了。爸爸妈妈可以为孩子举办“小仪式”庆祝孩子的长大，然后提醒孩子：“你现在走进小学，已经是小大人，以后自己的事情自己做，爸爸妈妈相信你能做好。”

4.遵守时间

合理的生活安排、规律的作息可以增强孩子的秩序感，树立时间观念，提高做事效率。但让孩子学会守时，并不是件容易的事。老师父母以身作则的同时，可以尝试把主动权交到孩子手里，不让孩子为了偷懒找各种借口。

5.保持一颗谦虚的心

学会发现别人的优点，向他们学习，告诉孩子，“每个人都有自己的闪光点，我们应该从别人的闪光点中想想，自己是不是也能这么做?”这个时候，保持一颗谦虚的心是极有必要的。

曾经有个孩子不敢举手回答问题，可同桌勇于发言，时常得到老师夸奖。孩子听从妈妈的话向同桌请教“秘诀”，同桌大方地告诉他：“反正说错了也没关系，老师不会怪我们的。”正是这句话打开了孩子的心扉，慢慢地，这个孩子也跟着同桌主动回答问题，也正是这股劲头，孩子的成绩提高了，性格也越见开朗。

6.在错误中反思自己

孩子在生活中做错事，在学习中做错题是常见的事，如何做到下不为例，这就需要孩子能在错误中反思自己，从而彻底改正过来。

当孩子做错事时，老师父母请别光顾着责怪他，不妨这么反问：“你知道自己哪里做错了吗？问题出在哪里呢？”等孩子回答后，认真和孩子约定：“那下次我们记住这个教训，不要再犯了好吗？”对待学习也是，懂得反思的孩子能够及时总结，查漏补缺，减少错误再次出现的概率。从长远来看，这能够“缝补”知识漏洞，可以为孩子的学科学习打下牢固的基础。

三、以爱育爱，言传身教，帮助孩子从小养成好习惯。我建议可以从以下几个方面去尝试：

1.给孩子做个好榜样

老师父母永远都是孩子模仿的对象，你想要孩子养成什么习惯，你自己就得养成什么习惯，要不然不管你跟他说再多，他最终看的都是你如何做的。如果你不想让孩子在公共场合大嗓门说话，你自己就得做到在公共场合保持安静，如果不想让你的孩子玩手机，你自己就得做到在孩子面前不玩手机。

2.告诉孩子你的感受

当孩子做了什么事后，要告诉孩子他的所作所为带给你什么感受，让孩子知道自己做一件事情会造成什么影响。比如，孩子喜欢在你打电话时打断你，你可以跟他说：“宝贝我很失望，因为我打电话的时候你总是想打断我，害我听不见电话那边说话。”

3.孩子做对了，适时鼓励他

当你发现孩子做对一件事的时候，一定要鼓励他表扬他，让他知道自己这样做是对的。老师父母注意要很确切地表扬他，在表扬中描述中他做对的事，比如，当孩子把玩具放回原处后，你可以说：“你玩完玩具又放回去了，妈妈真的好开心啊，宝宝做得太好了！”

4.从孩子的角度说话

当我们和孩子说话的时候，要从孩子的角度出发，从他的感受、想法出发。当你养成这种习惯的时候，孩子从你的说话方式中也更容易注意到他的行为习惯。

5.说话算数

不管你答应了孩子什么，一定要实现诺言。孩子是无条件相信你的，他认为你答应的事情是不会让他失望的，而且你的这个行为会成为他日后做事的参照，如果你说过再在商场里哭闹就立刻带他走，一定要做到；当你答应周末陪他出去玩，也一定要做到。

6.说不之前先想想

当你对孩子说“不行”的时候，先想想这件事有没有必要说不行。给孩子制定规则很重要，但是别大事小事都制定规则，放到关键时候用。

7.给孩子下简单积极的指令

如果你给孩子的指令简单而明了，他会很清楚地知道你想让他做什么，特别是积极的指令要比消极的指令效果好，因为你是在给孩子做事指出了一条积极的方向，比如，你想让他关门，可以说："关上门"，而不是说“别让门开着”。

8.教孩子学会责任感

当孩子足够大的时候，一定要让他学会为自己的行为负责任，其实不用刻意去做什么，让他看到他做某件事产生的自然后果就好了，比如挑食不吃饭下午就会饿肚子。

9.说一遍就好

如果你对一件事总是重复很多遍，他会一个耳朵进一个耳朵出，告诉他一次，再提醒他一次不配合的后果是什么就足矣，如果你清楚地表达了你的意思，孩子还没有配合你就要有所行动了，说到有什么后果就有什么后果。

总之，作为老师及父母，我们必须铭记：再多的关心和说教都不及一个好习惯来得实在。以爱育爱，言传身教，从小播下好的习惯，它会伴随孩子的一生，成为他成功的有力保障，成为他受益终身的财富！

追本溯源，数学之魂

——关于数学文化在实际教学中的思考

张炜琪

任何事情都要追本溯源，数学也不例外，那数学的本源是什么呢？《数学课程标准》指出：“在小学数学教学中，不仅要让学生掌握数学知识，形成数学技能，培养数学技能，而且要进行数学文化的渗透。”因此，教师要强调数学文化的教育价值，这样，才能让我们的小学数学课堂更灵动。

一、数学文化为何重要？

日本著名数学家和数学教育家米山国藏说过：“无论对于科学的工作者、技术人员，还是数学教育工作者，最重要的数学的精神、思想和方法，而数学知识只是第二位的。”所以，数学的精神、思想和方法应是数学教育根本目的之所在。数学知识不等同于数学文化，如果我们的课堂只是数学知识的学习，那这个课堂便缺少了灵魂，而数学文化正是数学课堂的灵魂所在。掌握科学的数学思想方法对提升学生的思维品质，对数学学科的后继学习，对其他学科的学习，乃至学生的终身发展有十分重要的意义。

二、数学文化有何作用？

（一）开拓学生视野、激发学习兴趣

许多学生认为，数学这一门课就是由一串串数字组成的，把数学里的加减乘除学好了，数学任务就等于完成了一大半。可随着当代社会的发展，数学也已变成了一门学问，它是研究数量知识、结构知识、空间知识、变化和信息等内容的一门学问，不单单是只研究数字那么简单。如果要想把数学学好，精通数学，不仅要学习好数学书上呈现给我们的内容，还要了解数学这一门学问背

张炜琪，数学教师。

后的数学文化。如果教师在教授一些常见的数学概念时，能够指出它们的来源、典故及历史演变过程，将会使学生兴趣盎然，整堂课也会活跃起来。

（二）感受严谨态度、增强探索精神

数学本是一门严谨的学科，这严谨的态度是前人研学的态度，也更应成为当代师生治学的态度。古代先贤祖冲之从小坚持实事求是，他从亲自测量计算的大量资料中对比分析，发现过去历法的严重误差，并勇于改进，在前人成就的基础上，经过刻苦钻研，反复演算，求出 π 在 3.1415926 与 3.1415927 之间，并得出了 π 分数形式的近似值。数学先贤们的严谨态度值得我们学习，他们的献身精神值得我们敬仰！他们的经验教训值得我们去借鉴。

（三）了解传统数学、培养爱国情怀

可以说数学是中国古代最发达的基础科学之一，仅以现在的数学知识为例，十进位值制、正负数运算、开平方开立方法则、圆周率的计算都是古代取得的辉煌成就。例如，负数的产生和发展有着悠久的历史，中国是世界上最早认识和运用负数的国家，早在 2000 多年前，我国古代数学著作《九章算术》中对正数和负效就有了记载。魏朝数学家刘徽在该书的注文中则更进一步地概括了正、负数的意义：“两算得失相反，要令正负以名之。”古代用算筹表示数，这句话的意思是，两种得失相反的数，分别叫作正数和负数。这对于小学教学中上下车人数、盈亏等问题的解决都有很大启发。

（四）鉴过去，知未来

数学的发展与社会的进步息息相关。在数学课堂教学中有意识地渗透数学文化在日常数学课堂教学中。以《排队中的学问》为例，本节课以活动课的形式解决排队中的问题，旨在丰富学生的数学思维方法，提高学生运用数学知识解决实际问题的能力。同时让学生体验到数学知识与生活息息相关，进而体现数学知识的应用价值。但是仅仅掌握解决问题是不够的，还要在潜移默化中渗透数学文化，由此引申出排队的意义。排队是我们社会生活中的一种行为秩序，体现的是我们的公民意识、秩序观念，乃至于整个社会的文明程度。

三、数学文化如何实施？

基于小学生的知识能力和思维水平都还比较低的特点，在小学数学教学中，教师可以从数学赏析、数学故事、数学游戏这三方面为切入点进行数学文化的渗透，从而形成全新的数学课堂。

（一）领略数学的魅力——数学赏析

数学是对人类客观世界的抽象与概括，具有内在美与形式美的双重统一。

现在，很多小学生越到高年级就越不喜欢学数学，主要的原因是我们的教学脱离了“数学美”，他们觉得学数学是很枯燥的。因此，在教学中，教师要挖掘教学内容中美的素材，从而让他们领略数学的无限魅力。这样，学生就能够在欣赏数学美的过程中触摸深厚的数学文化。例如，在学到对称的时候，就可以展示一些建筑图片，引申出建筑中的对称美学：从皇城宫苑到普通民宅；从群体建筑的规划到一户一室的布局，从亭台楼阁、轩榭廊舫，到厅堂馆斋……我们处处都可见中式对称的影子。

（二）感受数学的生动——数学故事

爱听故事是小学生的一大特点。在小学数学教学中，教师可以根据教学内容适当地穿插一些数学故事，让学生能够充分感受到数学的生动有趣。数学故事可以从数学家的故事、数学童话、数学寓言切入。例如，在学到时间单位“时、分、秒”的时候，就可以给学生补充一些时间的数学文化知识。在遥远的古代，没有时钟，人们怎样计时呢？聪明的人就想到用水漏的方法来计量时间。从汉代开始，人们用十二个时辰来计量一天一夜的时间，像子时、丑时、寅时、卯时等等。

（三）享受数学的乐趣——数学游戏

儿童天生爱游戏。在儿童的生活中，充满着各种各样的游戏，可以说儿童是在游戏的过程中成长的。教师在教学中，适当地把数学游戏引入课堂教学，能够让学生享受到数学的乐趣，让学生在数学游戏中触摸数学文化。例如，在进行《有趣的七巧板》这一部分的教学时，可以给孩子们增加一些七巧板的知识：七巧板的创始人是宋代的黄伯思，后来七巧板传到了欧洲和日本，对于七巧板，许多人拼出了各种各样的图案。在外国，七巧板被称为“唐图”，意思是中国人发明的拼图。现在一玩起七巧板，人们自然会想到是中国人的骄傲。

四、结语

数学本身就是一种文化，在学生们学好课本上的数学知识的同时，渗透数学文化的知识，增加学生对数学的整体认知，在以后的学习生活中，他们会越来越感受到，数学确实不只是加减乘除那么简单，还有更多的知识点等着大家去学习和挖掘。作为数学老师，如果“数学文化”渗透得及时到位，数学课就充满了生机，也为学生们综合素养的提高贡献自己的力量。

对小学生负性情绪的几点思考

李明娟

当今社会是一个发展迅速、科技日新月异，人们的物质生活越来越丰富，社会信息网络越来越发达，生活越来越便利的时代，也是一个忧思甚多、心理问题常发，人民的精神生活需要得到更多关注的时代，尤其是对于小学生来说，他们所处的外部环境丰富，社会资源复杂，这一切会给他们带来不小的心理冲击，因此，关注小学生的心理健康问题，引导他们正确处理情绪困扰，是作为教育工作者的我们需要及时思考的内容。

一、小学生负性情绪造成的影响

对于小学生来说，我们常常可以看到负性情绪一般包括焦虑、抑郁、孤独等情绪：焦虑对儿童的认知过程，如问题解决、无意学习和完成测验等方面产生不良影响；抑郁会直接影响学习、社会能力的发展；孤独也会直接影响同伴关系的建立等。小学生对这些负性情绪的处理能力不强，在自己有了这些负性情绪以后，还往往伴随着行为问题的产生，对其的生活、学习以及个人成长会产生很多不良的影响，不但会制约儿童学习能力的发挥，更影响其自信、自尊水平的发展。

二、小学生负性情绪产生的原因

1.家庭是感受情绪的关键途径

家长是孩子情绪体验最主要的对象，他们作为小学生的主要照顾者，每天都会与孩子有很多的互动，孩子会敏锐地体察到家长的情绪，同时他们也会模仿家长的情绪模式，家长在什么样的场合、什么样的地点、以什么样的方式表达和处理情绪，都会直接影响孩子的情绪，他们会在潜移默化当中学习这种父母给予的榜样，从而影响自己的行为方式及人格的发展。若家长长期负性情绪

李明娟，二级教师，国家二级心理咨询师，获得省教科所优秀论文奖。

积压得不到疏导，就有可能会导致孩子陷入负性情绪。

同时，家庭教育更是培养孩子情绪至关重要的一环，小学生更容易被耳濡目染的情绪所感染，父母传递给他们的教育，对待事件的看法，对待他人的态度，都会让他们有所思，有所学，让他们的心理需求得到某种满足，而不当的家教方式、不正确的沟通模式、不良的家庭环境、不和谐的亲子关系，都可能会导致孩子的正当心理需要得不到满足，进而产生不良负性情绪，如沮丧、压抑、愤怒、绝望等。

2.学习压力是重要的外界因素

对于小学生来说，学习是他们日常生活的主导活动，大量与学习有关的事物构成他们情绪的主要内容，如能顺利完成学习任务，他们就能得到父母和老师的嘉奖，产生愉快的情绪情感体验，反之则会产生消极的情绪体验。

3.人际冲突诱发不良情绪

在小学阶段，孩子们大部分在校时间都是处于班级这样的集体中，因此他们与教师、与同伴之间的关系，也就显得尤为重要。对小学生来说，很容易受到他人评价的影响，这些评价有好的，自然也有坏的，而无论哪种评价，都会引起小学生复杂多样的情绪体验。

同样的，当学生与同伴之间产生矛盾冲突时，如果教师处理方式不当，也会使学生产生愤怒、抑郁、对抗等不良情绪，若得不到很好疏导，更会影响其身心的健康发展。

4.发展阶段决定情绪表达

小学生心理还不够稳定，很容易受其他外界因素的干扰而发生变化，学习压力、亲子矛盾及同伴冲突等都会引起其情绪上的波动，加上他们尚未形成良好的承受力和调节能力，故更容易产生孤独、焦虑、抑郁等负性情绪。

负性情绪是人类对环境的一种正常的心理反应，适度的负性情绪会有一定的积极作用，但是如果负性情绪长期存在，不能及时地调整，就会对身体和心理、学习和生活产生不良影响。

三、小学生负性情绪的调节措施

1.全力扶持家庭教育，优化家庭环境

家长的言行举止与孩子的心理健康关系密切，我们不能让孩子在学校里学的是一种行为标准，在家里又是另一种截然相反的行为标准，因此学校要优化学校和家庭心理健康教育的沟通，多方面地开展活动，向家长宣传心理健康教育的知识。如定期开展家庭教育和心理健康讲座，提升家长处理情绪的能力；

开展亲子共读活动，让家长和孩子共同静心阅读，学习书中处理情绪的方法；也在学校的引导下，给家长提供沟通的平台，互相了解别人好的家庭教育方式，改善家庭环境，优化教养方式，建立和谐的家庭氛围。

家长要注重培养孩子的情绪管理能力，在教育孩子时，管理好自己情绪，多与孩子沟通交流，倾听孩子的想法，引导孩子将负面情绪转向积极情绪。

2.营造校园心理健康文化氛围，提高教师专业心理素养

学校开展好心理健康教育的关键在于教师，而教师的心理素养影响着心理健康教育的质量。学校可在校内和校外加大普及心理健康教育知识的力度，营造良好的校园心理健康文化氛围，将学生心理健康工作全面渗透在学校教育的全过程中。同时引导教师学习心理健康教育的基本知识，提高教师的心理辅导水平，使他们树立心理辅导意识，并能运用心理教育的知识对学生的学习、生活、交往和发展等提供有效的帮助和指导。

3.加强情感教育，及时疏导情绪

情感教育，是指让学生学会体察和表达自己与他人的情绪情感，学会有效调控和合理疏泄消极情感，并进行相关技巧的训练，如敏感性训练、自我表达训练、放松训练等。

首先教师要倾听接纳孩子的负性情绪，然后引导孩子学会表达、释放情绪，适当地让孩子将情绪宣泄出来，这对保持其心理健康状态是很有益的。学会表达和释放消极情绪是每个学生都需要学习和练习的基本技能。

4.加强青少年体育锻炼，提高身心素质

可以通过体育运动，使学生释放自己的压力，宣泄不良的情绪。同时，学生在经历体育运动时的挫折和克服困难的过程中，学会控制自己的情绪，从而提高抗挫折和调控情绪的能力，减少不良情绪的影响。

美国心理学家黎黑曾经说过，“心理学有一个长期的过去、一个短期的历史和一个不确定的未来，”而这个“不确定的未来”正如我们所面对的每一位小学生一样，我们看得见他们的现在，听说过他们的过去，唯一不能预知的就是未来，所以作为老师，我们更要明确自己的责任与担当，努力培养和树立他们正确的信念，让他们拥有可以面对困难的勇气，更要学会及时地调整自己情绪，以适应这个瞬息万变的社会。

为什么要当班主任

甘建平

班主任工作累，繁，既要上课，又要教育和管理学生；既要协调任课教师关系，还要与家长沟通；既要关心学生的学习成绩，还要关注学生的品行，更需时刻把学生安全挂在心头。在学校中与学生有关的事情都要找班主任，都得由班主任来解决，真是操不完的心。那为什么要当班主任呢?

一、班主任，我的地盘我做主

1.从教师角度看

相比任课教师来说，班主任不光要关注学生的学习，更要关注学生的全面发展，不光要关注自己所带学科的学习情况，更要关注其他学科的学习状况。我之前只是一名数学老师，带两个班的数学，所以我可能就会只关注学生的数学学习情况，只会因为数学方面的突出表现或是进步而表扬学生，和学生交流的也更多的是数学方面的问题，对于数学学习比较困难的学生来说，我们的距离是很远的，也会很少和我交流。可是我现在是班主任了，那关注的就不仅仅是数学了，还会关注语文、英语以及其他科目的学习，更会关注他们在学校的点点滴滴，可以说任何一件发生在孩子身上的小事。我所带的六一班，语文相对要突出，而数学方面的学习来说要弱很多，如果只作为数学教师，我更倾向于六二班。因为我要带的是六一班，但是作为班主任的我就不能只关注数学，要尽可能从更多的角度去关注每一个学生。尽管他的数学只能考个七十几分，但是我会因为他语文和英语的成绩而表扬他，或是因为卫生搞得好而鼓励他，或是因为国画画得特别好而肯定他，因为我对他们关注的比较全面了，其实也是从别的方面对她进行了鼓励和肯定，这就无形中也拉近了我跟他们之间的这个距离，然后就有了慢慢地信任。不是常说“亲其师才能信其道”，因为我们的关系融洽了，他们也就更多的喜欢上了数学，尽管开始时学得很费劲，但就

甘建平,数学教师,市教学新秀,县区级骨干教师。

是由于心里乐意，才会不断地努力，数学成绩也在不断地提高。

2.从学生的角度看

学生会认为班主任才是他自己行为的管理者，班主任管理的比较全面，比如说上学、放学、课间上操、卫生、学习、纪律等等，什么都管，还要协调与任课教师之间的关系，与家长也沟通得最多。所以学生就对班主任有归属感，会觉得班级是班主任和学生共同的阵地，只有班主任才可以和他们一起制定班规。比如刚开学，我做的第一件事儿就是早上来检查作业，不光检查数学的，还有语文，英语作业。其实就是用自己的行为告诉孩子们，这是你们的学习阵地，这也是我的主阵地，在这儿，我说了算！当然做的这一切都是在爱学生、尊重学生和一切为了学生发展的基础之上的。在班级里，学习突出或是各方面表现优秀的学生总是会得到更多的鼓励，而真正需要帮助的一些特需生，这些特需生里面有一大部分是学习有困难的学生，这些学生需要多鼓励他，给他信心，这才能让他进步。我们班级制定了积分制，每天每一科的作业，每一堂课的表现，每天每一个细小的行为，都会有相应的加减分。用这样的方式告诉这些孩子，我可以在其他方面做得更好，从而调动了所有孩子的积极性。对于学习成绩，我是让学生自己定每一科目标，每次的成绩与自己的目标做对比，然后进行积分。当然目标不是一成不变的，会相应的往上提。之后我就发现，数学成绩慢慢上来了。

其实，就因为班主任这些细而碎的工作，决定了自己的教育教学工作更容易开展。

二、班主任效应

所谓班主任效应，使学生对自己班主任老师所带的学科课堂听讲、作业完成、测试成绩等方面会做得更出色。我想就是因为班主任对自己的学生更加了解，更加关心、更加期待也更加严厉，同时付出的时间和精力也会更多。也正因为如此，学生会对自己的班主任老师产生敬畏之情，喜爱之情，这必然督促学生在与之相关的方面花更多的工夫，从而做得更好！我班有个学生叫刘昱岩，一个聪明、调皮又活泼的男孩子，经常会犯一些小错误，以前经常会因为书写问题、作业完成问题等等批评他，然而问题不断，成绩也不是很突出。成为班主任之后，又有同学告状刘昱岩欺负班上的另一个同学，我问他有没有欺负同学，刘昱岩二话不说就承认了，我首先表扬了他诚实守信，有错能勇敢承认，然后又讲道理批评他不应该欺负同学，而后在班上我几次都表扬刘昱岩是个小小男子汉，做错事有担当。从此他不光再没有欺负同学，学习数学的劲头也很足，很多次课间休息或午间休息，他都在埋头做数学作业，对数学课程的学习他也比我们提前自学了两个单元，还经常拿一些数学问题和我探讨。我想这就是班主任才有的优势吧。

从教学的角度来说，“三分教七分管”。“管”从广义上理解就是思想教育。班主任除了书本的知识外，还时刻注意学生情绪的变化，哪怕是细微的思想波动，都会想办法采取措施，对班级里的共性问题，还会经常利用一切时间或契机进行“说教”，有时甚至占用自己的上课时间。虽然有时候不一定立竿见影，但是时间久了，学生就理所当然地把班主任当成自己思想的引领者，是可以倾诉内心想法的大朋友而不是仅仅可以请教问题的老师，这种心理归属感使学生更容易接受班主任的指令，包括在学科教学上也更“听话”。我班上有一个女孩子王艺憬，她语文英语成绩都不错，对班级里的活动都很积极热心，还经常帮助值日生搞卫生。我接班后的第一次测试她就考了五十几分，看到成绩我有点懵，是不是她真的学不好数学，还是因为我上课她没有听懂，不管怎么样她也一定很紧张很难过。所以当时我就很纠结，要不要跟她谈一谈，要怎么去跟她谈这件事。那天发卷子时我并未说什么。第二天我就发现她远远地看着我，那个眼神里面有担心、有疏远、有观察、有紧张，我想可能还会有排斥吧，我犹豫了好久，到第三天的时候我就跟她单独谈了一下，告诉他我对她的关心与担心，同时我还鼓励她学习数学要有信心，然后慢慢地，我觉得她学数学的劲儿越变越足了。尽管每一次考试都考得不怎么好，一直很努力，这次期末考试，她数学成绩是 96 分。

班主任效应，让我们的学科教学在不知不觉中轻松了起来，所以，为了更好的教学，也要选择当班主任。

三、做班主任是一门学科

班主任要有灵活、机敏和随机应变处理突发状况的能力。班主任工作要“勤”，眼勤，嘴勤，腿勤。还要勤观察，勤思考，勤解决；班主任工作要“细”，发现问题要细，处理问题更要细；班主任工作要“全”，班级工作要面向全体学生，也要全面抓；班主任工作要“严”，要严要求，严管理，但也要严中有爱，严慈相济；班主任工作要有“法”，班级管理要有法，处理问题也要依法；做好班主任工作还需要不断地学习，向书本学习，向同行学习，只有这样才能不断提高自身的管理水平和能力。所以做班主任是一门学科，通过这门学科，我们能更好更快地提升自己的教育智慧，才会过一种完整幸福的教育生活。

小学情境教学在小学英语绘本教学中的体现

侯雅萍

近年来英语绘本教学逐渐进入了小学英语的课堂。绘本以其内涵丰富的图片、生动有趣的情节、重复且朗朗上口的句式而著称。绘本的出现为孩子们的英语学习注入了新的元素，让语言学习变成了一种视觉以及精神上的享受，帮助孩子发展语言运用能力并滋养孩子们丰富的想象力。笔者认为绘本是对情境教学的有效体现并运用丰富的语言材料激发孩子们学习的主观能动性。

一、绘本教学以观察图片为基础，强化情境教学美感性

绘本中的图画和文字以各自的表意功能协调配合，相辅相成，图文合一。图画不是对文字的解释或补充，而是有独特的价值和功能。图画中一些或多或少的不同、空白和差异留给了孩子们对情境的想象和思维的空间。一些好的绘本甚至能不用一字就可以表达出文字所达不到的作用和效果。通过对绘本一幅幅精美图画的欣赏与阅读，不仅可以促进孩子们视觉发展、智力发展，还为孩子们的心理需要提供了必要的支持力量。

例如在英语牛津阅读树的第二阶绘本《Funny fish》中的首页，图片中晴空万里，大雁飞翔，青山碧水一下就把大家带到了一个愉快假日踏青游玩的情境当中。一家人带着鱼竿去垂钓，他们面带微笑，昂首阔步，这让孩子们对钓鱼的故事充满了期待和想象。

侯雅萍，英语教师，区级教学新秀，获兰州市情境教育教学优质课一等奖。

二、绘本教学以训练语言为手段，贯穿情境教学实践性

绘本中内涵丰富的图片，无限延展的空间，为孩子们的表达提供了大量的素材。语言学习不再是对知识点的单一重复，不再是大量的死记硬背，不再是哑巴英语。而是通过绘本内容的相关情境，利用角色效应，引导学生观察、体会、理解人物的特点，与人物产生共情并且能够试图表达出对人物的深层理解，强化感受，缩短了教材与学生之间的心理距离。绘本让语言表达变得真实、有效——孩子们会试图讲述图片内容，讲述自己内心的感受，预测故事，讲述自己内心的猜想。总之将死记硬背的学习方式变成真实有效情境下的语言表达。

例如在《Funny Fish》中所有的人物都没有钓上鱼，而最终狗狗钓上了鱼，面对这个戏剧性的结局，孩子们内心的情感体验是丰富而有趣的，有了这样的情感体验，他们更能够相对真实有效地进行表达，用有趣、搞笑的语气读出文本内容并进行进一步的语言生成。

Floppy got a fish!

三、绘本教学以发展思维为核心，着眼情境教学创造性

情境教学追求的不仅是有情有境地感知教材，还要在此过程中竭力发展学生的创造才能。结合英语学科的学习，第二外语的掌握是以大量重复的训练为前提，而绘本教学的引入把复现式的记忆变为创造性的训练，笔者以提问的方式驱动学生自主思维，引导学生深入思考，提高思维的敏捷性和灵活性并能够结合绘本重点句型和词汇生成新的语言信息，提高语用能力。

例如在《Funny Fish》中的最后一幅图片，爸爸钓上了一只靴子却意外地将狗狗打落了水。笔者在上课时会及时对孩子们进行追问，当时其他人的情感体验是什么？狗狗落水后会发生什么事儿？孩子们用绘本中的复现句型 Floppy got a ……. 进行猜测，在真实有效的情境中进行表达，练习句型，输出语言。

SPLASH!

总之，绘本中情境的创设优化了孩子们的学习环境，促使孩子们积极主动活动于其中。让学生有适合多方面发展需要的、充满美感和智慧的学习环境、氛围，促使学生在现实环境和主体活动的交互作用中，与绘本人物产生情感和心理上的共鸣，从而获得生动活泼、主动、和谐的发展。

“爱”是沟通的桥梁

——小学生心理健康典型案例分析

刘伟民

一、案例呈现

大学毕业后，进入了北京第二孩实验小学兰州分校，工作近两年以来主要担任学校数学教学工作，由于学校建校不久，所以会有学生陆陆续续转学进来。四年级第一学期，班上转进来一名男同学。进入班上一周后，我发现这孩子上课听讲效率特别不好，每天作业都不能完全完成，而且课间和其他同学基本不交流。所以利用课后我和他妈妈进行了交流，才知道他在三年级时学习一直名列前茅，和同学关系融洽。但自从上了四年级就开始情绪不稳定，做作业时也磨磨蹭蹭，拿块橡皮也能拿半天。尤其是以前妈妈在家布置多余的试卷他都能认真完成，但是现在连当天学校老师布置的作业都不写或者胡写应付。

某天，利用中午吃饭时间，我和这个男孩进行了交流，为了让他能够和我说说自己的心里话，在此之前我做了很多简单交流。原来，他觉得学习对他来说很痛苦，因为每天不仅要完成学校的作业，而且回家妈妈还会给他布置很多作业，导致他现在特别不喜欢学习。而且如果作业完成不好或者期末考试不好，爸爸就会采用武力方式解决。所以他现在上课也不想听，回家写作业只是在应付。

在和孩子交流后，利用某天下午放学后，我又和孩子的妈妈进行了一次交流，首先，我将我和孩子交流的情况给妈妈进行了反馈，这位妈妈才将真实的情况向我做了说明，为了让孩子能考一个好成绩，她会每天在家给孩子增加多余的作业，而且如果完成不好就会受到惩罚，他对围棋很感兴趣，但如果一周之内有一次作业完成不好，就取消周六的围棋课，并且加做相应的作业。进入

刘伟民，数学教师。

四年级后，他就出现了作业完成不好的现象。而且想方设法地逃避作业或者上学考试等。除此之外，孩子的妈妈告诉我，在四年级第一学期，也就是转到我们班上的前一个学期，由于年级增高，作业量变大，所以完成学校作业和父母布置的作业大概就到晚上十一点了。而且每天如此。父母的加压，繁杂的作业，让这个小小的四年级的孩子产生了厌学的情绪，导致他现在在学习上退步很大，在学习中完全找不到成就感。

二、成因分析

四年级学生的这种对学习的反应，实际上是厌学的一个典型案例。学生对学习烦躁、厌烦、不想学，但又不得不学，于是出现了消极应付的情况，尤其是在青少年时期。其主要特征是对学习厌恶反感，甚至感到痛苦，因而经常逃学或旷课。厌学的一个直接后果就是导致学生学习效率，速度和质量下降。厌学主要分为三个程度。轻度厌学，学生不喜欢学习，上课注意力不易集中，课后作业偷工减料等；中度厌学，学生开始将情绪付诸行动，经常性逃课，逃避学习，不想面对学校老师、同学。重度厌学，从心理问题发展为较为严重的厌学症，将学习中的问题夸大泛化，对学习产生恐惧心理，极度自卑心理等。由案例中这位学生的表现来看，他目前属于轻度厌学状态。

产生的原因主要有以下这些：

第一，家庭环境的影响。一些学生产生厌学心理，究其原因，家庭因素是不容忽视的，家庭中的物质环境、精神氛围、家长的教育方式，都会通过有形或无形的方式给子女的学习带来正面或负面的影响。有些家庭缺乏有利于孩子学习的精神氛围，有的家长业余时间在聊天、看电视、打牌中消磨；还有的家长对学生抱以不切实际的过度期望，把家庭变成“第二学校”，自己承担“伴读”“督学”角色，这无形中增加了孩子的压力。而我们班这位同学的表现就是家庭教育的不正确，在这种情况下，孩子常会认为学习是为了父母，而自己体验不到学习的乐趣，以至逐渐丧失了对学习的兴趣，导致成绩下降，而成绩稍一下降，父母压力更大，学生更不愿意学，成绩更差，造成了恶性循环。

第二，来自教学内部的原因。目前相当多的学校，其教育教学指导思想仍未从应试教育的樊篱中走出来。升学指挥棒在中学仍有很强的支配力，由此产生一系列问题，直接影响了学生学习积极性，加重了学生厌学心理。一是由于教师的教学思想仍被升学指挥棒左右，不注重生动活泼的教学过程，更无暇去顾及学生学习兴趣的培养和学生间的个别差异。凡此种种做法严重影响了学生的求知欲和好奇心，强化了学生的厌学情绪。二是教育评价方式的影响，如果学校对教师教学质量的评价，对学生的评价，均以考试分数为标准，这样就会加重学生的心理负担。

第三，学生自身的因素，不良的个性特点及个性倾向。如意志力薄弱、兴趣广泛而不专一、学习目的不明确，缺乏内在的学习动力等，都易失去学习兴趣。还有些学生在学习过程中时常碰到困难，遭遇失败，甚至是老师的冷嘲热讽和轻视，家长的打骂，这些常使他们认为自己是一个失败者，于是自暴自弃，产生厌学心理。

三、应对策略

1.换位思考，学会理解。

首先我们要注意观察孩子的心理，多发现他们的闪光点。从常碰到的情况看，造成学生厌学心理的原因一般分三个方面：一是我们现在的孩子承受力越来越差，抗挫折能力很弱，但家长和社会对其期望值却越来越高。孩子情愿躲到家这个蛋壳里，也不愿去学校。二是我们的教育目前都是向成绩看齐，缺少一个全面衡量孩子的标准。家长对孩子的成长没有正确、及时地引导教育，对孩子的生活能力、责任感、健全人格等教育都极度缺乏。只有在学习上出现问题时，我们才觉得有问题了。三是还有很多孩子因为迷上网络游戏而厌学。因为孩子的生活相对单调乏味，没有快乐体验，所以才专注于此。针对师生关系紧张这一原因，作为老师应时时注意观察学生的心理，多发现学生的闪光点，适当地给予鼓励，让他们找到成就感。一旦发现学生家庭压力过大，应及时跟家长沟通，做好家庭工作，适当给学生减压。另外，老师也注意改变自己的教学方式，多留心学生心理及行为的发展。注意对学生厌学的心理进行预防与矫正。

2.倾注爱心，学会引导。

作为老师要以身作则，倾注爱心，与学生亲和。爱是教育的真谛，教师的事业心、责任心及其人格力量是学生健康成长的动力。教师在教学工作中倾注满腔热情，相信每个学生都会发展成才，是对学生成长、对教育事业、家庭社会负责、对自己负责的具体体现。教师要用高尚的师德、渊博的学识、良好的仪表、为人师表的形象影响和带动学生；用先进的教育思想、全新的教育理念、饱满的教育热情、严谨的教学态度，营造平等融洽的师生关系、启迪激励的课堂环境和关爱和谐的学习氛围。中学生正处在人格趋向健全、心理逐步成熟的发展时期，尊重和关爱是教育好学生的前提。

3.坚持学习，学会创新。

最后，我们要为学生减压。学校确定教学目标时，不应该为了应试教育只追求升学率，应当争取让每一个学生都得到全面发展。学校要全面实施素质教育，严格执行教学计划，不提升教学难度和要求，不增加课时和教学时间，加强思想品德、情感和心理教育的渗透，减少教师的外在压力；教师要更新教育观念，充分利用现代媒体，为学生素质的全面提高创造良好课堂环境，促进不同层面学生的素质都有所提高。促进学生个性全面发展。教师要把适当的时间放在为学生提供大量的学习资源和各种新的学习方法上，使学生处于一种可选择的最能满足需求的学习资源中，帮助学生在自由学习气氛内学有所得，在课程范围内自主制定目标、自主计划自己想做的事、自主确定最佳评价的准则，真正实现自主学习、自主提高、自主发展。

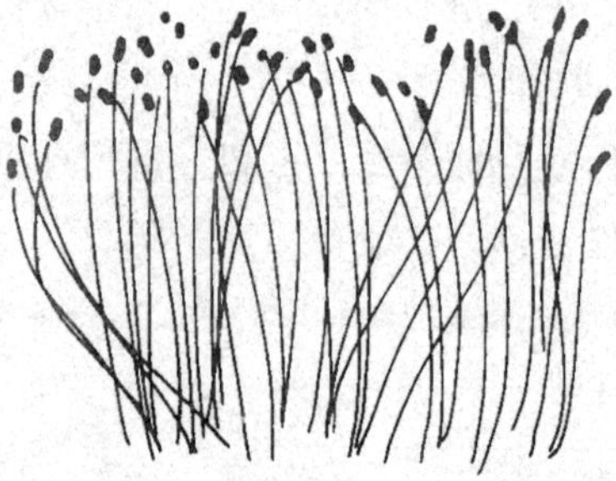

学生探究兴趣的激发的研究

汪美霖

小学时期是小学生的关键时期，而小学音乐的教学可以培养学生乐感，提升其音乐鉴赏能力，提升其音乐素养。因而应引起我们小学音乐教师的重视。我们应巧设教学情境，激发学生的学习兴趣，从而提升音乐教学的质量。

一、巧用生活激趣

小学音乐教师可以寻找音乐和学生生活的结合处，从而找到最贴近学生生活的曲目，巧妙地设置问题激发学生的学习兴趣，并鼓励学生将自己的生活体验或是歌曲感受，写成相应的歌词，而教师可以进行适当地修改，从而提升小学音乐的教学质量。

比如，在教授湘教版三年级下册《我们多么幸福》这首曲子，我运用生活化的教学激发学生的歌词创造力：首先，激趣开课。我对学生说："你们想不想把自己的生活场景变成音乐中的歌词?"同学生异口同声地回答："想!"接着，我说道："我们可以学习三拍的强弱，在学会这个节奏后，可以将自己的词，填到节奏中。"其次，教授学生演唱歌曲，其具体分为三点。第一，我示范性歌唱，让学生根据我的演唱体会其中旋律的变化。第二，引导学生演唱旋律。我会引导学生演唱其中的旋律，从而为演唱歌曲做准备。第三，我引导学生和我一起歌唱。最后，我引导学生根据自己的感受和生活经历书写歌词，并对其进行删改，从而更符合旋律的变化。学生通过音乐的学习不仅激发学生的学习兴趣，还使其能够根据自己的感受书写歌词，从而提升学生的综合素质。

二、巧用游戏增趣

低年级的小学生年龄小，爱玩是他们的天性。而我们小学音乐教师可以将教学内容和游戏巧妙地结合起来，从而使学生掌握音乐教学的知识的同时，增

汪美霖，音乐教师。

强音乐教学的趣味性，进而提升音乐教学的有效性。

比如，在训练学生的听力时，我运用了游戏教学法：首先，教授内容。我用多媒体展示不同乐器种类的图片，并播放他们的声音，同时提醒学生注意各个乐器之间音色的特点。其次，设置游戏规则。学生每听到一次乐曲的声音，要在5秒钟内迅速做出回答，假如学生没有及时做出回答或是回答错误，则游戏结束。最后实施奖励。我会奖励回答最正确的小组每人一根漂亮的彩笔。比如我播放萨克斯演奏的《回家》，还不到3秒，小华迅速地站起身说："这是萨克斯！"我微笑说："很好！下面有难度的来了！"接着，我播放小提琴演奏的《梁祝》，小华迅速说："这是小提琴！"我通过游戏的教学方法，使学生迅速辨别不同音色的乐器，从而提升音乐教学的质量。

三、巧用小组合作享趣

小学生的年龄小，自控能力差，因而会受到外部因素的影响。我们小学音乐教师可以采用小组合作法，使小学生可以相互监督，相互促进，从而提升小学音乐教学的质量。与此同时，小学音乐教师可以创设有趣的教学情境，使学生享受学习的乐趣。

比如，在讲授人音版四年级下册《彼得与狼》时，我运用小组合作法开展教学，激发学生的想象力，提升教学的趣味性：首先，介绍故事情节。我运用将搜集到的《彼得与狼》的故事，运用多媒体的教学方式，展现出来，并在视频展示的过程中做适时讲解。其次，识别乐曲。我会教授学生如何根据音色判别乐曲。再次，科学分组。我会根据学生的性格和爱好将学生分组，并分别扮演彼得、狼、小鸟等角色。再次，适时引导。我会对学生说："你们要牢记自己代表的角色，并在表演时可以发挥自己的想象力，从而让其他学生可以迅速辨别出你扮演的角色类型！"最后，适时奖励。我会奖励表演最优秀的小组每人一个漂亮的笔记本。比如，小华表演的是狼，当提琴的声音发出时，小华蹑手蹑脚地走了出来，东张张，西望望，学生瞬时被他的动作逗得哈哈大笑，之后他发出了狼一样的吼声，学生的情绪瞬间被调动起来。我通过小组合作教学法，使学生可以充分发挥自己学习的想象力，使其享受学习音乐的乐趣。

总结：有趣的教学方式不仅可以激发学生的学习兴趣，还能提升学生的音乐涵养。而我们音乐教师在教学的过程中应依据学生的天性和音乐教学的内容，创设学生喜爱的教学情境，激发学生学习音乐的兴趣，提升小学音乐的教学质量，努力做到勇敢地退、适时地进。

以爱育爱　书以载道

——在书法艺术教学中如何育人

胡江鸿

我们常说“文以载道”，作为书法美术教师，在我们传授书画知识的同时，更应该对学生进行思想品德的教育，即“育人”。

我校传承总校“以爱育爱”的教育理念，旨在要求教师通过教育教学，不但要激发学生学习的积极性，启迪学生思维，最大限度地发掘学生的潜力，而且要培养学生良好的品德、健康的情感、健全的人格，使学生在今后的人生之旅中，以积极的人生态度和爱心去感受一切美好的事物，用自己的爱去创造更加绚丽的世界，真正体现自己的生命价值。

“以爱育爱”的教育理念主要是通过我们课堂教学来体现的。在课堂教学中，只有当学生将来自于教师的外部指导转化为学生内部的能动活动，学生才能在生活和学习中获得主动构建，不断把学到的知识和美好的情感主动去实践，为其终身发展奠定良好的基础。所以教师在课堂中必须充分地尊重学生的主体地位，不断唤醒学生发展的主体意识和善良、积极向上的本性，给予学生主体参与的空间和时间，调动学生学习的积极性，发挥学生在学习中的主体作用，使这种爱的情感转化为成长的动力。所以在书法教学中应巧妙地渗透德育，让学生在潜移默化中具备良好的“书德”进而形成良好的个人品质。

一、书法价值的育人渗透

艺术是我国劳动人民创造的，它最具有人民性和民族性，可以赋予我们高尚的情感——民族自豪感和爱国之情。书法更是如此，它是人们使用中国特有的书写工具——毛笔，来书写中国的汉字而产生异态纷呈的视觉效果，表达人们内心复杂的思想情绪。正如邱振中在他的《书法美学引论》中所说：中华民

胡江鸿，美术教师，市级骨干教师，省科技创新先进个人。

族选择了一种独特的艺术形式——书面语言的视觉形式，作为民族精神的载体，经过了漫长的岁月，使这门艺术积淀了极为丰富的历史内容，成为中国文化的象征之一。由于汉字的丰富性，成为固有文化艺术形式之一，只有我国的汉字，在不断演化中，形成了独立的艺术。其他国家的文字虽然也有书写好坏之分，但是始终不能独立成为艺术，可以说书法为中国之特有，实乃国之宝也。而且，自唐代以来，书法远播海外，如日本人学习汉字和书法，其重视程度亦绝不在我国之下。现在书法艺术愈来愈受到世界各国人民的喜爱，这是多么让我们自豪的事情，让小学生了解书法的意义和地位，产生民族自豪感，不正是最好的爱国主义教育吗？

二、书法本体的德育渗透

1.汉字的结体，也可以说间架结构，具有无与伦比的美感，耐人寻味的情趣，这是前人给我们留下的宝贵经验。

现在出版的北师大版书法练习指导手册，以学习欧体楷书为主，教师在教学间架结构时，不应该只停留在知识的传授，更应该挖掘蕴涵的德育因素，比如：汉字组成中大多为合体字，是由两个以上的独体字组合而成的字，这样，产生了许多的偏旁部首（单立人旁、三点水旁、草字头、提手旁……），实际上这些偏旁部首，都是由独体字演化而来，像单立人旁就是变“人”字的捺画为竖画，这样，在组合成其他的合体字时，作为偏旁的单立人旁就占据了次要的位置，例如“体”字，左边单立人旁，书写时较小，为的是避让右边的“本”字，使“本”字成为这个字的主体，学生刚开始书写汉字时，不懂得避让的道理，写得松散。我们在讲解时，可以通过这种“结构上的避让”产生美感，引申到“做人的避让与谦逊”也会产生美好的道德。偏旁部首和其他独体字的组合多为错落、避让的组合形式，表现了中国传统美学和哲学的“礼、让”之风，正如翩翩君子之态。又如“明”字的“日”让着“月”，反过来，“月”字的撇画穿插到“日”字之下；“都”字左边“者”字偏上，右边的右耳旁偏下，再如：将两个相同的独体字组合成一个合体字时（林、朋、羽、竹、赫……），可以称这样的字为：相随结构。概括它们的从属规律。传统的道德观在书法中的结构中得到了具体的体现。这样的教学，既有知识的传授，又渗透了德育，同时激发了兴趣，有利于知识的掌握。

2.毛笔的独特性。古人云：笔软则奇怪生焉，产生了中锋、侧锋用笔，楷书多用中锋，堂堂正正，起收转折，一丝不苟，学习楷书用笔，可以使学生形成始终如一，认真严谨的态度，这有利于良好学习习惯的培养。唐代大书法家柳公权除了以书法成就名传千古之外，其“心正则笔正”的“笔谏”也被世人传为佳话。有一次穆宗皇帝问柳公权如何将书法写好，柳公权对曰：“用笔在心，心正则笔正。”如果人品不高，则落墨无法。盖因穆宗怠于朝政，柳公权以书喻政，一方面说明其面对书法创作的态度，一方面也巧妙地借由书法艺术的精神进谏。从此“心正笔正”说一直流传至后世，成为书法伦理标准之一。学习楷书正是适合培养学生的认认真真学习、堂堂正正做人的高尚品质。

3.书写的内容上，体现积极向上的德育因素，那些优美的字词篇章，积极向上的名言佳句都是我们书写的对象。如书写孔子名言“学而不厌，诲人不倦”、“己所不欲，勿施于人”、“仁者不忧，知者不惑，勇者不惧”等，既培养了学生书法创作的能力，又较好地渗透了德育。教师要善于创造这样的机会给学生，使德育内容润物无声。

4.书法作品的布局谋篇和书写内容的完美结合给人以美的感受，进而陶冶情操，净化心灵。教师在讲解名家作品时，或者介绍书法家时，要着力和学生探讨书法艺术的主观因素——书法家的功力、修养、情感、气质等内容以陶冶学生的心灵。

清代杨守敬指出：品高则下笔妍雅，不落尘俗。不同的书法家的不同风格，产生了诸多不同的美感因素，可以使人感受到或苍劲、古拙，或飞动、飘扬，或庄重、严谨，或俊秀、潇洒，或粗犷、豪放，或疏朗、空灵，或方正、严整，或敦厚、凝重等等不同的抽象意念，这一系列美的因素，通过人的视觉感官，从心理上使欣赏者产生共鸣，形成其强烈的艺术感染力，潜移默化地起着陶冶性情，锻炼品格，启迪思维，培养情操的作用。

小学生的知识面不宽、理解力还不是很强，就需要我们教师的积极引导，才能形成正确良好的欣赏习惯。如我在讲授颜体楷书时，要让学生了解其书法的时代背景和人格魅力，有助于对书法的理解，学生知道了颜真卿刚正秉直，曾高举义旗，抗击安史叛军，后来为维护大唐的统一，坚贞不屈，英勇就义，事迹被后人称颂。还可以让学生通过网络、书籍，自己查阅颜真卿的勤学故事，同学间交流，再欣赏颜真卿博厚雄强，宛如其人，自始至终均用正锋，能充分发挥男性沉着、刚毅的特点，就非常容易理解和产生共鸣。最终师生探讨“斯人忠义出于天性，故其字画刚劲独立，不袭前迹，挺然奇伟，有似其为人”的含义，使学生思想境界升华。

5.书法的题款中包含着极强的传统思想道德观，如表示谦逊的常用语有：斧正、指正等。表示尊敬的落款方法是：赠送给别人的作品，把受赠者的名字放在前面或较高的位置，自己的名字在后。书写名人的诗词时，加上“敬录”二字，如：敬录陈毅元帅诗一首。当然，古人在落款时常有些过分的谦词和客套语，已经不可取，我们在教学中，要辩证地讲解，让学生继承优秀的传统文化，表现出谦虚文雅的态度，有些教师忽略了这些德育因素的挖掘，是不可取的。

三、书法学习过程的德育渗透

苏东坡说：“古之成大事者，不唯有超世之才，亦有坚忍不拔之志。”一个人在某一项专业上取得成绩，其智力因素和学习方法固然重要，但是非智力因素也是非常重要的。其实，往往智力一般，但是非智力因素优秀者，取得成就的人比那些虽然聪明伶俐，但非智力因素差的人要多得多。可以说，非智力因素差的人很难成功。学习书法有助于非智力因素的培养和发展。

学习书法必须要精神专注，细致精微，在临摹碑帖时，“察之者尚精，拟之者贵似”教师要引导学生仔细观察，从一点一画的运笔方法，到字体的间架结构，点画的位置关系，一丝不苟，看到精确微妙变化，使其获得专注、细致的精神。学习书法是一个长期、持续的过程，古语说：字无百日功。学习书法虽然不像有些人说得那样高不可攀，但绝不是短时间就看见成效的，有了正确的方法，必须经过相当长的练习，才能逐渐掌握运笔的方法，以至挥洒自如，间架结构更是长期的临习和不断研究中逐步提高的，没有坚强的毅力和持之以恒的精神是不能成功的。换言之，书法学习正是锻炼毅力，培养持之以恒的精神和良好的学习习惯的一种途径。在我国的书法发展史上，曾经出现过许多艺术大师，如：王羲之、颜真卿、米芾、欧阳询、怀素、文徵明……他们各具风神，其勤奋好学，意志坚强更是我们学习的榜样。教学中，通过学生的课前精彩两分钟或教师穿插他们的勤学故事，激励学生，如“怀素二十年不下楼，刻苦练字”、“王羲之墨池的故事”、“颜真卿辞官拜师”等等，这样上课时教师旁征博引，使课堂教学避免了空洞的说教，有了生机，激励了学生。

总之，在小学生学习书法的过程，要全面落实“以爱育爱”的教育理念，每节课都自然地渗透德育，需要我们教师深挖其诸多德育因素，积极探索，在潜移默化中感染学生，最终达到陶冶性情、锻炼品格、启迪思维，培养情操的作用。

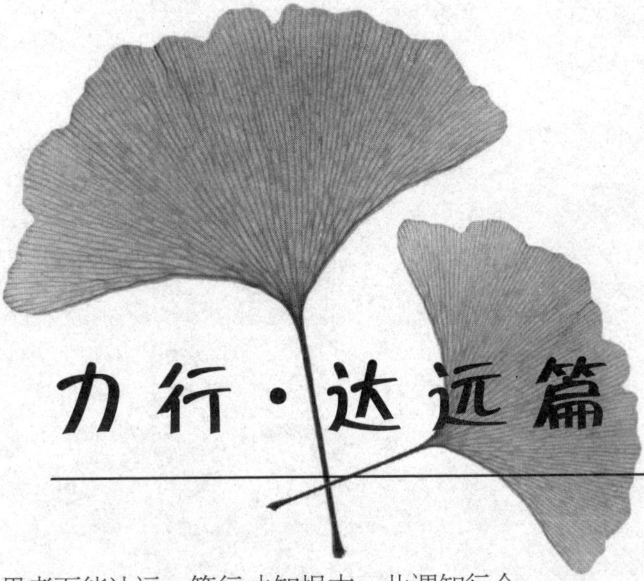

力行·达远篇

慎思者而能达远，笃行才知根本，此谓知行合一。

知识能力，德行品质，二者合力成就“全”人，“对话”渗透，倾心尽力，勤于思考，善于升华，用实践检验真理，用创新成就梦想。

“远”行成于静，德化以修，修心，育人。

真爱——教育的原点

洪海鹰

今年是北京第二实验小学兰州分校建校的第五年。五年来，我们在爱的教育路上边行走边总结，边实践边反思。2018年在兰州分校开展的“爱的教育”思想研讨会是我们践行的总结，也是新的开始。回顾两天的研讨活动，校长们在主旨发言中的娓娓道来，老师和学生在课堂教学研讨中的有效互动，北京兰州两地专家的精彩点评，李烈校长在点评中的高位引领……给我带来深深的思考，使我对爱的教育有了更深的认识和理解。怎样更好地践行爱的教育呢？我认为应从以下几方面做起。

一、爱要从自问说起

“我喜欢做什么？”“我喜欢做的工作是不是我的优势？”“我若改行，我喜欢做的工作喜不喜欢我？”在点评中，李烈校长引导我们进行自问，告诉我们若想开心度过每一天就需要不断改变自己的思维方式和心智模式，自问是爱自己、理性认识自己的开始，我们只有通过不断地跟自己对话，清晰地认识到自己喜欢做什么，能做什么，进而才能做好我们选择的事情。做适合自己的工作，这不仅是爱自己的表现，更是对学生负责任的爱的表现。

二、爱需从现实谈起

在研讨会上，有好几位老师谈到了教师的工作繁重和职业倦怠问题。这的确是一个客观存在的问题，但听了李烈校长的一番话，我觉得不应该倦怠。“我们无法改变世界，但我们可以改变自己看问题的角度”！是呀，从社会层面看，教师的待遇问题我们只能呼吁，无法解决。但快乐源于自己，我们每天都和孩子们在一起，我们需要改变自己的心态，脚踏实地、乐观自信地对待孩子们，在陪伴孩子们成长的过程中成就自己，从而感受教育的幸福，努力实现个

洪海鹰，语文教师，高级教师，陇原名师，兰州市领军人才。

人生命价值和职业价值的完美统一。

三、爱应从解决问题的思维想起

“在遇到问题后，不要着急处理，而是先去了解，通过走进，走进，再走进，多角度地了解问题背后的原因，进而将其作为教育资源，在解决问题的过程中再次渗透学校的办学理念，并在办学理念的指引下解决问题，做到因道生术。”这是一种思维的方式，我们每一个管理者，包括班主任都应该这样。在教育教学中，孩子们出现同样的表现时，也许背后的原因并不一样；当出现问题时，也许你看到的未必能真实反映事情的全过程。这就要求我们不能主观臆断、直接评判，用直线思维去解决和处理问题，而应该以解决问题为目标的思维方式，多角度、多层次深入思考后再进行具体事件的处理，只有这样，我们爱的能力和爱的智慧才能不断提高。

四、爱是从改变自己开始

在这次研讨会上，尤其是李烈校长的引领中，我内心反复出现的一个关键词就是改变。李烈校长告诉我们：每个人都要形成积极的、成长型的模式，要学会“我要”的思维方式。的确这样，当我们改变不了世界时，我们可以改变自己；其实，在我们有能力改变自己的时候，我们的世界就已经跟着变化了。

作为教师，改变自己应该从改变课堂模式开始。“教师要勇敢地退，适时地进。”这是二小课堂的要求，在教学中，我们真的需要把学生作为课堂的主人，引导陪伴孩子们不断地发现问题、解决问题，再发现问题、解决问题，在这样循环提问、螺旋上升的学习过程中，不断培养学生的学习力。这就要求我们不断改变自己固有的教学模式，在深入细致研究教材、研究学生的基础上，粗略备课，将更多的时间和空间留给孩子们质疑解疑；要求我们不断转变自己，时刻倾听孩子的发言，关注课堂中精彩的生成，适时引导，提升学习活动的深度和广度；这就要求我们不断提升自己的教学内功，并将其作为自己专业成长的生发点，提高课堂驾驭能力，引导学生在知识学习的过程中不断培养学习能力。

作为校长，改变自己应该从改变管理思路开始。李烈校长指出：在教育管理中，要将教师真正作为教育工作的主体，不要出台一系列整齐划一的措施和要求，因为这样的做法不够全面，也不够人性。这需要我重新审视并思考学校在教师专业成长中采取的方式。我想做改变的是：在学校的教育教学中，在保底要求的基础上，要尊重教师的不同需要，搭建丰富多彩的、可自主选择的平台，将选择的权利交给老师，让大家根据自己的成长需求去选择，只有这样，才能更好地激发教师自我成长的内驱力！

五、爱要从聚焦核心做起

短期内怎么做才能让所有的老师拥有共同的价值追求？李烈校长的做法值得我们深思。她通过引导教师共同体验、共同开展一项活动，尤其是通过共同研究教育教学来让理念落地生根。在一件件事情的解决中渗透理念、培养队伍、提升管理、形成文化。

李烈校长用一个个生动的故事告诉我们：在工作中要让全体员工明白理念的重要性，理念的真正落实就是通过点点滴滴的事，理念就是由一件件的大事小情支撑的。怎么通过课堂来落实学校的文化呢？李烈校长在六节研讨课后的引领给了我很大的启发，让我真正理解了“校长是学校的灵魂”这句话的深刻内涵，也让我深深感受到了课堂是学生、教师、学校成长的累加，甚至听到了老师们拔节生长声音。我会向着校长的方向努力，做最好的自己，做老师们认同、喜欢、信赖的校长。

随着对爱的教育思想的不断践行，我越来越明确爱是教育的原点。只有坚守真爱，才能在教育中做最好的自己，才能实现建设“生态化、现代化的爱的家园”的办学目标。

以爱为径　育化全人

李　瑛

不知道从什么时候开始“虎妈猫爸”们的强势来袭、教室里为C位拼抢的家长，还有学校墙上贴的“只要学不死，就往死里学”的励志标语，让整个学校、家庭乃至社会到处都弥漫着“唯分数论”的氛围。大家在关注孩子学科成绩的同时似乎忘了拥有健全的人格、善良的品性、良好的习惯、感恩的情怀对人的一生来讲远比考一个好成绩来的重要。所幸“立德树人”的提出让在应试教育的圈里兜转了许久的中国基础教育工作者认识到了德育教育的重要性，培养德智体美劳全面发展的社会主义建设者和接班人的育人目标将“德”始终列于首位，其准确定位及意义也是不言而喻，自此教育在合理的政策导向下开始慢慢回归理性。

问题随之而来，德育教育对每个孩子的成长既然如此重要，那德育教育之目标到底是什么？德育教育涵盖的范围有哪些？教育活动应该如何有效地开展？在实践的过程中，作为一名基层教育工作者的我努力尝试通过自己的理解给这些问题找到合适的答案。思索之后，发现要很好的回答以上问题似乎很难，因为，让下一代具备良好的爱国主义情怀、道德规范意识、集体主义精神和个性心理品质的德育教育一定是多部门联动共同合力的结果。学校仅是完成这一目标过程中的一个子环节，且必然是重要环节。作为教育主体的学校在实现德育教育目标的过程中我想一定要把握好：教孩子做一个堂堂正正大写的“人”这一要点。

北京第二实验兰州分校自建校以来一直在秉承并践行着总校“以爱育爱”为核心的全人教育理念，用二小的理念来解读：全人教育中的这个“人”字其中的一撇可以理解为人的思维品质、智力因素、认知系统，代表着爱探索、爱研究、爱思考的认知发展核心内容与动力；而那一捺则代表人的德行品质、非

李瑛，英语教师，副高级教师，金城名师。

智力因素和非认知系统，即爱他人、爱国家、爱社会的社会情感发展核心内容与动力，支撑这个“人”字使之能稳立于人生长河的正是代表德行的那一捺。从对这个字的解读中可以看出在学校的教育教学工作我们必须坚持两条腿走路，在“心”与“智”，在“爱”与“慧”间找到那个最好的契合点，不能顾此失彼，为孩子的全面发展、终身发展、可持续发展做好服务。

在通往全人教育的路途中我想爱应该是最好的一条捷径，所以二小提倡“以爱育爱”的理念，兰州分校更是奉行“爱慧博远”的目标。爱是人类最美丽的情绪情感，也是一个历久弥香、常述常新的话题。因为有爱，人与人之间多了一份理解和尊重；因为有爱，世界变得阳光与温暖。加强学生爱的教育其实就是德育教育的核心，让孩子在主题活动、校园节会、课堂教学中感受爱的意义与真谛，实践对爱的理解与感悟是学校一直在执着以求的目标。

对爱的解读答案可以很多，我还想用四个词从四个维度来理解“爱”，即尊重、发现、智慧、改变，如果使之构成一个立体的4棱锥，最顶部托起的是一个以思维品质和德行品质为基点的“人”字，这样的理解可以使“爱”字变得更加立体丰满。真正的爱需要教师学会尊重孩子的差异，并和孩子一同悦纳有差异、缺点和不足的自己，教给他们用纵向的比较方式认同不断进步不断发展中的自我；真正的爱还需要教师尊重儿童认知发展及教育的规律，让他们通过自身的体验去感受成长的全部酸、甜、苦、辣，而非只有刻意过滤后仅剩的甜，体验之后再沟通并引导他们形成正确的认知；老师和家长还要学会走近孩子，了解孩子以发现孩子身上的优势与潜在智能，从而实现发展孩子的目标；真正的爱还需要教师和家长学会选择、学会改变，改变已固化的认识、目标，改变不良的行为和习惯。

总之，教育是一个润物细无声的过程，如果在这个过程中我们能牢牢把握好“爱”这个教育话题的主要矛盾，以爱的智慧为基石铺就学生成长的道路，相信校园内的张张笑脸定会舒展幸福快乐阳光！

体验式活动在班级管理中的应用研究

朱英华

班级管理既是一门科学，更是一门艺术。不断提高班级管理的水平和效果，是每一位教师尤其是班主任老师值得深思的重大课题，也是我们新时期班级管理工作应追求的理想目标。新课程改革提出，要改变现有的以班主任为中心的班级管理理念，主张把班级还给学生，让学生进行自主管理。依据多年的班主任工作经验，通过不断摸索、学习、总结，探索出一条将体验式活动运用到班级管理的新思路。

所谓体验式活动就是在教师的引导与启发下，学生主动参与特定的游戏和活动，师生互动，从而获得个人的亲身经历，发展学生能力，它具有触动心灵、提升精神境界的作用。

一、当前班级管理工作的现状

1.班主任管理观念落后

新课程改革已经进行了很长时间，但是受传统教学理念的影响，班主任仍以学生的学习成绩为考核目标，忽略了学生德智体美劳的全面发展。小学生的年龄小，心理还不够成熟，班主任忽视了学生的巨大差异性，缺乏设计合理的班级管理工作策略。再加上管理观念落后，很多班主任还是无法跟上改革的步伐，无法把小学生看为学习主体，设计有效合理的班级管理工作方法，固化了小学生的思维，影响小学生的个性发展。

2.班主任管理模式单一

班主任是一个班级的核心，班主任的一言一行都会对学生产生深刻影响。受传统教育管理理念的影响，班主任就是利用权威者的身份，用标准的规则和说教来规范孩子的言行，这就导致了管理工作的单一和枯燥。许多班主任对于

朱英华，语文教师，区教学新秀，校级优秀班主任。

班级的管理缺乏新意，总是严格控制，限制学生行为。这种方式一味地追求学生的考试成绩优秀，但是忽略对学生心理的了解，与学生缺乏交流互动。当学生犯错误的时候，有些班主任采取较为偏激的做法，言辞苛刻，这对心智还不成熟的学生造成严重的心理阴影，使得学生对于班主任的工作产生抵触心理，不积极配合教师的日常工作安排，使得初中班主任的管理工作无法开展，效率低下。

二、体验式活动在班级管理中的价值

班级作为学生教育活动的基础平台，应当充分有效地发挥其作用，由此将体验式活动应用于班级管理中，让每一个学生参与进来，通过学生自身的体验感受来加强学生教育管理工作的效果。

1.班级事务人人参与管理，提升个人责任心

在学生入学伊始，以小组为单位开展班级事务轮流管理活动，让每一个学生都有机会尝试一次班级管理工作，通过自身体验认识班级管理工作的形式和内容，帮助学生理解班级文化和规则，更好地配合班级事务的开展。在后期的学习生活过程中，成立班级委员会，同样以小组为单位，班级重大事件和活动由班委会和组长共同商议决定，以此扩大学生班级事务管理的参与面和参与度，意识到班级事务是每一个人的事情，满足学生的管理、承担需求，以此提升学生个人责任心。

2.社会实践人人参与体验，提升集体凝聚力

社会实践活动是培养锻炼学生综合素质能力的重要平台，而开展班级集体社会实践活动则有益于提升班级凝聚力。一方面组织开展培养学生团队协作能力的素质拓展活动，让学生在游戏体验过程中，学会坚强勇敢、学会信任他人、学会为他人奉献；另一方面以学校活动为载体，鼓励学生人人参与活动策划，组织开展班级社会实践活动，通过活动前期策划、活动中组织管理、活动后期总结反馈等各个环节的体验，充分挖掘学生潜力、发挥学生特长，帮助学生理解集体、理解团队，以此提升学生的集体团队意识，提升班级凝聚力。

3.集体荣誉人人参与分享，提升集体荣誉感

在班级的日常管理中，我鼓励班团干部去积极主动的管理班级，凡是班干部和同学们能做的事，我绝对不会去干涉，以此来培养他们的组织协调能力和交往沟通能力。学校组织的一些活动，班干部积极组织学生参加，如主持人大赛、辩论赛、歌手比赛等等。这些活动锻炼了学生，使班级充满朝气和活动。同时在获得荣誉的过程中，我的奖励也是人人有份，以此来培养学生的集体意

识，增强了班集体的凝聚力。

三、体验式活动在班级管理中的应用

1.岗位体验：换位思考，触动心灵

每个班级都有不守纪律的学生，有对老师、班干部存在抵触情绪的学生，有从来不关心参与班级事务的学生……于是，班主任在班中开展“一日班主任”“一日班长”“一日小老师”的体验活动，让每个同学体验班级管理的酸甜苦辣。如轮流当班长，在班长的岗位上，原先那些不受约束的同学，通过当值日班长，体验到自己过去的错误行为，理解了老师和班干部的苦心。有个学生曾在日记里写道：“班长真不好当，以后还要多体谅朱老师和班长。”

2.角色体验：悄然无息，开花结果

学生在实践中体验，在实际中感受，才能有真正的收获。例如，联系“三八妇女节”提前开展了“一日护蛋”活动，让学生体验母亲十月怀胎的辛劳，孩子们兴趣浓厚，活动结束后，同学们迫不及待地记下了自己的感受。窦玉娇在日记中写道：“让我保护一只鸡蛋都不容易，所以我想妈妈把我养这么大也挺辛苦。”史佳怡遗憾地写道：“上第三节课时，我不小心把鸡蛋打破了，我惋惜地看着它，它好像在说你不是一个称职的妈妈。”李均予轻轻地写道：“我很小心地保护着我的鸡蛋，但是有时候就忘了随时带着它，哎，当个妈妈可真是很辛苦。”

在形式多样的活动中，有时无需老师过多的语言，学生感悟到亲情，感悟到友情，体验了成功，体验了挫折，这就是教育。体验式教育把教育的目的隐藏在活动中，隐藏得越深达到的教育效果就越好。

3.情景体验：以汤沃雪，行之有效

关注学生的实际生活经验，为他们创设一个实在的舞台，让学生参与、倾听、思考、感悟，这都是新课程所倡导的。比如春季开学，我们便领着孩子们浩浩荡荡去春游，一路上唱着歌，不时发出了一阵阵对春天美景的赞叹声。“一路上我看见桃花、梨花都已经盛开了，小草发芽了，大树变绿了！啊，春天真是个五颜六色的季节。”“我兴奋地走在郊外的路上，唱着欢乐的歌曲，真开心！”孩子们用他们稚嫩的语言描绘着春天的美景，抒发着对生活，对未来的美好期盼。这次春游美景不仅感动了我们，而且还净化了有些同学的心灵，对“美”有了更深的认识。有一个同学写道“玩了半截，我看见有桑叶，马上想到楼上哥哥的蚕要吃，就想摘，我猛地一低头，看见一个牌子，上面写着‘留下花的美，体现您的美’。我看到了那个牌子就没有摘。”在这里没有说

教，自然的力量教育了学生。读着这样的文字，笔者不禁为这种体验式活动带给学生如此深入的内在思考而欣喜万分。

班级是学生丰富多彩的生活园地，是学生学习锻炼的平台。班级管理既是一门科学，更是一门艺术。体验式活动能让学生从内心感受到道德知识，激发学生内在的道德情感，形成道德态度，锻炼道德能力，一点一滴地培养了学生良好的行为习惯。

用爱营造“安全课堂”

马红莉

2018年5月25日是一个特殊又重要的日子，李烈名校长工作室“爱的教育思想”研讨会在兰州召开，我们北二兰有幸组织各大学科的教学研讨工作。作为一名刚入职一年的新老师，我带着自豪感走进语文会场，名师和专家们的指导分享让我收获颇多。尤其卢校长提出的“安全课堂”对我触动很大。

她提出：我们的课堂应该让孩子具有安全感，不应该让孩子感受到的是紧张、孤独，甚至会有被嘲笑的可能。课堂中的安全感是师生、生生对话的土壤，否则课堂的对话将不真实。

我想起在刚入学的那段时间，班里的学生们喜欢把一些细小的学具放在嘴里嚼。后来我查阅过资料了解到：小学生因紧张而不能集中注意力于当前的学习内容，害怕被轻视、笑话或怀疑自身能力而产生影响学习的焦虑情绪，避免与教师的目光接触，既期待又害怕，发言或者说话时语音变调、表达混乱，不敢承担应有的学习活动和责任，有的小学生甚至患上了“课堂恐惧症”，外显的行为便是咬学具，小动作不断。原来是，教师课堂中的威胁与回拒让学生望而生畏，学生在课堂上缺乏安全感。那么，作为一线教师我们怎样营造充满安全感的课堂呢？以下是我的一些思考和建议：

第一，倾听。“小学课堂教学中的课堂心理气氛，是师生在教学中所表现出的情绪或精神状态，及与之有关的学习态度、人际关系等，是小学课堂学习赖以发生的心理背景。营造良好的课堂心理氛围有助于刺激学生的学习动机，优化学生的学习行为，升华学生的情感体验。”想要营造和谐的课堂心理氛围，需要注重关注学生的心理体验，这就要求教师学会倾听。

倾听，从字面上说就是俯下身子听，也就是需要专注、耐心、仔细地听，

马红莉，语文教师。

听的过程中不仅关注学生言语所表达的含义，更应该关注学生的心理状态和情绪变化。在课堂上，与学生对话应当减少“是非”的评价，更多的应该是接纳和倾听，鼓励和赞赏，使学生从老师的眼神和行为里肯定自身的价值。当学生出现错误时，不要急于纠正；当学生回答正确时，也不要简单肯定，而是相机引导学生说出自己思维的逻辑过程，从而发现问题和方法，只有这样，学生才能在自由、宽松的氛围中获得人格的发展。

第二，尊重。教育，归根到底是对人的教育。苏霍姆林斯基曾说：“只有教师关注学生的尊严感，学生才能够在学习中受到教育。可以说，教育的核心和使命就是使学生始终体会到这种尊严感。”尊重是爱的教育的根本，学生在课堂上得不到尊重是在课堂中产生紧张感的主要原因。学生在课堂上违反纪律或者悖逆教师的个人意志，常常会受到一些负面强化的教育手段，其结果常常事倍功半。

教学中，对于学生的一些无伤大雅的小问题，教师完全可以采取宽容的态度对待，也许哪一个“奇怪想法”的背后会诞生一个伟大发明呢？我们教师应该学会尊重学生、相信学生，发掘他们调皮中所表现出来的能力，帮助学生一点点进步。

第三，公平。什么是公平？很多老师认为，是对于两个犯错误的学生各采取相同的惩罚措施，其实这是简单、又不负责任的做法。每个学生身上都有一个绝对灵敏的“公平雷达”，在一起课堂矛盾中，表现好的孩子希望老师清楚是谁制造了麻烦，而调皮的孩子则需要看到别人在犯同样的错误时，也受到和他们一样的惩罚。有的学生屡屡犯错，如果他不是有什么特殊原因，那就是在验证老师的态度是不是认真的。然而，事实上，有的学生自我约束能力较差，或者存在某些特殊原因，需要老师投入更多的精力；或者有时候表现好的学生偶尔犯错，老师私心里希望他们免于责罚。如果每个孩子能经常感到老师对他的关心、尊重，便会迸发出蕴藏在自身的巨大学习力量，便会在和谐的气氛中学习知识、发展能力及健全人格。

著名教育家陶行知先生曾说：“真教育是心心相印的活动，唯有从心里发出来的，才能达到心的深处。”我们作为一线教师应当学会倾听，尊重学生的人格，公平对待每一个学生，让自己爱的情感通过富有智慧的爱的行为传达到孩子内心，温暖每一位孩子的心灵，尽力为孩子们用爱营造一个真正和谐的安全课堂。

最好的爱，是和时日一起与孩子们共同成长

李亚萍

张小娴曾经对爱这样阐述：我们以为爱是很深、很深的。来日岁月，会让你知道，它不过很浅、很浅。最深最重的爱，必须和时日一起成长。我很认同她的观点，真诚的感情总是从朝夕相处中得来，最深的爱便是和时日的成长。

很多初为父母的人都有一个心愿便是陪伴孩子一点一点长大。而现实却远远超出自己的想象，因为生活，我们可能会放弃当初的心愿，陪伴孩子的时间会越来越少。不经意间父母发现在没有他们的陪伴下孩子已经成长了很多，而他们却错过了孩子们的成长过程。

一、陪伴是给孩子最好的礼物

曾与几位较为顽皮的孩子家长聊天，家长们都会不约而同地说一句："我们家的孩子就拜托老师了。"每每听完这句话便会心疼这些孩子。因为这些孩子都有一个共同点——在家中爸爸妈妈很少花时间去陪伴他们。正是因为这样少之又少的陪伴让孩子们缺乏安全感，他们便做一些较为出格的事情引起父母的关心，可是换来的总是父母的指责与打骂。这些孩子们越发烦躁、多动，从而失去自信，不再友好。在我们班级有这样一名小朋友：每天都会在墙上用铅笔乱涂乱画，画完后不承认错误反而会高兴地说："老师您请家长吧。"她的表情引起了我的关注，后来从孩子家长那里了解到这位小朋友的爸爸妈妈上班很忙，每天都是爷爷照顾他的生活，爸爸妈妈回家时他已经睡着，爸爸妈妈起床时孩子还在睡觉，几乎见不到爸爸妈妈。孩子只能用这种方式来感受到父母对他的爱。与这位小朋友父母沟通后他的父母答应我再忙也要每周陪孩子吃顿饭，自此孩子再也没有在墙面上乱画过。

常常陪伴孩子的家长，自然会感受到孩子成长中所带来的惊喜与意外。其

李亚萍，语文教师。

实年龄越小的孩子，越离不开父母。寄宿制的保姆、有爱心的幼师也替代不了亲情。孩子想得很简单，就是有更多的时间和父母腻在一起，享受他们作为孩子的“特权”。当家长放慢脚步，平复内心的焦急，才会有更多的时间和耐心来思考孩子的教育与人生。因为陪伴的艺术不在于传授本领，而在于唤醒和鼓舞。

二、言传身教是最好的教育资源

在当今社会我们会发现孩子们都很忙，忙着在外面上各种辅导班。其实最好的教育资源并不是花巨资上的培训班，而是家庭中的父母。常言道有什么样的父母，便会有什么样的孩子。我们总会在孩子身上看到一些父母的影子。朗读者有一期节目，主持人董卿问作家梁晓声对于童年有什么回忆。梁老用“贫穷”、“愁苦”、“无奈”这些词汇作了注解。主持人说：“即便在这样的条件下，梁老的母亲依旧给他们姊妹读小人书，即便是后来梁母的识字量已无法给他们读书了，他依旧陪着孩子们看书，这才有了梁老的第一部长篇小说。”如梁老所说：书架是一个家庭的不动产。最好的家风是阅读。亲子阅读、亲子旅游、亲子运动，这些都是孩子需要父母陪伴的内容。母爱给孩子满足感，父爱给孩子方向感，父母各司其职。我们总是能听到家长们抱怨孩子们不爱读书，一说到读书就头疼。可是当父母的我们又读了几本书呢，当孩子们每晚读书学习时，你又在干什么呢？父母是孩子们朝夕相处的人，也是孩子们最信任的人，所以父母的行为，无时无刻影响着孩子，滋润着孩子成长。

三、与孩子共同成长是最深的爱

很多亲子访谈中都会看到这样的一幕：父母含情脉脉地看着自己的孩子说道“我要感谢我的孩子，是他让我学到了很多”。是呀，虽然按年龄我们都比孩子们大很多，可是我们依旧可以在他们身上学到很多很多。我总是喜欢看班里小朋友的眼神，喜欢听孩子们说他们天马行空的想法，在他们的身上我总是收获这惊奇的想法，也是在他们的身上我收获着一份脱离世俗的纯真。每一位有心的家长都会与孩子一同成长，从而收获一份幸福。记得一年级孩子们学拼音的时候，很多家长反馈说我又跟着孩子学了一遍拼音，很多都忘了还是孩子教我的。这是多么幸福的一件事情啊，与孩子一同成长，彼此分享，这便是最深的爱，也是无法代替的爱。很多家长总是疑惑什么样的爱才是对孩子真正的爱。我认为最好的爱不是高价的玩具，不是美味的大餐，而是和时日一起与孩子共同成长。

重道德教育　抓班级文化

郭自东

班级文化建设是班级建设的一个重要方面，选用不同的“文化”去建设一个班级，会使班级呈现出不同的特色，它已成为学生自主成长的重要文化环境。目前，随着新课改的纵深发展，班级德育工作对课程改革的支撑略显滞后，班级德育工作的改进成为普遍关注的焦点。本文试从班级文化建设入手，分析班级文化建设对学生全面成长的锻造作用，进而拓展班级德育工作的渠道，推进新课改的进程。

一、正确认识班级文化建设的德育功能

班级文化建设，是指班级成员在班主任的引导下，朝着班级目标迈进过程中所创造的物质财富和精神财富的总和。

班级文化是一种隐性的课程，具有一种无形的教育力量。一个班级是否具有正气，是否具有良好的班风，首当其冲的是要看这个班的班级文化的建设。在一个具有浓厚文化氛围的班级中，全体学生会自发地形成一股浓郁的和谐风气，在这样的集体中，学生能融洽地与同学相处，与老师交流，友好地进行合作，彼此互帮互助，共同进步。在这样积极向上、温馨和睦的环境中，学生会把班级当成自己的“家”，有着强烈的集体荣誉感和归属感。班级文化建设是形成良好班风的载体和平台、更是学生动手操作、发展个性的园地。因此，班级文化建设已成为学校德育工作的有机组成部分。

学生进入班级这个组织后，除了完成自己的学习任务外，还要尽自己的义务，承担对集体的责任；在集体活动中，学生要遵守各种纪律和规范，约束自己的那些与集体规范相违背的言行，学习各种为人处世的准则和道德规范，逐步形成自己的道德素质和道德人格。若能使每个学生都能在班级中扮演适合自己个性和特长的正面的积极的社会角色，便有利于培养学生的责任意识和团队

郭自东，语文教师，市级教学新秀，区级骨干教师。

精神，提高学生参与班级管理的民主意识，逐步引导学生形成独立性、民主性和开拓性的人格，从而也推动了良好班级文化的形成。

为此，如何使班级成为学生全面发展，健康成长的最重要的社会环境，实现教育以人为本的关键就是要针对班级具体情况，积极构建健康文明、富有特色的班级文化。

二、班级文化建设的途径与方法

新生入学后，要根据班内学生的特长、兴趣、爱好、经历，班主任的优势等，师生讨论，确定本班文化特色。如：

1.我班制定富有特色的班级口号："踏实认真，努力进取"。努力营造健康向上、富有成长气息的班级文化氛围。

2.发挥每一位学生的创造力，积极参与班级布置并定期更换，让学习园地会"说话"。学生根据不同单元的主题，制作出形式多样的手抄报，张贴在学习园地中，互相学习，共同进步。从而形成班级良好的学习环境。

3.建立健全的班级制度，包括班级公约、奖惩制度、值日生制度等等，以此约束学生的言行。

4.建立班级岗位责任制，实行岗位轮换制度，让每一位学生参与到班级的管理中来，培养学生的责任感，鼓励学生发挥主人翁精神。我们班的四扇窗户有四名固定的同学负责开关，教室门锁有两名学生负责，前后两个照明开关有第一排和最后一排的两名固定学生负责，责任到人，工作细心。

5.定期组织丰富多彩的班级活动，在活动中培养学生的合作意识，增强班级凝聚力。例如我们利用班会课，开展"趣味知识问答竞赛"活动，学生以小组为单位进行趣味知识问答，教师准备简单的奖品以资鼓励。这样，不仅丰富了学生的课外知识，还增强了各个小组之间的凝聚力和合作精神，从而培养了全班的凝聚力。

6.建立班级图书角，调动每一位学生的读书积极性，鼓励学生制作读书卡片，写好读后感，让全体学生"感激书籍，享受阅读"。我制作了阅读积累卡分发给学生，每当他们在阅读时遇到好词好句，就会主动誊抄在阅读积累卡上。

7.教室的净化、整洁。教室卫生是班级的窗口，是文明的标志。要保持干净的教室环境，需要培养学生良好的卫生习惯，制订严格的卫生制度，人人参与，加强检查和监督，保持教室的清洁和美观。我在班上施行"每人负责方寸地，教室整洁齐用力"的卫生制度，每个同学保持好自己脚下及边缘的干净，人人负责，人人努力，从而保持整个教室的干净整洁。在课桌椅整齐方面，我们班施行“第一排同学向后转”的制度，第一排的同学每天早上下午上课前向后转一次，看看课桌是否整齐，如果发现课桌歪斜，可及时上前调整。从而保证了教师的桌椅整齐。

8.教室的美化。发动学生精心设计，巧妙布置，力求教室美观，有学习氛围。教室布置包括：班级公约（可贴于教室显眼的地方，比如黑板右侧）；班级文化宣传内容（板报，名人名言，学习园地等，可分别布置于教室的不同的地方）。

总之，一个优秀的班集体，离不开良好班级文化氛围的熏陶。学生在班级文化活动中显示个人的才华，培养了创造精神和实践能力。在实现班级目标的过程中，学生还懂得了合作，理解了团队精神，逐步形成了共同的价值取向，增强了责任感，学会了自我发展。班主任要注意加强调控和服务，及时纠正和解决工作中出现偏差和新问题，确保制定的各项规章制度，不变形，不走样。使班级管理和活动始终沿着既定的方向前进，持之以恒，就会强化管理效果，良好的班风、学风的形成也就是水到渠成的事了。

当然，班级文化建设是一个细碎而复杂的过程，班级文化建设仅仅靠全班同学和班主任的努力是不够的，需要社会的榜样支持，学校的活动支持、家长的教育同步支持，形成教育合力才能促进班级的文化建设。

人性的关怀　心灵的沟通

——小学班级管理中特殊家庭学生的教育策略

郭自东

当前，一个班级内四五十名孩子中，特殊家庭学生正趋向增多。单亲家庭、离异家庭、再婚家庭、特殊家庭、父母一方或双方有残疾的家庭、父母常年在外打工家庭等家庭统称“特殊家庭”。近年来，由于多种原因促使离婚率、犯罪率、失业率越来越高，很多正常家庭的格局被告打破，因为父母的关系而导致普通的家庭变成当今社会学校中的“特殊家庭”。“特殊家庭”学生的教育问题，就成了每位班主任工作中的重点与难点。

我们发现，这类学生普遍存在自卑、抑郁等心理问题。学生的思想、行为、情绪、人格方面与正常家庭中的孩子完全不同，在学校每天都会出现不同的状况。对于这类学生，班主任必须给予特殊的教育与帮助，几年来的班级“特殊家庭”学生的教育经验告诉我，“特殊家庭”学生的教育工作不容忽视，下面我就简单谈谈该怎样做好农村“特殊家庭”学生的教育工作。

一、班级管理中要“以生为本”

班主任一定要在理念上确立“以生为本”的教育观，具体工作中就是“以生为本”。《论语》里说“本立而道生”，这个“本”就是特殊家庭学生，这个“道”就是全体学生的发展。

“以生为本”，就是把学生的世界与学生在学习中的地位还给学生。教育家魏书生说过：“我们教育的对象是人，是学生，是有思想，有语言，有感情的学生。”一定要明确一点：所有的中心工作与任务，教学、科研，各项活动的开展，都必须是服从于育人这一中心工作的。离开了育人，为了教学而教学，为了研究而研究，为了拿奖而开展活动，都是无意义的。班级内的特殊家

郭自东，语文教师，市级教学新秀，区级骨干教师。

庭学生，可能在课堂教学中不能发挥自己的特长，或是没有发现自己可以很好地接受课堂教学。那么，作为教师，一定要求学生认同老师的这一理念。在教育过程中，需要教师不断对学生提出一些要求，但这些要求，一定要适当可行，符合中学生的生理与心理特征，切忌不能过高。有些要求，适合正面直接提出；但有些要求，通过班级建设中的不同形式，变为学生自己对自己的要求，会对学生产生更为积极的影响。不可一味地追求个人教学成绩而抹杀学生的独特的学习个性和专长，更不可以关闭和剥夺学生的应有的学习空间和发展权利。

二、让“特殊家庭”学生觉得自己不再“特殊”

“特殊家庭”的学生往往对自己的家境避讳不谈，这是因为他们觉得自己的家境特殊，说出来是很难堪的事儿，担心受到其他同学们的歧视和嘲笑。作为小学生，本该是无忧无虑的年龄，在同龄学生的相比之下却显得那么格格不入，那么内向，脸上还时时露出不安的神情。作为班主任，我通过组织主题班队会《不比家庭，比成绩》《尊重他人就等于尊重自己》《学习弟子规》；有教育意义的游戏《找朋友》《送给班级这个大家庭成员的一句话》《众人拾柴火焰高》；在校期间，每逢传统佳节，我都会动员全班同学集体过节。每当学生生日，就会组织班委送上一张贺卡，对家庭环境良好的学生来说这可能不算什么，但“特殊家庭”学生会感受到集体的关爱，这些一系列的活动来告诉学生们应一视同仁，以礼待人，不得因家庭“特殊”而疏远和讥笑别人。这些活动的开展逐渐让“特殊家庭”的学生们慢慢放下心中的防备，开始与其他同学交朋友，渐渐地融入集体中，从心理上放下了自己是“特殊”学生的想法。

三、做“特殊家庭”学生心灵的启迪者

在“特殊家庭”学生的教育中，一定要做到以实际出发，因势利导，因人而异来激励学生尤为重要。我现在带的二年级，有一名学生叫小轩，一年级的时候真可谓是劣迹斑斑，他家庭的“特殊”，不仅仅是父母离异，他与离异的叔叔和姐姐，再婚的奶奶六个人在一起生活，在这种比“特殊家庭”还要特殊的环境下成长，给小轩带来的负面影响特别严重。打架斗殴、欺负别的同学、甚至跑去劫持比自己高很多年级的同学，性质极其恶劣。学习成绩也很差，经常不完成家庭作业。但我发现身体强壮的他不仅喜欢体育运动还很喜欢劳动，为了激发他的学习兴趣，让他意识到自己的错误行为和继续下去的严重后果，于是我让他做了班级的体育委员和劳动委员。我经常在班级大张旗鼓地对他在体育方面所取得的成绩和他带头组织的劳动情况进行表扬，并把低年级孩子最喜欢得到的赏学币奖励给他，告诉他相信自己体育、劳动方面可以做得非常好，在学习和其他方面也可以做得很好，只有改掉那些不良行为，班级的同学们都会以他为榜样，向他学习。拿到一定的赏学币就可以跟我换取“特殊”的体育课。这些鼓励的话和方法，非常有效，他不仅改掉了所有的恶习，学习成绩更是突飞猛进，现在成绩依然名列前茅。看到他的变化，我为自己可以走进“特殊家庭”学生的心灵，感到无比欣慰。

四、真情沟通，做“特殊家庭”学生最信任的朋友

沟通是人与人之间、人与群体之间思想与感情的传递和反馈过程，以求思想达成一致和感情的通畅。作为班主任只有了解学生的处境，才能“对症下药”，帮助学生走出困境。但由于这类学生的内心极其自卑，让他们开口谈及家庭一定要用心与其沟通，先取得他们的信任。

班主任不能急于求成，要让学生感觉到你是真诚的，是可以依靠的，信任也就油然而生了。要积极引导学生敞开心扉，诉说自己的故事，让老师分担他的苦恼与忧伤。通过特殊的家访和电话经常与家长联系，及时了解学生的思想变化及家庭状况，针对学生的不同情况制定贴心的计划……通过这些做法，与学生成为真正的朋友，教育才能行之有效。

开展“特殊家庭”学生的教育工作是班主任工作中一项不可忽视的重要环节。重视每一位学生的思想工作，培养合格的社会主义接班人，建构健康、向上、和谐的班集体，是班主任应尽的责任。我相信在学校、老师、家长和同学们的共同关爱下，来自“特殊家庭”的学生一样可以拥有美好的未来，一样可以出色，优秀。我会在今后班主任工作中，继续关注“特殊家庭”学生，认真研究更加行之有效的教育方法，用心做好这项工作，与“特殊家庭”的学生们一起迎接美好的明天。

从“一桶水”到“源头活水”

王丽雯

苏霍姆林斯基说：“真正的教师必是读书的爱好者，让读书成为一种习惯，是教师的一种责任、一种情怀、一种追求。”诚然如此，现在社会充分的阅读时光应当是每一位教师教育生活的一部分。今年寒假，我阅读了一本关于当代教师教育智慧的散文集——《今天如何做老师》，掩卷深思，不禁思索：传统的“一桶水”的学问，是否真的适用于当下的教育？

长期以来就有“一桶水”的传统思想，即一个好老师必须有丰富的知识，才能给孩子更好的教育，就是“教给学生一杯水，教师要有一桶水”。学生要获得的“杯水”的知识，教师必须拥有十倍、百倍于学生的“桶水”知识。

一、传统的教师知识观：“一桶水”学问

“学高为师”，教师要教好学生，必须要有丰富的知识，因此人们将“一桶水”作为衡量合格教师的一般要求。但是追溯这一观念的源头不难发现，这种教师知识观是在传统的农业社会的历史条件形成的，传统的信条成为人们社会生活的准则；知识是以一种文本的静止的形式存在着。严格意义上说，这样的教育实际上只是教人如何去适应和忠实于“过去”的教育。因此，传统社会教育的任务是把那些信条和知识传授给下一代就能使他们适应社会的生活。在这样的社会里，教师是学问的代表，他应该掌握适应传统社会生活需要的一些知识、信条和价值准则。于是，原来的教师要教给学生“一杯水”，自己有“一桶水”就可以应付了。

传统教育私塾家学盛行，一个先生教一门弟子，没有或很少有自然科学知识，大多是对前人已有的人文思想和人文艺术方面内容，而教育的目的无非是追逐名利，“学而优则仕”。这样的社会背景下的教师只能是“传道、授业、解惑”，把前人已有的有限的知识和技巧传授给学生。教师要完成这样的使命，

王丽雯，语文教师。

就是做一个所谓的“饱学之士”，以自己的“一桶水”去倒满学生的一只“空杯”。这样，教师拥有“一桶水”的观念作为一种教育思想产生并长期发挥作用也很正常。但是对于很多教师来说，这桶“水”是没有源头的死水，没有新的内容的注入，缺乏生机和活力，最终面临的可能就是枯竭。

二、当代的教师知识观：“源头活水”

教育活动是人类社会活动的一个重要的组成部分，教育中的教师和学生两个主体在不同层面，通过自育、互育，协调互动，共同发展。随着教育活动的推进，人们对教育其本质及规律的认识也在不断深化进步。

如今，我们正处在信息化时代，新的信息技术和新的思想观念使我们的时代突飞猛进，教育领域也不例外。知识更新的速度越来越快，数量越来越多；知识传播途径越来越多，传播速度越来越快。教师不再是学生获取知识的唯一途径。教师即使是学富五车，也很难说他就可以“晓知天下”。教师要教给学生“一杯水”，其知识存量显然不再只能是简单的“一桶水”。现在的学生，是信息化、数字化时代里生活的“原住民”，从小就接触和使用信息化、数字化产品，体验着信息化、数字化环境带来的种种便利，这就亟须教师尽快转变角色，顺应时代发展，适应学生要求，主动拥抱新技术，自觉接受新观念，如果不正视这个现实，就会被自己的学生抛弃，就会被信息化时代淘汰。

总校芦咏莉校长提出：“教育的管理是未来的引领”，因此需要培育的学生是一种能够适应迅速变化、了解和适应未来的人。小学教师的教育要为学生的四十岁做准备，教师知识观就必须变革，变原来的“一桶水”为“源头活水”。

首先，作为新教师必须一开始就要树立终身学习的观念，注重专业知识的“增量”。在信息蓬勃的时代，教育不断更新，竞争日趋激烈，迫切需要我们转变“一桶水”的理念，增强“充电”意识，不断注入新鲜活水。对于我这个新老师来说，要合理地规划时间，养成阅读的好习惯，开卷有益，我们站在讲台上不断督促学生时，自己又怎能轻视阅读的深远意义呢？只有不断“海纳百川”，才能“源源不断”；只有不断吐故纳新，才能与时俱进。其次，不仅要终身学习，更要注重整合知识。现代教育的特点要求教师知识结构趋向综合化，吸收各学科之精华，要求教师必须强化学习意识，要变被动学习为主动学习，养成自觉学习的良好习惯。

作为二小的一名老师，要在工作中常思常诫，要有一颗和孩子一起成长的心。我也期待着自己的进步；期待着自己的“活水”能和孩子们的“一杯水”相互汲取养分；期待着自己和孩子们一起成为更好的自我。

如何将“红黄牌”游戏贯穿体育常规教学中

李沐春

体育游戏被广泛运用到体育教学中，深受广大学生的喜欢。对于低年段学生来说体育游戏不但可以培养他们的思维能力和思维方式、还可以充分地展现自我，增强自信心，同时锻炼自己的身体素质。因此，体育游戏在组织体育教学中有着非常重要的意义和作用。在小学日常体育教学中，体育游戏除了可以帮助我们有效完成教学任务，其实还可以帮助我们解决常规训练中的一些棘手问题，让常规训练事半功倍。

在每学期的开始阶段，体育教师的主要教学任务就是对学生进行体育课堂常规训练，往往高年段学生的训练较为高效且时间短，可以很快达到任务目标。但低年段学生的常规训练就没那么容易了，不但训练难度大，组织管理也非常困难，这对于每一位体育老师而言都是一个头疼的问题。那么如何解决这一问题？相信许多有经验的体育教师都有自己的见解，那么下面我也来分享一个自己的方法。

其实体育游戏不但可以运用到日常教学中，也可以运用到我们的课堂常规训练中。“红黄牌”的体育游戏方法简单、灵活，可以在一定程度上改变以往传统的、枯燥的教学模式，调动学生的学习兴趣，让学生在游戏中获得成功体验，同时互相激励、互相学习，让学生的竞争意识和合作意识得到有效提升。下面是“红黄牌”游戏的具体实施过程：

1.开始阶段

在常规训练的开始阶段，先以站姿为选拔“小裁判”的标准，由教师选出三名学生，并将“红黄牌”分发给他们，然后他们开始行使“小裁判”的权力，去纠正其他同学站姿，同时兼任管理班级的任务。这样做的目的是让学生

李沐春，体育教师，甘肃省优秀裁判员，兰州市优秀教练员。

快速熟悉游戏方法，为下一步的游戏环节做好铺垫。

2.训练阶段：

学生熟悉了“红黄牌”游戏方法后，开始体育课堂常规的训练，在训练过程中由教师选择态度认真、动作标准、口令清晰的同学作为第二轮的小裁判，同样是三个名额。获得“红黄牌”后可以帮助老师进行常规内容的训练和班级纪律的管理。

3.提升阶段：

在常规训练课的后期阶段，很多同学都能以较高的标准完成常规训练动作，此时为了保证学生兴趣的持续性，可以增加红、黄牌的数量，让更多的学生参与进来；或者减少红、黄牌的数量，以培养学生的竞争意识。

通过以上三个步骤来开展“红黄牌”体育游戏不但可以调动学生学习的积极性，还可以增加体育教学的趣味性，让常规训练变得有序、高效。为了保证“红黄牌”游戏的新鲜感，后期的常规训练还可以根据课的内容将游戏灵活变换运用，可有“小裁判”推选“小裁判”，“小裁判”推选“裁判长”等等变化，这样既体现了我校“生本”的教学理念，又可以让常规训练扎实、有效，同时会让我们的课堂常规越来越好。

近一年半的课堂实践让我尝到了“红黄牌”体育游戏的“甜头”，这让我又有了新的思路，也许未来的大课间、运动会或其他体育活动，“红黄牌”游戏会有更广泛的运用空间。

巧建“爱”的驱动力

李沐春

清晨，我喜欢聆听一群可爱的“小豆包”们朗朗的读书声；中午，我喜欢看着孩子们吃饭时洋溢出的笑脸与喜悦；放学，我喜欢跟孩子们一起在足球场上驰骋。正是因为有你，北京实验二小兰州分校金城实验小学，将我们大家维系于此，用爱谱写出一章章、一页页动人的旋律和故事！

走进校园，你会在这里感受到“爱”的温暖，因为我们大家互相关心、团结，共同进步，不仅体现在教师之间，还体现在师生之间和生生之间。

校园足球在我校广泛开展以来，主要包含课堂教学、训练、比赛三个环节，其训练作为我校校园足球开展的一个重要窗口，备受学校、家长和学生们的关注。由于前期孩子们对于足球的认识及能力水平相对较低，没有核心队员的带动，所以教师的关注度和示范度极高，学生都是以教师为模范和榜样。这样坚持了有一年多，感觉孩子们的成长速度很慢，究其原因发现除了学校训练时间以外，其他时间基本不接触足球，思考缺乏了自主学习兴趣这个内驱力，是不利于足球技能提高的。那么，如何启动孩子们的内驱动力呢？这就需要球队核心队员的出现，而这个核心队员将点燃孩子们的足球热情，以他为榜样，督促他们不断提升足球技能。也因此建立一种团队的“爱”，在这种“爱”的力量感染下，形成“爱”的合力。考虑到这一点，我精心安排了一次训练，其目的就是建立北二兰的核心队员。

在一次三年级队员训练中，由于天气炎热，训练强度较大，孩子们出现了体能下降，口渴难耐的现象，于是我将孩子们五分钟的补水时间延迟到十分钟。当再次集合训练时许多孩子都跑到阴凉处避暑，不愿再回到足球场地训练，当时的我感到非常无助和失望。我大声说道：“这不符合体育精神，也不符合一名足球运动员的基本素养。”于是我停止了训练，也坐在场地边休息喝

李沐春，体育教师，甘肃省优秀裁判员，兰州市优秀教练员。

水。就在此时，其中一名队员好像意识到了什么，他拿起球走到训练场地开始了个人技能的训练，其他球员看到后开始议论着什么，随后又回头看看我，大约五分钟后其他队员也逐一走向球场开始认真训练起来。在那一刻我意识到北二兰的核心队员出现了，只是时间的问题。在以后的训练、比赛中，他的能力越发突显，所有的孩子都称他为“大哥”，而这名大哥就是我们现在的球队队长，他的出现带动了整个球队的训练热情，球队的每位队员在这位大哥的关爱和引领下互爱互助，共同成长，在近三年的努力下，北二兰足球队取得了一定成绩，虽然还有很长的路要走，但我相信在这种“爱”的合力的牵引下，我们会越走越远，而且这将是每个孩子一生中最宝贵的经历。他们一起训练，一起玩耍，一起成长，一起在这所温暖的校园里开出绚丽的花朵！爱，让他们相遇，爱足球，让他们相惜。精彩的瞬间数不胜数，爱在蔓延，爱在起航。让我们乘着爱的船只走向远方，去探索，去找寻……

团队管理的常态化

冒　斌

一般一所学校的管理岗位是学校的中坚力量，也是主要的执行团队。这些管理团队人员的管理水平很大程度上决定着学校的发展潜力，因此需要不断提高管理干部的管理水平，保持一种积极的向上势头。

目标清晰，要精心组建团队。要想走得快就一个人走，要想走得远就大家一起走，团队建设也是如此。一个团队的形成，是要有一个共同的目标作为支撑的，大家有了一个共同的目标就会形成一种驱动，就会形成一个集体。至于这个清晰的目标，可以是集体共同探讨出来的，也可以是有少数人提出来大家都通过的。总之这一目标是大家达成一致意见的，这就是团队最初的形成。学校的办学理念、五年规划，就是每一位教师所要共同努力的方向。

任务管理，要计划开展。当一个团队有了一个统一的目标后，就会组织开展一些相关的活动来使团队不断发展壮大。如何让活动开展更加高效有效，就要根据活动的轻重缓急，由管理者有计划地设计活动，通过合理高效地开展活动。

合理分工，要统筹规划。做到人员的最优化，管理者要对每一位成员的特点、专长了然于心。针对每一位人员的特点相对应的分工，互相搭配，形成合力。这样就要求管理者不仅要熟悉队员，还要具备统筹规划的能力。定期谈话交流会让管理者对人员有一定的了解。在我校经常会组织“校长我想对您说”活动，就是提供一个互相交流的平台，增进彼此了解。

经验分享，要定期沟通交流。你有一个好的办法，我有一个好的办法，放在一起就会有两个好的办法。定期的沟通交流可以了解师生近期的状况，还可以经验分享，就自己在教育教学中遇到的问题进行互相剖析，以此获得相应的解决办法。同样在面对一件事上会有多一层思考，多一种解决问题的方法。就教师成长而言，组内教研、师徒之间的交流，就是一种很好的共同成长。

冒斌，语文教师，市级教学新秀，石化公司优秀班主任。

但愿孩子做守规矩的"孙悟空"

魏 瑜

自信心就像人的能力的催化剂，将人的一切潜能都调动起来，将各部分的功能推动到最佳状态。自信是人们对自身力量的一种确信，只有深信自己一定能做成某件事，并为实现自己的梦想不断地去努力，才有可能成功。自信心不仅与个人因素，如自我认知、个性特点等有关，还与其成长环境特别是老师的鼓励密切相关。孩子的自信心在很小的时候就开始萌发了。作为老师，不一定要期望孩子获得多么大的成功，但是，要让孩子树立"天生我材必有用"的自信心是非常必要的。应该让孩子从小懂得，自己立于世，必定有不同于别人的天赋和才能。这种积极的意识，将会促使孩子产生坚定的自信，会使孩子终生受益。

对于"望子成龙，望女成凤"的家长来说，会经常指责孩子；还有一些家长则专门用别的孩子来讽刺、挖苦自己的孩子。孩子在生活中听到的大多不是"不错，有进步，你能行"；而是"真笨，怎么就不如别人"之类的话语，那么孩子怎么能有自信？

东方文化崇尚"谦虚为本"，但有的孩子可能错误地理解了家长的要求，或者是有的家长错误地要求了孩子，于是他们往往高估他人的能力，低估自己的能力，经常拿自己的短处与他人的长处相比，越比越觉得自己不如别人，越比越没有自信。

灿灿是我们班一位女孩。刚入小学时，上课从不主动举手，让她回答问题时，她很紧张，目光游离，不敢直视老师，声音很小。在课间活动的时候，别的小朋友都快速离开座位抢着跑着去玩，灿灿却静静地坐或站在一旁看着。

在家里也是一样，家里来了客人或是换个环境，就扭扭捏捏，让喊"叔叔"或"阿姨"她就退到爸爸妈妈身后。客人问"几岁了"之类的问题，也不

魏瑜，数学教师，一级教师，兰州市教学新秀，兰州市首届骨干班主任。

回答，只是看着人家，弄得爸爸妈妈也很尴尬。

为此，我多次和家长沟通，鼓励她多参加一些活动，如集体演出、做游戏、讲故事等。其目的是通过这些活动，锻炼她的胆量，改变她的内向性格。她参加的每一次活动，都给予鼓励、表扬，每当此时，灿灿的脸上都洋溢着幸福的微笑，这让她觉得很荣耀，她从中感受到了成功的喜悦。

在老师的鼓励下，灿灿成长得很快，上课敢举手发言了……到了一年级第二学期，我发现灿灿的识字量很大，老师还没教的字，她已经会读会认，一篇1000字的演讲稿，几乎全能读下来。于是我就给灿灿更多的锻炼机会，每次集体活动，都会首选灿灿做主持人，并且还选她做了班长。灿灿的自信心和胆量得到了很好的锻炼，她的爸爸妈妈也感到很欣慰。因为有了之前奠定的基础，灿灿顺利度过了小学一年级的美好时光，在学校安排的课前精彩两分钟的展示中，灿灿表现得很自然。包括之后的诵读比赛，她都能大声读出来。

灿灿的案例说明，一个人只要体验一次成功的欢乐，便会激起追求无休止的成功的力量和信心。如果老师能把握每个孩子的闪光点，打消她的自卑感，并以此激发孩子鼓足勇气、树立信心，就能促进孩子的全面发展。

消极的自我暗示很容易抑制人的自信心，如果一个孩子对自己有较多负面的看法，他就会经常怀疑自己的能力，本来能够做好的事情，他也会认为自己做不好。孩子同大人一样都是生活在群体之中的，一些先天或后天能力相对较弱的孩子在能力较强者面前往往感到自愧不如，比如某个孩子不能完整唱下来一首歌，他唱歌可能被笑话是五音不全等。他们会由于自身的条件不如别人而产生挫折感。如果这种孩子不能得到家长和老师的正确对待与引导，他们就会在心里产生畏惧，与别人差距越来越大，自己的自卑心理也愈来愈烈。

尊重孩子，使他们感受到自己是一个有独立思想的人，他们有自己的观念和判断，如果老师总是不给孩子机会，他们可能永远不会自己做决定。我们要懂得，孩子也是可以做决定的，并且要相信她会朝着这个决定不断努力，最终取得成功。最后，要因材施教。每个孩子都有各自的优缺点，老师应该让孩子了解自己的长处和短处，扬长避短，让孩子不断发掘优势，不断弥补缺陷，只有这样，才能把孩子培养成自信的全能型人才。

甘为绿叶

马　丽

花的事业是甜蜜的，果的事业是珍贵的，让我干叶的事业吧，因为它总是谦逊地低垂着它的绿荫。

——泰戈尔

做花，做果，抑或做绿叶，不同的人，都会有不同的选择。我喜欢泰戈尔的这首诗，是因为，我是一个甘愿做绿叶的班主任。

并不是一直做绿叶，而是分时间，分阶段。

一二年级时，我做花。带着懵懂的孩子们，尽自己的最大努力，凡事都展示给他们看，用各种方式去引导，树立我在他们心中的威信和力量感，让他们看到老师是可信服的，可信赖的，进而主动地模仿和学习，这两年的我，是招摇的花，在我的学生中迎风昂立。

三四年级时，我做叶。看着朝夕相处的学生们开始有了大孩子的模样，我慢慢地退出第一排的位置，放手让他们做更多力所能及的事情。我做叶子，陪伴他们，鼓励他们，每天都在他们给我的一个又一个惊喜中欢欣着，这时的我，做叶子做得这么开心，我盼着我的学生们都成为自己所期望的参天大树。

等到五六年级，我等待我的果实。怎样耕耘，自然就有怎样的收获，每当想到这样的未来，我就谨慎小心，生怕自己的行为举动会给自己的学生不够好的引导，我希望他们长大，更希望他们自信地长大，乐观地长大，独立地长大。

从三年级开始，学生们明显长大了，他们开始有自己的小主意，能力强的孩子甚至可以独当一面，有条理地处理班级事物了。在我们班，有这样的两三

马丽，语文教师，市级教学新秀，市级骨干教师。

个孩子，他们明显比同龄人更加成熟，对事物的发展有预见性，对自己有高标准的要求，在班里是各科老师的得力助手，在同学中也很受欢迎，几乎可以说是人见人爱。我也像其他老师一样，很多事有意让他们轮流处理，让他们尝试统计班级的评比栏，统筹不同类别的手抄报内容，还让他们合力组织一些全班性的活动，策划班会主题等等。

他们做得很出色，通常都可以顺利地完成老师要求，及时反馈自己发现的各种问题。

但我很快也发现了一些问题。随着“工作”的顺风顺水，他们普遍出现了一些过度解读的现象。让他们管理午餐，他们会在评价午餐的时候对食堂的工作做自己主观的点评；让他们整队，他们会评价同学，甚至评价老师的工作；让他们管理班级卫生，他们除了对同学有要求外，还会用自己的观察评价保洁人员的工作结果。这种评价有好的，自然也有不好的。当我听了好多遍类似的评价时，感觉不能再任由这种状态发展下去了。

不论是孩子，还是大人，对自己没有参与或没有亲身体会的事情，都不应该有带着主观臆断去评价。他们不会懂，饭菜有人不喜欢的同时，也会有人喜欢爱吃；他们也不会懂，老师今天在上课的时候声音格外小，是因为正在发烧却坚持讲完整节课；他们更不会懂，保洁阿姨每天清洁无数遍的地板，永远都会有人在下一秒就洒上水，掉下垃圾，甚至用鞋在上面蹭来蹭去。于是我在一节班会课后，很严肃地跟他们谈了这个问题。我告诉他们，评价外在事物，就一定要考虑大环境，大因素，而他们这样轻易地就对外界事物下定论，不仅非常不好，也是因为自己的能力较强，有些沾沾自喜和小骄傲导致的。我的话一下子戳中要点，几个孩子都羞涩地低下了小脑袋。我马上肯定他们平时的表现，希望他们可以继续把自己最棒的一面拿出来，但也要学会把自己那有些伤人的“针尖”收回去。

学生们很快就吸纳，并贯通了我讲的道理，收起自己的主观定论，慢慢地，开始学习让自己优秀，且谦逊。

修剪树苗，是为了让他们长大，而茁壮的树苗更需要精心的修剪，因为他们不仅要长大，还要笔直、参天，给更多的土地带来更大的荫蔽。我盼望着，自己的学生都能成为最好的大树。

“活”之乐事

马　丽

我们班有 42 个小机灵，孩子们每天在学校里快乐地学习。认认真真读书，端端正正写字，坚持频繁的练笔，学过的课文大家都常在讨论，我们有固定的小古文抽查日，阅读课上总是有孩子们愉快地畅谈。我们的学习目标是每个同学都要成为小小读书郎、小小书法家、小小播音员，小小写作家。我们微笑着朗读，微笑着写字，微笑着上课，微笑着生活，我们的微笑像太阳，微笑是我们最美的名片。

“要求孩子做到的，老师要首先做到。”一位教育专家的话始终回荡在我的耳边。我每天放学后就坐在教室里认真地朗读明天要教授的课文，一句一句读，一段一段背，或来回踱步沉思，或伏案正襟危坐，或低头闭眼冥想。不论多长的课文，我总要把它降服得滚瓜烂熟。于是每天下午，总会从我们四（1）班教室里传出悠扬而富有激情的读书声，这声音是我认为最动听的声音，这声音吸引了不少其他班的孩子驻足观看，我知道自己是在用实际行动教育孩子该怎么样读课文。第二天早上，我会很早就来到学校，伴着初升的朝阳，呼吸着清新的空气，应和着清脆的鸟鸣，和孩子们坐在明亮的教室里一起读课文，一起背课文，悠扬的读书声再次回荡在青青校园之中，这次不是一个人的声音，而是一个班的声音。

就这样，带着满满的自信，我走进课堂，我们的课堂总是伴随着琅琅的书声，弥漫着活跃的氛围，激荡着聪慧的思辨，成长着如林的小手，我们的课堂每天都是崭新，每天都是精彩的，我们每一个孩子都是“小小读书郎”。

我要求班里的孩子全体都说普通话，我就自己在课上课下、校里校外都坚持说普通话，我要用自己的普通话水平引领孩子把每个字的字音读准，让孩子们在人前人后都勇敢地说普通话，让孩子们体会到说普通话的快乐，体会到我

马丽，语文教师，市级教学新秀，市级骨干教师。

们中国的汉语是世界上最美丽的语言，我们班的孩子个个争当“小小播音员”。

学生的写字训练一直都是我的首要目标，我梦想着孩子们能把每一个字都写好。于是，我会不定期地和孩子们做着同样作业的“大学生”，端端正正地坐在课桌前，认认真真地写着《写字》，一撇一捺、一横一竖，每一个生字在我的笔下都变得那么漂亮。然后我会把自己的作业也贴在教室里的展板上，让孩子们欣赏。一下课，孩子们就把小脑袋瓜儿凑在一起，看着老师写的作业，从孩子们钦佩的眼神和啧啧的赞叹声中，我知道，自己的“榜样示范法”起作用了，我们要做“小小书法家”。

教室里的卫生需要每天打扫干净，孩子还小，做得不彻底。我拿起扫帚，孩子们一起扫地，边边角角，旮旯角落，我都不放过，果皮纸屑休想从我眼皮子底下溜过。孩子们学着我的样子，一组一组地把教室打扫得干净极了。记得有一次上课，我让孩子们写生字，孩子们都在认真地写了，我来回巡视辅导着。突然，我发现一位同学的课桌下有纸屑，是让他自己捡起来，还是我自己来捡呢？我选择了后者。当我捡起这片纸屑的时候，这位同学脸红了，不好意思地把纸屑放进了垃圾桶里。就是这样一个细微的动作，孩子一定意识到了保持教室卫生是每一个人的责任，也包括老师。这时孩子就不仅是用眼睛来看你，而且用心灵来感知你，孩子们会在你弯腰之际，集体的责任感在心中产生，我觉得这样教育效果胜过千言万语，我们都是“小小劳动者”。

“小小读书郎”、“小小播音员”、“小小书法家”、“小小劳动者”，铸师魂，树师风，立师德，不就是老师从这些小事做起，从平常的琐碎事做起，用生活中点点滴滴来教育学生吗？“随风潜入夜，润物细无声”，这就是榜样的力量，这就是无声的教育，我用我的实际行动感染、示范、教育着孩子们，他们看在眼里，记在心里，以老师为榜样，对照、激励自己，也使我看到了教师的人格魅力带给学生的是无穷的力量和巨大的的影响，从而更让我时刻要求自己要用健康向上的灵魂去净化育人环境，用自己平实、坚韧的心态教孩子们学会战胜困难，实现梦想，我们每天都在进步，每天都与微笑同行。

陶行知先生曾说过：“活书是活的知识之宝库，花草是活书，树木是活书。飞禽走兽，小虫微生物是活书。山川湖海，风云雨雪，天体运行都是活书。活的人，活的问题，活的文化，活的武功，活的世界，活的宇宙，活的变化都是活的知识宝库”。教师指导学生学习的方法只有灵活多样，才能满足学生的好奇心，保持新鲜感，使学习能取得事半功倍的效果，不仅如此，这样的生活让我也能保持活力，积极振奋，如此乐事，为何不为呢？

“拉钩”的力量

——《正面管教》读后有感

朱　蓉

2019新学期伊始，我校照例在学生家长之间开展了丰富多彩的读书活动，其中《正面管教》一书，不但在家长中广受好评，作为一名长期工作在一线的班主任，读来也受益匪浅。书中多次强调和谐的亲子关系是尊重与合作管理的基础。有高达90%的父母不能准确地给予孩子爱，让孩子真正感受到和接收到，而不是被气绝、被抗拒。也全然不知缺失了尊重的爱会摇摆在“溺爱”和“严厉”之间，动摇了和谐的爱的基础。只有改变自己的信念，才会让自己的理解行为不再浮于表面。

下面这个案例，是我在认真阅读此书后，改善家长养育孩子的方式方面做得较为成功的一次实践引导，也算是读书践于行，将读书感受所做的一种最好内化吧。

小魏同学是我们班一个沉默寡言的男子汉。在放学的队伍里，他背诵古诗的声音总是特别洪亮。只要是老师布置的任务，他也总能认认真真地完成，就是无论干什么，完成的速度都有些慢，有些拖拉。

在十一月闯关中，他的百词闯关没有过关成功。我认真查看了他的闯关卷，发现是因为书写速度太慢竟余下小半没有答完，但只要写上的词语都是完全正确的。“拖拉”一词已经成为小魏同学学习生活中最大的拦路虎！随后跟家长的及时交流沟通中，我了解到，小魏同学的爸爸因工作原因长期不在家，学习生活主要由姥姥和妈妈负责。不同于其他孩子的爷爷、奶奶，由于小魏同学的姥姥是一名退休的小学教师，平时对小魏同学并不溺爱，反而要求特别严格。每天小魏同学除了完成作业，还要做许多姥姥布置的作业。妈妈呢，由于

朱蓉，语文教师，市级教学新秀，区级优秀班主任。

家里有二孩儿，精力多投放在小妹妹身上，因此，在对待小魏时可能就缺乏了一些耐心。因为在家有一件接一件需要不断完成的“学习任务”，无穷无尽，小魏完全没有时间玩耍。这就造成了他有事没事都“磨洋工”的性格。也因为生活中被经常严格要求，少得到细致、温柔的关心关怀，他缺乏自信，性格才会格外内向。

在得知了这一切后，我把小魏同学叫到身边，摸着他的头，拉起他的手说：“这次百词闯关，你没有闯关成功，老师认真地看了看你的闯关试卷，只要是写上的词语，都是正确的，说明你词语积累得很好，可是有许多没有做完，说明书写速度还是不达标……”还没等我说完，小魏同学急忙抢着说：“老师，我知道了，我以后一定……”“咱们不急着表态，首先老师相信你有能力完成，这样吧，今天咱们来个约定，你看看老师说得要求你能达到不，如果达不到，咱们还可以再商量行吗?”“嗯!”小魏同学认真地点了点头。“第一，从今天开始，各类课堂作业，只要你各项作业在规定时间内按时完成，并且争取不做最后上交的十个；家庭作业尽量在晚上八点前完成，特殊情况像上钢琴课啊什么的除外。老师就和姥姥商量一下，不再给你布置额外的功课，让你每天有半小时的自由支配时间，你觉得行吗?”“行!”小魏同学不假思索地点了点头。“先别急着回答，老师给你一天的思考时间，真觉得可以了，你再来找老师，好吗?”“嗯!”小魏同学认真地点了点头，开心地走开了。

第二天一大早，早自习还没开始，小魏同学早早地站在讲桌旁边等我。“朱老师，我考虑好了，觉得您提的要求不高，我一定能完成。我同意您昨天所说的方法，就是……”“我知道你顾虑什么，姥姥和妈妈那边我去沟通。那咱说好了，就不能变喽!”“嗯!”小魏郑重其事地点了点头。“来，咱们拉个钩，再盖个章，说话算话!”小魏胖乎乎的小手指与我的紧紧勾在一起。随着大拇指的那章一盖，小魏开心地笑了。

随后我马上将小魏的姥姥和妈妈请到学校来面谈了一次，郑重其事地向她们推荐了《正面管教》一书，告诉他们，只有孩子的自我价值得到了正面肯定，并且与孩子平等沟通交流，使孩子得到尊重的认同感，孩子才会更加自信。其实，每一个孩子都有自主安排自己学习生活的能力，只有家长合理地进行干预，孩子很快能找到自己学习生活的节奏，有张有弛，学习的效果才会更好。

从那天长谈之后，小魏的妈妈和姥姥尝试按我说的方法先与小魏进行了一次较为平等的交谈，与小魏一起商讨了在家的学习生活公约，“拉钩盖章”

后，就让孩子自主完成，家长只起到提醒、监督的任务。慢慢地，小魏完成作业、收拾书包的速度都快多了，并且他妈妈和姥姥反映，小魏同学在家的表现也积极多了。

本案例中的小魏同学之前学习拖拉不主动，性格内向不自信，是因为家长在家庭教育中强势干预、管理过多。家长们总是以自己的经验认知，把自己认为正确的、优秀的管理经验施加于孩子身上。高高在上的家长总认为自己是对的、好的，既然好的，孩子理应全盘接受，认真执行。每天用一项又一项的任务替孩子把生活安排得正确而充实。殊不知，这样的不对等关系在自己与孩子之间挖掘了一条鸿沟！让亲子关系越走越远。

《正面管教》的创始人简·尼尔森博士强调，正面管教的核心理念就是不惩罚、不骄纵；和善与坚定并行。它有三个非常重要的工具：第一，行大于言；第二，确保孩子感受到爱；第三，跟孩子有效沟通而不是无效沟通，有效沟通是父母要让孩子情愿把内心真实想法讲出来，使得双方的交流能够持续下去。尊重是第一位的，只有父母愿意尊重倾听孩子的感受，不要反驳，而是帮助他总结、梳理，更多地肯定对方。

孩子只有在一种和善而坚定的气氛中，才能培养出自律和责任感，自己解决问题的能力才能得到提升。尊重与合作管理，一定是构建发展和谐亲子关系的基础。一个人，首先是个自由的人，被信任尊重的人，才可能成为一个自觉的人。小小的“拉钩”行为，背后是大大的和善而坚定的信任与尊重，这尊重与信任的力量大啊！

读其书，悟其理，方能践于行。我想通过认真阅读《正面管教》一书，会有更多的亲子关系、教育方式被改善。而我，也将继续将“正面管教”之路延续在我的班级管理之间。学习读书，我们一直在路上。

结合人格发展理论议师生沟通

郚子轩

教育教学活动，是有目的有计划的培养人的活动。而教育中，教育者，受教育者，以及教育媒介是不可或缺的三部分。而在引导学生接受间接知识，习得做人品质的过程中，语言是十分重要的教育载体。不当的沟通方式，往往会加剧师生之间的隔阂，不利于师生关系建设以及学生对知识的学习；而恰当的沟通方式，有利于学生真正做到亲师乐群，善学自强。因此，对教师沟通能力的讨论和思考，也是教育教学中不可或缺的一环。

一、沟通在教育及人格发展中的重要性

苏霍姆林斯基曾经指出：“如果学生不愿意把自己的快乐和痛苦告诉老师，不愿意与老师开诚相见，那么谈论任何教育都是可笑的，任何教育都是不可能有的。”如今在教育教学中，许多老师面临着这样那样的沟通障碍，例如：沟通浮于表面、教师居高临下、思考脱离学生实际、批评缺乏宽容。而这些问题的本质在于，老师局限于自己的成人视角，容易陷入脱离学生儿童角度去思考问题的陷阱。以及在面对师生矛盾、生生矛盾，甚至家校矛盾时，急于处理问题，而忽视了儿童生长发展中的客观性、规律性。

不同年龄阶段的学生，在面对同一事件时所反映出来的表象是具有很大差异的，追寻其根本原因，就是由于不同学段、年龄段的孩子，具有不同的心理需求。

人格心理学家埃里克森认为，儿童在成长过程中，伴随着自己的生理成熟与社会性的增强，在不同阶段需要解决不同的自我矛盾，并且只有真正完善和解决每个阶段的自我矛盾之后，才能真正为之后人格的发展，铺设长远的道路。

郚子轩，语文教师。

因此，我们作为一线的教育工作者，只有尊重学生人格发展中的矛盾，在沟通中了解学生的人格矛盾，用语言回应学生人格发展中的需求，通过建议和适当批评促进学生人格的完善和发展，才能真正走入孩子们的内心，才能真正站在孩子的角度，并最终做到认可老师，进而热爱知识。

二、小学生所处人格阶段及沟通原则

作为小学老师，我们面对的孩子，在埃里克森的人格理论中，主要处于这两个阶段：

（一）勤奋感对自卑感的冲突。中低学段的学龄儿童，离开了自己的舒适区，开始在学校这样的社会小模型中，承担一定的学习任务和责任，他们需要通过勤奋感来认可自己的能力、发展自己的社交。但同时，这个阶段的儿童也害怕失败，也容易在不断的失败和不被认可中，习惯性无助，产生自卑和放任。因此，在这个阶段，教师一定要树立一定的准则，在沟通中以准则作为参考标准，保护学生的勤奋感，对学习过程中努力、成绩却一般的学生，一定要用言语肯定其勤奋努力的行为，切勿因为成绩单来评定学生，打击学生的勤奋心态。而当学生真正遇见困难时，要积极帮助学生解决问题，用语言激励学生直面困难，促进其克服自卑，认可自己的努力。

（二）自我同一性和角色混乱的冲突。在以往的理论中，这个阶段往往在12岁以后，即初中阶段才会凸显，但是随着物质的发展，饮食的改善，信息的自由化，学生的生理心理发展都有了提前的趋势，在实际经验中，如今小学高学段的孩子往往也体现出这个阶段的某些特性。在这个阶段，因为学生心理上的发展，以及身体机能的逐渐成熟，很多孩子已经开始了自我意识的膨胀，自己对社会属性也有了很强的渴求。因此，在这个阶段学生所展现出的例如：对异性关系的好奇、过分自我的意识和行为、对教师权威的挑战，如果单纯靠着教师的权威一味打压，而不是站在学生角度思考引导沟通，反而会促进矛盾的爆发，反倒出现事倍功半的效果。因此在这个阶段的沟通中，我们的沟通重点，是引导学生认可自己的发展变化，以及内心深处的想法和需求，不要去武断评价学生，要用语言促进学生元认知能力的建立，建立恰当的、符合常理的自我评价标准。

三、实际师生沟通中的建议

（一）沟通以制度作为依据

低学段的孩子往往缺乏一定的规则意识，例如在班级教育教学过程中，出现纪律问题，往往是因为学生缺乏对规则的理解和认识，如果只是口头批评或命令，例如：“安静！”“再说话就站起来！”这样简单粗暴的沟通方式，会激化错误学生的行为，将自己的勤奋感化作用不当行为引起教师的注意的成就感。而这个时候，就需要借助制度的力量，甚至可以引发学生思考这样行为的坏处，以及制度设定的意义，反而让学生认识到违反规则是不对的，批评只是因为违反了规定，而并非对其本身的否定，维护其勤奋感，保护其自信心。

（二）批评多设限，少攻击

当学生出现不良行为时，片面的或者直接性的惩罚，会加重中低学段学生的自卑感、强化高学段学生的逆反心理，例如：“你作业没写，罚抄！”就过于直接和富有攻击性，这反而需要教师这样设限：“如果你今天作业不认真完成，明天就会有额外作业，我们明天看看谁想写额外作业。”或者将一些直接的禁止和批评换成：“你刚做了什么？你为什么要这样做？这样做对吗？”引导学生自我评价，形成元认知中自我评价的习惯。既能保证学生的自尊和勤奋感，又能促进学生同一性建立。

（三）放低姿态，细心聆听

赫兹里特说：“谈话的艺术就是听与被听的艺术。”我们在教育教学过程中，无论面对哪个人格发展阶段的孩子，无论是批评还是激励，都要用自己的姿态聆听学生语言后的根本诉求，但是这是需要教师的思考和经验作为基础的。作为一名老师，我们要思考，学生顶撞、叛逆、拖延等一系列行为与言语后面，到底是自己的勤奋感没有得到满足，还是自己内部的同一性出现矛盾，需要老师调和。只有在仔细聆听学生言语背后的真正需求，才能真正做出科学有效的反馈与沟通。

李烈校长有这样一句话值得人们思考：“所有的心灵就像小草一样，都渴望爱的阳光。如果说教师的人格是一种无穷的榜样力量，那么教师的爱心则是这个力量的原动力。”

我们不难理解，道为术之灵、术为道之本。我们在研究学生心理学发展的同时，必须明白，沟通时术只是技巧，而对学生的爱才是根本。在爱学生的基础上，运用这些沟通之术才能真正促进学生的成长与发展，才能培养出亲师重道的社会主义建设者与接班人。

初探小学高年段班级管理

魏海莉

从教育学角度来看，班级管理主要是一种以学生为核心的对班级中各种资源进行合理、有效且协调地运用、计划、整合、控制、完善，以此来实现教学目标，达到教学目的的一种组织活动过程。班级是学生日常学习与休息的主要场所，学生则是教育的主要接受对象。实施班级管理，就是对班级的运行状态进行有效的管理，并对学生的学习状态与心理进行合理的调节，使其能够更好地适应班级环境，以此来提高学生的综合学习能力。

一、在小学高年段班级管理中存在的问题

1.对班级管理而言，班主任的管理理念较为落后，没有根据教育现状进行及时补充完善。班主任实行班级管理的教育理念会对班级事务的管理与学生的学习成长带来重要的影响。一般来说，科学先进的管理理念可以很好地激发学生在班级管理中的“主体意识”，使其能够充分调动自身的主观能动性，积极参与到班级的日常管理中。而目前大部分小学高年级教师缺乏这种科学先进的管理意识，也没有很好地结合学生的实际学习状况进行改革与完善，一直沿用过去传统的教育管理理念。

2.目前，在大部分小学高年级班级管理中，班主任的管理模式较为单一，不能激发学生参与日常管理的积极性。班主任仍占据主要的管理地位，学生则是处于被动接受管理与教育的状态，长期下去就会形成“失衡”局面，教师也就自然处于“权威”地位。尤其是在日常的教学发展中，我们最常听到的一句话就是“学生应该做什么，不应该做什么”，这种带有强制命令性的语句会给学生带来无形的压力，如果一旦违反了这种口头命令，那么就会接受教师带来的惩罚。这种现象一旦存在并不断发展，必定会降低学生主动、积极地参与班

魏海莉，一级教师，兰州市十佳辅导员，教学新秀，兰州市骨干班主任。

级事务管理的积极性，也不利于班级整体的发展与学生的成长。

二、改善小学高年段班级管理的主要对策

1.不管是在班级管理还是日常教学中，班主任都应树立起正确的教育与管理理念，完善并补充教育管理理念，提高自身能力。班主任要善于用先进的教育力量来完善自己，并从书本与实践中吸取知识来提高自身的能力。在不断学习的过程中，教师也应积极关注班级上每个学生的学习状态与心理特征，可以采取与学生近距离对话交流的方式，争当“倾听者”，更好地了解学生的学习需求与对班级发展的看法和建议，并从这些不同的反馈意见中挖掘出目前班级管理可以改进的地方。同时，作为班级管理的主要引导者，班主任也应积极地做好实践中的不断反思。通过日常的班级管理记录和定期的校内班级评比来进行自我的管理反思，并运用理论反思的教育经验辅助班级日常事务的科学发展。

2.在班级日常事务的管理过程中，还需不断完善班委会日常管理责任制度。在小学高年段的班级管理中，除了需要班主任的统一领导之外，还需在班级中挑选出具备管理能力、威信较高的学生来担任班级的骨干——班干部，并辅助班主任进行日常管理。班干部管理能力的高低会直接影响到班级工作的实施，如运动会的报名，班级学习、文艺与其他活动的组织以及家长会的开展等，这些都是需要班干部的协调与帮助。因此，班主任也应积极加强对班委会日常管理责任制度的完善，可以根据班级发展状况实行可调节的班干部承包责任制，由学生自己做自己的主人，自己对自己实施管理，并进一步推广班级管理的自责化制度。

同时，也可以将所有学生划分为不同小组，挑选出具有管理能力的组长，进行学期的小组竞赛。安排组长自主管理并监督该小组成员的日常学习成绩与纪律状况，并定期地向班主任汇报小组这一阶段的学习与纪律状况，这样就可以深入落实自主管理责任制度，从根本上让学生自己做自己的主人。

相比于教学发展而言，班级管理虽然是一项较为普通的工作，但是其对班级整体的发展、学生个体的成长以及教师专业技能的提升来说是十分重要的。面对班级中一个又一个鲜活的个体，班主任必须要将管理视角扩宽至具体与特殊之间，根据每一位学生的学习状态、心理特征以及成长状况，秉持科学的教育管理基本原则与规律，更好地“因材施教”，为不同的学生量身制定出适合其学习进步与成长的个人方案。同时，在日后的班级管理过程中，若遇到新问题，班主任应积极地做好记录，并与其他教师进行交流，共同探讨出有利于班级科学管理、学生健康成长的优良对策。

立足全人教育　构建新型评价

董永梅

早在20世纪中叶，陶行知先生就在《杀人的会考与创造的考成》中痛心疾呼：停止那毁灭生活力的文字会考，发动那培养生活之力的创造考成。紧接着先生在《创造的儿童教育》一文中指出，我们不能让一场接一场的考试，赶走孩子脸上的血色，赶走孩子的健康，赶走孩子对父母的关怀和对民族的责任。解放儿童的创造力，就要解放孩子的头脑、双手、嘴巴、时间和空间。

痛定思痛，面向未来，我们的学生应具备怎样的品格和关键能力？《中国学生发展核心素养》不但清晰、深入地回答了这一问题，而且为教师提出了具体的教育教学措施——改革现有课程，变革固有育人模式！于是，很多学校纷纷将课程作为学校发展的特色，在国家课程校本化、地方课程本土化、校本课程特色化的道路上，项目课程、潜能课程、游学课程、财商课程、益智课程……一系列课程群如雨后春笋般地生长出来，这些课程极大地丰富了学生的生活，提升了学生的能力，拓宽了学生的视野。但在课程实施过程中，我们发现学生参与的广度、深度存在巨大差异，学习效果更是让人匪夷所思！

《新课程标准》第一句话非常明晰地告诉我们，评价的根本目的是为了促进学生的发展，改善教师的教学。要充分发挥评价的多种功能，恰当运用多种评价方式，注重评价主体的多元与互动，突出评价的整体性和综合性。《基础教育课程改革纲要》更是旗帜鲜明地指出：要改变课程评价过分强调甄别与选拔的功能，发挥其促进学生发展、教师提高和改进教学实践的功能。

不忘初心，方得始终。北京第二实验小学兰州分校能在三年内迅速崛起，成为陇上教育的一朵奇葩，就是其“以爱育爱”先进教育理念最好的诠释，更是其独特评价体系的最好呈现：

董永梅，语文教师，市级教学新秀，市级骨干教师，区级名师。

1.评价方式的多样性

迈进二小，首先映入眼帘的便是“以爱育爱”四个大字，看到的最多的字是“爱”，听到的最多的字也是“爱”。“爱”就是这样深植于心，外化于行。二小人懂得，我们今天所做的一切都是为孩子的幸福人生在奠基，我们得为孩子的40岁负责，所以我们的评价必须面向未来；二小人深知，我们所面对的都是发展的人，是一个个灵动的生命，所以我们的评价也得与时俱进！二小的孩子考试有2：2：1：5的学业评价体系，将孩子在这一学期的发言、质疑、闯关等都纳入进来，期末的考试成绩只占其中的50%，如若孩子成绩不合格，还可以参加补考，使考试真正成为促进学生发展的过程。

2.评价角度的多面性

二小人坚信人与人之间没有智力上的高低，只有各种智力不同组合形成的差异。所以二小人将课程作为学校的特色，努力开发孩子的潜能，为他们寻找适合的教育，使之成为最好的自己。二小创造性地为孩子搭建了10+N+3评价体系。其中“10”代表孩子在礼仪、守纪等方面养成的10种好行为，“3”代表孩子在读书方面的进步，“N”代表孩子在其他方面取得的进步。每学期孩子们可根据自己在本学期的情况，进行自主申报星级爱慧少年，通过德育处的审核和现场答辩，即可获得此项荣誉称号。

3.评价主体的多元性

在双主体育人理念引领下的二小，“生本、对话、求真、累计”的课堂文化已深入人心，在倡导教师“勇敢地退，适时地进”中，教师更多是以倾听者的姿态存在。比起教师的评价，我们更关注学生间的互评。而在我们的项目课程和研学课程中，教师更多是以组织者、参与者和学习者的身份出现。所以在评价中，我们更关注来自学生个人、小组和家长评价。这种评价方式，不但提高了孩子们参与研究和活动的积极性与主动性，而且，提升了孩子们自我反思的能力和与同伴的合作能力。

4.评价层次的多维性

在二小，我们笃信每一朵花都有芬芳的理由，只是花时和花期不一样罢了。比如“四性”作业的设计，特需生的关注，及后期开展的平行选修课和免修课……多纬度的评价为孩子们提供了更广阔的发展空间和自由。

今天，当你走进北京的二实验校兰州分校时，我想让你艳羡的除了她现代化、生态化校园硬件设施外，更多的应该是师生舒展生长的状态和焕发在她们身上的那股精气神！

做有魅力的班主任

——小学班主任管理艺术探究

甘建平

《学喻》诗文道："欲求木之长，必固其根本。欲求水流远，泉源须博深。若无底石坚，安得山高峻？向使基础薄，何来塔千层"，小学生的成长也是如此。班主任作为班级的领导者，在班级的管理工作中起着重要的作用，这就要求班主任在进行文化知识传授的同时，还要重视小学生良好人格的培养，用自身的魅力帮助学生树立起正确的人生观、价值观和世界观，以便更好地推广义务教育，造福国人。

一、小学班主任在班级管理中的重要意义

根据教育部的有关规定，小学班主任的职责主要有五个方面，分别是充分借助各种有利的教育资源、集体活动、德育工作、关注学生的发展以及管理工作，其中管理工作是其他工作顺利开展的重要前提，需要班主任用心去进行班级管理，以便更好地为其他工作的开展提供服务。小学班主任是班级的直接管理者，承担着小学生思想教育和班级管理的工作，对学生健康良好思想的养成有着重要的作用，并且影响着班风的发展。班主任是跟小学生接触时间最长的师者抑或是小学生的大朋友，相较于其他任课教师，班主任则更加了解自己的学生，但由于小学班主任的工作量较大，其工作成绩很难直接展现出来。一方面，作为任课教师的班主任承担着教书育人的责任，需要向学生传授中国优秀的文化知识，将小生培养成优秀文化的传承者；另一方面，班主任作为班级的领导者，需要重视班级的管理工作，帮助小学生打造出一个适合学生健康发展、成长的班级环境，以便为小学生的成长保驾护航。在此过程中我们可知，教学任务有着具体的、标准的评价，可以以学生的学习成绩作为参量标准让其

甘建平，数学教师，市教学新秀，县区级骨干教师。

得以展现，但班主任的管理工作没有统一的标准进行班主任管理工作评价，这不利于班主任管理工作的开展。在班级管理工作中，教师要遵循“因材施教、因才实施管理”的原则进行班级管理艺术的建设，以便班主任开展后续管理工作。

二、小学班主任管理艺术开展的途径

1.打造和谐班级氛围，以爱育生

班级是学生成长的重要的场所，因此，班主任在班级管理过程中，需要帮助学生打造一个和谐、健康的班级氛围，并关爱每一位班级中的学生，用自身的魅力和仁爱之心去滋润每一位学生的心田，让学生在“爱的教育下”欣然接受班主任的管理和教育，并主动用仁爱之心去关心他人，养成大爱情怀，有利于小学生更好地融入班集体，更有利于学生今后适应社会，对学生的成长有着重要的影响。在班主任帮助学生打造和谐班级氛围之时，班主任可主动创造各种和小学生接触的机会，如课堂上多和学生进行交流、沟通，在课下近距离接触学生，了解学生的学习、生活、心理发展状况，并适当适时地给予学生关爱。一个温柔的眼神、一句轻柔的话语、一个关爱的轻抚、一次无间隔的交谈等等都能够拉近师生之间的关系，让师生之间能够坦诚相待，让小学生自主生出亲近教师的想法，学生“亲其师”才能“信其道”，良好的师生关系促建良好班级氛围，以便为班主任开展管理工作打下良好的基础。

2.构建人性化班干部管理制度，促班级和谐发展

班主任作为班级的管理组织者，需要多方面协调以便学生更好地进行学习和生活。但班主任一人之力毕竟有限，班主任可组织得力的班干部，使之成为班主任的左膀右臂，辅助班主任更好地管理班级。在此过程中，班主任可将班级管理制度传达给班干部，让班干部进行实际的实施操作，实行人性化班级管理制度，令班干部带动其他学生去执行、遵守班级管理制度，以便打造出一个有制度、有纪律的班集体，为学生的学习创设良好的班级环境。值得注意的是，班主任要将责任工作进行细化，令班干部一一具体落实，具体如下：

相关学习问题：学习委员不仅是班主任了解学生学习情况的第一负责人，还是学生向教师反映学习问题的第一传达人。在学习中，学生若遇到学习问题之后，学习委员可将其认真记录、总结，将其及时传达给班主任及其他任课教师，以便班主任和其他任课教师针对相关学习问题，制定出相关的制度或提出解决的方案。

相关生活问题：生活委员帮助班主任定期检查班级设备是否完好，认真管理理班级所有的设备，每天检查各值日小组的值日情况，并将其记录在案，及

时指出值日小组卫生清理工作的不足之处，并向班主任提出相关的卫生惩奖制度，以便督促各值日小组更好地完成卫生工作，做好班级学习的辅助工作。

相关心理问题：班长作为一班之长，需要帮助班主任协调好各个班委之间的工作，辅助班主任管理班级纪律问题，以便教师顺利开展教学工作。除此之外，班长还应主动加强和各任课教师之间的沟通，并及时反映班级学习状况和问题，以便帮助任课教师制定相关的学习计划，促进班级整体学习水平得以提高。

一个优秀的班集体离不开人性化的班级管理制度，班干部是班主任实施人性化管理制度的得力助手，需要认真地进行班干部选拔，以便打造出高素质、高效率的班干部组织，令其各司其职、分工协作，帮助班主任进行班级管理，带动班级和谐发展，让学生在和谐的班集体中快乐学习，快乐成长。

3.开展相关教育活动，促进学生自信成长

班主任除了进行有效的管理学生学习工作外，还应积极组织相关的、有意义的教育活动，让学生主动积极地参与其中，既能够促进生生间的交流合作，又拉近师生间的距离，构建出良好的班集体氛围。在教育活动中，班主任应积极引导学生进行活动，并让学生之间形成相互关心、相互尊重理解的团结合作的同学关系，以便为学生打造良好的实践环境，激发学生的学习潜能，让学生自信成长。

班主任工作是一项需长期坚持的教育工作，班主任作为班级的组织者和领导者，班级的管理理念及方法对小学生的长远发展有着直接影响。作为班主任应注意班级的管理艺术，以便打造良好的学习、生活环境，为小学生的成长保驾护航。

谈小学教育中美育与德育的关系

胡宏涛

一、引言

在当前的教育体制下，小学教学的根本目的在于培养全面发展的人才，这就要求学校在教导学生课程知识的同时，还应该重视小学生美育及德育工作，通过学生审美能力、思想品德的培养，使小学生身心健康发展。而如何提升小学美育与德育的教学效果，这就要求教师梳理好美育及德育的联系及区别，实现两者有机结合，以发挥两种教育应有的作用。

二、小学美育与德育的联系与区别

1.目标及功能上的联系与区别

小学美育与德育的联系在于两者都属于人文教育，主要是丰富小学生的精神世界，引导小学生树立正确的人生观及价值观。而美育及德育的区别在于德育属于规范性的教育，通过规范教学使小学生能够形成自觉的道德意识，并且在德育教学的逐渐延伸过程中，小学生会逐渐形成一种自觉，比如不随地吐痰、不打架、上课认真听讲等，因此可以将德育理解为一种说服教育。而美育则更加自由，属于一种感性的人格教育，主要是根据小学生的个性特点，在美学事物的熏陶中，使小学生的心灵得到净化与升华。此外，德育主要作用于小学生的思想以及理智层面，要求学生具备一个社会人应有的思想品质。而美育则作用于人的感知层面，是无意识的感染，影响小学生的兴趣、性格。

2.教学方法上的联系与区别

小学德育及美育的共同点在于两种教育都关注人与人之间的关系。然而两者的区别在于德育的主要作用是调整以及约束社会中人与人的关系，通过建立一套严格的规范及秩序，来约束人的行为，比如小学制定的各项规章制度以及

胡宏涛，美术教师，市教育局系统优秀团干。

道德规范，提示学生上学不应迟到、上课不能随处走动以及不能打架斗殴等。而美育则着眼于维护人本身精神方面的平衡，通过维护每个人的精神和谐使人际关系和谐，显然，美育往往具有更加明显的特征。美育主要依靠美的形象来打动人，比如教师的个人品德、行为举止影响小学生的行为，使学生不自觉中产生心灵上的共鸣，在这一层面，德育往往依赖美育发挥约束的作用，避免一些规范沦为形式化的内容，让学生认识到遵守规范是应该的，是主动地去接受而不是感到受约束。所以说德育可以让学生划清好与坏、善与恶的界线，而美育则通过鲜明的导向性作用，使人的思想倾向、道德品质朝着良好的方向发展。

3.基础和内容的联系与区别

小学德育与美育都包括心理教育。但是在具体的课程构成上，两者却往往存在较大的差异。其中美育主要关注学生审美实践能力的提升，进一步强化小学生的审美心理结构以及创造力，帮助学生形成正确的审美观念及审美思想。一般而言，小学美育主要在美术、音乐等课程中体现。而德育主要培养学生的世界观、人生观以及价值观，用良好的思想道德来引导学生，使学生的道德水平提升，同时通过价值观及人生观的引导，保证学生的个人发展方向不发生偏离。通过心理健康教育，纠正厌恶学习的学生并帮助其转变自己的观点，同时提高学生的心理素质。德育教学一般以思想品德与体育课程为主。因此美育侧重于培养小学生的个性及人格，使小学生的积极性及创造性不断提升，而德育主要培养小学生良好的思想品德，使小学生养成自觉性及遵从意识。

三、小学教学中美育与德育的结合

美育与德育既有联系又存在区别，在小学教育中，应根据教育的总体目标，通过合理分工及功能互补，将美育与德育有机结合起来。

1.教育内容及目标上的结合

小学美育与德育各有侧重点以及教育针对性。小学德育教学常常依赖思想政治课程来提升小学生的道德水平，然而实际的教学效果并不突出。而将德育与美育结合则可以有效解决德育教学不足的情况。在《中共中央关于改革和加强中小学德育工作的通知》中也指出：每一名教育者都要充分认识与重视学科教学中的德育功能，让学生在接受知识与形成能力的同时体验成功，使情感态度与价值观得以协调发展。而这一教学目标的实现，需要教育工作者结合美育教学手段，提高德育教学的水平，以进一步使小学思想教育深入人心，为学生身心健康发展提供帮助。比如在小学美术中的赏析教学中，教师可以选择一些兼具美育及德育的美术作品进行深入剖析，在学生在提升审美能力的同时，自身的道德水平也不断提升。如小学美术欣赏中的《古代传统建筑》，教师在讲解传统建筑美学价值的同时，还可以教导学生体会传统建筑中所展现的民族代表性，使学生获得强烈的民族尊严及自豪感。

2.教育方法及教学手段上的结合

美育与德育在教学方法上存在联系与差异。为了进一步提升美育与德育的教学效果，就应该在两者均关注学生关系这一基础上出发，取长补短，以使两者的优势得到发挥。对于美育教学方法，一般以美术鉴赏以及音乐欣赏为主，而德育主要以思想品德为主，这样两者的界限比较显著，结合起来也就比较困难。因此在实际的教学中，教师应明确两种教育的结合并非内涵上的结合，而是应抓住两者的联系，明确美育课能够为德育课提供帮助，通过美育中加入思想品德形式的情感熏陶，使德育工作一改传统正面说理的形式，更加贴近学生实际。

3.教师队伍上的结合

小学美育与德育的教师不同，一般而言，小学德育课的教学工作往往由语文教师、思想品德教师来完成，而美育教学任务则一般由美术老师、音乐老师来完成。然而小学美育与德育教师较少，一些德育教师往往兼任美育教学工作，这使得美育教学质量较低。因此在小学美育与德育教学中，应不断强化德育工作人员的美学学科知识传授，使教师更好地认识美育中的德育功能，使其在实际教学中能够将美育与德育有机结合起来。

四、结语

总之，美育与德育既有联系又有差异。因此在小学教育中，要求教师深刻理解美育与德育的内涵，实现美育与德育的结合，以便构建更好的学科体系，为小学生全面发展提供帮助。

小学中年级学生不良行为的成因

岳　媛

在小学中年级中，学生常会出现大量不良行为。如果不及时纠正这些不良行为，无疑会阻碍学生的健康成长。在小学中年级出现这种现象具有深层原因，中年级学生自我意识发展较快，但是自控能力薄弱，各种外界因素对他们的思想和行为都有较大的影响。下面从四个方面分析小学中年级学生不良行为的成因。

一、家庭教育缺失

和孩子接触得最多的是父母，家庭教育非常重要。根据观察，大部分家庭对孩子的行为习惯养成教育存在缺失，主要原因有两个。第一个原因，家长整体文化素养不高。从整体上来看，家长的文化素养并不高，他们不懂得如何去培养孩子的良好行为习惯，而是任由孩子发展，使孩子出现了一些不良行为。第二个原因，家长对养成良好行为习惯的价值认识不足。有相当一部分家长只重视自己孩子学到什么知识，而对自己孩子的行为习惯是否良好并不关心。在家长的纵容下，许多中年级学生养成了不少不良行为习惯。

家庭教育的缺失常常是小学中年级学生产生不良行为的关键因素。学生在家庭生活中养成了不良行为习惯，在学校生活中常常会表现出来。针对这种情况，学校要指导家长强化家庭教育，帮助学生进行行为习惯的养成。

二、学校教育不足

德育工作的覆盖范围很广，其中包含良好行为的养成。在小学教育中，德育主要由两方面组成。第一个方面是以班级为单位。班主任负责的德育工作；第二个方面是以学校为单位，专人负责的德育工作。因为偏重文化课教学，占用大量时间和精力，导致德育工作处于劣势地位。由于学校和班级在德育上所做的工作偏少，往往导致学生产生不良的行为习惯。对于小学中年级学生而

岳媛，英语教师，市级骨干教师。

言，他们会受各种因素的影响，产生不良行为。因而，学生一旦产生了不良行为，而学校并没有针对性的德育措施，学生的不良行为将得以强化，最终形成难以改正的不良行为习惯。比如，有些学生喜欢说谎。由于班主任没有及时发现这个问题，导致这些学生养成了说谎的习惯。在未来生活中，他们面对错误往往采用说谎的方式来掩饰。

学校是学生成长的关键场所，学校需要对学生的德育负责。因而，学校需要制定详细的德育计划，系统地对中年级学生开展德育工作，纠正学生的不良行为，减少中年级学生不良行为的发生率。

三、自控能力薄弱

在小学中年级中，学生产生了强烈的自我认知。但是，学生的自我控制能力还是非常薄弱的。自我控制能力薄弱常常会导致学生出现一些不良行为。比如，有些中年级学生常常会因为一些小矛盾发生打架的现象。事后他们也非常后悔，就是在事发的时候无法控制自己的情绪。长期下来会形成不良行为习惯。比如，有些中年级学生在课堂上偶尔一次不认真听讲，感觉比较轻松。在以后的学习中常常不认真听讲，导致坏习惯的形成。

四、社会环境影响

社会环境对小学生的影响非常大，特别是对小学中年级学生。对小学中年级学生行为影响比较大的社会环境因素主要由社会上发生的各种事件和社会上各种媒体信息组成。小学中年级学生具有一定的观察能力和思考能力，但是缺乏鉴别能力。当小学中年级学生观察到社会上发生的一些不良事件，他们可能会出现不加鉴别的模仿行为。目前，网络充斥着各种形式的自媒体，小学中年级学生接触各种自媒体的机会比较多。在自媒体上有正能量的信息，也有大量负能量的信息。小学中年级学生好奇心极强，他们如果接受了过多的负能量信息，会去模仿，从而出现不良行为。

社会环境是学校教育不可控制的，但是学校可以采用正确的教育方式，对小学中年级学生实施引导，让他们尽可能多接受正能量信息，减少接触负能量信息，从而发展良好的行为习惯。

总之，小学中年级学生的德育环境是极为复杂的，各种不良信息会影响到学生的道德品质，产生各种不良行为。学校要联合家庭、社会采用正确的教育措施对学生进行教育，帮助学生养成良好的行为习惯。

财务管理促进学校品质提升

宋庆荣

随着北京第二实验小学兰州分校办学理念在社会上的认可（一年级新生网报人员过千、部分城关区七里河区西固区适龄儿童转移户口参加北二兰新生网报事宜）、规模的迅速发展（由 2013 年初建筹建处开始迅速发展成 2018 年下半年学校 1–6 年级全级招生完成，学生人数过 1 千人，教职工人数过百人）、以点带面引领西部小学教育辐射作用甚至集团化塔尖式战略地位提升，北二兰财务管理的深度与广度也随之越来越迫切。虽然北二兰财务管理在主管局及学校领导、制度政策的指引下规范操作并有所创新，但北二兰其他管理方面的内控制度不够完善、北二兰日益增长的业务需求与财务人员及机构配置之间的矛盾，导致部门与部门之间、内部与外部之间、学校教学活动及涉外活动与财务衔接业务方面存在漏洞。如果一个学校想要不断地扩充、改革和发展，这都离不开学校财务资金的“精细”支持，离不开一套完善的内控制度及财务管理制度。因此，有效地解决学校财务管理存在的问题和弊端是极其重要的，最终促进北二兰的教育事业能够蓬勃稳定地发展。

虽然对于一个学校来说最重要的是如何完善和健全教师教学以及学生舒展成长，但是一个学校的财务管理的水平直接决定了学校未来的扩张、整合和发展。由于兰州市教育局对于北二兰教育事业发展的要求和战略作用，北二兰的集团化管理策略及财务管理工作的逐步完善尤为关键，有些虽然是小问题但制约了学校教育体制的向前发展。为此，我从学校的财务管理的制度体系、财务预算的计算方法以及学校财务资金项目的审批制度等进行研究分析，找出其中存在的问题和管理上的漏洞，并进一步找到其中的解决办法，希望能有助于提高学校财务管理工作的水平，帮助学校的工作顺利开展。

从外部而言，现阶段兰州市财政部、兰州市教育局、其他相关上级部门向

宋庆荣，会计教师。

各个学校的拨款方式的不断改革，要求学校的财务管理制度也不断随之改革调整步伐，但是在学校财务管理制度的改革调整步伐过程中，财务工作人员也因现实矛盾与缺陷的存在往往会忽视甚至自身认识不到位而出现一些问题，从而导致学校财务管理过程出现弊端。最为凸显的就是学校财务活动过程中存在一些缺乏完善、有序的财务管理活动流程，使得北二兰出现部分财务业务不流畅的现象，大大地影响了学校未来的发展与创新的步伐。

为了能够有效地保证北二兰财务管理工作顺利、规范、有序地进行，使财政部门拨款的资金能够用到最刚性的地方，北二兰的教育目标达到最大绩效化，北二兰应该根据自身规模和发展特点在已有的制度基础上制定出更为适合自己财务管理制度体系，例如：成立北二兰财务中心，专业人员专业机构办理专业业务，为未来北二兰有更大的发展规模奠定基础；再比如：根据北二兰现有的发展趋势目标和未来发展愿景明确学校财务管理工作人员的责任和义务，制定出一个全责分明、精确管理的制度标准，从而使学校教学工作顺利实施；还可以创建一套健全的学校财务预算管理制度；还可以严格的控制财务资金项目审批管理工作，不仅仅是法人负责制承担法律责任，而且明确具体负责人的责权；加强财务人员继续教育及专业知识更新进而提高认识水平……

在北二兰发展现阶段里，从管理方面目前有几个关键重大事件（已完成基建的顺利审核工作、待完成基建有序规范高效地进行、各部关键人员调整配备及思想稳定、小学师资培训中心的稳步发展等等……），北二兰的教育事业属阳光产业并正向着强而有力的方向迈进，而北二兰教育事业的不断创新发展离不开大量的资金来支持，由此可见，北二兰财务管理在其中将发挥越来越重要的战略作用，学校的财务管理水平的高低将直接影响的学校未来的发展目标能否顺利进行。面对目前北二兰的管理状况与趋势，如果能再改善以上的一些问题，我相信我们的管理团队将能更好地推动北二兰的教育事业蓬勃稳定的发展。最后以 2019 年最具鼓舞人心的一句话“相信——相信的力量”来勉励我们集体的每一个人。

后 记

翻开记忆的书册，细数光阴的故事。那些刹那间留存的美好一直被尘封，被完好地珍藏。许多故事，听过了仿佛再现；许多情节，看过了仿佛重来。在时光的回忆中，我们每一个二小人怀揣着教育梦想，播下了爱的种子。

当所有的思绪铺展成文，其实不难发现，流淌的文字汇聚成了爱的教育故事和感悟。只言片语中，更多的是一种教育情怀，一颗教育初心，一片教育沃土……

长风破浪会有时，直挂云帆济沧海。尽管书中内容略显单一与稚嫩，前进的布满荆棘，但我们坚信在以爱育爱的道路上，在教育的思考和构建中，我们会讲好每一个教育故事，永做教育路上的追梦人，让爱在教育的道路上延伸，绽放最耀眼的光芒。